Het huis aan de Gouden Bocht

Van Jessie Burton is verschenen:

De muze
De bekentenis
Het huis aan de Herengracht

Jessie Burton

HET HUIS AAN DE GOUDEN BOCHT

Vertaald door Mieke Trouw-Luyckx

UITGEVERIJ LUITINGH-SIJTHOFF

Voor Linda, Edward en Pip

De afkorting VOC staat voor de Verenigde Oost-Indische Compagnie, die in 1602 werd opgericht en vele honderden handelsschepen uitstuurde naar andere delen van Europa, Afrika, Azië en de Indische Archipel.

In 1669 telde de VOC vijftigduizend werknemers, zestig bewindhebbers en zeventien regenten. Twee jaar later brachten de VOC-aandelen op de Amsterdamse beurs 570 procent van hun nominale waarde op.

De Republiek der Zeven Verenigde Nederlanden was zo welvarend en de landbouwomstandigheden waren er zo gunstig dat de Nederlandse armen veel beter te eten hadden dan de behoeftigen in Engeland, Italië, Frankrijk en Spanje. Niemand had beter te eten dan de rijken.

Rooft zilver, rooft goud!
Eindeloos is de voorraad,
een overvloed van allerlei kostbaarheden.
– Nahum 2:9

En toen Hij uit de tempel ging, zeide een van zijn discipelen tot Hem: Meester, zie, welke stenen en welke gebouwen! En Jezus zeide tot hem: Ziet gij deze grote gebouwen? Er zal geen steen op de andere gelaten worden, die niet zal worden weggebroken.
– Marcus 13:1-2

Z
O
W
N
Amstel
Amsterdam rond 1686
1 Prinsengracht
2 Gouden Bocht
3 Dam
4 VOC
5 Kalverstraat
6 Oude Kerk

DE OUDE KERK, AMSTERDAM

Dinsdag 14 januari 1687

De begrafenis zou in stilte plaatsvinden, want de overledene had geen vrienden. Maar woorden zijn als water in Amsterdam, ze overstromen de oren en veroorzaken rot, en het is druk in de oostelijke zijbeuk van de kerk. Vanaf haar veilige plek in de koorbanken ziet ze de gildebroeders en hun echtgenotes naar het gapende graf lopen. Ze lijken wel mieren die op honing afkomen, en ze krijgen al snel gezelschap van VOC-klerken, zeekapiteins, regentessen, suikerbakkers en van hém, nog altijd met die breedgerande hoed op zijn hoofd. Ze probeert medelijden met hem te hebben. In tegenstelling tot haat kan medelijden diep weggestopt worden.

Het beschilderde kerkplafond – het enige wat de hervormers niet hebben gesloopt – torent boven hen uit als de omgekeerde romp van een indrukwekkend schip, een spiegel voor de stadsziel. Op de oude gewelfschotels staan afbeeldingen van de oordelende Christus met lelietak en zwaard, een gouden kog die de golven doorklieft en Maria op een maansikkel. Ze klapt de oude misericorde naast zich op en strijkt met haar vingers over het in hout uitgesneden spreekwoord. Het is een reliëf van een man die met een pijnlijk vertrokken gezicht een zak munten uitpoept. Er is niets veranderd, denkt ze.

Maar toch.

Zelfs de doden zijn er vandaag bij: onder de voeten van de kerkgangers verhullen grafplaten meerdere lagen lichamen, stoffelijke resten die op nog oudere botten zijn gestapeld. Onder die vloer liggen vrouwenkaken, een koopmansbekken, de holle ribbenkast van een gezette edelman. Er liggen kleine lijkjes, soms niet groter dan een brood. Het valt haar op dat de mensen hun ogen afwenden van dat gecomprimeerde verdriet, dat ze weglopen van elk ondermaats zerkje dat ze zien, en ze kan het hun niet kwalijk nemen.

Tussen alle mensen ziet de vrouw opeens de reden voor haar komst. Het meisje staat afgetobd en getekend door verdriet bij een gat in de vloer. Ze heeft nauwelijks oog voor de burgers die alleen maar uit nieuwsgierigheid zijn gekomen. De baardragers lopen door het schip, en de kist balanceert als een luitkoffer op hun schouders. Sommigen kijken alsof ze bedenkingen hebben bij deze begrafenis. Dat zal wel de schuld zijn van Pellicorne, denkt ze. Ze zijn weer vergiftigd door zijn woorden.

Doorgaans houdt iedereen in zo'n stoet vast aan een voorgeschreven volgorde – de burgemeesters voorop, het gewone volk in hun kielzog – maar vandaag trekt niemand zich daar iets van aan. De vrouw vermoedt dat er in geen enkel godshuis binnen de muren van deze stad ooit zo'n unieke, openlijk rebellerende groep begrafenisgangers is geweest. Ze vindt het een verademing. Amsterdam is gebouwd op risico's, maar hunkert nu naar zekerheid, een keurig uitgestippeld leven, en bewaakt zijn welstand met een slaafse volgzaamheid. Ik had hier al eerder weg moeten gaan, denkt ze. De dood komt te dichtbij.

De baardragers banen zich een weg door de kring, die uiteenwijkt. Als ze de kist zonder enig ceremonieel in het graf laten zakken, loopt het meisje naar de rand om een tuiltje bloemen in het donkere gat te gooien. Sommige kerkgangers kijken op als er langs de witgekalkte kerkmuur een spreeuw omhoogfladdert, maar het meisje vertrekt geen spier, en de vrouw in de koorbank ook niet. Tijdens Pellicornes monotone slotgebed volgen ze allebei de boog die het boeketje beschrijft.

De baardragers schuiven de nieuwe grafplaat op zijn plaats en een dienstmeid knielt bij de verdwijnende duisternis. Ze begint te snikken, en als het afgetobde meisje niets doet om de huilbui te stuiten, wordt dit gebrek aan waardigheid en fatsoen met afkeurende geluiden ontvangen. Twee vrouwen in zijden kleding voeren vlak bij de koorbank fluisterend een gesprek. 'Aan dat soort gedrag hebben we deze begrafenis te danken,' mompelt de een.

'Als ze zich zo aan de buitenwereld tonen, zullen ze zich binnenshuis wel als wilde beesten gedragen,' zegt haar vriendin.

'Dat denk ik ook. Maar wat zou ik daar graag eens luistervinkje spelen!'

Ze onderdrukken een giecheltje. In de koorbank ziet de vrouw dat haar knokkels op de moraliserende misericorde wit zijn geworden.

Zodra de vloer is afgesloten en de doden weer veilig op afstand zijn, lopen de mensen weg. Het meisje lijkt wel een van de starre, gebrandschilderde heiligen boven haar hoofd als ze eindelijk naar de ongenode huichelaars kijkt, die keuvelend de kerk verlaten en de slingerende straten van de stad in lopen. Het meisje en haar dienstmeid lopen even later zwijgend en gearmd achter hen aan. De meeste mannen gaan waarschijnlijk terug naar hun schrijftafels en hun toonbanken, want er moet altijd gewerkt worden om Amsterdam drijvende te houden. Arbeid verwarmt, luiheid verarmt, luidt het spreekwoord, en bij ledigheid dreigen we kopje-onder te gaan. Tegenwoordig lijkt het stijgende water erg dichtbij te zijn.

Als de kerk leeg is, komt de vrouw van haar plaats. Ze loopt vlug, want ze wil niet gezien worden. 'Het kan verkeren,' zegt ze, en haar stem weergalmt tegen de muren. Als ze bij de zojuist gelegde grafplaat komt, ziet ze dat de baardragers hun werk haastig hebben gedaan. Het graniet is nog warmer dan dat van de andere graven, en de gebeitelde woorden zijn nog stoffig. Het is eigenlijk nauwelijks te bevatten dat dit is gebeurd.

Ze knielt en haalt iets uit haar zak waarmee ze wil afronden wat ze op gang heeft gebracht. Dit is háár gebed, een miniatuurhuisje dat op haar handpalm past, met negen kamers en vijf uit hout gesneden mensen erin, zo kunstig gemaakt dat het onwerkelijk lijkt. Voorzichtig zet ze haar gift op de plek die ze altijd al in gedachten had, en met een streling van haar ruw geworden vingers zegent ze het koele graniet.

Als ze de kerkdeur openduwt, zoeken haar ogen intuïtief naar de breedgerande hoed, de mantel van Pellicorne, de in zijde gehulde vrouwen. Ze zijn allemaal verdwenen; ze zou alleen op de wereld kunnen zijn als ze het gefladder van de paniekerige spreeuw niet had gehoord. Het is tijd om weg te gaan, maar toch houdt ze een paar tellen lang de deur voor de vogel open. Het dier heeft in de gaten dat er iets gebeurt, maar vlucht weg achter de kansel.

Ze sluit de deur naar de koele kerk af, draait haar gezicht naar de zon en loopt van de grachtengordel naar de zee. Spreeuw, denkt ze, als jij meent dat je in dat gebouw veiliger bent, kan ik je niet bevrijden.

I

HALF OKTOBER 1686

Herengracht, Amsterdam

Begeer zijn lekkernijen niet,
Want het is bedrieglijke spijs.
– *Spreuken 23:3*

Ontvangst

Op het bordes voor het huis van haar kersverse echtgenoot tilt Nella Oortman de klopper op. Ze geneert zich voor de doffe dreun waarmee de dolfijn op de voordeur slaat. Er doet niemand open, ook al wordt ze verwacht. Er is een tijdstip afgesproken en er heeft een briefwisseling plaatsgevonden, al was haar moeders briefpapier wel veel dunner dan Brandts dure vellum. Nee, denkt ze, dit is geen geslaagde begroeting. Haar huwelijksplechtigheid, een maand geleden, was ook al zo kaal, zonder bloemenkransen, bruidsbeker of huwelijksbed. Ze zet haar koffertje en de vogelkooi op het bordes. Ze weet dat ze dit verhaal straks mooier zal moeten maken voor thuis, maar eerst moet ze zorgen dat ze binnenkomt en een kamer en een schrijftafel krijgt.

De stenen huizen aan de overkant weerkaatsen de stemmen van lachende schippers. Nella draait zich om naar de gracht. Een miezerig jongetje is tegen een visvrouw met een mand vol koopwaar aan gerend, en een halfdode haring glibbert over de brede voorkant van haar rok naar beneden. Haar schelle kreet schuurt over Nella's huid. 'Sukkel! Kijk uit waar je loopt!' schreeuwt ze met haar plattelandsaccent. De jongen is blind, en hij graait over de grond naar de ontsnapte haring alsof het een zilveren bedeltje is. Zijn vingers zijn vlug en hij is niet bang om rond te tasten. Met een kakelend lachje raapt hij de vis van de grond, en hij strekt zijn vrije arm en rent met zijn buit weg.

In gedachten juicht Nella om zijn meevallertje. Het komt niet vaak voor dat het in oktober nog zo warm is, en ze blijft nog even genietend met haar gezicht naar de zon staan. Dit deel van de Herengracht staat bekend als de Gouden Bocht, maar vandaag ziet het brede water er bruin en alledaags uit. De mooie, statige huizen die boven het modderkleurige water uittorenen, zijn ronduit indrukwekkend te noemen. Ze zijn als edelstenen in de trots van de stad gevat en lijken hun eigen symmetrie in het water te bewonderen. Boven hun daken wil Moeder Natuur niet voor ze onderdoen, en wolken in de tint van saffraan en abrikoos imiteren de roemrijke republiek.

Nella draait zich weer om naar de deur, die nu op een kiertje blijkt te staan. Was dat net ook al zo? Ze heeft geen idee, maar ze duwt hem verder open. De kou van het marmer komt haar tegemoet als ze in de donkere leegte staart. 'Johannes Brandt?' roept ze luid, enigszins in paniek. Houden ze haar soms voor de gek? Als dit zo doorgaat, staat ze hier in januari nog. Pibo, haar parkiet, roffelt met de punten van zijn vleugels tegen de spijlen van de kooi, en zijn zachte getjilp wordt gedempt door het marmer. Zelfs de inmiddels weer rustige gracht achter hen lijkt haar adem in te houden.

Eén ding weet Nella zeker als ze nog aandachtiger naar binnen tuurt: ze wordt vanuit de schaduwen bekeken. Vooruit, Nella Elisabeth, zegt ze tegen zichzelf, en ze stapt over de drempel. Zal haar nieuwe echtgenoot haar omhelzen of kussen? Of zal hij haar een hand geven, alsof ze een zakelijke overeenkomst hebben gesloten? Tijdens de huwelijksvoltrekking – waarbij haar kleine familie aanwezig was, maar niemand van zijn familie – deed hij geen van drieën.

Om te laten zien dat plattelandsmeisjes ook goede manieren hebben, bukt ze zich en trekt haar sierlijke, leren schoenen uit. Het is natuurlijk haar mooiste paar, al vraagt ze zich af waarom ze eigenlijk zijn aangeschaft. Ze zijn deftig, zei haar moeder, maar deftigheid zit niet zo lekker. Ze zet de schoenen met een klap neer, in de hoop dat ze met lawaai iemand naar zich toe roept – of juist wegjaagt. Haar moeder zegt dat ze een veel te rijke verbeelding heeft en noemt haar Nella de droomster. Het geluid heeft geen enkel effect; de schoenen liggen werkeloos op de grond en Nella voelt zich dwaas.

Buiten roepen twee vrouwen naar elkaar. Nella draait zich om, maar door de openstaande deur ziet ze alleen maar de rug van een van hen, een lange vrouw. Ze draagt niets op haar goudblonde haar en loopt in de richting van de laatste zonneschijn. Nella's eigen haar is tijdens de reis vanuit Assendelft een beetje uitgezakt, en er dansen een paar ontsnapte lokjes in de lichte bries. Ze wil ze best onder haar mutsje stoppen, maar ze is bang dat ze daardoor nog zenuwachtiger overkomt, en dat lijkt haar vreselijk. Daarom laat ze ze in haar gezicht kriebelen.

'Moet het hier soms op een dierentuin gaan lijken?'

De stem komt vlug en zelfverzekerd uit de schaduwen gestevend. Nella voelt haar huid verstrakken. Ze werd dus inderdaad bekeken, maar desondanks krijgt ze kippenvel. Vanuit het donker schrijdt een gestalte met uitgestrekte hand op haar af. Is het gebaar een protest of een begroeting? Nella weet het niet. Het is een slanke, kaarsrechte vrouw in gitzwarte kleding. Elk lokje haar zit keurig onder haar gesteven mutsje, dat tot een witte perfectie is geperst. Haar ogen zijn grijs, haar mond is ernstig. Hoelang staat ze daar al te kijken? Pibo tjilpt nu de stilte onderbroken wordt.

'Dit is Pibo,' zegt Nella. 'Mijn parkiet.'

'Ik zie het,' zegt de vrouw, die letterlijk op haar neerkijkt. 'Of beter gezegd: ik hoor het. Ik neem aan dat je verder geen beesten hebt meegenomen.'

'Ik heb een hondje, maar dat is thuisgebl...'

'Mooi zo. Dat geeft alleen maar rommel in huis. Krassen op het hout. Kleine hondjes zijn iets voor die aanstellerige Fransen en Spanjaarden,' merkt de vrouw op. 'Even frivool als hun eigenaars.'

'En ze lijken op ratten,' roept een andere stem ergens in de gang.

De vrouw fronst en sluit even haar ogen. Nella neemt haar op en vraagt zich af wie hun gesprek volgt. Ik ben zeker tien jaar jonger dan zij, maar ze heeft een prachtige gladde huid, denkt ze. De vrouw loopt elegant en zeer zelfbewust langs Nella heen naar de deuropening. Ze werpt vluchtig een goedkeurende blik op de nette schoenen bij de deur en tuurt dan met samengeperste lippen in de kooi. Pibo heeft uit angst zijn veren opgezet.

Nella besluit haar af te leiden door haar een hand te geven, maar de vrouw schrikt terug voor de aanraking. 'Sterke botten voor een zeventienjarige,' zegt ze.

'Ik ben Nella. En ik ben achttien,' zegt Nella, terwijl ze haar hand terugtrekt.

'Ik weet wie je bent.'

'Ik heet voluit Petronella, maar thuis noemt iedereen me...'

'Ik had je de eerste keer al verstaan.'

'Ben je de huishoudster?' vraagt Nella. In de duisternis klinkt een nauwelijks onderdrukt gegiechel. De vrouw doet net of ze het niet hoort en kijkt de iriserende schemering in. 'Is Johannes thuis? Ik ben zijn echtgenote.' De vrouw blijft zwijgen. 'We zijn een maand geleden in Assendelft getrouwd,' houdt Nella vol. Aandringen lijkt nu het enige wat ze kan doen.

'Mijn broer is er niet.'

'Je bróér?'

Weer gegiechel in de duisternis. De vrouw kijkt Nella recht in de ogen. 'Ik ben Maren Brandt,' zegt ze, alsof dat alles duidelijk maakt. Haar blik is hard, maar Nella hoort een hapering in haar stem. 'Hij is er niet,' vervolgt ze. 'We hadden gedacht dat hij al thuis zou zijn, maar dat is niet zo.'

'Wanneer komt hij terug?'

Maren kijkt door de openstaande deur weer naar de hemel. Haar linkerhand waaiert door de lucht, en uit de schaduw bij de trap komen twee gestalten tevoorschijn. 'Otto,' zegt ze.

Er komt iemand naar hen toe. Nella slikt en zet haar koude voeten stevig op de vloer.

Otto is een heel donkere man. De nek die uit zijn kraag verrijst, de handen en polsen die uit zijn mouwen steken – overal ziet Nella alleen maar donkerbruine huid. Zijn hoge jukbeenderen, zijn kin, zijn brede voorhoofd, elke centimeter. Nog nooit van haar leven heeft Nella zo'n man gezien.

Maren lijkt benieuwd te zijn wat Nella nu zal doen. De blik in Otto's grote ogen vertelt niet of hij Nella's onverholen fascinatie heeft opgemerkt. Hij buigt voor haar, en zij maakt een reverence en bijt op haar lip tot de smaak van bloed haar eraan herinnert dat ze rustig moet blijven. Het valt haar op dat zijn huid glanst als een opgeboende noot en dat zijn zwarte haar recht van zijn hoofd af lijkt te staan. Veel mannen hebben plat, vettig haar, maar dat van Otto is een dot zachte wol. 'Ik...' begint ze.

Pibo begint te tjilpen, en Otto steekt zijn armen uit. Op zijn brede handpalmen liggen een paar patijnen. 'Voor uw voeten,' zegt hij.

Hij heeft een Amsterdams accent, maar hij laat de woorden door zijn mond rollen en maakt ze warm en vloeibaar. Als Nella de patijnen van hem aanneemt, strijken haar vingers over zijn huid. Onhandig schuift ze de dikke houten zolen onder haar voeten. Ze zijn te groot, maar dat durft ze niet te zeggen, en nu hoeft ze in elk geval niet meer op de koude vloer te staan. Straks, wanneer ze boven is, zal ze de leren riempjes strakker aantrekken. Als ze tenminste ooit naar boven mag, als ze verder komt dan deze hal.

'Otto is de bediende van mijn broer,' zegt Maren. Ze kijkt nog altijd strak naar Nella. 'En dit is Cornelia, onze dienstmeid. Zij zal voor jou zorgen.'

Cornelia komt naar voren. Ze is iets ouder dan Nella, misschien twintig of eenentwintig jaar, en ook iets groter. Ze bekijkt Nella met een kille glimlach en laat haar blauwe ogen over de jonge bruid dwalen. Het ontgaat haar niet dat Nella's handen trillen. Nella glimlacht en zoekt koortsachtig naar een paar nietszeggende woorden om haar te bedanken, maar de nieuwsgierige blik van Cornelia brandt op haar huid. Ze is opgelucht, maar ook beschaamd als Maren haar bedankje niet afwacht.

'Loop maar mee naar boven,' zegt Maren. 'Je wilt vast je kamer zien.'

Nella knikt, en in Cornelia's ogen vlamt een geamuseerd lichtje op. Vrolijke piepgeluiden uit de kooi weerkaatsen luid tegen de muren. Met een achteloos polsgebaar draagt Maren Cornelia op de vogel mee te nemen naar de keuken.

'Dan zit hij in de walmen van het fornuis,' protesteert Nella. Maren en Otto draaien zich naar haar om. 'Pibo zit graag in het licht.'

Cornelia pakt de kooi op en zwaait ermee alsof het een emmer is. 'Voorzichtig, alsjeblieft,' zegt Nella.

Maren en Cornelia wisselen een blik van verstandhouding. De dienstmeid loopt door naar de keuken, begeleid door het ijle melodietje van Pibo's verontruste getjilp.

Bij het zien van haar weelderig ingerichte kamer heeft Nella het gevoel dat ze in het niet verzinkt. Maren kijkt alleen maar geërgerd. 'Cornelia heeft te veel geborduurd,' zegt ze. 'Maar we hopen dat Johannes maar één keer trouwt.'

In de kamer bevinden zich kussens met monogrammen, een nieuwe sprei en twee paar recentelijk opgefriste gordijnen. 'Dat zware fluweel heb je nodig om de mist van de gracht buiten te houden,' merkt Maren op. 'Dit was mijn kamer,' voegt ze eraan toe, terwijl ze naar het raam loopt om naar het handjevol sterren te kijken dat aan de hemel verschijnt. Ze legt haar hand op de ruit. 'Jij krijgt hem omdat deze kamer een mooier uitzicht heeft.'

'O, maar ik wil hem je niet ontnemen,' zegt Nella.

Ze kijken elkaar aan, omringd door al het naaldwerk, de grote hoeveelheid linnengoed waarop de geborduurde B van Brandt staat, omsloten door druivenbladeren, rustend in vogelnestjes of verrijzend uit bloembedden. Elke B heeft Nella's meisjesnaam opgeslokt en heeft een dikke, opgezwollen buik. Nella voelt zich niet op haar gemak, maar strijkt plichtmatig met haar vinger over die overvloed aan wol, die op haar stemming drukt.

'Is het warm en droog in jullie voorname huis in Assendelft?' vraagt Maren.

'Soms is het er vochtig,' antwoordt Nella. Ze bukt zich en probeert de grote patijnen bij te stellen, die niet goed aan haar voeten zitten. 'De dijken laten nog wel eens water door. En het is geen voornaam huis...'

'Wij zijn niet zo deftig als jouw familie, maar ja, wat heb je aan een oude familienaam zonder een warm, droog, goed gebouwd huis,' onderbreekt Maren haar. Het is geen vraag.

'Je hebt gelijk.'

'Een goede afkomst zegt niets,' vervolgt Maren. Ze port in een kussen om het woord 'niets' te onderstrepen. 'Dat zei dominee

Pellicorne afgelopen zondag, en ik heb het op het schutblad van onze bijbel geschreven. Als we niet oppassen, zal het water stijgen.' Ze lijkt zichzelf te dwingen een bepaalde gedachte uit haar hoofd te zetten. 'Je moeder heeft ons geschreven,' zegt ze. 'Ze stond erop je reis hierheen te betalen. Dat konden we niet toestaan. We hebben de op één na beste sloep gestuurd. Je bent toch niet beledigd, hoop ik?'

'Nee, nee.'

'Mooi zo. De op één na beste betekent in dit huis nog altijd nieuwe verf en een met Bengaalse zijde beklede hut. Johannes heeft de andere in gebruik.'

Nella vraagt zich af waar haar man en zijn beste sloep zijn nu hij niet thuis is om haar te begroeten. Ze denkt aan Pibo, die in zijn eentje in de keuken zit, vlak bij het vuur en de pannen. 'Hebben jullie maar twee bedienden?' vraagt ze.

'Dat is genoeg,' zegt Maren. 'We zijn kooplieden, geen leeglopers. In de Bijbel staat dat een man nooit met zijn rijkdom mag pronken.'

'Nee. Natuurlijk niet.'

Maren staart naar haar. 'Als hij tenminste nog iets overheeft om mee te pronken.' Nella wendt haar blik af. In de kamer begint het schemerig te worden, en Maren zet een dunne, nieuwe kaars op de oude stompjes. Het zijn goedkope talgkaarsen. Eigenlijk had Nella gehoopt op geurige bijenwas, en ze is verbaasd dat ze hier hebben gekozen voor deze walmende soort, die naar vlees ruikt. 'Cornelia lijkt je nieuwe naam overal op te hebben geborduurd,' zegt Maren over haar schouder.

Inderdaad, denkt Nella. Ze denkt terug aan de onheilspellende manier waarop de meid haar bestudeerde. Cornelia heeft zich waarschijnlijk vaak tot bloedens toe geprikt, en raad eens wie ze daarvoor zal straffen?

'Wanneer komt Johannes thuis? Waarom is hij er niet?' vraagt ze.

'Je moeder zei dat je uitkeek naar je nieuwe bestaan als echtgenote in Amsterdam,' zegt Maren. 'Is dat zo?'

'Ja. Maar daarvoor heb ik wel een echtgenoot nodig.'

In de ijzige stilte die volgt, vraagt Nella zich af waar Marens echtgenoot is. Misschien heeft ze hem wel in de kelder verstopt. Ze voelt een bijna onbedwingbare lach opborrelen, maar onderdrukt die door glimlachend naar een van de kussens te kijken. 'Dit ziet er allemaal prachtig uit,' zegt ze. 'Dat had je niet hoeven doen.'

'Cornelia heeft alles gemaakt. Ik heb twee linkerhanden.'

'Dat zal vast wel meevallen.'

'Ik heb mijn schilderijen weggehaald. Ik dacht dat jij meer van deze stijl zou houden.' Maren gebaart naar een olieverfschilderij van een koppel vogels. Het vederwild hangt aan een haak en lijkt volledig uit veren en klauwen te bestaan. Verderop bevindt zich een afbeelding van een hangende haas, een jachttrofee. Daarnaast hangt een schilderij van een gedecoreerd Chinees bord met een stapeltje oesters erop, beschaduwd door een omgevallen wijnglas en een schaal overrijp fruit. De openstaande, kwetsbaar uitziende oesters hebben iets verontrustends. In Nella's ouderlijk huis heeft haar moeder landschappen en Bijbelse taferelen aan de muren gehangen. 'Deze zijn van mijn broer,' merkt Maren op. Ze wijst naar een overvloedig gevulde bloemenvaas met een halve granaatappel op de voorgrond. De kleuren van de bloemen zijn te uitbundig, harder dan ze in werkelijkheid zijn.

'Dank je.' Nella vraagt zich af hoelang ze bezig zal zijn om ze allemaal om te keren voordat ze gaat slapen.

'Je wilt vanavond waarschijnlijk boven eten,' zegt Maren. 'Je hebt een urenlange reis achter de rug.'

'Dat klopt, ja. Het lijkt me fijn om hier te eten.' Nella onderdrukt een huivering bij het zien van de vogels – de bebloede snavels, de glazige ogen en de rimpeling van het eens zo veelbelovende vlees. Bij de aanblik van de dieren verlangt ze opeens hevig naar iets zoets. 'Heb je toevallig marsepein?'

'Nee. Wij gebruiken niet veel suiker. Je ziel wordt er ziek van.'

'Mijn moeder maakte er vroeger figuurtjes van.' In de provisiekast lag altijd marsepein, het enige luxeartikel waarvan mevrouw

Oortman net zo hield als haar man. Meerminnen, schepen en halssnoeren met besuikerde edelstenen – de deegachtige amandelmassa smolt in hun mond. Ik ben niet meer van mijn moeder, denkt Nella. Ooit maak ik suikerfiguurtjes voor andere klamme handjes, stemmen die om iets lekkers roepen.

Maren onderbreekt haar dagdroom. 'Ik zal Cornelia vragen of ze je wat herenbrood, Goudse kaas en rijnwijn brengt.'

'Dank je. Heb je enig idee wanneer Johannes thuiskomt?'

Maren snuffelt in de lucht. 'Wat ruik ik?'

Intuïtief gaan Nella's handen naar haar sleutelbeenderen. 'Ben ik het?'

'Misschien.'

'Mijn moeder heeft parfum voor me gekocht. Lelie. Ruik je de bloemenolie?'

Maren knikt. 'Ja.' Ze kucht zachtjes. 'Je weet wat ze over lelies zeggen.'

'Nee, dat weet ik niet.'

'Vlug rijp, vlug rot.'

Na die woorden doet Maren de deur achter zich dicht.

Mantel

Die nacht is Nella om vier uur nog klaarwakker. Ze komt niet tot rust in haar vreemde, nieuwe omgeving, waarin alles blinkt en geborduurd is en waar de geur van walmende talg hangt. Omdat ze de olieverfschilderijen niet naar de muur durfde te draaien, zijn de afbeeldingen nog steeds zichtbaar. In haar bed laat ze alle voorafgaande gebeurtenissen nog eens voor haar uitgeputte geestesoog verschijnen.

Toen mijnheer Oortman twee jaar geleden stierf, zeiden de mensen in Assendelft dat hij brouwerijen had voortgebracht. Nella walgde van de insinuatie dat haar vader niet meer dan een beschonken priaap was geweest, maar de omschrijving bleek deprimerend waar zijn. Haar vader liet zijn gezin achter met vele schulden – de soep werd dunner, het vlees werd magerder, de bedienden verdwenen een voor een. Nederlanders hoorden een ark te bouwen om zich tegen het stijgende water te beschermen, maar dat had hij niet gedaan. Nella's moeder had haar pen gepakt en gezegd: 'Jij moet trouwen met een man die zijn geld in zijn beurs weet te houden.'

'Maar ik heb zo'n man niets te bieden,' had Nella gezegd.

Haar moeder had een afkeurend geluid gemaakt. 'Kijk in de spiegel, kind. Dat is wat wij vrouwen bezitten.'

Nella was hevig onthutst geweest. Het deed pijn dat haar moeder haar zo verlaagde, en het verdriet om haar vader maakte plaats voor verdriet om haar eigen lot. Haar jongere broer en zus, Carel en Arabella, mochten buiten kannibaaltje of zeerovertje blijven spelen.

Twee jaar lang bereidde Nella zich voor op haar bestaan als dame. Ze leerde elegant te schrijden, al vroeg ze zich mopperend af waar ze in vredesnaam naartoe moest lopen. Er was helemaal niets in Assendelft, en voor het eerst wilde ze weg uit haar dorp. Ze had geen oog meer voor de weidse hemel, maar zag alleen nog maar een landelijke gevangenis die al met een dun laagje stof was bedekt. In een inmiddels strakker aangeregen korset oefende ze haar luitspel. Ze bewoog haar vaardige vingers over de fretten en had net genoeg mededogen met haar moeders zenuwen om niet in opstand te komen. Haar moeder had bij de laatste Amsterdamse connecties van haar man rondvraag gedaan, en in juli van dit jaar hadden haar pogingen vruchten afgeworpen.

Er arriveerde een brief met een soepel, zelfverzekerd handschrift erop. Nella mocht hem niet lezen, maar een week later hoorde ze dat ze moest musiceren voor Johannes Brandt, een Amsterdamse koopman die speciaal voor haar naar het platteland kwam. Terwijl de zon boven het verdorrende, vlakke landschap van Assendelft onderging, luisterde de onbekende man in hun langzaam afbrokkelende huis naar haar luitspel.

Nella kreeg de indruk dat hij geroerd was, en na afloop zei hij dat hij van haar spel had genoten. 'Ik houd van de luit,' zei hij. 'Een prachtig instrument. Ik heb er thuis twee aan de muur hangen, maar die zijn al jaren niet meer bespeeld.' En toen de negenendertigjarige Johannes Brandt – 'Een Methusalem!' riep Carel – om haar hand had gevraagd, had Nella besloten ja te zeggen. Het leek ondankbaar en oliedom om het aanzoek af te slaan. Ze had immers geen andere optie dan – hoe zei Maren het ook weer? – een bestaan als echtgenote.

In september waren ze in Assendelft getrouwd. Hun namen waren in het kerkregister bijgeschreven, ze hadden in het huis van de familie Oortman wat gegeten en daarna was Johannes weggegaan. Er moest een scheepslading handelswaar naar Venetië, zei hij, en die moest hij per se zelf afleveren. Nella en haar moeder hadden geknikt. Johannes was uiterst charmant. Hij trok één mondhoek op als hij lachte en hij leek een machtig man. De kersverse bruid bracht haar huwelijksnacht door in het bed dat ze al jaren met Arabella deelde, met haar voeten naar het hoofdeinde van haar woelende zusje gericht. Maar het komt allemaal goed, dacht ze, en in gedachten zag ze zichzelf als een nieuwe vrouw – een echtgenote en alles wat daarbij hoorde – uit de as van Assendelft verrijzen.

Haar overpeinzing wordt onderbroken door het geluid van honden in de gang. Nella hoort een man praten en herkent de stem van Johannes. Haar echtgenoot is hier, in Amsterdam – een beetje laat, maar hij is er. Nella gaat rechtop in haar huwelijksbed zitten en repeteert slaperig wat ze wil zeggen. *Wat fijn je te zien. Heb je een goede reis gehad? Ja? Daar ben ik heel blij om.*

Maar ondanks het spannende vooruitzicht dat ze hem zal zien, wordt ze opeens zo zenuwachtig dat ze niet naar beneden durft. Terwijl ze wacht en steeds banger wordt, vraagt ze zich af hoe ze het gesprek moet beginnen. Uiteindelijk schuift ze haar patijnen aan haar voeten, en ze slaat een omslagdoek over haar nachthemd en sluipt door de gang.

De hondennagels tikken op de tegels. In hun vacht brengen de dieren de geur van de zee mee, en hun staarten slaan tegen het meubilair. Maren is als eerste bij Johannes, en Nella hoort hen praten.

'Dat heb ik nooit gezegd, Maren.' De stem van Johannes klinkt laag en onbewogen.

'We hebben het er nog wel eens over. Ik ben blij dat je er bent. Ik heb gebeden dat je veilig thuis mocht komen.' Maren komt uit de schaduw om hem goed te bekijken, en het licht van haar kaars danst heen en weer. Nella strekt haar hals om over de balustrade te kijken en ziet de volumineuze, onbekende reismantel van Johannes en zijn verrassend opgezwollen vingers. 'Je ziet er doodmoe uit,' vervolgt Maren.

'Ik weet het, ik weet het. En de herfst in Londen...'

'... is vreselijk. Dus daar ben je geweest. Wacht maar, ik help je wel.'

Met haar vrije hand helpt Maren hem zijn mantel uit te trekken. 'Johannes toch... Wat ben je mager. Je bent te lang weggebleven.'

'Ik ben niet mager.' Hij loopt weg. 'Rezeki, Dhana,' roept hij, en de honden volgen hem alsof ze gewend zijn hem te vergezellen. Nella proeft de vreemde klanken van hun namen op haar tong. *Rezeki, Dhana.* In Assendelft noemde Carel hun honden Snuit en Zwartoog – fantasieloos, maar de namen pasten perfect bij hun aard en hun uiterlijk.

'Johannes,' zegt Maren, 'ze is er.'

Johannes staat stil, maar draait zich niet om. Zijn schouders gaan omlaag en zijn hoofd zakt wat verder naar zijn borstkas. 'Kijk eens aan,' zegt hij.

'Eigenlijk had je thuis moeten zijn toen ze aankwam.'

'Je kon haar vast wel in je eentje opvangen.'

Maren zwijgt, en de stilte tussen haar bleke gezicht en zijn afstandelijke, brede rug zwelt aan. 'Denk om wat ik heb gezegd,' zegt ze.

Johannes haalt zijn vingers door zijn haar. 'Hoe zou ik dat ooit kunnen vergeten?' vraagt hij.

Maren lijkt nog iets te willen zeggen, maar in plaats daarvan slaat ze haar armen om haar bovenlichaam. 'Wat is het koud,' zegt ze.

'Ga dan naar bed. Ik moet nog werken.'

Hij doet zijn deur dicht en Maren zwaait zijn mantel over haar schouders. Nella buigt zich nog verder voorover en ziet dat Maren haar gezicht in de lange stofplooien begraaft. De balustrade kraakt, en Maren trekt haastig de mantel van haar schouders en tuurt omhoog in de duisternis. Nella verstijft, maar als Maren een kastdeur in de gang openmaakt, sluipt ze terug naar haar kamer en wacht ze af.

Een paar minuten later hoort ze aan het einde van de gang Marens slaapkamerdeur dichtgaan. Ze loopt zijwaarts de grote trap af, en in de gang staat ze stil bij de kast. Ze verwacht de mantel erin te zien hangen, maar die ligt verfrommeld onderin. Als ze knielt om hem op te rapen, ruikt ze de vochtige geur van een vermoeide man en de steden die hij heeft gezien. Ze hangt de mantel aan de haak, loopt naar de deur die haar man achter zich heeft dichtgedaan en klopt.

'Laat me nu toch met rust,' zegt hij. 'We praten morgen verder.'

'Ik ben het, Petronella. Nella.'

Een paar tellen later gaat de deur open. Daar staat Johannes, met zijn gezicht in de schaduw. Zijn schouders zijn opvallend breed – Nella kan zich niet herinneren dat hij er in de halflege kerk in Assendelft ook zo ontzagwekkend uitzag. '*Esposa mía*,' zegt hij.

Nella heeft geen idee wat dat betekent. Als hij terugloopt naar de lichtcirkel van de kaarsen ziet ze dat zijn gezicht bruin en verweerd is door de zon. Zijn irissen zijn grijs, net als die van Maren, en lijken bijna doorschijnend. Haar echtgenoot is geen adonis; zijn haar is bovenop vet en heeft een doffe, metaalachtige glans.

'Ik ben er,' zegt ze.

'Ik zie het.' Hij gebaart naar haar nachthemd. 'Je had in diepe rust moeten zijn.'

'Ik wilde je begroeten.'

Hij loopt naar haar toe en kust haar hand. Zijn lippen zijn zachter dan ze had gedacht. 'We spreken elkaar morgen, Nella. Ik ben blij dat je veilig bent aangekomen. Heel blij.'

Zijn blik vliegt van links naar rechts en blijft nergens lang op rusten. Nella vindt het vreemd dat hij energiek en vermoeid tegelijk lijkt, en ze raakt een beetje in de war van de scherpe, muskusachtige geur om hem heen. Johannes trekt zich terug in de gele gloed van het vertrek, vermoedelijk zijn werkkamer, en doet de deur dicht.

Nella blijft even staan en kijkt naar de inktzwarte duisternis boven aan de trap. Maren ligt vast al te slapen, denkt ze. Ik ga even kijken hoe het met mijn vogeltje is.

Op haar tenen loopt ze de trap af naar de keukens. De kooi van haar parkiet hangt bij het openstaande fornuis, en de laatste gloed van de kooltjes beschijnt de metalen spijlen. 'Alle dienstmeiden zijn gevaarlijk, maar die in de stad zijn het ergst,' heeft haar moeder gezegd. Ze had niet uitgelegd waarom, maar gelukkig is Pibo nog in leven. Hij zit met opgezette veren op zijn stok en begint te huppen en met zijn snavel te klikken als hij Nella ziet. Het liefst zou ze hem mee naar boven nemen, maar ze denkt aan wat Maren zou kunnen doen als ze ongehoorzaam is. Misschien geeft ze Cornelia wel opdracht een paar gebraden vogelboutjes op te dienen, met een garnering van groene veertjes eromheen. 'Welterusten, Pibo,' fluistert ze.

Door haar slaapkamerraam ziet ze mist van de Herengracht opstijgen, en daarboven hangt de maan als een verbleekte munt. Ze sluit de gordijnen, slaat haar omslagdoek dichter om zich heen en gaat op een stoel in de hoek zitten, omdat ze liever niet in haar reusachtige bed kruipt. Haar bruidegom is een rijke Amsterdammer, een man met macht, heer over de zee en al haar rijkdommen. 'Het leven is zwaar als je geen man hebt,' zei haar moeder. 'Waarom?' vroeg Nella. Haar moeder ergerde zich altijd aan haar vader, en Nella had die ergernis na zijn dood in paniek zien omslaan omdat hij schulden had. Ze vroeg zich af waarom haar moeder haar zo graag in dezelfde riskante positie wilde brengen. Haar moeder keek haar aan alsof ze gek was, maar gaf toch antwoord. 'Omdat mijnheer Brandt een herder uit de stad is. Je vader was slechts een schaap.'

Nella kijkt naar de zilveren lampetkan op de wandtafel, de gladde mahoniehouten schrijftafel, het Turkse vloerkleed en de weelderige schilderijen. Een prachtige slingerklok houdt zachtjes de tijd bij. De wijzers zijn van filigraan en op de wijzerplaat staan zonnen en manen. Het is de mooiste klok die Nella ooit heeft gezien. Alle voorwerpen zien er nieuw uit en getuigen van rijkdom. Nella heeft geen verstand van dure spullen, maar ze vermoedt dat ze die achterstand zal moeten inhalen. Ze raapt de gevallen kussens van de vloer en legt ze op de donkerrode zijden sprei.

Toen ze op haar twaalfde voor het eerst bloedde, zei haar moeder dat het bloed diende voor de 'geborgenheid van het moederschap'. Nella kon zich nauwelijks voorstellen dat moeders zich geborgen voelden, want in het dorp hoorde ze barende vrouwen schreeuwen en soms werd er kort daarna een doodskist naar de kerk gedragen.

Liefde was veel vager dan vlekken op linnen doeken. Haar maandstonden leken nooit verband te houden met wat liefde volgens haar kon zijn: iets wat boven het lichamelijke uitsteeg. Mevrouw Oortman keek naar Arabella, die Zwartoog zo dicht tegen zich aan drukte dat het hondje bijna stikte. 'Dát is liefde, Petronella,' zei ze, en toen muzikanten in het dorp de liefde bezongen, hadden ze het inderdaad over verborgen pijn die in al het geluk besloten lag. Ware liefde was een inwendige bloem die tot bloei kwam. Je wilde er alles voor riskeren en waande je in de hemel, maar je ontkwam ook niet aan het verdriet.

Mevrouw Oortman had altijd geklaagd dat er in de wijde omtrek geen geschikte huwelijkskandidaten waren. Ze omschreef de plaatselijke jongens als heikneuters – haar dochters toekomst lag bij Johannes Brandt, in de stad.

'Maar moeder… en de liefde dan? Zal ik van hem houden?'

'Dat kind wil liefde!' riep mevrouw Oortman theatraal tegen de afbladderende muren van het huis in Assendelft. 'Ze wil niet alleen taart, maar ook een kers erop!'

Nella kreeg te horen dat het goed was dat ze uit Assendelft wegging, en uiteindelijk wilde ze ook niets liever. Ze had geen zin meer om schipbreukelingetje te spelen met Carel en Arabella, maar desondanks is ze teleurgesteld nu ze in Amsterdam naast haar lege huwelijksbed zit alsof ze bij een zieke moet waken. Wat heeft het voor zin om hier te zijn als haar echtgenoot haar niet eens op passende wijze verwelkomt? Ze kruipt in haar lege bed en duikt weg tussen de kussens. Al haar zekerheden zijn aan het wankelen gebracht door de geringschattende blik in Cornelia's ogen, de scherpte in Marens stem en de onverschilligheid van Johannes. Ik ben het meisje dat helemaal geen taart krijgt, denkt Nella, laat staan een kers.

Ondanks het onchristelijke uur lijkt het huis nog wakker te zijn. Ze hoort de voordeur open- en dichtgaan, gevolgd door een deur boven haar. Er wordt gefluisterd, er klinken zachte voetstappen in de gang en dan daalt er een intense stilte over de kamers neer.

Terwijl ze eenzaam ligt te luisteren, schijnt een flinterdun straaltje maanlicht op geschilderd hazenvlees en verrotte granaatappel. Het is een bedrieglijke stilte, alsof het huis ademt, maar ze durft geen tweede keer uit bed te komen, niet tijdens haar eerste nacht. Alle gedachten aan het luitspel van afgelopen zomer zijn verdwenen, en het enige wat door haar hoofd galmt, is de schelle plattelandsstem van de kijvende haringverkoopster: 'Sukkel!'

Nieuw alfabet

Cornelia heeft het gordijn opengeschoven om de felle ochtendzon binnen te laten en staat nu aan het voeteneinde van Nella's bed. 'Mijnheer is vannacht thuisgekomen uit Londen,' zegt ze tegen de kleine voet die tussen de gekreukte lakens uit piept. 'U ontbijt met hem.'

Nella's hoofd komt abrupt omhoog. Haar gezicht is opgezet als dat van een cherubijn, en buiten hoort ze het doffe gekletter van de zwabbers en de emmers waarmee de dienstmeiden van de Herengracht hun stoepjes dweilen. 'Hoelang heb ik geslapen?' vraagt ze.

'Behoorlijk lang,' antwoordt de dienstmeid.

'Ik heb het gevoel dat ik betoverd ben en drie maanden in bed heb gelegen.'

Cornelia schiet ongewild in de lach. 'Fijne betovering dan.'

'Wat bedoel je?'

'Niets, mevrouw.' Ze spreidt haar handen. 'Kom. Ik moet u aankleden.'

'Je was nog laat op.'

'O ja?' Cornelia's stem klinkt brutaal, en die zelfverzekerdheid maakt Nella onzeker. Geen van haar moeders dienstmeisjes durfde die toon tegen haar aan te slaan.

'Ik heb de voordeur vannacht gehoord,' zegt ze. 'En ook een deur boven mij. Ik weet het heel zeker.'

'Dat kan niet,' zegt Cornelia. 'Toet heeft de deur afgesloten voordat u naar boven ging.'

'Toet?'

'Zo noem ik Otto. Hij vindt bijnamen onzinnig, maar ik vind ze wel aardig.' Cornelia pakt een onderhemd, trekt het over Nella's hoofd en rijgt haar in een blauwe jurk met zilverdraad. 'Deze heeft mijnheer betaald,' zegt ze met bewondering in haar stem. Nella's blijdschap over het geschenk verdwijnt snel: de mouwen zijn te lang, en hoe strak Cornelia de linten ook aantrekt, haar borstkas lijkt te krimpen in het veel te grote korset.

'Juffrouw Maren heeft de naaister uw maten doorgegeven,' zegt Cornelia. Ze schudt afkeurend haar hoofd en trekt het korset steeds strakker aan. 'Uw moeder had ze in een brief doorgegeven. Waar moet ik al die overtollige plooien nu laten?' Onthutst kijkt ze naar de veel te lange linten.

'De naaister moet een fout hebben gemaakt.' Nella bekijkt de mouwen, waarin haar armen lijken te verdrinken. 'Mijn moeder weet echt wel wat mijn maten zijn.'

Als Nella de eetkamer binnen loopt, bespreken Johannes en Otto op zachte toon een aantal dikke documenten. Zodra Johannes zijn vrouw ziet binnenkomen, buigt hij en verschijnt er een geamuseerde blik op zijn gezicht. De kleur van zijn ogen is harder geworden, veranderd van vis in vuursteen. Maren neemt een slokje citroenwater en kijkt strak naar de gigantische wereldkaart die achter haar broers hoofd hangt, stukken land die in enorme papieren oceanen drijven.

'Bedankt voor de jurk,' weet Nella uit te brengen. Otto gaat met het papierwerk in zijn handen in een hoek staan wachten.

'Ah, dit is dus een van de jurken. Ik heb er een paar besteld,' zegt Johannes. 'Maar hij ziet er anders uit dan ik had gedacht. Is hij niet een beetje te groot? Maren, is die jurk niet een beetje te groot?'

Maren gaat zitten en vouwt haar servet tot een perfect wit vierkant, een losse tegel op haar brede, zwarte schoot.

'Ik vrees van wel,' zegt Nella. Ze schaamt zich voor de trilling in haar stem. Waar is het misgegaan in de communicatie tussen Assendelft en Amsterdam? Waardoor is deze bruid een gekrompen karikatuur van zichzelf geworden? Ze kijkt naar de landkaart, vastbesloten om niet aan de belachelijk lange mouwen te prutsen. Daar ligt Nova Hollandia, omzoomd door kusten met palmbomen. Turkooiskleurige zeeën en ebbenhoutkleurige gezichten nodigen de toeschouwer uit tot hun wereld toe te treden.

'Het geeft niet,' zegt Johannes. 'Cornelia vermaakt ze wel.' Zijn vingers sluiten zich om een glaasje bier. 'Kom aan tafel zitten, eet wat.'

Een hard geworden brood en een mager visje liggen op een schaal in het midden van het damasten tafelkleed. 'Ons ontbijt is sober vanochtend,' zegt Maren, terwijl ze naar haar broers glas kijkt. 'Uit nederigheid.'

'Of omdat je het fijn vindt jezelf dingen te ontzeggen,' mompelt Johannes. Hij brengt een vork met haring naar zijn mond. Het enige geluid in het vertrek komt van zijn zacht kauwende kaken, en het droge brood ligt onaangeroerd als een blok tussen hen in. Nella probeert haar angst weg te slikken en staart naar haar lege bord. Het ontgaat haar niet dat Johannes opeens iets verdrietigs uitstraalt. 'Denk eens aan alles wat je te eten zult krijgen, Nella,' had haar broer Carel gezegd. 'Ik heb gehoord dat ze in Amsterdam aardbeien snoepen die in goud zijn gedoopt.' Wat zou hij nu teleurgesteld zijn.

'Maren, neem wat van dit lekkere bier,' zegt Johannes uiteindelijk.

'Daar krijg ik maagpijn van,' zegt ze.

'Het Amsterdamse dieet van geld en schaamte. Je vertrouwt jezelf niet. Kom toch eens in opstand. Moed is tegenwoordig toch al zo zeldzaam in deze stad.'

'Ik voel me gewoon niet goed.'

Daar moet Johannes om lachen, maar Marens gezicht is vertrokken door een humorloze pijn. 'Paap,' zegt ze.

Tijdens het stichtende ontbijt verontschuldigt Johannes zich niet voor het feit dat hij er de vorige dag niet was om zijn vrouw te verwelkomen. Hij praat met zijn zuster, en ondertussen ziet Nella zich gedwongen haar mouwen op te rollen om te voorkomen dat ze in haar vettige vis hangen. Otto wordt weggestuurd, en hij buigt en houdt de bundel documenten voorzichtig vast. 'Zorg dat het in orde komt, Otto,' zegt Johannes. 'Bedankt.' Nella vraagt zich af of de mannen met wie Johannes zaken doet ook een bediende als Otto hebben. Of zou hij de enige zijn? Ze zoekt op Otto's gezicht naar tekenen dat hij zich niet op zijn gemak voelt, maar hij maakt een zelfverzekerde indruk en lijkt te weten wat hij moet doen.

Goud- en zilverprijzen, schilderijen als betaalmiddel, de slordigheid van sommige inpakkers die zijn handelswaar vanuit Batavia verschepen – Maren geniet veel meer van haar broers nieuwtjes dan van de haring en trekt de woorden gretig uit zijn mond. Soms moet ze daarvoor echt moeite doen, maar ze zuigt alles op als een spons omdat het tipje van de sluier – dat speciaal voor haar wordt opgelicht – elk moment weer kan vallen. Johannes biedt zijn zuster een kijkje op de verkoop van tabak, kaneel en koffie, zijde en zout. Hij vertelt dat de shoguns nieuwe beperkingen hebben gesteld aan het verschepen van goud en zilver vanuit Dejima. Hij zegt dat dat op de lange termijn schadelijk zou kunnen zijn, maar dat de VOC winst altijd belangrijker vindt dan trots.

Nella's hoofd tolt van al deze nieuwe informatie, maar Maren lijkt er met haar gedachten goed bij te blijven. Is er al nieuws over het peperverdrag met de sultan van Bantam, en wat betekent dat voor de VOC? Johannes vertelt dat er op Ambon een opstand is uitgebroken onder de kruidnagelplanters, wier land propvol staat met bomen die op last van de VOC zijn aangeplant. Als Maren de oorzaak van die onrust wil weten, trekt hij een grimas. 'Inmiddels is de situatie ongetwijfeld veranderd, Maren, dus we weten niets.'

'En dat is maar al te vaak het probleem.' Ze vraagt hem naar een partij zijde die aan een kleermaker in Lombardije geleverd moet worden. 'Wie heeft de invoerrechten verworven?'

'Dat weet ik niet meer,' zegt hij.

'Wie was het, Johannes? Wie?'

'Henry Field. Een koopman van de Britse Oost-Indische Compagnie,' antwoordt hij.

Maren slaat met haar vuist op tafel. 'De Engelsen.' Johannes kijkt haar zwijgend aan. 'Bedenk nu eens wat dat betekent, Johannes. Denk na. De afgelopen twee jaar. We hebben het geld in andermans broekzak laten verdwijnen. We hebben niet...'

'Maar de Engelsen kopen Haarlems linnen van ons.'

'Daar betalen ze anders geen hoge prijs voor. De vrekken.'

'Zo noemen ze ons ook.'

Goudprijzen, sultans, Engelsen – Marens woordgebruik is ronduit verrassend te noemen. Waarschijnlijk gaat Johannes buiten zijn boekje, want welke vrouw heeft nu zoveel verstand van de VOC?

Nella voelt zich verwaarloosd en heeft het idee dat ze onzichtbaar is. Dit is haar eerste dag in Amsterdam en haar man en zijn zuster hebben haar nog geen enkele vraag gesteld, al geeft dit twistgesprek over geld haar de gelegenheid om haar bruidegom heimelijk te bestuderen. Zijn huid is zongebruind – vergeleken met hem zijn Maren en zij bleek als geesten. In Nella's fantasie draagt hij een piratenhoed en doorklieft zijn schip de donkerblauwe golven van een verre zee.

Haar gedachten gaan nog verder: ze ziet Johannes zonder zijn kleren en vraagt zich af hoe het zal zijn als het lichaamsdeel dat nu onder tafel verborgen is op haar wacht. Haar moeder heeft haar verteld wat echtgenotes kunnen verwachten: de pijn van een harde roede, gevolgd door druipend, slijmerig vocht tussen hun benen. Met een beetje geluk is het snel voorbij. Nella heeft in Assendelft genoeg rammen en ooien gezien om te weten wat er gaat gebeuren. 'Ik wil niet alleen maar dáárvoor dienen. Ik wil een ander soort echtgenote zijn,' zei ze tegen haar moeder. 'Er zijn geen andere soorten,' was het antwoord. Bij het zien van haar dochters blik was mevrouw Oortman iets milder geworden. Ze had haar armen om Nella heen geslagen en zachtjes op haar buik geklopt. 'Je lichaam is de sleutel, lieverd.' Toen Nella wilde weten welk slot ze daarmee moest openmaken en hoe ze dat moest aanpakken, vond mevrouw Oortman dat ze te ver ging. 'Je krijgt een dak boven je hoofd, en daar mogen we God dankbaar voor zijn.'

Omdat ze bang is dat de anderen die herinneringen op haar gezicht kunnen zien, staart Nella naar haar bord. 'Zo is het wel weer genoeg,' zegt Maren. Nella schrikt, alsof haar schoonzuster haar gedachten heeft gelezen. Johannes praat nog steeds over de Engelsen en gooit de laatste slokken amberkleurig bier achterover.

'Heb je het met Frans Meermans nog over de suiker van zijn vrouw gehad?' onderbreekt Maren hem. Zijn stilzwijgen maakt haar bars. 'Die partij ligt daar maar in dat pakhuis, Johannes. Die suiker is ruim een week geleden uit Suriname aangekomen, maar Frans en Agnes weten nog steeds niet wat je ermee gaat doen. Ze wachten op nieuws van jou.'

Johannes zet zijn glas neer. 'Je belangstelling voor de kersverse rijkdom van Agnes Meermans verbaast me,' zegt hij.

'Ik maak me niet druk over haar rijkdom. Ik weet alleen dat Agnes hier dolgraag binnen wil komen.'

'Wat ben jij toch altijd achterdochtig. Ze weet dat ik de beste ben. Daarom wil ze dat ik haar suiker doorverkoop.'

'Nou, verkoop die partij dan. Dan heb je niets meer met hen te maken. Vergeet niet wat er op het spel staat.'

'Van alle waren die ik kan verhandelen, wil je die suiker het eerst weg hebben! Maak je je opeens geen zorgen meer over al die zoetekauwen? Wat zou je dominee daar wel van zeggen?' Johannes wendt zich tot zijn vrouw. 'Mijn zuster vindt dat suiker slecht is voor de ziel, Nella, maar toch wil ze dat ik die zoetigheid verkoop. Wat vind je daarvan?'

Nella herinnert zich dat ze nul op het rekest kreeg toen ze om marsepein vroeg, en ze is dankbaar voor zijn onverwachte aandacht. Zielen en geld, denkt ze, deze twee mensen denken alleen maar aan zielen en geld.

'Ik zorg gewoon dat ik het hoofd boven water houd,' zegt Maren stijfjes. 'Ik vrees mijn God, Johannes. Jij niet?' Nella ziet dat Maren haar vork als een kleine drietand in haar hand klemt. 'Verkoop die suiker, alsjeblieft.' Maren heeft niet in de gaten dat Nella haar observeert. 'We hebben in elk geval het geluk dat er geen gilde van suikerverkopers bestaat. We bepalen zelf onze prijs en zijn vrij onze klanten te kiezen. Zorg dat je de partij zo snel mogelijk kwijtraakt. Dat is echt het beste.'

Johannes staart naar het brood, dat nog steeds onaangeroerd midden op het damast ligt. Nella hoort haar maag rammelen en legt er intuïtief een hand op, alsof ze daarmee het geluid kan dempen. 'Otto zou zich niet kunnen vinden in onze nieuwste vorm van vrije handel,' zegt hij, terwijl zijn blik even naar de deur glijdt.

Maren steekt de tanden van haar vork in het damasten kleed. 'Hij is een Nederlander. Een pragmaticus. Hij heeft zelfs nog nooit een suikerrietplantage gezien.'

'Nee, maar dat had niet veel gescheeld.'

'Het gaat om inkomsten. Dat begrijpt hij net zo goed als wij.' Haar grijze ogen kijken hem indringend aan. 'Waar of niet?'

'Je kunt niet voor hem spreken,' zegt Johannes. 'Hij werkt voor mij, jij niet. En dit tafelkleed kost dertig gulden. Maak alsjeblieft niet alles kapot wat ik heb.'

'Ik ben in de haven geweest,' snauwt Maren. 'De burgemeesters hebben gisterochtend drie mannen verdronken. Er werden gewichten aan hun hals vastgemaakt, en daarna werden ze in zakken gestopt en een voor een in het water gegooid.'

Ergens in de gang valt een schaal op de grond. 'Rezeki! Foei!' roept Cornelia, maar Nella ziet dat de honden van Johannes allebei in een hoek van de eetkamer liggen te slapen. Johannes doet zijn ogen dicht en Nella vraagt zich af wat verdrinkende mannen te maken hebben met suikervoorraden, Otto's mening of Agnes Meermans die hier binnen wil komen.

'Ik weet hoe een man verdrinkt,' zegt hij zacht. 'Je lijkt te vergeten dat ik het merendeel van mijn leven op zee heb moeten doorbrengen.'

Er klinkt een waarschuwing in zijn stem door, maar Maren is nog niet klaar. 'Ik vroeg aan de man die het havenkwartier ontruimde waarom de burgemeesters die drie hadden verdronken. Hij zei dat ze niet genoeg geld hadden om hun God tevreden te stellen.'

Ze raakt buiten adem en zwijgt. Johannes maakt een zeer aangeslagen indruk en zakt onderuit op zijn stoel. 'Schenkt God dan niet iedereen vergiffenis, Maren?' vraagt hij, maar hij lijkt geen antwoord te willen horen.

De kamer is warm, de sfeer uiterst gevoelig. Cornelia komt met een rood gezicht binnen en ruimt de tafel af. Als Johannes opstaat, kijken de drie vrouwen hem afwachtend aan, maar hij loopt de kamer uit en maakt een wegwerpgebaar. Maren en Cornelia lijken te weten wat dat betekent. Maren pakt het boek waarmee ze naar de ontbijttafel is gekomen. Nella kijkt naar de titel: *Warenar*, het toneelstuk van Hooft.

'Hoe vaak gaat hij weg?' vraagt Nella.

Maren legt het boek neer en maakt een afkeurend geluid als een bladzijde op de tafel omvouwt. 'Mijn broer gaat weg. Hij komt terug. Hij gaat weer weg,' verzucht ze. 'Dat zul je nog wel zien. Het is niet moeilijk. Iedereen kan het.'

'Ik vroeg niet of het moeilijk was. Wie is Frans Meermans?'

'Cornelia, hoe gaat het vanochtend met Petronella's parkiet?' vraagt Maren.

'Goed, juffrouw Maren. Heel goed.' Cornelia ontwijkt Nella's blik. Geen gegiechel vandaag, en ook geen plagerige opmerkingen. Ze maakt een vermoeide indruk, alsof ze ergens mee zit.

'Hij moet frisse lucht om zich heen hebben,' zegt Nella. 'In de keuken hangen waarschijnlijk allerlei kookdampen. Ik wil hem in mijn kamer laten rondvliegen.'

'Dan pikt hij iets kostbaars kapot,' zegt Maren.

'Dat doet hij niet.'

'Dan ontsnapt hij door het raam.'

'Ik houd het gesloten.'

Maren slaat haar boek met een klap dicht en verlaat de kamer. De dienstmeid recht haar rug en kijkt haar met samengeknepen blauwe ogen na. Na een korte aarzeling loopt zij ook weg. Nella leunt achterover op haar stoel en staart met een wezenloze blik naar de landkaart van Johannes. De deur staat nog open en ze hoort Maren en Johannes bij de deur van de werkkamer fluisteren.

'Lieve help, Maren. Heb je echt niets beters te doen?'

'Je hebt nu een echtgenote. Waar ga je naartoe?'

'Ik heb ook een bedrijf.'

'Het is zondag! Met wie moet je op zondag handeldrijven?'

'Maren, denk je dat dit huishouden vanzelf draait? Ik ga bij de suiker kijken.'

'Ik geloof er niets van,' sist Maren. 'Dit sta ik niet toe.' Nella voelt de spanning tussen broer en zus stijgen, een zwijgende taal die bijna tot uitbarsting komt.

'Ik ken geen enkele man die dit van zijn zuster neemt. Jij kunt me de wet niet voorschrijven.'

'Nee, maar anderen wel.'

Johannes beent het huis uit, en Nella hoort de zacht zuigende fluistering als de deur naar de buitenwereld dichtgaat. Ze tuurt om het hoekje en ziet haar nieuwe schoonzuster in de gang staan. Maren verbergt haar hoofd in haar handen, en met haar opgetrokken schouders is ze een toonbeeld van verdriet.

Trompe-l'oeil

Als Marens echoënde voetstappen in de richting van haar kamer verdwijnen, sluipt Nella de trap af naar de benedenverdieping, waar Pibo klikkende geluidjes maakt als hij zijn bazinnetje hoort. Tot haar verbazing hangt de vogelkooi nu in de pronkkeuken. Daar wordt nooit gekookt – dat wordt gedaan in de kookkeuken, aan de andere kant van de gang. De pronkkeuken heeft geen vlekken op de muren en wordt alleen maar gebruikt om het servies van de familie Brandt uit te stallen, ver weg van de spetterende potten en pannen. Nella vraagt zich af hoelang Pibo al schone lucht inademt, en ze is bovenal benieuwd wie zo aardig is geweest de vogel te verplaatsen.

Otto poetst aan een wandtafeltje langzaam het zilveren bestek voor het avondeten. Hij is niet lang, maar hij heeft brede schouders en lijkt te groot voor zijn stoel. Als hij haar in de deuropening ziet verschijnen, wijst hij naar Pibo's kooi. 'Hij is een kleine druktemaker,' zegt hij.

'Het spijt me. Als het mocht, zou ik hem in mijn kamer...'

'Ik vind zijn kabaal wel aardig.'

'O. Gelukkig. Bedankt dat je hem hier hebt gehangen.'

'Dat heb ik niet gedaan, mevrouw.'

Mevrouw. Wat klinkt dat woord prachtig uit zijn mond. Zijn onberispelijke overhemd is keurig geperst, zonder losse draadjes of vlekken. Onder het calicot bewegen zijn armen zich met een onbewuste elegantie. Hoe oud zou hij zijn? Een jaar of dertig, misschien iets jonger. Zijn laarzen glimmen als die van een generaal. Alles aan hem is nieuw, onbekend. Het feit dat ze in haar eigen huis door een bediende in zulke perfecte kleding 'mevrouw' wordt genoemd, is opeens het hoogtepunt van haar bestaan. Haar hart zwelt op van dankbaarheid, maar Otto lijkt het niet in de gaten te hebben.

Blozend loopt Nella naar de kooi, waar ze haar parkiet tussen de spijltjes door begint te aaien. Pibo maakt een zacht geluid, *iek iek*, en begint met zijn snavel door zijn veren te strijken alsof hij iets zoekt.

'Waar komt hij vandaan?' vraagt Otto.

'Dat weet ik niet. Mijn oom heeft hem gekocht.'

'Hij komt dus niet uit een Assendelfts ei?'

Nella schudt haar hoofd. In Assendelft worden nooit zulke bonte, bijzondere wezens geboren. Ze voelt zich een beetje opgelaten, maar tegelijkertijd is ze opgetogen: Otto weet waar ze geboren is. Wat zouden haar moeder, de oude mannen op het dorpsplein en de schoolkindertjes van deze man zeggen?

Otto pakt een vork en haalt een zachte doek tussen de tanden door. Nella drukt zo hard op de spijlen dat haar vingertoppen wit worden. Ze legt haar hoofd in haar nek als haar blik langs de vierkante, geboende wandtegels naar het plafond dwaalt, waarop iemand een bedrieglijke schildering heeft gemaakt. Dwars door het gepleisterde vlak heen lijkt een glazen koepel naar een onmogelijke hemel te reiken.

Otto volgt haar blik. 'Die heeft mijnheer Brandt laten schilderen.'

'Het is knap gedaan.'

'Het is gezichtsbedrog,' zegt hij. 'Door het vocht zal het wel gauw afbladderen.'

'Maar Maren zei dat dit huis droog is. En dat afkomst niets zegt.'

Otto glimlacht. 'Dat ben ik niet met haar eens.'

Heeft hij het nu over de staat van het huis of over Marens theorie? Nella laat haar blik over de enorme ingebouwde kasten dwalen. Drie reusachtige glazen ruiten beschermen allerlei borden en ander porseleinen servies. Ze heeft nog nooit zo'n grote verzameling gezien. Thuis hadden ze alleen nog maar wat Delfts aardewerk, want de rest moest worden verkocht.

'De wereld van mijnheer in een verzameling borden,' zegt Otto. Nella luistert of ze trots of afgunst in zijn stem hoort, maar ze bespeurt geen van beide. Otto houdt zijn toon met opzet neutraal. 'Delft, Dejima, China,' vervolgt hij. 'Serviesgoed dat de wereldzeeën omspant.'

'Moet mijn man altijd zelf reizen? Is hij niet zo rijk dat hij een ander op pad kan sturen?'

Otto kijkt fronsend naar het lemmet dat hij oppoetst. 'Je moet je rijkdom in stand houden. Dat doet niemand anders voor je. Als je niet oppast, loopt het geld als zand tussen je vingers door.' Hij is klaar en vouwt zijn zachte doek op tot een keurig vierkantje.

'Dus hij werkt hard?'

Otto maakt met zijn vinger een spiraalvormige beweging in de richting van de bedrieglijke glazen koepel boven hun hoofd, die de illusie van diepte wekt. 'De waarde van zijn aandelen stijgt nog steeds.'

'Wat gebeurt er als het hoogste punt is bereikt?'

'Wat er altijd gebeurt, mevrouw. Dan gebeuren er nare dingen.'

'En dan?'

'Tja, dan wordt het waarschijnlijk een kwestie van pompen of verzuipen.' Otto pakt een grote soeplepel en kijkt naar zijn vervormde, gekrompen beeltenis in het convexe zilver.

'Ga je met hem mee naar zee?'

'Nee.'

'Waarom niet? Je bent zijn bediende.'

'Ik vaar niet meer.'

Nella vraagt zich af hoelang hij al op deze bodem woont, die door de mens op het moeras is veroverd en met diepe polders en doorzettingsvermogen in stand wordt gehouden. Maren noemde hem een Nederlander. 'De ziel van mijnheer behoort de zee toe, mevrouw,' zegt Otto. 'De mijne niet.'

Nella haalt haar hand uit Pibo's kooi en gaat op een stoel bij de haard zitten. 'Hoe weet jij zoveel over mijn mans ziel?'

'Ik heb toch ogen en oren?'

Nella schrikt. Zo'n vrijpostig antwoord had ze niet verwacht – al heeft Cornelia er ook geen moeite mee om haar mening te geven. 'Dat is waar, maar ik...'

'De zee is iets wat het land nooit kan zijn, mevrouw,' zegt Otto. 'Het water verandert voortdurend.'

'Otto.'

Maren is in de deuropening verschenen. Otto staat op. Hij heeft zijn bestek uitgestald als een arsenaal van glanzende wapens. 'Hij is aan het werk,' zegt Maren tegen Nella. 'Hij heeft nog veel te doen.'

'Ik vroeg hem alleen maar naar het werk van Johannes.'

'Laat dat maar liggen, Otto,' zegt Maren. 'Die geschriften moeten de deur uit.'

Ze draait zich om en loopt weg. Otto kijkt naar Nella. 'Mevrouw,' fluistert hij boven het wegstervende geluid van Marens voetstappen uit, 'wie tegen een bijenkorf schopt, wordt beslist gestoken.'

Nella weet niet of dat een wijze raad of een dringende waarschuwing is. 'Ik zou die kooi maar dichthouden,' voegt hij eraan toe, met een knikje naar Pibo. Ze luistert als hij met zachte, gelijkmatige voetstappen de trap op loopt.

Het geschenk

De volgende twee nachten wacht Nella tot Johannes bij haar komt en haar nieuwe leven laat beginnen. Ze laat de dikke, eikenhouten deur van haar slaapkamer op een kiertje staan en hangt haar sleutel ernaast, maar als ze 's ochtends wakker wordt, is die onaangeraakt, net als zij. Johannes lijkt 's avonds lang door te werken. 's Nachts hoort ze de voordeur krakend opengaan, en ook vaak op de vroege ochtend, als de zon nog maar net boven de horizon uit piept. Het flauwe licht schijnt in haar ogen als ze rechtop gaat zitten en beseft dat ze weer alleen is.

Als ze zich heeft aangekleed, loopt ze doelloos door de kamers op de begane grond en de eerste verdieping. Achter in het huis, ver weg van eventuele gasten, zijn de kamers eenvoudiger, want alle pracht is bewaard voor de vertrekken die op de straat uitkijken. Die kamers aan de voorkant lijken het mooist als er niemand is die het meubilair verslijt of modderige voetstappen op de geboende vloeren achterlaat.

Ze bestudeert marmeren pilaren en lege haarden en laat haar ondeskundige blik over de vele, vele schilderijen dwalen. Schepen die hun kruisbeeldachtige masten naar de hemel uitstrekken, landschappen die er erg warm uitzien, nog meer verlepte bloemen, omgekeerde schedels die aan bruine knollen doen denken, knieviolen met kapotte snaren, langgerekte taveernes met dansende mensen, gouden borden en gelakte paarlemoeren bekers. Als ze ze allemaal vlug achter elkaar bekijkt, wordt ze misselijk. Het goudleerbehang ruikt nog steeds een beetje naar varken en doet haar denken aan de boerderijen in Assendelft. Ze wil niet herinnerd worden aan een plaats die ze met plezier achter zich dacht te laten, maar als ze haar blik afwendt, wordt ze geconfronteerd met enorme Bijbelse wandtapijten: Maria en Marta met Jezus, de bruiloft in Kana en de slimme Noach met zijn stevige ark.

In de pronkkeuken ziet ze de twee luiten van Johannes aan de tegelwand hangen, keurig opgeboend door Cornelia. Als ze haar arm uitsteekt om er een van de muur te halen, schrikt ze, want er ligt meteen een hand op haar schouder.

'Die luit mag niet bespeeld worden,' bitst Maren. 'Je bederft het vakmanschap met je getokkel.'

'Loop je soms achter me aan?' wil Nella weten. Ze tikt op de luiten als Maren zwijgt. 'De snaren moeten gespannen worden. Ze worden niet goed onderhouden.'

Ze draait zich om en loopt met grote passen naar boven. Ze is nog niet in Marens kamer geweest, die aan het uiteinde van de gang ligt. Haar blik valt op het sleutelgat. Ze vermoedt dat er achter die deur een sobere, kale kamer ligt, en ze is zo kwaad dat ze bijna naar binnen loopt. Wie denkt Maren wel dat ze is om haar de wet voor te schrijven? Nella is nota bene de vrouw des huizes.

Toch gaat ze terug naar haar eigen kamer, waar ze wanhopig naar de bebloede veren en de scherpe, gekromde snavels van de geschilderde vogels kijkt. Mijn hemel, Maren heeft zelfs een hekel aan muziek! Weet ze dan niet dat luiten niet bedoeld zijn om aan de muur te hangen?

Doorgaans richt Maren pas het woord tot haar als ze Nella iets opdraagt of haar de les leest. Voor dat laatste haalt ze vaak iets aan uit de familiebijbel, meestal iets vermanends. Als ze alle bewoners van het huis naar de gang roept om naar passages uit de Bijbel te luisteren, ziet Nella tot haar verbazing dat het voorlezen Marens taak is. Thuis deed haar vader dat als hij nuchter was, en inmiddels heeft de dertienjarige Carel al vele teksten aan zijn moeder en zijn zusters voorgelezen.

Op andere momenten schrijft Maren op een groene fluwelen stoel in de ontvangkamer in haar grootboek. Nella's nieuwe schoonzuster lijkt de huishoudelijke administratie heel ijverig bij te houden. De kolommen vormen voor haar een natuurlijke, verticale notenbalk, en de cijfers zijn muzieknoten waarmee hun geld een geluidloze melodie danst. Nella wil nog meer vragen over haar mans bedrijf en de suiker van Frans en Agnes Meermans, maar het is nooit eenvoudig om een gesprek met Maren aan te knopen.

Maar op de derde dag sluipt ze de ontvangkamer in, waar Maren met gebogen hoofd op haar stoel zit, alsof ze bidt. Als Nella dichterbij komt, ziet ze het grootboek zoals gewoonlijk opengeslagen op Marens schoot liggen.

'Maren?'

Maren kijkt op. Nella heeft haar nog niet eerder bij de voornaam genoemd en proeft hoe nieuw en gewaagd dat nu klinkt. Haar poging tot intimiteit heeft niet de gewenste uitwerking.

'Ja?' Maren legt demonstratief haar pen op de openliggende bladzijden en zet haar handen op de bladeren in het gedetailleerde houtsnijwerk van de stoel. Als Nella de harde uitdrukking in haar grijze ogen ziet, vermoedt ze dat de woordenwisseling over de luit nog niet vergeten is. Bij het zien van Marens vorsende blik slaat de vertwijfeling toe. Er is een druppeltje inkt uit de punt van de pen gelekt.

'Blijft het altijd zo?' flapt Nella eruit.

Door die onomwonden vraag wordt de sfeer geladen, en Marens gezicht vertrekt tot een masker. 'Wat bedoel je?'

'I-ik zie hem nooit.'

'Als je het over Johannes hebt, kan ik je verzekeren dat hij wel degelijk bestaat.'

'Waar werkt hij?' Nella stelt met opzet een vraag waarop Maren een duidelijker antwoord moet geven. De vraag heeft een vreemd effect: ze ziet Marens rug haast onmerkbaar verstijven.

'Op verschillende plaatsen,' antwoordt Maren. Ze fronst, en haar stem klinkt beheerst en stijfjes. 'De beurs, de havens, de kantoren van de VOC aan de Oude Hoogstraat.'

'Wat doet hij daar precies?'

'Als ik dat wist, Petronella...'

'Je bent ervan op de hoogte. Ik weet het zeker...'

'Hij verandert modder in goud. Water in guldens,' onderbreekt Maren haar. 'Hij verkoopt andermans goederen en maakt daar winst op. Hij laadt zijn schepen vol en stuurt ze naar zee. Hij denkt dat hij ieders lieveling is. Meer weet ik niet. Geef me de stoof eens, mijn voeten zijn net ijsklompen.'

Volgens Nella heeft Maren nog nooit zoveel achter elkaar tegen haar gezegd. 'Je kunt ook de haard aansteken,' zegt ze. Ze schuift een van de hete stoofjes naar Maren, die het met een stampende voet tot stilstand brengt. Als Maren blijft zwijgen, vervolgt ze: 'Ik wil graag zien waar hij werkt. Ik ga hem binnenkort een bezoekje brengen.'

Maren klapt het grootboek dicht, met de pen er nog in, en staart naar het beschadigde leren omslag. 'Dat lijkt me geen goed idee.'

Nella weet dat ze beter geen vragen meer kan stellen, want ze bereikt immers niets. Toch kan ze zich niet inhouden. 'Waarom niet?

'Hij heeft het druk.'

'Maren...'

'Je moeder heeft toch zeker wel gezegd dat het zo zou gaan?' snauwt Maren. 'Je bent niet met de plaatselijke notaris getrouwd.'

'Maar Johannes...'

'Petronella, hij moet werken! En jij moest een echtgenoot hebben.'

'Waarom dan? Jij bent niet getrouwd.'

Marens kaak verstrakt en Nella voelt even triomf.

'Nee,' zegt Maren. 'Maar ik heb altijd alles gehad wat mijn hart begeerde.'

De volgende ochtend kiest Maren een stuk uit Spreuken en een verhaal uit Job dat met hel en verdoemenis dreigt. Ze besluit met de heldere woorden van Lucas.

'Maar wee u, gij rijken, want gij hebt uw vertroosting reeds.
Wee u, die nu overvloed hebt, want gij zult hongeren.
Wee u, die nu lacht, want gij zult smart hebben en wenen.'

Ze leest vlug en monotoon, alsof ze het gênant vindt om haar eigen stem over die eindeloze zwarte en witte tegels te horen weergalmen. Haar handen omklemmen de lessenaar alsof het een reddingsvlot is. Nella kijkt omhoog als Maren haar tekst opdreunt en vraagt zich af waarom haar schoonzuster nog thuis woont, ongetrouwd en zonder gouden ring om haar vinger. Misschien durfde geen enkele man het aan met Marens scherpe tong. Het is een boosaardige gedachte, maar Nella geniet er heimelijk van.

Is dit nu mijn nieuwe familie? De vraag speelt door haar hoofd, en ze kan zich haast niet voorstellen dat deze mensen ooit hardop gelachen hebben. Ze acht hen hooguit in staat tot wat besmuikt gegniffel. Aan Cornelia's taken lijkt nooit een einde te komen. Als ze niet beneden is om steur te koken, is ze bezig om het eiken en rozenhouten meubilair te boenen, het enorme vloeroppervlak op de bovenverdieping te vegen, de lakens uit te slaan of de ruiten te lappen. Iedere Nederlander weet dat arbeid adelt en dat ledigheid des duivels oorkussen is, maar desondanks komt Cornelia helemaal niet zo braaf op Nella over.

Otto luistert peinzend naar de teksten. Als zijn blik die van Nella kruist, wendt hij haastig zijn hoofd af. Oogcontact tijdens religieuze bespiegelingen lijkt bijna zondig te zijn. Johannes verstrengelt zijn vingers alsof hij bidt en kijkt alleen maar naar de deur.

Nella gaat terug naar haar kamer en probeert haar moeder in een brief uit te leggen dat ze zich in een precaire situatie bevindt, maar de gekozen woorden verhullen hun diepste betekenis en weigeren uit te drukken wat ze voelt. Het lukt haar niet een beschrijving te geven van haar verbijstering, haar woordenwisselingen met Maren, een echtgenoot die allerlei talen spreekt, behalve die van de liefde – en bedienden die in verborgen werelden leven en wier lachende stemmen ook een eigen taal vormen. In plaats daarvan krabbelt ze namen – *Johannes, Otto, Toet* – en tekent ze Maren met een gigantisch hoofd. Vervolgens verfrommelt ze het papier en gooit het in de richting van de haard, waar het vlak voor het vuur blijft liggen.

Een uur later hoort ze mannenstemmen, blaffende honden en een lachende Johannes. Ze kijkt uit het raam en ziet drie sterke ambachtsgezellen. Ze hebben hun mouwen opgerold en lopen met touwen over hun schouders naar buiten.

Tegen de tijd dat ze uit haar kamer komt, staat Maren al in de gang. 'Johannes,' hoort Nella haar sissen. 'Wat heb je in vredesnaam gedaan?'

Nella loopt zachtjes over de overloop en hapt naar adem als ze ziet wat de drie mannen hebben achtergelaten.

Midden in de gang torent een enorm kabinet meer dan een halve meter boven Johannes uit. De reusachtige kast wordt ondersteund door acht stevige, gebogen poten, en aan de voorkant hangen twee gesloten, mosterdkleurige fluwelen gordijnen. Johannes heeft de bijbellessenaar in de hoek geschoven om plaats te maken. Hij houdt zijn hand op de kast en kijkt met een brede glimlach naar het glanzende hout. Hij ziet er verfrist uit, en aantrekkelijker dan Nella hem ooit heeft gezien.

Maren loopt behoedzaam naar het kabinet toe, alsof het boven op haar kan vallen of uit zichzelf naar haar toe kan komen. Rezeki kruipt met een diepe grom achteruit. 'Is dit een grap?' vraagt Maren. 'Hoe duur was die kast?'

'Laten we het nu eens níét over geld hebben,' antwoordt Johannes. 'Jij zei dat ik verstrooiing moest zoeken...'

'Ja, maar niet dat je zo'n wanstaltig ding in huis moest halen. Zijn die gordijnen geverfd met saffraan?'

'Verstrooiing?' vraagt Nella vanaf de trap. Maren draait zich razendsnel om. Haar blik is ontzet.

'Iets voor jou,' roept Johannes. 'Een huwelijksgeschenk.' Hij klopt op de zijkant van het kabinet, en de gordijnen lijken te bewegen.

'Wat is het?'

'Gemaakt van eiken- en olmenhout. Olmenhout is sterk,' zegt Johannes, alsof dat een antwoord op haar vraag is. Hij kijkt naar Maren. 'Het wordt voor doodskisten gebruikt.'

Marens mond wordt een dunne streep. 'Hoe kom je eraan?' vraagt ze.

Johannes haalt zijn schouders op. 'In de haven zei een man dat hij nog wat kabinetten had uit de werkplaats van een overleden timmerman,' zegt hij. 'Ik heb het hout laten verfraaien met fineer van schildpad en tinnen inlegsel.'

'Waarom?' vraagt Maren. 'Zoiets heeft Petronella niet nodig.'

'Ze leert ervan,' antwoordt Johannes.

'Wat?' zegt Nella.

Johannes steekt zijn hand uit naar Rezeki, maar de teef deinst terug voor haar baas. 'Rustig maar, meisje. Rustig.'

'Ze vindt het maar niets,' zegt Cornelia, die achter Nella aan naar beneden is gelopen. Nella vraagt zich af of de dienstmeid háár bedoelt of de hond. Cornelia houdt haar bezem als een staf voor haar lichaam, alsof ze een aanval verwacht.

'Ze léért ervan?' herhaalt Maren minachtend. 'Wat moet ze dan leren?'

'Van alles,' zegt Johannes.

Wat een onzin, denkt Nella. Ik ben een vrouw van achttien, geen meisje van acht. 'Maar wat ís het?' dringt ze aan, terwijl ze haar verbijstering probeert te verbergen.

Eindelijk steekt Johannes zijn handen uit naar de gordijnen, en met een zwierig gebaar schuift hij ze open. De vrouwen houden hun adem in. Ze zien de binnenkant van het kabinet, verdeeld in negen vakken waarvan sommige wandbekleding met bladgoud hebben en andere houten panelen.

'Het is dit huis,' fluistert Nella.

'Jouw huis,' verbetert Johannes haar vergenoegd.

'Het is een stuk makkelijker schoon te houden,' merkt Cornelia op. Ze strekt haar hals om de bovenste kamers te bekijken.

De kamers in het kabinet zijn griezelig levensecht. Het is alsof het originele huis is gekrompen, doormidden is gekliefd en zijn binnenkant laat zien. Vanaf de kookkeuken en de ontvangkamer tot aan de zolderverdieping, waar de voorraden turf en het brandhout worden opgeslagen om ze tegen het vocht te beschermen, zijn de negen kamers perfecte kopieën. 'Er zit ook nog een kelder in verstopt,' vertelt Johannes. Hij tilt de vloer tussen de kookkeuken en de pronkkeuken op, waardoor een verborgen, lege ruimte zichtbaar wordt. Op het plafond in de pronkkeuken staat zelfs een kopie van de trompe-l'oeil. Nella herinnert zich het gesprek met Otto waarin hij naar die onechte koepel wees. 'Dan gebeuren er nare dingen,' had hij gezegd.

Rezeki loopt grommend om het kabinet heen. 'Wat heb je ervoor betaald, Johannes?' wil Maren weten.

'De omlijsting kostte tweeduizend gulden,' antwoordt hij rustig. 'Met de gordijnen erbij werd het drieduizend.'

'Wát? Drieduizend gulden? Als je dat bedrag goed investeert, zou een gezin er jaren van kunnen leven.'

'Maren, al ontbijt je nog zo vaak met een harinkje, jij geeft in je eentje al meer dan tweeduizend gulden per jaar uit. En waar maak je je druk over nu we die suiker van Meermans hebben?'

'Als je die eindelijk eens verkocht, zou ik me niet druk maken...'

'O, houd toch eens je mond.'

Met tegenzin neemt Maren wat afstand van het houten meubelstuk. Otto komt uit de keuken en bekijkt de aanwinst belangstellend. Het zelfvertrouwen van Johannes taant een beetje, alsof hij voelt dat zijn gebaar niet het gewenste resultaat heeft.

De buitenkant van schildpad doet Nella denken aan de herfst in Assendelft, aan dwarrelende oranje en bruine tinten, Carel die in de tuin haar handen beetpakt en onder de bomen met haar ronddraait. De kast heeft inderdaad inlegsel van tin, een fijn netwerk van metalen aderen dat over de hele buitenkant loopt, zelfs over de poten. Vreemd genoeg hebben het hout en de bekleding van schildpad iets spannends. Zelfs de fluwelen gordijnen voelen op een bepaalde manier machtig aan.

In Assendelft kende Nella wel rijke kinderen die zo'n miniatuurhuis kregen, maar ze waren geen van alle zo mooi als dit exemplaar. Voordat haar vader hun geld had verdronken, had ze er misschien wel een kunnen krijgen, kleiner dan dit, een huis om te leren hoe ze later met haar voorraadkasten, haar linnengoed, haar bedienden en haar meubilair moest omgaan. Nu ze getrouwd is, vindt ze zoiets eigenlijk overbodig.

Ze ziet dat Johannes naar haar kijkt. 'Zelfs de vloer in de gang is identiek,' zegt ze, wijzend op de uitgestrekte, zwart met witte tegelvloer onder hun voeten. Ze legt haar vinger voorzichtig op de piepkleine vierkante tegels.

'Italiaans marmer,' zegt Johannes.

'Ik vind het maar niets,' zegt Maren. 'En Rezeki ook niet.'

'Dan hebben we het over de smaak van een teef,' grauwt Johannes.

Marens gezicht wordt vuurrood. Ze stormt naar buiten en gooit de voordeur met een klap achter zich dicht.

'Waar gaat ze naartoe?' vraagt Cornelia hevig benauwd. Door het raam aan de voorkant kijken zij en Otto hun werkgeefster na.

'Het leek me een mooie verrassing.' Johannes draait zich weer om naar het kabinet.

'Maar wat moet ik ermee doen?' vraagt Nella.

Johannes kijkt haar met een enigszins wezenloze blik aan. 'Dat weet ik niet.' Hij wrijft het fluwelen gordijn tussen zijn duim en zijn wijsvinger voordat hij het dichttrekt. 'Je bedenkt vast wel wat.'

Het slot klikt dicht als Johannes in zijn werkkamer verdwijnt. Otto en Cornelia lopen vlug naar beneden, naar de kookkeuken. Nella blijft in de gang achter met Rezeki, die zachtjes piept en langs de muren loopt. De moed zinkt haar in de schoenen als ze naar haar geschenk kijkt. Ik ben hier al te oud voor, denkt ze. Wie krijgt dit kunstwerk te zien, wie kan op die stoelen zitten of dat wassen voedsel eten? Ze heeft in deze stad geen familie of vrienden die het kunnen komen bewonderen. Het poppenhuis herinnert haar alleen maar aan haar machteloosheid, haar huwelijksleven dat maar niet op gang wil komen. *Het is jouw huis*, heeft haar man gezegd, maar wie kan er nu wonen in die piepkleine kamertjes, die negen doodlopende vertrekken? Welke man koopt nu zo'n geschenk, hoe mooi het ook is gemaakt en hoe vorstelijk de buitenkant er ook uitziet?

'Ik hoef helemaal niets te leren,' zegt ze hardop. Rezeki jankt. 'Je hoeft niet bang te zijn,' zegt Nella tegen de hond. 'Het is maar speelgoed.' Misschien kan ik van de gordijnen een hoed laten maken, denkt ze, terwijl ze ze openschuift.

Als het interieur zichtbaar wordt, krijgt ze een ongemakkelijk gevoel. Het lege pantser van olmenhout en schildpad lijkt haar aan te kijken, alsof de kamers ogen zijn. In de kookkeuken hoort ze harde stemmen – Cornelia is het meest aan het woord, en Otto geeft haar iets zachter antwoord. Aarzelend legt Nella haar hand weer op het hout. Het is hard als gepolijst steen en voelt veel koeler aan dan het fluweel.

Nu Maren weg is en zij met hun tweeën beneden in de kookkeuken zijn, kan ik Pibo halen en hem vrij laten rondvliegen, denkt ze. Johannes merkt het toch niet, en het lijkt me fijn om mijn vogeltje te zien vliegen. Maar als ze zich van het kabinet naar de grote trap draait, denkt ze opeens weer aan Marens sleutelgat, boven aan het einde van de gang. Ze trekt de saffraankleurige gordijnen dicht en zegt tegen zichzelf: laat dat beledigende poppenhuis toch voor wat het is. Je mag gaan en staan waar je wilt.

Met bonkend hart laat ze het geschenk van Johannes op de tegels achter, en ze loopt de trap op naar Marens kamer. Ze denkt niet meer aan haar parkiet, maar toch begint haar bravoure van een minuut geleden alweer te wankelen. Voor zover haar rokken het toelaten, haast ze zich door de gang, maar ondertussen begint ze weer te denken als een klein kind. Wat gebeurt er als ik betrapt word? Wat doen ze dan met me?

Maar als ze Marens zware deur openduwt en haar schoonzusters domein ziet, is ze zo verbaasd dat al haar behoedzaamheid verdwijnt.

Verboden terrein

Nella staat in de deuropening en kan haar ogen niet geloven. De kamer is zo klein als een nonnencel, maar de inhoud zou een heel klooster kunnen vullen. Zou Maren haar oude, grote kamer wel vrijwillig hebben opgegeven?

Aan het plafond is de afgevelde, papierachtige huid van een reuzenslang als een riddervaan gedrapeerd. Nella's uitgestrekte vingers strijken langs veren in allerlei patronen en vormen, die ooit aan de wonderlijkste vogels hebben toebehoord. Intuïtief zoekt ze naar een groene veer, maar tot haar opluchting lijkt niets in de verzameling op de vederdos van Pibo. Aan de wand is een vlinder geprikt, breder dan haar handpalm en met hemelsblauwe vleugels waarop zwarte krullen staan. Er hangen allerlei luchtjes in de kamer. Het sterkst is de geur van nootmuskaat, maar Nella ruikt ook sandelhout. Het aroma van kruidnagel en peper is diep in de wanden getrokken, geuren vol hitte en waarschuwingen.

Nella loopt verder de kamer in. Op de eenvoudige houten planken ligt een verzameling vergelende schedels, afkomstig van dieren die ze niet eens kan thuisbrengen: lange kaken, stompe scheeldaken, krachtige, scherpe tanden. Keverschilden, glimmend als koffiebonen en iriserend in het licht, hebben een zwarte glans met een zweempje rood erin. Een omgekeerd rugschild van een schildpad schommelt zachtjes als ze het aanraakt. Overal liggen gedroogde planten en bessen, zaadpeulen en zaden – de bron van alle bedwelmende geuren. Dit is geen Amsterdamse kamer, al toont hij wel de Amsterdamse drang om spullen te verwerven.

Tussen deze vier bescheiden muren is de hele republiek terug te vinden.

Aan de wand hangt een kaart van het reusachtige Afrikaanse continent, dat nog zoveel geheimen bewaart. Halverwege de westkust is een plaats omcirkeld die Porto-Novo heet. In Marens keurige handschrift zijn er vragen op geschreven. *Weer? Voedsel? God?* Er hangt een kaart van de Indische Archipel met nog veel meer cirkels en pijlen, die aangeven waar de flora en fauna in deze kamer vandaan komen. *Molukken 1676, Batavia 1679, Java 1682* – allemaal reizen die Maren waarschijnlijk niet zelf heeft gemaakt.

Op de tafel bij het raam ligt een opengeslagen aantekenboekje, waarin al deze spullen tot in detail lijken te zijn gecategoriseerd. Nella herkent Marens handschrift van de enveloppe die haar moeder eerder dat jaar heeft ontvangen, en ze ziet dat Maren soepeler schrijft dan ze spreekt. Ze wordt zenuwachtig als ze zich herinnert dat ze hier niet hoort te zijn. Eigenlijk wil ze dolgraag blijven om meer te weten te komen, maar ze is bang dat ze in de val loopt die ze met haar eigenzinnigheid heeft opgezet. Ik ben de vrouw des huizes helemaal niet, denkt ze. Ik heb hier net zo weinig te vertellen als Arabella in Assendelft.

Op de plank staat ook een vreemd uitziende lamp met de vleugels van een vogel en het hoofd en de borsten van een vrouw. Nella raakt het koude, dikke metaal aan. Naast de lamp ligt een stapeltje boeken, dat naar een leemachtige mengeling van vocht en varkensleer ruikt. Nella pakt het bovenste boek, zo nieuwsgierig naar Marens leesvoer dat ze zich niet meer bekommert om de vraag of er iemand naar boven komt.

Het is een reisverslag, getiteld *Ongeluckige Voyagie, van't Schip Batavia, Nae de Oost-Indien.* De meeste mensen in de Verenigde Provinciën kennen het verhaal van Corneliszoons muiterij. Aan boord vond de beruchte onderwerping van Lucretia Jans plaats, en later was Lucretia betrokken bij de moorden op de overlevenden. Nella kent de geschiedenis ook, maar haar moeder moest niets hebben van de schunnige aspecten van het verhaal. 'Door dat mens van Jans varen er tegenwoordig niet veel dames meer mee, en dat is maar goed ook,' had Nella's vader ooit opgemerkt. 'Vrouwen aan boord brengen ongeluk.'

'Omdat mannen hen ongelukkig hebben gemaakt,' had mevrouw Oortman gepareerd.

Nella doet het boek dicht, legt het terug en strijkt met haar vingers voorzichtig over de ongelijkmatige rij boekruggen. Er liggen hier veel titels, en al zou ze ze allemaal willen bekijken, ze weet dat ze niet lang kan blijven. Terwijl ze over het weelderige, dikke papier wrijft, bedenkt ze dat Maren waarschijnlijk veel geld aan haar liefhebberij besteedt.

Onder de *Ongeluckige Voyagie* ligt een boek van Heinsius, van wie iedereen weet dat hij wegens doodslag naar het buitenland is verbannen. Het is bijna strafbaar om het boek te bezitten, en het verbaast Nella hevig dat Maren het heeft. Er liggen ook een folio-editie van Saeghmans *Almanak*, het boek over kinderziekten van Stephanus Blankaart en het scheepsjournaal *Iovrnael ofte gedenckwaerdige beschrijvinghe* van Bontekoe. Nella bladert erdoorheen. Bontekoes boek bevat verslagen van gevaarlijke reizen en staat vol schitterende houtsneden, ribben van scheepswrakken, prachtige zonsopkomsten en allesverzwelgende zeeën. Een van de houtsneden beeldt een kustlijn af, met op de achtergrond een groot schip dat op een kussen van golven rust. Op de voorgrond staan twee mannen tegenover elkaar. De ledematen van de ene zijn gearceerd met dunne zwarte lijntjes, en hij draagt een speer en heeft een ring door zijn neus. De andere draagt ouderwetse Nederlandse kleding, maar hun gelaatsuitdrukkingen zijn hetzelfde: kil, gevangen in hun eigen beperkte belevingswereld. De kloof tussen hen is breder dan de zee op de achtergrond.

De rug van het boek is buigzaam, het is vaak opengeslagen. Op het moment dat Nella het weer op de stapel wil leggen, valt er een handgeschreven briefje uit. Als ze het opraapt, gaat haar bloed sneller stromen.

Ik houd van je. Ik houd van je. Elke vezel van jou is me dierbaar.

Nella voelt haar gehemelte tintelen. Verbluft legt ze het boek terug, niet in staat om het buitengewone briefje los te laten. Er staat nog meer op het stukje papier, en de haastige, dansende woorden zijn niet door Maren geschreven.

Je bent de zon die naar binnen schijnt, licht waaraan ik me warm. Elke aanraking voel ik duizend uren. Mijn liefste...

Plotseling voelt Nella een pijnscheut in haar arm: iemand heeft haar stevig beetgepakt. Maren torent krijtwit en dreigend boven haar uit en draait haar als een lappenpop naar zich toe. Het briefje dwarrelt naar de grond, en Nella bedekt het met haar voet als Maren haar wegsleept. 'Stond je naar mijn boeken te kijken?' sist Maren.

'Nee, ik...'

'Wel waar. Heb je ze opengeslagen?'

'Natuurlijk niet...'

Maren verplaatst haar hand, en haar vingers trillen van de druk die ze uitoefent. 'Maren...' brengt Nella hijgend uit. 'Au. Je doet me pijn!'

Maren houdt haar nog een paar tellen vast, maar dan wrikt Nella zich los. 'Dat zeg ik tegen mijn man!' schreeuwt ze. 'Hij mag zien wat je hebt gedaan!'

'We houden hier niet van verraders,' sist Maren. 'Maak dat je wegkomt. Nu!'

Nella heeft zo'n haast om te ontsnappen dat ze struikelend tegen de slangenhuid aan loopt. 'Dit zijn jouw spullen niet!' roept Maren haar na. Ze gooit haar deur dicht en de geur van specerijen verdwijnt.

Op haar bed, haar eigen veilige eiland, drukt Nella haar hoofd ongelovig in haar kussen. Haar mond is droog, haar lippen mompelen. *Elke aanraking voel ik duizend uren.* Die inkt was een geheime nectar, want Maren is niet getrouwd.

De woorden waren haastig gekrabbeld, en Nella is ervan overtuigd dat het niet Marens handschrift was. Ik had daar nooit naar binnen moeten gaan, denkt ze. Misschien stond Maren wel in de duisternis te wachten tot ze me kon betrappen. Ze fantaseert dat Maren haar opknoopt aan een van de dakbalken, dat haar patijnen van haar bungelende voeten vallen, tussen de veren, en dat haar koude lichaam wordt verwarmd door de zon, die naar binnen schijnt.

In Nella's hoofd begint het beeld van Maren te veranderen. Haar schoonzuster stijgt als een feniks op uit haar saaie zwarte kleding, omringd door de geur van nootmuskaat – voor haar geen lelies, geen lieflijke bloemetjes. Maren is bedekt met de symbolen van de stad en is een dochter van Amsterdams macht: ze heeft heimelijk verstand van landkaarten en maakt verklarende aantekeningen over haar specimens. Ze maakt ook aantekeningen over iets anders, iets wat niet zo makkelijk te categoriseren is. In gedachten ruikt Nella de specerijengeur van Marens huid en hoort ze haar aan tafel tegen haar broer zeggen hoe hij moet handeldrijven. Wie is die vrouw? *Elke vezel van jou is me dierbaar.*

Vlak voordat de zon opkomt, loopt Nella op haar tenen naar de pronkkeuken. Het is doodstil in huis, zelfs Otto en Cornelia slapen nog. Zonder enige aarzeling haalt ze Pibo's kooi van de haak. Ze neemt hem mee naar haar kamer, want ze is ervan overtuigd dat ze haar parkiet voortaan maar beter in haar buurt kan houden.

De Gids van Smit

Boven Nella's hoofd fladdert Pibo opgetogen tjirpend door haar kamer. Zijn zwarte oogjes glinsteren. 'Misschien wil Maren je wel onthoofden,' zegt ze tegen haar vogeltje. Ze trekt haar omslagdoek dicht tegen de ochtendkou en vraagt zich af of dat echt waar kan zijn. In het daglicht klinkt het belachelijk, maar hier worden de huisregels op water geschreven. Ik moet pompen of verzuipen, denkt Nella. Haar blauwe plek, inmiddels een dag oud, heeft de kleur van gemorste wijn en doet flink pijn als ze erop drukt. Het is eigenlijk nauwelijks te geloven. Ziet Johannes soms niet waar Maren mee bezig is? Hij doet niets om zijn zuster in te tomen, ook al is het zonneklaar dat ze een hekel aan zijn bruid heeft.

Haar maag maakt een rare buiteling als er een scherpe klop op de deur klinkt. 'Binnen,' zegt ze. Het ergert haar dat ze bezorgd klinkt.

Maren verschijnt aarzelend en bleek in de deuropening. Nella staat op en laat de omslagdoek zakken om haar de donkerder wordende plek te laten zien. Maren verstijft en staart naar de parkiet, die op het voeteneinde van het bed is neergestreken. Haar slanke vingers verstrakken om het boek dat ze tegen haar borst klemt.

'Ik houd hem in mijn kamer,' zegt Nella.

'Hier,' is het enige wat Maren zegt. Haar stem kraakt, en ze steekt het boek naar Nella uit.

'Wat is dat?'

'*De Gids van Smit*. Daarin staan alle ambachtslieden en handelsondernemingen in Amsterdam.'

'Wat moet ik daarmee?' Nella wrikt het boek uit Marens hand.

'Je huis inrichten.'

'Welk huis, Maren?'

'Als je die kast niet vult, wordt het geschenk van Johannes een schandalige geldverkwisting. Je moet er iets mee doen.'

'Ik hoef helemaal niets...'

'Hier heb je promessen met mijn broers zegel en zijn handtekening,' vervolgt Maren vlug. Uit het boek haalt ze een bundeltje brieven, dat ze van de zenuwen bijna uit haar hand laat vallen. 'Handelslieden bij wie je inkopen doet, kunnen die brieven op het stadhuis inwisselen. Je hoeft alleen maar het bedrag in te vullen en je eigen handtekening te zetten.' Maren steekt de promessen naar haar uit alsof ze de duivel op afstand probeert te houden. 'Niet meer dan duizend gulden per brief,' voegt ze eraan toe.

'Waarom doe je dit voor me? Ik dacht dat we volgens de Bijbel niet met onze rijkdom mochten pronken,' zegt Nella, al is ze erg blij met het geld. De herinneringen aan die vreselijke dag waarop haar vader stierf, liggen haar nog maar al te vers in het geheugen. In de geldpot vond Arabella toen niets anders dan een knoop en een dode spin. Maren zou mijn hevige opluchting nooit begrijpen, denkt ze.

'Neem het nu maar gewoon aan, Petronella.'

De agressie tussen hen verbreidt zich weer als een vlek. Als Nella gehoorzaam de promessen van Maren aanneemt, ziet ze dat haar schoonzuster er diep ongelukkig uitziet. Als dit een spel is, hebben we allebei verloren, denkt ze, maar als ze met haar vingers over de papieren wrijft, voelt ze de onzichtbare macht ervan.

'Wat zou mijn man hiervan zeggen?'

Er glijdt een hevig vermoeide blik over Marens gezicht. 'Maak je maar geen zorgen. Mijn broer kent het gevaar van ledigheid.'

Als Maren weg is, probeert Nella elke gedachte aan haar schoonzuster en de liefdesbrief uit haar hoofd te zetten. Ze loopt met *De Gids van Smit* naar haar schrijftafel en slaat het boek open. Alle ambachten zijn keurig in alfabetische volgorde gerangschikt. Apothekers, astronomen, bakkers, bierbrouwers, kaarsenmakers en koperslagers zijn maar een paar van de beroepsgroepen die Marcus Smit betalen om in zijn boek te mogen staan. Ze zijn niet aan regels gebonden en hebben hun annonces zelf geschreven.

Op de Herengracht heerst bedrijvigheid. Schippers roepen naar elkaar dat het nu echt winter begint te worden, op een straathoek in de verte prijst een broodverkoper zijn waren aan en twee kinderen rennen schreeuwend met een stok achter een hoepel aan. In huis is het doodstil; het enige geluid in Nella's kamer komt van het zacht tikkende gouden slingeruurwerk. Bij het doorbladeren van het boek valt Nella's blik op een advertentie onder de letter M:

MINIATUURMAKER
Gevestigd aan de Kalverstraat, onder het teken van de zon.
Oorspronkelijk afkomstig uit het Scandinavische Bergen.
Opgeleid door Lucas Windelbreke, de beroemde klokkenmaker uit Brugge.
ALLES, MAAR TEGELIJKERTIJD NIETS

Het is de enige miniatuurmaker in het boek, en de korte, enigszins cryptische advertentie bevalt Nella wel. Ze heeft geen idee waar het Scandinavische Bergen ligt of wat een miniatuurmaker doet, en ze wist ook niet dat klokkenmakers beroemd konden zijn. De miniatuurmaker komt in elk geval niet uit Amsterdam, dat is wel duidelijk. Daarom kan hij geen lid van een stadsgilde zijn – en het is verboden om een vak uit te oefenen waarmee geregistreerde gildeleden geld kunnen verdienen. Dat heeft haar vader haar verteld. Hij kwam uit Leiden, en hij beweerde dat de uiterst strenge gildewetten meer hadden bijgedragen aan zijn ondergang dan de kannen met bier. Maar er zal toch geen gilde van miniatuurmakers bestaan? Nella is verbaasd dat de advertentie in *De Gids van Smit* is opgenomen.

Nu Maren weg is, komt Nella's opstandigheid dubbel en dwars terug. Maren heeft zich niet eens verontschuldigd voor het feit dat ze Nella als een ondeugend kind heeft geknepen. De bazige Maren met haar landkaarten, Johannes en zijn voortdurend dichtklikkende deur, Cornelia en Otto met hun gezamenlijke toevluchtsoord, hun zwijgende taal van snijden, boenen, petsende stokdweilen en blinkende messen...

Nella springt op, omdat ze dolgraag bevrijd wil worden van haar eigen gedachten, van wat Maren 'het gevaar van ledigheid' noemde. Ze is nog steeds niet blij met het kabinet – het is alsof Johannes haar niet voor vol aanziet. Maar toch... Als ze naar de promessen kijkt, beseft ze dat ze nog nooit zoveel geld in handen heeft gehad.

Terwijl Pibo rond de dure schilderijen van Johannes vliegt, pakt Nella haar pen van de schrijftafel, en ze schrijft haar woede koortsachtig van zich af:

Mijnheer,
Ik zag uw annonce in De Gids van Smit *en wil graag van uw diensten gebruikmaken.*
Ik heb een pronkkabinet, een miniatuurhuis met negen kamers. Ik ben zo vrij de drie onderstaande verzoeken bij u neer te leggen,

en ik wacht uw antwoord af. Uit uw advertentie concludeer ik namelijk dat u bent opgeleid in de kunst van het miniaturen maken. Dit zijn nog lang niet alle voorwerpen die ik wil hebben, en ik beschik over voldoende middelen om u te betalen.
Ik wil graag van u:
Een luit met snaren
Een bruidsbeker, gevuld met confetti
Een doosje marsepein
Bij voorbaat dank,
Petronella Brandt, wonende bij het teken van de dolfijn, Herengracht

Nu ze naar haar nieuwe achternaam kijkt, vindt ze die erg kort en bruusk vergeleken met de naam die ze achttien jaar heeft gehad. Het voelt nog steeds onwennig om hem te gebruiken, alsof ze een kostuum aantrekt dat weliswaar van haar is, maar niet goed past. Ze streept de woorden door en schrijft in plaats daarvan: *Dank u wel, Nella Oortman.* Die verandering ziet hij natuurlijk, denkt ze. Waarschijnlijk moet hij erom lachen. Ze stopt de brief in haar zak, samen met een promesse voor driehonderd gulden, en ze loopt naar de kookkeuken om te kijken of ze vlug een verlaat ontbijt van Cornelia's gehavende aanrecht kan snaaien. Een broodje, een plak vlees – alles is goed, als het maar geen haring is.

Cornelia lijkt bezig te zijn om met een wortel een gans te vullen, en dat doet ze niet bepaald zachtzinnig. Achter haar is Otto ijzeren pinnetjes aan het slijpen, die hij gebruikt om gaten in walnoten te prikken. Nella heeft geen idee waarom hij dat doet, maar ze vraagt er niet naar, omdat ze denkt dat ze dan weer een vriendelijk maar ontwijkend antwoord zal krijgen. Boven het vuur pruttelt een saus. Cornelia en Otto lijken wel een getrouwd stel dat in hun huisje hun dagelijkse maaltijd voorbereidt. Nella is zich weer bewust van hun hechte band en voelt zich ellendig. Ze voelt aan de brief in haar zak en probeert kracht te putten uit haar ongehoorzaamheid. Johannes en Maren willen hun nieuwe huisgenote temmen, maar Nella ondermijnt hun pogingen. Ja, ik ga mijn huis inrichten, Maren, denkt ze. Met alle dingen waaraan jij een hekel hebt.

'Doet het pijn, mevrouw?' vraagt Cornelia. Slierten wortelschil hangen als modderige oranje serpentines in haar handen.

Nella trekt haar omslagdoek dichter om zich heen. 'Wat bedoel je?'

'Uw arm.'

'Heb je soms toegekeken?'

Otto werpt een blik op Cornelia, en de dienstmeid lacht. 'Ze schiet als een krab naar voren om te knijpen, mevrouw! Wij schenken er niet veel aandacht aan, en dat zou u ook niet moeten doen.' Ze legt de schillen neer. 'U hebt uw vogel meegenomen.' Ze lijkt zowaar onder de indruk te zijn. 'Zal ik u eens iets vertellen? Juffrouw Maren draagt enkel zwarte kleding, maar daaronder is iets heel anders te zien.'

'Wat bedoel je?'

'Cornelia,' zegt Otto waarschuwend.

'De voering,' vervolgt Cornelia, die vastbesloten lijkt dat geheimpje met Nella te delen. 'Marterbont en fluweel, onder elke jurk. Mijn werkgeefster, die voor ons Ezechiël citeert – "*Aan de hoogmoed van de machtigen maak ik een einde*"– loopt in het geheim in pelswerk rond.'

'Echt waar?' Nella lacht, dolblij dat Cornelia haar in vertrouwen heeft genomen. Bemoedigd door dat gebaar trekt ze haar omslagdoek naar beneden.

Cornelia fluit. 'Dat wordt een fraaie,' zegt ze, met een snelle blik op Otto. 'Maar hij verdwijnt wel weer. Zoals alles.'

Nella had gehoopt dat ze iets moederlijkers zou zeggen en voelt zich nu heel dwaas. 'Ben je gisteren weer zo laat naar bed gegaan?' vraagt ze.

'Waarom vraagt u dat?' Cornelia gooit de wortelschillen in het vuur en pakt haar stokdweil.

Bij elke vraag die Nella stelt, voelt ze de vriendelijke sfeer verder wegebben.

'Omdat ik zeker weet dat ik stemmen heb gehoord.'

Cornelia staart in haar emmer met vuil water. 'We zijn te moe om stemmen te horen,' zegt Otto.

Dhana komt uit de schaduw getrippeld en duwt haar neus tegen Nella's hand. Ze rolt zich op haar rug en biedt Nella haar buik aan, waarop een zwart vlekje zit. Cornelia kijkt naar dit aanhankelijke gebaar. 'Dat doet ze anders nooit,' zegt ze met een zweem van bewondering in haar stem. Nella draait zich om en wil naar boven lopen. 'Ik heb iets voor u, mevrouw,' roept Cornelia. Ze heeft haar arm uitgestrekt. Op haar hand ligt een beboterd warm broodje, en Nella pakt het aan. Zoenoffers hebben vreemde vormen in dit huis.

'Waar gaat u naartoe, mevrouw?' vraagt Otto.

'Naar de stad. Dat mag toch wel, hoop ik? Ik ga naar de Kalverstraat.'

Bij die woorden kwakt Cornelia de stokdweil in de emmer. Het water klotst tegen de zijkant en het oppervlak lijkt een gebroken spiegel.

'Weet u waar dat is?' vraagt Otto vriendelijk.

Nella voelt druppeltjes boter over haar polsen lopen. 'Ik vind het wel,' zegt ze. 'Ik heb een prima richtinggevoel.'

Otto en Cornelia kijken elkaar weer aan – wat langer, deze keer. Nella ziet dat Otto bijna onmerkbaar zijn hoofd schudt.

'Ik ga wel met u mee,' zegt Cornelia. 'Ik kan wel wat frisse lucht gebruiken.'

'Maar...'

'Trek een jas aan,' zegt Otto. 'Het is erg koud.'

Maar Cornelia pakt haar omslagdoek en neemt Nella mee naar buiten.

De Kalverstraat

'Mijn hemel,' mompelt Cornelia. 'Otto had gelijk. Het wordt een vreselijke winter. Waarom wilt u naar de Kalverstraat?'

'Ik wil een briefje afgeven,' antwoordt Nella. Het ergert haar dat Cornelia haar zo schaamteloos ondervraagt.

'Bij wie dan?'

'Niemand. Een ambachtsman.'

'O.' Cornelia huivert. 'We moeten binnenkort ons vlees in huis halen en zorgen dat we daar minstens tot maart mee toe kunnen. Het is vreemd dat hij ons nog geen voorraad heeft gestuurd.'

'Wie?'

Cornelia kijkt naar de gracht. 'Laat maar,' zegt ze, en ze haakt haar arm door die van Nella. Met hun schouders tegen elkaar aan lopen ze vlug van de Herengracht naar het centrum van de stad. De temperatuur is nog niet ondraaglijk, maar Nella voelt de kou in de lucht. Nu Cornelia haar arm door de hare heeft gestoken, bedenkt ze hoe vreemd het is dat hun ledematen elkaar raken. In Assendelft zouden dienstmeiden en bedienden nooit zo familiair met haar omgaan. De meesten waren stug en onwillig.

'Waarom is Otto niet meegegaan?' vraagt Nella. Als Cornelia zwijgt, dringt ze aan. 'Ik zag dat hij zijn hoofd schudde.'

'Thuis heeft hij het makkelijker,' zegt Cornelia.

'Mákkelijker?' Nella lacht.

De dienstmeid trekt een lelijk gezicht, en Nella hoopt dat ze niet weer 'laat maar' zal zeggen. Maar als het over Otto gaat, is Cornelia heel openhartig.

'Toet zegt dat zijn lot voordelen en nadelen heeft,' vertelt ze. 'Hij is hier, maar tegelijkertijd ook niet.'

'Dat begrijp ik niet.'

'Hij zat op een Portugees slavenschip – een schip dat van Porto-Novo in Dahomey naar Suriname voer. Zijn ouders waren dood. Mijnheer bezocht op dat moment de West-Indische Compagnie. Hij verkocht koper voor hun suikerraffinaderijen.'

'Wat gebeurde er toen?'

'Toen mijnheer zag hoe Toet eraan toe was, heeft hij hem mee naar Amsterdam genomen.'

'Johannes heeft hem dus gekocht.'

Cornelia bijt op haar lip. 'Soms levert geld sneller resultaat dan bidden.'

'Laat Maren het maar niet horen.'

Daar gaat Cornelia niet op in. Blijkbaar is de deur naar vertrouwelijkheden over Maren weer gesloten. 'Otto was zestien toen hij hier kwam,' zegt ze. 'Ik was twaalf, een nieuweling in huis, net als hij.'

In gedachten ziet Nella hen bij de voordeur arriveren, net als zij een paar dagen geleden. Stond Maren toen al in de schaduwen van de gang te wachten? Wat voor een wereld had Otto achter zich gelaten? Ze wil het hem dolgraag vragen, maar ze weet niet of hij erover wil praten. Ze heeft wel eens van palmbomen gehoord, maar ze kan zich geen voorstelling maken van de hitte in Porto-Novo, het leven in Suriname. Dat heeft hij allemaal verruild voor stenen muren, grachten en een taal die hij niet sprak.

'Hij is tegenwoordig net een Nederlandse heer, maar sommige mensen denken daar anders over,' zegt Cornelia. Nella bespeurt een nieuw ondertoontje in haar stem. 'Toen hij aankwam, heeft hij een maand lang zijn mond niet opengedaan. Hij luisterde alleen maar. Die koffiekleurige huid. Ik heb u wel zien kijken, hoor,' voegt ze er een beetje plagerig aan toe.

'Niet waar,' protesteert Nella.

'Iedereen kijkt naar hem. Voor de meesten is het de eerste kennismaking met een man zoals hij. Toen er nog dames over de vloer kwamen, zetten ze hun zangvogeltjes in zijn haar alsof het een nest was. Dat vond hij vreselijk.' Cornelia zwijgt even. 'Geen wonder dat juffrouw Maren uw parkiet verfoeit.'

Ze lopen door. De straten langs de grachten klinken vreemd gedempt en aan de randen van het langzaam stromende, bruine water vormt zich een dun laagje ijs. Nella probeert zich een voorstelling te maken van een jongere Otto, zijn hoofd vol vogelzang, de vrouwen die in zijn haar graaien. Ze schaamt zich dat haar fascinatie voor hem zo opvalt. Johannes behandelt hem als een doodgewone man en dat is Otto natuurlijk ook, al zouden de monden in Assendelft openvallen van zijn stem en zijn gezicht. 'Waarom komen er nu geen dames meer?' wil ze weten.

Daar krijgt ze geen antwoord op, want Cornelia is blijven staan bij een suikerbakkerij. Boven de deur ziet Nella een reliëf met twee suikerbroden en de naam Arnoud Maakvrede. 'Toe, mevrouw,' spoort Cornelia haar aan. 'Laten we hier even naar binnen gaan.' Eigenlijk wil Nella haar gezag een beetje laten gelden, maar ze ruikt de heerlijke baklucht en kan de verleiding niet weerstaan.

Binnen is het heerlijk warm. Door een boog achter in de winkel ziet ze een dikke man van middelbare leeftijd, die transpireert en een rood gezicht heeft van de hete oven. Als hij hen in de gaten krijgt, heft hij zijn ogen ten hemel. 'Hanna, je vriendin is er,' roept hij tegen iemand die ze niet kunnen zien.

Er komt een vrouw naar de winkel, iets ouder dan Cornelia, met een keurig geperst mutsje en wat meel en suiker op haar jurk. Ze begint te stralen. 'Korenbloem!' roept ze uit.

'Korenbloem?' zegt Nella.

Cornelia bloost. 'Hallo, Hanna.'

'Lang niet gezien.' Hanna gebaart dat ze mogen plaatsnemen in het koelste hoekje van de winkel. Als ze een bordje GESLOTEN op de deur hangt, laat ze een spoor van kaneelgeur achter.

'Wat doe jij nu in hemelsnaam, vrouw?' roept de man.

'Ach, Arnoud. Vijf minuutjes,' zegt Hanna. De echtelieden staren elkaar aan tot hij naar de oven terugloopt en met de bakblikken een nijdig ritme begint te slaan. 'Luchtige karamelbrokken vandaag,' mompelt Hanna. 'En vanmiddag marsepein, dus we kunnen maar beter uit zijn buurt blijven.'

'Maar als je hem nu ontloopt, volgt straks de confrontatie,' zegt Cornelia. De bezorgdheid staat op haar gezicht te lezen.

Hanna kijkt even naar haar. 'Je bent er nu, en ik vind het fijn je te spreken.'

Nella kijkt naar de glimmende houten vloeren, de schoongeschrobde toonbank, de decoratieve gebakjes die in de etalage als onweerstaanbare geschenkjes zijn opgestapeld. Ze vraagt zich af waarom Cornelia haar hier heeft gebracht en niet rechtstreeks naar de Kalverstraat is gelopen, maar de geur van het zoete gebak is verrukkelijk. En wie is Korenbloem, die zachtere, lievere persoon die door de vrouw van de suikerbakker tevoorschijn is getoverd? De ongewone koosnaam overvalt haar en werpt een heel ander licht op Cornelia's karakter. Ze herinnert zich wat Cornelia de eerste ochtend over Otto's bijnaam zei. *Hij vindt bijnamen onzinnig, maar ik vind ze wel aardig.*

Het papier waarin de gebakjes worden verpakt, ziet er duur uit en is er in verschillende kleuren: karmozijn, indigo, grasgroen en wolkenwit. Cornelia kijkt veelbetekenend naar Hanna en maakt met haar kin een gebaar dat de oudere vrouw lijkt te begrijpen. 'Kijkt u maar op uw gemak rond, hoor, mevrouw,' zegt ze tegen Nella.

Gehoorzaam loopt Nella de winkel rond. Ze bekijkt de wafels, de speculaasjes, de siropen met kaneel en chocolade, de gebakjes met citroen en sinaasappel en de fruitsnoepjes. Door de boog ziet ze Arnoud, die de weerbarstige karamelbrokken uit de afgekoelde bakblikken probeert te slaan, en ondertussen probeert ze te luisteren naar Hanna en Cornelia, die zachtjes met elkaar praten.

'Frans en Agnes Meermans wilden per se dat mijnheer de partij zou doorverkopen,' hoort ze Cornelia zeggen. 'Ze weten dat zijn handel zich tot ver in het buitenland uitstrekt. En juffrouw Maren spoort mijnheer aan, ook al heeft ze een hekel aan zoetigheid en is de suiker juist van díé mensen.'

'Ze kunnen er allemaal veel aan verdienen.'

Cornelia snuift. 'Klopt, maar ik denk dat er andere redenen zijn.'

Daar gaat Hanna niet op in, ze is meer geïnteresseerd in de zakelijke kant. 'Maar waarom verkoopt hij die suiker niet hier? Omdat er geen gilde is om die boeven in toom te houden, wordt veel van onze suiker in de goedkope raffinaderijen versneden met bloem, kalk en God weet wat nog meer. Er zijn genoeg suikerbakkers en broodbakkers in de Nes en de Bakkersstraat die graag een beter product willen hebben.'

Arnoud vloekt luidkeels en slaagt er eindelijk in de karamelbrokken los te krijgen.

'U mag wel iets proeven,' roept Hanna opgewekt tegen Nella. Ze reikt achter de toonbank en pakt een klein, gekreukt pakje. Nella, die tot haar verbazing medelijden in Hanna's ogen ziet, pakt het uit en ziet een oliekoek met suiker en kaneel.

'Dank u wel,' zegt ze. Ze richt haar blik weer op Arnoud, die zijn oven opstookt, en ze doet net of ze alleen maar aandacht heeft voor de dikke suikerbakker.

'Hanna, volgens mij begint het weer,' fluistert Cornelia nog zachter.

'Je wist het de eerste keer ook niet zeker.'

'Dat klopt, maar...'

'Je kunt niets doen, Korenbloem. Muisstil zijn en niet opvallen, dat hebben ze ons geleerd.'

'Han, ik wou...'

'Sst, neem dit maar mee. Dit is praktisch het laatste.'

Nella draait zich om en ziet nog net dat Hanna iets aan Cornelia geeft. Het pakje verdwijnt vlug van Hanna's vingers in de zak van Cornelia's rok.

'Ik moet gaan.' Cornelia staat op. 'We moeten een bezoekje brengen aan de Kalverstraat.' Ze benadrukt het laatste woord en er trekt een schaduw over haar gezicht.

Hanna knijpt zachtjes in haar hand. 'Geef namens mij maar een flinke trap tegen de deur,' zegt ze. 'Mijn vijf minuten zijn ook voorbij. Ik moet Arnoud gaan helpen. Hij slaat zo hard met zijn bakblikken, het lijkt wel of hij wapens smeedt.'

Buiten zet Cornelia er stevig de pas in. 'Wie is Hanna?' vraagt Nella. 'Waarom noemt ze je Korenbloem? En waarom moeten we tegen een deur trappen?'

Maar Cornelia is stuurs en zwijgzaam geworden. Het gesprekje met Hanna heeft onverwachts tot een sombere stemming geleid.

De Kalverstraat is een lange, drukke straat die niet direct aan een gracht ligt. Veel handelaren verkopen er hun waren. Er worden geen koeien en kalveren meer verkocht, maar door de mest van de paarden hangt er een vleesachtige, penetrante geur tussen de drukkerijen, ververijen, apotheken en winkels met garen en band.

'Wat is er aan de hand?' vraagt Nella.

'Niets, mevrouw,' antwoordt Cornelia uiteindelijk gemelijk, maar Nella heeft het teken van de zon al ontdekt. In het baksteen is een reliëf met een uitgehouwen stenen zon gemetseld. Het zonnetje is goudkleurig geschilderd, een hemellichaam dat op aarde is neergedaald, en felgekleurde stenen stralen schijnen alle kanten op. Het hangt hoog aan de gevel, maar Nella zou het willen aanraken. Onder de zon is een motto uitgebeiteld: DE MENS SPEELT GEWOONLIJK MET AL WAT HIJ VINDT.

'En dus blijft hij altijd en eeuwig een kind,' zegt Cornelia weemoedig. 'Ik heb dat gezegde in geen jaren gehoord.' Ze kijkt naar links en naar rechts, alsof ze iets zoekt. Nella klopt op het eenvoudige deurtje, dat nauwelijks opvalt tussen al het lawaai en alle drukte, en wacht tot de miniatuurmaker opendoet.

Er komt niemand naar de deur. Cornelia stampt met haar voeten tegen de kou. 'Mevrouw, er is niemand.'

'Wacht nog even,' zegt Nella. Ze klopt nog een keer. Er kijken vier ramen uit op de straat en ze denkt achter een van de ruiten een schaduw te zien, maar dat weet ze niet zeker. 'Hallo?' roept ze, maar er komt geen antwoord.

Er zit niets anders op: ze schuift haar brief en de promesse zo ver mogelijk onder de deur door. Pas op dat moment dringt het tot haar door dat Cornelia is verdwenen. 'Cornelia?' roept ze, terwijl ze haar blik door de Kalverstraat laat dwalen.

De naam van de dienstmeid blijft in haar keel steken. Een paar meter van de deur van de miniatuurmaker staat een vrouw naar haar te kijken. Nee, niet te kijken – te staren. Tussen al die passerende mensen staat ze doodstil, met haar ogen strak op Nella's gezicht gericht. Nella krijgt het gevoel dat ze wordt ontleed. Het is een heel nieuwe ervaring – de intense blik van de vrouw is als een lichtstraal die haar vastpint en haar opeens bewust maakt van haar eigen lichaam. De vrouw glimlacht niet, maar lijkt Nella's verschijning in te drinken. In het zwakke middaglicht lijken haar bruine ogen bijna oranje, en haar onbedekte haar doet aan verbleekt gouddraad denken.

Er trekt een koele, scherpe helderheid in Nella's botten. Ze trekt haar omslagdoek dichter om zich heen, maar de vrouw blijft naar haar staren. Alles lijkt lichter en scherper gecontrasteerd, maar de zon is nog steeds ver weg, verscholen achter een wolk. Misschien komt het door de oude bakstenen en de vochtige kinderkopjes dat het opeens veel kouder lijkt, maar die ogen – nog nooit heeft iemand met zo'n kalme, verlammende nieuwsgierigheid naar Nella gekeken.

Er rammelt een handkar voorbij die Nella bijna ondersteboven rijdt. 'Hé, kijk een beetje uit voor mijn voet!' roept ze.

'Niks aan de hand!' roept de jonge venter over zijn schouder.

Als Nella haar hoofd terugdraait, is de vrouw verdwenen. 'Wacht,' roept ze. In de verte ziet ze een achterhoofd in de kleur van glanzende tarwe, maar de zon komt achter de wolken vandaan en verblindt haar. 'Wat wil je van me?' Omdat ze zeker weet dat ze de vrouw in een steegje heeft zien verdwijnen, probeert ze zich nog sneller een weg door de drukke Kalverstraat te banen. Ze stormt het donkere steegje in en haar hart gaat sneller kloppen als ze in de verte een gestalte ontwaart – maar aangekomen bij het andere einde ziet ze dat het Cornelia is, die trillend en met een vertrokken gezicht bij een grote voordeur staat.

'Wat doe je?' vraagt Nella. 'Heb je een vrouw met blond haar gezien?'

Cornelia geeft vlug een schop tegen de deur. 'Elk jaar,' zegt ze. 'Om mezelf eraan te herinneren dat ik een boffer ben.'

'Wat bedoel je?'

Cornelia doet haar ogen dicht. 'Hier heb ik gewoond.'

Het kabaal van de bedrijvigheid in de Kalverstraat wordt nu gedempt door de gevels in het smalle straatje. Nella zoekt steun tegen de deur waaraan Cornelia zo'n hekel heeft. Boven de architraaf hangt een reliëf met kinderen rond een enorme duif, die gekleed zijn in rood en zwart, de kleuren van de stad. Eronder staat een humorloos rijmpje:

Wij groeien vast in tal en last, ons tweede vaders klagen
Ay ga niet voort, door deze poort, of helpt een luttel dragen

'Cornelia, een weeshuis? Wat...'

Maar Cornelia loopt al door het steegje terug naar het licht, het lawaai en het leven. Nella kan alleen maar achter haar aan hollen, nog steeds ondersteboven van de indringende blik van de blonde vrouw.

Bij thuiskomst op de Herengracht ontdekt Nella dat Maren het kabinet naar haar kamer heeft laten verplaatsen. Het is aan de voorkant van het huis opgelierd omdat het te breed was voor de slaapkamerdeur.

'Tja, het kon niet in de gang blijven staan.' Maren schuift de mosterdkleurige gordijnen open, waardoor de negen lege kamers zichtbaar worden. 'Het is veel te groot. Het nam al het licht weg.'

Afgezien van de opdringerige aanwezigheid van het kabinet stinkt Nella's kamer ook nog eens naar lelie. Die avond ontdekt ze dat haar parfumflesje uit Assendelft is omgegooid en dat de gemorste olie inmiddels een stroperige vlek onder haar bed vormt.

'Dat hebben de sjouwers gedaan,' zegt Maren als Nella haar de glasscherven laat zien en vraagt wat er is gebeurd. Nella is niet overtuigd en gooit een paar dikke geborduurde bruidskussens op de vlek in de hoop dat ze de geur absorberen. Ze is blij dat ze die tergende huwelijkssymbolen niet meer hoeft te zien.

Ze ruikt de geur van haar moeders onverstandige geschenk en hoort Pibo in zijn kooi met zijn snavel klikken als ze achterover op haar bed gaat liggen en over Otto en Cornelia nadenkt. De jonge slaaf en het weesmeisje. Hoe heeft Cornelia het weeshuis verruild voor de Herengracht? Is ze 'gered', net als Otto? Nella vraagt zich af of ze zelf misschien ook is gered. Tot nu toe voelt haar leven helemaal niet aan als een ontsnapping – integendeel.

In haar donkere kamer denkt ze terug aan het lichtblonde haar en de opvallende ogen van de vrouw in de Kalverstraat. Het was alsof ze Nella vilde, als een van die dieren op Johannes' schilderijen, en haar vervolgens stukje bij beetje ontleedde. Tegelijkertijd was het juist alsof al die onderdeeltjes van Nella convergeerden. Waarom stond die vrouw in de drukste straat van de stad naar haar te staren? Had ze niets beters te doen? En waarom keek ze juist naar Nella?

Als ze in slaap valt, ziet ze in gedachten grote zilveren schalen voor zich. Johannes laat ze rondtollen en kijkt naar zijn bedrieglijke plafond, de diepte die er niet is. Als ze in deze rusteloze, spiraalvormige nachtmerrie opstijgt, wordt ze wakker van een korte, hoge kreet die klinkt als een hond die pijn heeft. Misschien is het Rezeki, denkt ze. Ze is klaarwakker en haar hart bonkt in haar borstkas.

De stilte daalt weer neer, zwaar als damast, en Nella draait zich naar het lege, kolossale kabinet in de hoek, dat eruitziet of het de wacht houdt en altijd in haar kamer heeft gestaan.

Een pakje

Drie dagen later is Cornelia met Maren naar de vleesmarkt. 'Mag ik mee?' had Nella gevraagd. 'We zijn sneller klaar als we met ons tweeën gaan,' had Maren vlug geantwoord. Johannes is naar de VOC-kantoren aan de Oude Hoogstraat en Otto plant in de achtertuin bollen en zaden voor het komende voorjaar. De tuin is zijn domein en hij is er vaak te vinden. Hij bedenkt dan nieuwe patronen voor de heggen of praat met Johannes over de vochtigheidsgraad van de grond.

Nella heeft stiekem een paar noten voor Pibo gepakt en loopt ermee door de gang als ze opeens hevig schrikt van een paar snelle, luide kloppen op de voordeur. Ze stopt de noten in haar zak, schuift de grendels naar achteren en trekt de zware voordeur open.

Op het bordes staat een jongeman, net iets ouder dan zijzelf. Nella's adem stokt. Hij heeft zijn voeten een stukje uit elkaar gezet, alsof hij met zijn lange benen alle ruimte voor de deur wil innemen. Zijn bleke gezicht wordt omlijst door donker, warrig haar en zijn wangen lijken met een symmetrische precisie uitgehouwen. Hij draagt modieuze, maar onverzorgde kleding. Uit de mouwen van zijn dure leren jas steken manchetten, en zijn laarzen, die zelfs nog nieuwer zijn dan de jas, omklemmen zijn kuiten alsof ze hem niet los willen laten. De veters van zijn overhemd hangen los en vlak onder zijn hals zijn op een driehoekje blote huid een paar sproeten te zien. Zijn lichaam vormt een verhaal op zich – een verhaal met een scherp begin en een open einde. Nella houdt de deurpost vast en hoopt dat ze indruk op hem maakt, want hij lijkt te weten dat hij indruk op háár maakt.

'Pakje voor u,' zegt hij met een glimlach. Zijn stem verbaast Nella. Het accent is opvallend – onmuzikaal, vlak. Hij kent de woorden, maar Nederlands is duidelijk niet zijn moedertaal.

Rezeki komt aanrennen. Ze begint te blaffen tegen de jongen en gromt als hij over haar kop wil aaien. Nella kijkt naar zijn lege handen. 'Voor leveranties moet je de deur beneden gebruiken,' zegt ze.

Hij glimlacht weer. 'Dat is waar ook,' zegt hij. 'Dat vergeet ik altijd.' Nella voelt enige weerzin tegen zijn schoonheid, maar ze wil zijn jukbeenderen aanraken, al was het alleen maar om ze weg te duwen. Omdat ze voelt dat er achter haar iemand nadert, draait ze zich om. Johannes wurmt zich langs haar heen en gaat tussen haar en de jongen in staan.

'Johannes! Ik dacht dat jij naar je werk was,' roept ze uit. 'Waarom ben je...'

'Wat doe jij hier?' vraagt Johannes gesmoord aan de jongen. Hij lijkt bijna te fluisteren. Hij negeert Nella's vragende blik en duwt zijn grommende hond naar binnen.

De jongeman steekt zijn hand achteloos onder zijn jas, maar hij is iets rechter gaan staan en zet zijn voeten dichter bij elkaar. 'Ik kom een pakje afleveren,' zegt hij.

'Voor wie?'

'Voor Nella Oortman.'

De jongen legt met opzet nadruk op Nella's meisjesnaam en kijkt Johannes recht in de ogen. Nella voelt haar echtgenoot verstijven. De onbekende houdt een pakje omhoog, en ze ziet dat het teken van de zon erop is aangebracht. Zou de miniatuurmaker haar bestelling nu al klaar hebben? Ze moet zich inhouden om het pakje niet uit zijn hand te grissen en naar boven te rennen.

'Je meester werkt erg snel,' merkt ze op, in de hoop nog enige waardigheid te behouden. De levering was voor mij, denkt ze, niet voor mijn man.

'Over welke meester heeft ze het?' wil Johannes weten.

De jongen lacht en geeft het pakje aan Nella, die het tegen zich aan klemt. 'Mijn naam is Jack Philips. Uit Bermondsey,' zegt hij, terwijl hij Nella's hand pakt. Zijn kus is droog en zacht en bezorgt haar een lichte huivering.

'Ber-mond-sey?' herhaalt ze. Ze kan zich geen enkel beeld vormen bij dat ongewone woord, en weet ook niet wat deze ongewone jongen te betekenen heeft.

'Net buiten het hart van Londen. Soms werk ik voor de VOC, soms voor mezelf,' zegt Jack. 'In Engeland was ik acteur.'

Rezeki blaft en het geluid weergalmt tegen de bewolkte lucht. 'Wie heeft je hiervoor betaald?' vraagt Johannes.

'Overal in de stad zijn mensen die me betalen om pakjes af te leveren, mijnheer.'

'Door wie ben je deze keer betaald?'

Jack zet een stap naar achteren. 'Door uw vrouw,' zegt hij. 'Uw echtgenote.' Jack buigt naar Nella voordat hij op zijn dooie gemak het trapje afloopt en verdwijnt.

'Kom, Nella,' zegt Johannes. 'Laten we alle nieuwsgierige blikken buitensluiten.'

Binnen staat Otto boven aan de keukentrap op hen te wachten. Hij heeft een riek in zijn hand, waarvan de scherpe tanden in het licht glinsteren. 'Wie was dat, mijnheer?' vraagt hij.

'Niemand,' antwoordt Johannes, en Otto knikt.

Johannes wendt zich tot Nella, die ineenkrimpt omdat hij in de besloten ruimte van de gang nog groter lijkt dan anders. 'Wat zit er in dat pakje?'

'Iets voor het kabinet dat je voor me hebt gekocht,' zegt ze. Wat zou hij zeggen als hij de luit, de marsepein en de bruidsbeker zag?

'Ah. Prima.'

Nella wacht of hij nieuwsgierig verder vraagt, maar dat doet hij niet. Sterker nog, Johannes lijkt alleen maar geagiteerd. 'Zal ik het boven openmaken? Je kunt komen kijken, als je wilt,' biedt ze aan, in de hoop dat hij naar haar toe komt. 'Ik kan je laten zien hoe je geschenk steeds mooier kan worden.'

'Ik moet werken, Nella. Ik laat jou verder met rust,' zegt hij met een gespannen glimlach. Hij gebaart met zijn hand naar zijn werkkamer.

Ik wil niet met rust gelaten worden, denkt ze. Ik zou dit pakje met liefde weggooien als je me wat aandacht gaf.

Maar Johannes is al weggelopen, natuurlijk op de voet gevolgd door Rezeki.

Nella is nog steeds een beetje van slag door de aanblik van Jack Philips uit Bermondsey, maar ze gaat op haar reusachtige bed zitten om het pakje open te maken. Het is vrij dik, zo groot als een etensbord en er zitten glad papier en een touwtje omheen. Rond de zon is met zwarte hoofdletters een zin geschreven:

Elke vrouw is de architecte
van haar eigen lot

Nella leest het zinnetje twee keer en voelt een opgewonden kriebel in haar buik. Vrouwen bouwen nooit iets, laat staan hun eigen lot, denkt ze. Ons lot ligt in de handen van God, en dat geldt vooral voor vrouwen, als mannen ons hebben gebruikt en bevallingen ons door de mangel hebben gehaald.

Het eerste voorwerp is een zilveren doosje, dat ze op haar

handpalm weegt. Bovenop zijn een N en een O gegraveerd, omringd door bloemen en wijnranken. Als ze het deksel voorzichtig openmaakt, blijken de scharnieren geluidloos en goed geolied te zijn. Binnenin ligt een keurig blokje marsepein ter grootte van een koffieboon. Het water loopt haar in de mond bij de gedachte aan de gesuikerde amandelpasta. Ze drukt er even met haar nagel op en houdt die tegen het puntje van haar tong. Het is echte marsepein, zelfs op smaak gebracht met rozenwater.

Het tweede voorwerp is een luit, niet langer dan haar wijsvinger, met echte, gestemde snaren en een ronde, houten klankkast. Ze heeft nog nooit zulke voorwerpjes gezien – wat een vakmanschap, wat een zorg, wat een schoonheid. Ze probeert aarzelend te tokkelen en hoort tot haar verbazing een zachte toon weerklinken. Ze herinnert zich de basis van het melodietje dat ze in Assendelft voor Johannes heeft gespeeld en speelt het nu weer, in haar eentje.

Wanneer ze haar hand weer in het pakketje steekt, haalt ze de gevraagde bruidsbeker tevoorschijn. Die is gemaakt van tin, de doorsnede is niet groter dan een graankorrel en rond de rand houden een man en een vrouw elkaars handen vast. In hun land drinken alle bruidsparen uit zulke bekers, en dat hadden zij en Johannes in september ook moeten doen. Nella fantaseert dat ze in haar vaders oude boomgaard staan en onder een regen van rijst en bloemblaadjes allebei een slokje rijnwijn nemen. Dit bekertje is een herinnering aan iets wat nooit heeft plaatsgevonden, en al had Nella het besteld als daad van verzet tegen Maren, ze wordt er juist vreselijk verdrietig van.

Als ze het verpakkingsmateriaal verzamelt om het weg te gooien, voelt ze dat er nog meer voorwerpen in het pakje zitten. Haar sombere bui maakt plaats voor nieuwsgierigheid, en ze denkt: Dat kan niet. Alles wat ik besteld had, ligt al op mijn bed.

Ze keert het papier om en er vallen drie kleinere pakjes op de sprei. Ze prutst aan het eerste en haalt twee prachtige stoelen tevoorschijn. Op de armleuningen zijn leeuwen ter grootte van lieveheersbeestjes uitgesneden, en de rugleuningen zijn bedekt met groen fluweel en afgewerkt met kopernagels. Op de armleuningen zijn verder kronkelende zeemonsters tussen acanthusbladeren te zien. Het dringt tot Nella door dat ze die stoelen kent. Afgelopen week zat Maren op zo'n stoel in de ontvangkamer.

Ze begint zich onbehaaglijk te voelen, maar toch maakt ze het volgende pakje open. Tussen de plooien van een doek ligt een klein, stevig voorwerp. Ze wrikt het eruit en ziet een eikenhouten wieg met een kanten kap, een schommelend onderstel van tin en inlegwerk met gecompliceerde bloemenpatronen. Het is een houten meesterwerkje, maar toch voelt Nella haar keel dichtknijpen. Ze zet het midden op haar hand, waar het bijna uit zichzelf soepeltjes heen en weer schommelt.

Dit moet een vergissing zijn, denkt ze. Deze voorwerpen zijn voor iemand anders. Stoelen, een wieg – misschien een doodnormale bestelling voor een vrouw die een kopie van haar huis vult, maar ik heb ze niet besteld, dat weet ik zeker. Ze scheurt het derde pakje open, en onder een volgend laagje blauwe stof vindt ze een paar hondjes. Twee windhonden, niet groter dan een mot, met schedels ter grootte van doperwten en een zijdezachte grijze vacht. Ze hebben samen een bot gekregen om op te kauwen, een kruidnagel die geel is geschilderd. Nella herkent de geur meteen. Ze pakt de honden op en krijgt een schok als ze ze beter bestudeert. Dit zijn geen willekeurige honden, dit zijn Rezeki en Dhana.

Ze laat ze vallen alsof ze zich heeft gebrand en springt van het bed. In de schemerige, onverlichte hoek van de kamer wacht het kabinet op de nieuwe aanwinsten. De gordijnen zijn nog opengeschoven, als onzedelijk opgetilde rokken. Ze werpt nog een blik op de neergegooide windhonden. Hun flanken hebben dezelfde kromming en kleur, ze hebben dezelfde prachtige, gestroomlijnde oren. Kom op, Nella Elisabeth, zegt ze tegen zichzelf. Stel je niet aan. Wie zegt dat dit de honden zijn die nu opgekruld bij Cornelia's fornuis liggen?

Ze houdt de miniatuurhonden omhoog in het licht. Hun gewrichten zijn voelbaar, hun lijven een beetje sponsachtig, zacht als een oorlelletje en bedekt met een grijze muizenvacht. Als Nella ze omdraait, lijkt haar hartslag pijnlijk te vertragen. Op de buik van één hond staat een zwart stipje, precies op de plaats waar Dhana een vlekje heeft.

Nella tuurt de kamer rond. Is hier iemand? Ze doet haar best om redelijk te blijven. Natuurlijk niet, Nella, denkt ze. Je bent nog nooit zo alleen geweest. Wie zou haar nu een poets willen bakken? Cornelia heeft het geld niet om zulke spelletjes te spelen, en ze zou er trouwens ook niet op komen. Otto ook niet, en hij zou toch nooit uit zichzelf aan een onbekende schrijven?

Nella voelt zich bekeken, alsof iemand haar gangen nagaat. Maren, denkt ze. Maren vindt het vervelend dat Johannes getrouwd is en dat een dwaze jonge bruid haar voor de voeten loopt. Uit wraak heeft ze mijn lelieparfum omgegooid, verbiedt ze me marsepein te eten en knijpt ze hard in mijn arm. Zij heeft me *De Gids van Smit* gegeven. Het kan best zijn dat zij de miniatuurmaker betaalt om me bang te maken. Voor haar is het gewoon een doelloos lolletje.

Maar toch... 'Doelloos' en 'lolletje' zijn geen woorden die je met Maren Brandt associeert, en ook al verdenkt Nella haar schoonzuster, ze weet dat het onlogisch is. Maren eet als een vogeltje en is zeer op de penning – behalve als het om haar boeken gaat, of om de voorwerpen die ze zich waarschijnlijk heeft toegeëigend nadat Johannes ze van zijn reizen had meegenomen. Maren kán hier niet achter zitten, want dan had ze geld moeten uitgeven. Maar als Nella weer naar de ongevraagde miniatuurtjes kijkt, hoopt ze toch dat haar schoonzuster ze heeft besteld. Want stel dat iemand anders het heeft gedaan, denkt ze. Wat voor vreemds heb ik dan in huis gehaald?

Iemand heeft een kijkje in Nella's leven genomen en haar van haar stuk gebracht. Als deze voorwerpen doelbewust naar haar toe zijn gestuurd, is de wieg een spottende verwijzing naar haar onbezochte huwelijksbed en haar maagdelijkheid, die voor haar gevoel al eeuwig duurt. Wie zou nu zoiets onbeschaamds wagen? De honden zijn heel herkenbaar, de stoelen zijn exact nagemaakt en de wieg is zeer suggestief. Het is alsof de miniatuurmaker heimelijk alles volgt wat ze doet.

Als Nella weer op haar bed gaat zitten, voelt ze de onrust die de voorwerpen hebben veroorzaakt, de kolkende nieuwsgierigheid vermengd met een groeiende angst. Dit neem ik niet, denkt ze. Ik word hier thuis al gekoeioneerd – ik wil niet dat een buitenstaander het ook nog eens doet.

Terwijl ze naar het constante getik van de gouden slingerklok luistert, schrijft ze – omringd door de onverklaarbare leveranties – een tweede briefje aan de miniatuurmaker.

Mijnheer,
Ik dank u voor mijn bestelling, die vandaag door Jack Philips uit Bermondsey is afgeleverd. Uw vakmanschap is buitengewoon. Uw handen verrichten wonderen. De marsepein is érg lekker.

Nella's pen blijft even boven het papier hangen, maar voordat ze van gedachten kan veranderen, schrijft ze de woorden koortsachtig op.

U hebt echter ook voorwerpen geleverd die ik niet had verwacht. Wij hebben inderdaad twee windhonden, maar dat zou een goede gok kunnen zijn omdat veel mensen in de stad dergelijke dieren bezitten. Maar ik ben die andere mensen niet, en de honden, de wieg en de stoelen zijn niet van mij. Als echtgenote van een hooggeplaatste VOC-koopman laat ik mij niet intimideren door een ambachtsman. Hartelijk dank voor uw werk en uw tijd, maar vanaf heden doe ik geen zaken meer met u.
Hoogachtend,
Petronella Brandt

Nella roept Cornelia en geeft haar de verzegelde brief voordat ze zich bedenkt. Als ze eerlijk is, moet ze namelijk toegeven dat er een goede kans bestaat dat ze terugkrabbelt. Heeft ze nu een uitdaging afgewezen? Of dienden de ongevraagde voorwerpen een bepaald doel, dat ze nu nooit meer zal ontdekken? Misschien krijgt ze wel spijt van die brief... Nee, zegt ze tegen zichzelf. Je fantasie gaat met je op de loop.

Cornelia leest het adres. 'Weer naar die ambachtsman?' vraagt ze.

'Je mag de brief niet openmaken,' zegt Nella, en de meid knikt, tot zwijgen gebracht door de dringende toon van haar jonge mevrouw.

Pas als Cornelia naar de Kalverstraat is vertrokken, dringt het tot Nella door dat ze de ongevraagde voorwerpen niet heeft teruggestuurd. Een voor een zet ze ze in het kabinet, waar ze thuis lijken te horen.

Sloep

De volgende dag lijkt Cornelia nieuwe energie te hebben gekregen. Ze komt met grote passen de kamer in, op de voet gevolgd door Maren, en ze zegt: 'Kom, mevrouw, laat me die lokjes haar eens fatsoeneren. Stop ze in, verberg ze!'

'Waar heb je het over, Cornelia?'

'Johannes neemt je vanavond mee naar een banket. Van het gilde van zilversmeden,' komt Maren tussenbeide.

'Was dat zijn idee?' wil Nella weten.

Maren kijkt naar het kabinet, dat nu door gesloten gordijnen beschermd wordt tegen nieuwsgierige ogen. 'Natuurlijk. Hij is dol op feestmaaltijden,' zegt ze. 'Het leek hem wel gepast als jij erbij zou zijn.'

Nu gaat het avontuur vast beginnen, denkt Nella. Mijn echtgenoot laat zijn kleine vlot te water op de woelige baren van Amsterdams hoogste kringen. Hij, de beste zeeman die er is, zal als mijn gids fungeren. Ze zet de miniatuurwindhonden en de wieg uit haar hoofd en reikt onder haar bed. Ze smeert wat lelieolie aan haar vinger en wrijft die op haar nek, gewoon waar Maren bij is.

Als Maren het vertrek heeft verlaten, vraagt Nella aan Cornelia wat er in de Kalverstraat is gebeurd. 'Er werd weer niet opengedaan,' zegt de meid. 'Daarom heb ik het briefje onder de deur door geschoven.'

'Bij het teken van de zon? Heb je niemand gezien?'

'Nee, mevrouw. Maar u krijgt de groeten van Hanna.'

'Maren, waarom ga jij niet mee?' vraagt Johannes als ze die avond op hun sloep wachten. Hij draagt een prachtig pak van zwart fluweel, zijn witte kraag en overhemd zijn gesteven en zijn kalfsleren laarzen glimmen als spiegels. Dat is het werk van Otto, die met een kleerborstel in zijn hand staat te wachten.

'Na alles wat er gebeurd is, vind ik dat je met je vrouw gezien moet worden,' zegt Maren. Ze kijkt hem strak aan.

'Wat bedoel je daarmee? Wat is er dan gebeurd?' vraagt Nella.

'Knoop gesprekken aan, Johannes,' zegt Maren. 'Pronk met haar...'

'Ik zal je aan een aantal mensen voorstellen, Nella,' onderbreekt Johannes haar. Met gefronste wenkbrauwen kijkt hij naar zijn zuster. 'Ik denk dat Maren dat bedoelt.'

'En praat met Frans Meermans. Hij komt vanavond ook,' voegt Maren er bars aan toe. 'Nodig hem en zijn vrouw uit om te komen eten.'

Tot Nella's verbazing knikt Johannes. Waarom staat hij toe dat zijn zuster hem zo toespreekt?

'Johannes, beloof je...'

'Maren.' Eindelijk begint haar gepraat hem te ergeren. 'Heb ik ooit verkeerde zakelijke beslissingen genomen?'

'Nee,' verzucht ze. 'Tenminste, nog niet.'

Nella's mond is droog en haar maag lijkt wel een fuik vol wriemelende vissen. Tijdens het boottochtje naar het gilde van zilversmeden zijn zij en haar echtgenoot voor het eerst met hun tweeën. Ze is bang dat ze in de stilte zal verdrinken, maar de stem in haar hoofd is zo luid dat ze bijna zeker weet dat Johannes hem ook kan horen. Ze wil van alles vragen over Marens kamer vol landkaarten, over Otto en zijn slavenschip. Ze wil hem vertellen over de piepkleine windhonden, de wieg en de prachtige miniatuurluit. Ze is niet van plan iets te zeggen over de vrouw die in de Kalverstraat naar haar staarde – dat wil ze liever voor zichzelf houden – maar haar lippen lijken hoe dan ook niet te willen bewegen.

Johannes begint afwezig zijn nagels schoon te maken. Er vallen halvemaantjes van vuil op de bodem van de boot, en hij ziet dat ze naar hem kijkt.

'Kardemom,' zegt hij. 'Dat gaat onder je nagels zitten. Net als zout.'

'O.'

Nella snuift de lucht in de boot op, een zweem van de plaatsen waar hij is geweest, de geur van kaneel die tot in zijn poriën lijkt te zitten. Hij ruikt vaag naar dat scherpe, muskusachtige luchtje dat in zijn werkkamer hing toen ze hem voor het eerst zag thuiskomen. Haar mans bruine gezicht en zijn te lange haar, gebleekt en stugger gemaakt door zon en wind, maken een gênant verlangen in haar los. Ze verlangt niet per se naar hem, maar ze wil weten hoe het zal zijn als ze eindelijk met elkaar slapen. Eerst gaf hij haar een kabinet, en nu neemt hij haar mee naar het gilde – misschien gebeurt het vanavond wel, na het banket. Als ze allebei rode wangen hebben van de wijn komt het er wel van.

Het water is zo glad en de schipper is zo vakkundig dat het lijkt of de huizen bewegen in plaats van de sloep. Nella, die meer ervaring heeft met paardrijden, raakt een beetje in de war van het kalme tempo. Het zou rustgevend moeten zijn, maar binnen in haar lijkt het te stormen. Ze probeert haar agitatie tussen haar handpalmen weg te drukken. *Hoe moet ik van je leren houden?* Het is een belangrijke vraag, die zich niet laat negeren en die door haar hoofd maalt als ze naar hem staart.

Ze probeert zich een voorstelling te maken van de zaal van de zilversmeden, een vertrek vol waterig licht, borden als enorme munten, de gasten gereflecteerd in elk oppervlak.

'Wat weet je van de gilden?' onderbreekt Johannes haar gedachten.

'Niets,' antwoordt ze.

Johannes aanhoort haar onwetendheid met een knikje. Nella ziet dat hij het antwoord tot zich laat doordringen, en ze wenst dat ze iets intelligenters kon zeggen. 'Het gilde van de zilversmeden is erg rijk,' zegt hij. 'Het is een van de rijkste. Gilden bieden leerscholen, bescherming in moeilijke tijden en vergunningen om waren te verkopen, maar anderzijds hebben ze de markt in handen en bepalen ze hun eigen werklast. Daarom wil Maren zo graag die partij suiker verkopen.'

'Wat bedoel je?'

'Voor waren als cacao, tabak, diamanten, zijde en boeken hebben we een vrije markt. Daar bestaan geen gilden voor. Ik kan zelf mijn prijs bepalen – of Frans en Agnes Meermans kunnen dat doen.'

'Waarom gaan we dan naar het gilde van zilversmeden?'

Hij grijnst. 'Omdat we daar een gratis maaltijd krijgen. Nee, hoor, dat is een grapje. Ze willen meer klandizie van me, en het is goed als ze zien dat ik mijn beurs trek. Ik ben de scheur in de muur die naar de tovertuin leidt.'

Nella vraagt zich af hoeveel magie er in zijn tuin te vinden is, in hoeverre hij het zich kan veroorloven diep in de buidel te tasten. Maren leek zich zorgen te maken over het bedrag dat hij voor het kabinet had betaald, en wat zei Otto ook weer? *Dan gebeuren er nare dingen.* Doe niet zo mal, zegt ze tegen zichzelf. Je woont nu op de Herengracht.

'Maren lijkt haast te hebben met de verkoop van Frans Meermans' suiker,' waagt ze te zeggen. Meteen heeft ze spijt van haar opmerking. Er valt een lange stilte, die Nella zo ondraaglijk vindt dat ze bijna wenst dat de aarde haar zou verzwelgen.

'De plantage is van Agnes Meermans,' zegt Johannes effen. 'Maar Frans heeft het beheer overgenomen. De vader van Agnes is vorig jaar overleden, en hij had geen zoons – al heeft hij zijn zaad tot zijn laatste dag kwistig rondgestrooid.' Bij het zien van Nella's blozende wangen stopt hij met praten. 'Het spijt me. Het was niet mijn bedoeling platvloers te zijn. Haar vader was een vreselijke man, maar Agnes heeft al zijn hectaren suikerriet geërfd. Van het ene moment op het andere hebben die suikerbroden haar en Frans tamelijk veil gemaakt. Dit is waar ze op hadden gewacht.'

'Waar wachtten ze op?'

Hij trekt een grimas. 'Een kans om rijk te worden. Ik heb de suikerbroden in mijn pakhuis opgeslagen en heb beloofd ze te verkopen. Mijn zuster twijfelt er voortdurend aan dat ik dat ook daadwerkelijk zal doen.'

'Waarom?'

'Omdat Maren thuiszit en van alles bedenkt, maar niets begrijpt van de nuances die bij het daadwerkelijke handelen komen kijken. Ik doe dit al tientallen jaren – té lang,' verzucht hij. 'We moeten voorzichtig te werk gaan, maar Maren lijkt wel een olifant in een porseleinkast.'

'Ik begrijp het,' zegt Nella, al heeft ze geen idee wat een olifant is. Het woord klinkt als een elegante bloem, maar ze heeft niet de indruk dat haar man het complimenteus bedoelt. 'Johannes, is Maren bevriend met Agnes Meermans?'

Johannes schiet in de lach. 'Ze kennen elkaar al heel lang, en soms is het moeilijk om genegenheid te voelen voor iemand die je door en door kent. Daarmee heb je je antwoord. Kijk niet zo geschokt.'

De opmerking dringt als een scherpe flinter ijs haar hart binnen. 'Denk je dat echt?'

'Als je iemand écht goed kent – als je door de vriendelijke gebaren en de glimlachjes heen kunt kijken en de woede en de meelijwekkende angst ontdekt die we allemaal proberen te verbergen – is vergevensgezindheid heel belangrijk. We hebben er allemaal dringend behoefte aan, maar Maren vergeeft niet zo makkelijk.' Hij zwijgt even. 'Er zijn in deze maatschappij bepaalde... ladders, en Agnes vindt het geweldig om daarop te stijgen. Het probleem is dat het uitzicht haar nooit bevalt.' Zijn ogen glinsteren vanwege een binnenpretje. 'Maar goed. Ik wil om een gulden wedden dat Frans de grootste hoed van alle aanwezigen draagt, en dat hij die van Agnes moest opzetten.'

'Gaan echtgenotes vaak mee naar dit soort banketten?'

Hij glimlacht. 'Doorgaans zijn vrouwen *proibido*, behalve bij speciale gelegenheden. Maar de Amsterdamse vrouwen hebben een bepaalde vrijheid die de Franse en de Engelse dames ontberen.'

'Vrijheid?'

'Hier kunnen dames in hun eentje over straat wandelen. Echtparen kunnen zelfs hand in hand lopen.' Hij zwijgt weer even en kijkt uit het raam. 'Als je je pad zorgvuldig kiest, is deze stad geen gevangenis. De buitenlanders kunnen afkeurend hun hoofd schudden en "*well I never*" of "*alors*" mompelen, maar ik weet zeker dat ze ons benijden.'

'Ja, natuurlijk,' zegt Nella, al begrijpt ze zijn vreemde woorden weer niet en vraagt ze zich af wat hij bedoelt. Proibido. Ze woont nog maar kort in zijn huis, maar ze heeft hem al vaak andere talen horen spreken, en dat vindt ze betoverend. Hij lijkt het niet te doen om indruk te maken – het is meer zo dat hij soms naar iets zoekt wat zijn eigen taal niet kan uitdrukken. Ze beseft dat geen enkele man – of vrouw – ooit zo'n gesprek met haar heeft gevoerd. Ondanks de geheimzinnige toespelingen behandelt Johannes haar als een gelijke. Hij verwacht dat ze hem begrijpt.

'Kom eens hier, Nella,' zegt hij.

Gehoorzaam en een beetje bevreesd doet ze wat hij heeft gezegd. Hij tilt haar kin voorzichtig op om haar hals wat langer te maken. Ze staart hem aan, en ze nemen elkaar taxerend op als een slaaf en een meester op een markt. Hij neemt haar gezicht tussen zijn handen en strijkt over de contouren van haar jonge wang. Ze leunt naar voren. Zijn vingertoppen zijn ruw, maar dit is waarop ze heeft gewacht. Haar hoofd gonst nu hij haar aanraakt. Ze doet haar ogen dicht en denkt terug aan haar moeders opmerking: *Dat kind wil liefde. Ze wil taart en ook nog eens een kers erop!*

'Houd je van zilver?' vraagt Johannes.

'Ja,' fluistert ze. Ze wil dit moment niet bederven met gebabbel.

'Er is op de hele wereld niets mooiers dan zilver.' Johannes laat haar los. Haar ogen gaan meteen open en ze schaamt zich dat ze haar gezicht naar voren heeft gestoken. 'Ik zal een sieraad voor je hals laten maken,' zegt hij.

Door het gebulder van haar gedachten klinkt haar stem heel ver weg. Ze leunt naar achteren en wrijft over haar strot alsof ze hem weer tot leven moet brengen. 'Dank je,' hoort ze zichzelf zeggen.

'Je bent nu een getrouwde vrouw. We horen je mooi aan te kleden.'

Hij glimlacht, maar op een of andere manier komt de zin harteloos op haar over, en in haar maag vormt zich een harde bal van angst. Ze weet niet wat ze moet zeggen.

'Ik zal je nooit pijn doen, Petronella.'

Door het raam kijkt Nella naar de eindeloze rij voorbijgaande huizen. Ze klemt haar benen tegen elkaar en probeert zich een voorstelling te maken van het moment dat hij haar penetreert. Zal er iets in haar binnenste scheuren? Wordt het net zo pijnlijk als ze vreest? Wat ze ook zal voelen, ze weet dat het onvermijdelijk is en dat ze door de zure appel heen moet bijten.

'Echt niet,' zegt Johannes. 'Dat meen ik.' Nu is het zijn beurt om naar haar toe te leunen. De geur van gevangen zout en kardemom, zijn vreemde mannelijkheid, dreigt haar te overweldigen. 'Nella, hoor je me?'

'Ja. Ja, ik luister. J-je zult me nooit pijn doen.'

'Precies. Je hebt niets van me te vrezen.'

Terwijl hij de woorden uitspreekt, leunt hij weer naar achteren en staart naar de grachtenpanden. Nella denkt aan de afbeelding in Marens reisverslag, de inheemse man en de veroveraar, een wereld van onbegrip tussen hen in. Inmiddels is het helemaal donker geworden. Ze kijkt naar de dansende lichtjes van de kleinere boten en voelt zich volkomen verlaten.

Echtverbintenissen

De feestzaal van het gilde van zilversmeden is groot en gevuld met mensen wier gezichten versmelten tot een waas van ogen en monden en dansende veren aan hoedenranden. Om hen heen wordt het geluid van zilverwerk op zilverwerk steeds luider; lachende mannenstemmen weerkaatsen tegen de muren en contrasteren met het subtielere, onderdrukte gegiechel van de vrouwen. Er is een bijna monsterlijke hoeveelheid eten opgediend. Lange tafels met witte damasten kleden zijn in rijen geplaatst en vol gezet met gedraaide zilveren kandelaars, borden kip, kalkoen, gesuikerd fruit en pasteien met vijf vleessoorten. Johannes geeft Nella een stevige arm en ze lopen om de duizelingwekkende uitstalling heen, dicht langs de donkere mahoniehouten lambrisering. Het lijkt wel of er in hun kielzog een spoor van gefluister en gegrinnik door de zaal gaat.

De andere echtgenotes schrijden naar hun plaatsen en lijken precies te weten waar ze moeten zitten. Ze zijn allemaal in het zwart gekleed, met kanten jabots boven hun boezem en hooguit een streepje zichtbare huid. Eén vrouw heeft opvallend veel aandacht voor Nella, en in het kaarslicht glinsteren haar ogen als gitten. Haar starende blik is totaal anders dan die van de vrouw in de Kalverstraat. ‘Glimlach en kom bij mij zitten,’ zegt Johannes, terwijl hij kil naar de vrouw grijnst. ‘Laten we zorgen dat we iets in onze maag hebben voordat we de massa onder ogen komen.’ Nella heeft het gevoel dat ze zonder al dat eten om hen heen levend verslonden zou worden.

Ze nemen plaats aan een tafel waarop een voorgerecht met krab is neergezet.

‘Ik vind veel van mezelf terug in eten,’ merkt Johannes op, terwijl hij zijn krabvork omhoogsteekt. Nella, die naar de glanzende zilveren serveerschalen en de robuuste kannen wijn staart, vraagt zich af wat hij bedoelt. Nu hij in het gezelschap van deze mensen is, lijken de problemen met Maren niet meer te bestaan. Johannes is vriendelijk, zich bewust van alle starende blikken, en hij kletst met zijn jonge bruid alsof ze al twee decennia samen de zeven zeeën bevaren.

'Als ik komijnzaad in een nieuwe kaas zie, weet ik weer dat ik echt kan genieten,' zegt Johannes luid. 'Delftse boter, romig, verfijnd en totaal anders dan alle andere, schenkt me enorm veel genoegen. Ik verkoop porseleinen borden in Delft en neem klonten boter mee naar huis. En Cornelia's marjolein- en pruimenbier maakt me gelukkiger dan een geslaagde verkoop. Ze moet het maar eens voor je brouwen.'

'Mijn moeder brouwt het ook,' zegt Nella. Al het gekletter en alle kauwgeluiden om haar heen schrikken haar steeds meer af. Ze raakt uitgeput van alle energie in het vertrek, die net zo tastbaar lijkt als de stukjes besuikerd fruit.

Johannes heeft niets in de gaten en vervolgt: 'In de zomers vroeg ontbijten met vijgen en zure room. Heerlijk. Dat gerecht doet me denken aan mijn kindertijd, waarvan ik me nu alleen nog maar de smaken kan herinneren.' Hij kijkt naar haar. 'Jij herinnert je je kindertijd vast nog wel, want die ligt nog niet zo ver achter je.'

Maakt hij die scherpe, confronterende opmerking met opzet, of zijn de woorden een symptoom van zijn zenuwen nu ze in de openbaarheid treden en door iedereen bekeken worden? Ze is het in elk geval niet met hem eens. Op dit moment lijken haar kinderjaren juist ongelooflijk ver weg. Ze hebben plaatsgemaakt voor onzekerheid, een voortdurend aanwezige, lichte wanhoop. In haar maag splijt de bal van angst zich tot een misselijkmakende bezorgdheid. Ze verfoeit het kabaal om zich heen, de toon van dit gesprek en de overweldigende inbreuk van al die onbekende dingen.

'Ik ben al heel lang uit de wieg,' mompelt ze, en ze raakt nog meer in de war als ze opeens aan het ongewenste geschenk van de miniatuurmaker moet denken.

'Herinneringen door eten,' zegt Johannes. 'Eten is een taal op zich. Pastinaken, rapen, prei en andijvie – maar niemand hoort het gekraak in mijn mond als ik kauw. En vis! Bot, tong, schar en kabeljauw zijn mijn favorieten, maar ik eet alles wat de zeeën en rivieren in en rond mijn republiek te bieden hebben.'

Nella proeft iets beschermends in zijn woorden, alsof hij haar zo wil afleiden dat ze niet kan piekeren. Ze raapt haar moed bij elkaar om het spelletje mee te spelen. 'Wat eet je op zee?' vraagt ze.

Hij legt zijn vork neer. 'Andere mannen.'

Nella schiet in de lach, een verlegen geluid dat tussen hen in op het tafelkleed valt. Johannes brengt nog een stukje krab naar zijn mond. 'Kannibalisme is de enige manier om te overleven als het voedsel op is,' zegt hij, 'maar ik geef de voorkeur aan aardappels. Mijn favoriete taveerne in deze stad ligt op de Oostelijke Eilanden, bij mijn pakhuis. Daar zijn de hete aardappels heerlijk kruimig.' Hij prikt in de krab op zijn bord. 'Het is mijn geheime adres.'

'Maar nu weet ik het ook.'

Hij legt zijn vork neer. 'Dat is waar,' zegt hij. 'Dat is waar.' Haar opmerking lijkt hem te verrassen en hij wendt zijn blik af naar zijn krab. Nella weet niets meer te zeggen en kijkt ook naar het uitgespreide, bederfelijke vlees, de scharen in de kleur van inkt en de schaal die steeds nijdiger rood wordt. Johannes scheurt een poot af, gebruikt zijn vork om het laatste vezelige witte vlees eruit te peuteren en groet luidkeels een van de zilversmeden. Nella slaagt erin een hapje krab te nemen. Het vlees smaakt zout en blijft tussen haar tanden zitten.

Als Johannes al het vlees uit zijn krab heeft gehaald, verlaat hij de tafel. 'Ik ben zo terug,' zegt hij met een zucht. 'Zaken.' Hij klinkt alsof het een vervelend karweitje is en gaat met een groepje mannen in een hoek staan.

Nella voelt zich naakt en kwetsbaar zonder hem, maar is gefascineerd als haar echtgenoot een gedaanteverwisseling lijkt te ondergaan. Als Johannes het praten over werk, commissies en de handelsmarkt inderdaad beu is, weet hij dat goed te verbergen. Hij is veel knapper dan de andere mannen, ook al dragen die net zulke mooie jassen en leren laarzen als hij. Hun gelach stijgt boven hun hoeden uit, hier en daar wordt een hoofd in de nek gegooid – en midden tussen de omhooggerichte vollemaansgezichten, de rode wangen en de baarden met schilfertjes krab erin, staat een gebronsde, glimlachende Johannes.

Ik kan van hem leren houden, denkt Nella. Het is vast niet moeilijk om de echtgenote van zo'n man te zijn. En ik móét van hem gaan houden, want anders kan ik niet leven. Misschien groeit de liefde langzaam, net als een van Otto's winterzaden.

Leerjongens komen naar Johannes toe om hem te laten zien wat ze hebben gemaakt. Hij heft elk voorwerp op en houdt de zilveren kannen en vazen voorzichtig en respectvol vast. Na een compliment van hem lopen de jongemannen glunderend weg. De andere kooplieden stappen achteruit en bekijken Johannes met scherpzinnige blikken als hij een artistieke discussie op gang brengt over de vraag of gegraveerde zeegezichten mooier zijn dan bloemen. Hij lijkt goedgeïnformeerd, opmerkzaam en anders dan anders. Hij schrijft namen op, stopt een zilveren doosje in zijn zak en zegt tegen een leerjongen dat hij naar de kantoren van de VOC moet komen.

Nella kijkt net naar haar tweede gang – een kom sint-jakobsschelpen met een saus van schapenbouillon en uien erover – als de vrouw met de priemende ogen naar haar toe komt. Ze heeft een rechte rug en om haar blonde haar, dat met veel zorg is gekapt, draagt ze een zwarte fluwelen band waarop zaadparels zijn genaaid. In stilte dankt Nella de hemel voor kleine wonderen, want Cornelia heeft met haar vaardige handen gezorgd dat haar jurk goed past.

De vrouw staat stil bij haar tafel en maakt een kniebuiginkje. 'Ze zeiden al dat je erg jong was.'

Nella grijpt de zijkant van haar kom beet. 'Ik ben achttien.'

De vrouw gaat weer rechtop staan en tuurt de zaal rond. 'We vroegen ons af hoe je eruit zou zien,' vervolgt ze op dezelfde zachte toon. 'Maar nu zie ik dat Brandt bij zijn keuze van een echtgenote evenveel smaak heeft als op andere gebieden. De naam Oortman is heel oud. Wat staat er ook alweer in het boek Prediker? Een goede naam is beter dan goede olie!' Haar toon is gretig, bewonderend, maar Nella hoort ook iets waardoor ze zich alleen maar kwetsbaarder gaat voelen.

Ze probeert op te staan van de bank, maar dat valt door het tafelblad en haar volumineuze rok niet mee. De vrouw wacht geduldig tot Nella een kniebuiging kan maken en kijkt toe terwijl ze worstelt. Als Nella zich eindelijk heeft bevrijd uit de krappe ruimte tussen tafel en bank, maakt ze een diepe reverence. Haar gezicht is vlak bij de zwarte brokaten rok van de vrouw, die zich als de vleugels van een verstikkende kraai voor haar uitspreidt.

'O, meisje, dat hoeft niet, hoor,' zegt de vrouw. Te laat, denkt Nella. 'Ik ben Agnes, de vrouw van Frans Meermans. We wonen bij het teken van de vos aan de Prinsengracht. Frans heeft het teken zelf uitgekozen; hij is dol op jagen.'

Deze vertrouwelijke informatie blijft ongemakkelijk in de lucht hangen en Nella glimlacht alleen maar, omdat ze inmiddels van Maren heeft geleerd dat je met zwijgen de ander nét een stapje voorblijft.

Agnes tikt met haar hand zachtjes op haar kapsel, en dan ziet Nella waar de vrouw haar aandacht op wil vestigen: ze draagt aan al haar vingers ringen. Nella ziet robijntjes, amethisten en de mineraalgroene glinstering van smaragd. Het is niets voor een Nederlandse om al die kostbare stenen zo opzichtig te dragen. De meeste vrouwen dragen sieraden die tussen de plooien van hun kleding verborgen blijven. Nella probeert zich voor te stellen dat Marens handen zo zouden glinsteren. Als ze blijft zwijgen, glimlacht Agnes flauwtjes en vervolgt ze: 'We zijn praktisch buren.'

De vrouw komt heel gekunsteld over en haar woorden klinken niet spontaan, alsof ze haar elegantie voor een spiegel heeft geoefend. Nella staart naar de platliggende stralenkrans van zaadparels rond Agnes' hooghartige hoofd. Ze hebben het formaat van melktanden en glimmen in het dansende licht van de kroonluchters.

Agnes is misschien iets ouder dan Maren, maar haar smalle, alledaagse gezicht is gaaf: geen moedervlekken, verkleuringen door de zon of donkere kringen onder de ogen, en geen tekenen dat ze hard heeft moeten werken of kinderen heeft gebaard. Het gezicht lijkt vluchtig, onbewoond – met uitzondering van die donkere ogen, die snel knipperen en dan half dichtgaan alsof ze een lome kat is. Ze neemt Nella's zilverkleurige jurk en haar smalle middel op. 'Waar kom je vandaan?' vraagt ze.

'Assendelft. Ik heet Petronella.'

'Een populaire naam. Je deelt hem met veel vrouwen in deze stad. Had je het naar je zin in Assendelft?'

Het valt Nella op dat Agnes aanslag op haar tanden heeft. Ze denkt na over haar antwoord aan deze vrouw, die haar op de proef lijkt te stellen. 'Ik ben er pas elf dagen weg, maar het had wel een decennium kunnen zijn.'

Agnes lacht. 'De tijd is voor jonge mensen een kaars die maar moeizaam brandt. Hoe heeft Maren je gevonden?'

'Gevonden?'

Weer een lach, die Nella onderbreekt – een lichte verplaatsing van lucht, een aangeblazen laatdunkendheid. Dit is geen gesprek, dit is een gelegenheid waarbij Agnes pijltjes afschiet en toekijkt terwijl ze hun doel raken. Haar stem lijkt voortdurend een geamuseerde ondertoon te hebben, maar Nella is ervan overtuigd dat zich onder dat gemaakte zelfvertrouwen iets anders afspeelt, iets wat ze niet kan benoemen. Ze kijkt Agnes glimlachend aan en wapent zich met wittere, jongere tanden tegen haar ongemakkelijke gevoel.

Om hen heen dreigen de geuren van gebraden kip, het gestoofde fruit en de gretig leeggedronken kannen met wijn hun gesprek binnen te dringen, maar de magnetische aantrekkingskracht die Nella kennelijk voor Agnes heeft, verdrijft alles naar de achtergrond.

'Een bruid voor Johannes Brandt,' verzucht Agnes, terwijl ze Nella zachtjes maar dwingend aan de arm trekt om samen met haar op de bank te gaan zitten. 'Het heeft erg lang geduurd. Maren zal wel blij zijn; ze heeft altijd gezegd dat hij kinderen moest krijgen. Maar Brandt had razendmakende denkbeelden over erfgenamen.'

'Pardon?'

'Je weet nooit wat je krijgt, zei hij. "Een lelijk kind uit een mooie schoot, een onbeleefd product van een beschaafde opvoeding, een domoor ondanks slimme ouders." Tot op zekere hoogte is dat natuurlijk wel geestig – dat is Brandt altijd. Maar een mens moet nu eenmaal alles doorgeven.'

Het lijkt zo respectloos, zo oneerbiedig van Agnes om Johannes alleen maar bij zijn achternaam te noemen en zo vrijelijk over hem te spreken. Nella is beledigd, met stomheid geslagen, en ze kan zich niet voorstellen dat Johannes ooit met deze rare vrouw over erfgenamen zou praten.

Agnes pakt een kan en schenkt voor hen allebei een glas wijn in. Even kijken ze in stilte naar de steeds dronkener wordende aanwezigen, de portvlek op het damasten kleed, het geglinster van de schalen die worden afgeruimd en het laatste eten dat wordt opgeschept. 'De Gouden Bocht,' zegt Agnes, terwijl ze Nella centimeter voor centimeter bestudeert. 'Als je uit Assendelft komt, leek die ooit waarschijnlijk net zo ver weg als Batavia.' Ze veegt een denkbeeldig haartje achter haar oor, waardoor de ringen aan haar vingers weer glinsteren.

'Tot op zekere hoogte.'

'Maar een liefdevolle verbintenis zoals de mijne – dat zie je maar zelden! Frans verwent me,' fluistert ze op samenzweerderige toon. 'Net zoals Brandt jou zal verwennen.'

'Ik hoop het.' Nella voelt zich uiterst dwaas.

'Mijn Frans is een goede man,' zegt Agnes.

De ongevraagde mededeling hangt als een uitdaging in de lucht, en Nella verbaast zich over de vreemde, tartende toon. Misschien praten mensen tegenwoordig zo met elkaar en moeten strijdlustige, verwarrende opmerkingen voor koetjes en kalfjes doorgaan.

'Heb je de zwarte al gezien?' vraagt Agnes. 'Iets heel bijzonders. Er zijn er veel op mijn plantage in Suriname, maar ik heb er nog niet één ontmoet.'

Nella neemt een slokje wijn. 'U bedoelt Otto. Bent u in Suriname geweest?'

Agnes lacht. 'Lieverd toch.'

'Niet, dus.'

De glimlach van Agnes verdwijnt. Ze ziet er bijna verdrietig uit. 'Het feit dat we de plantage kregen, was een prachtig voorbeeld van Gods weldadigheid. Er lagen namelijk geen broers op de loer – ik was de enige. Nu God me papa's suikerbroden heeft toevertrouwd, zou ik mijn leven nooit in de waagschaal stellen met een reis van drie maanden. Hoe kan ik de herinnering aan hem eren als ik ergens op een schip zit?'

Nella verslikt zich in haar wijn. Agnes buigt zich naar haar toe. 'Misschien is de zwarte niet letterlijk een slaaf. Brandt zou het nooit goed vinden als we hem zo noemden. Ik ken hier in Amsterdam een paar regentessen die er ook eentje hebben. Ik zou er wel een willen die kan musiceren. De Ontvanger-Generaal heeft er drie, en een van hen is een vrouw die knieviool kan spelen! Dat is volgens mij het bewijs dat je tegenwoordig alles kunt kopen. Hoe zou het voor hem zijn om hier te leven? Dat vragen we ons allemaal af. Het is echt iets voor Brandt om hem mee naar huis te nemen...'

'Agnes,' zegt een stem, en Nella gaat haastig staan. 'Doet u geen moeite,' zegt de man die voor hen staat. Hij gebaart met zijn hand om haar te verzekeren dat een kniebuiging in haar zware tafzijde niet nodig is.

De vlugge vingers van Agnes verstrengelen zich op haar schoot. 'Dit is mijn man, mijnheer Meermans,' zegt ze. 'En dit is Petronella Oortman.'

'Petronella Brandt,' zegt hij, terwijl hij de zaal rondkijkt. 'Dat weet ik.'

Heel even is dit tafereel – deze staande man, de vrouw naast hem, uitgedost met hun rijkdommen, verbonden door onzichtbare banden – het volmaaktste plaatje van een huwelijk dat Nella ooit heeft gezien. Ze stralen een intimiderende eenheid uit.

Frans Meermans is iets jonger dan Johannes, en zijn volle gezicht is niet verweerd door zon of wind. Zijn kaak is zo fors dat je er met gemak vijf sint-jakobsschelpen op zou kunnen leggen. In zijn hand heeft hij een hoed, waarvan de rand de breedste is in het hele vertrek. Je hebt een gulden verdiend, Johannes, denkt Nella. Wat voor weddenschappen zou haar man nog meer winnen?

Volgens haar is Meermans het type man dat snel dik wordt. En dat zal ook wel gebeuren, als je kijkt naar het eten dat ze bij dit soort gelegenheden serveren. Hij ruikt een beetje naar natte hond en smeulend hout, woester dan de fruitige pommade van zijn vrouw. Hij buigt zich naar voren en pakt een glimmende lepel. 'Ben je zilversmid?' vraagt hij.

Agnes glimlacht zwakjes om zijn flauwe grapje. 'Krijgen we Brandt vanavond te spreken?' vraagt ze.

Meermans heft intuïtief zijn hoofd op en speurt de zaal af. Johannes is weggelopen van het groepje bij Nella's tafel en is nergens te bekennen. 'Jazeker,' zegt hij. 'De suiker ligt nu al bijna twee weken in zijn pakhuis.'

'We moeten afspraken maken over de voorwaarden. Of beter gezegd: dat moet jíj doen. Het kan best zijn dat zij nooit iets zoets eet, maar anderen willen dat waarschijnlijk wél.' Agnes laat weer haar vreugdeloze lachje horen en schenkt zichzelf nog een glas wijn in. Nella ziet dat haar hand een beetje trilt.

Ze staat op. 'Ik moet mijn man gaan zoeken.'

'Daar komt hij al aan,' zegt Agnes nuffig. Meermans grijpt de rand van zijn hoed steviger beet. Agnes maakt langzaam een diepe reverence als Johannes naar hen toe loopt. De rug van Meermans verstijft en hij zet een hoge borst op.

'Mevrouw Meermans,' zegt Johannes. De twee mannen wisselen geen beleefde begroetingen uit.

'Mijnheer,' fluistert Agnes, die met haar ogen de dure snit van zijn jas indrinkt. Volgens Nella kost het Agnes moeite om haar hand niet uit te steken en zijn fluwelen revers te strelen. 'Ik zie dat u vanavond weer iedereen betovert.'

'Er komt geen toverkunst bij kijken, mevrouw. Ik ben gewoon mezelf.'

Agnes werpt een blik op haar man, die aandachtig naar het tafelkleed lijkt te turen. Alsof hij haar ogen in zijn nek voelt, begint hij te praten. 'We wilden het over de suiker hebben.' Zijn stemgeluid sterft weg en Nella ziet een bedrukte blik op zijn half verborgen gezicht.

'Wanneer wordt die verkocht?' Agnes' scherpe vraag snijdt door de lucht.

'Ik heb alles in de hand, mevrouw.'

'Natuurlijk. Ik zou nooit durven twijfelen...'

'Van Riebeecks corruptie op Kaap de Goede Hoop, die ellendige autocraatjes op onze verste buitenposten,' zegt Johannes. 'Smeergeld in Batavia, zwarte markten in het oosten – de mensen hunkeren naar goede producten, en ik vertel hun dat u die levert, mevrouw. Ik denk dat de West-Indische handel ons uiteindelijk allemaal zal redden – maar ik ga niet met uw suiker naar de beurs. De veilingvloer is een beestenboel, de handelaren zijn verdwaasde schreeuwers. Deze suiker moet voorzichtig en met beleid in het buitenland worden verkocht...'

'Maar niet aan de Engelsen,' onderbreekt Agnes hem. 'Die verafschuw ik. Ze hebben mijn vader in Suriname veel problemen bezorgd.'

'De partij gaat niet naar de Engelsen,' verzekert Johannes haar. 'Alles is goed opgeslagen,' voegt hij er minzaam aan toe. 'U mag zelf komen kijken, als u wilt.'

'Het is wel vreemd dat u de suiker per se in het buitenland wilt verkopen,' merkt Meermans op. 'De meeste vaderlandslievende burgers zouden zo'n schat hier willen houden, en een partij van die kwaliteit zou een goede prijs opleveren.'

'Van zo'n *amour-propre* hebben we zelf alleen maar last,' zegt Johannes. 'Niemand schiet er iets mee op. In het buitenland vinden ze ons onbetrouwbaar. Ik wil dat beeld ontzenuwen. We kunnen de reputatie van uw suiker toch ook uitbreiden naar andere landen?'

'Of het nu verstandig was of niet, wij hebben ons vertrouwen in u gesteld.'

'Ik bewaar thuis ook een suikerbrood,' komt Agnes tussenbeide. Met haar woorden brengt ze de verhitte gemoederen een beetje tot bedaren. 'Ik vind het zo... mooi stevig. Hard als diamant, zoet als honing. Dat zei mijn vader altijd.' Ze speelt met het kant rond haar hals. 'Ik vind het vreselijk om het kapot te maken.'

Nella staat onvast op haar benen. Ze is een beetje aangeschoten en staart naar de droesem onder in haar glas.

'Ik vaar voor jullie naar Venetië,' zegt Johannes. 'Daar zijn meer dan genoeg kopers te vinden. Dit is niet het beste moment om suiker te verkopen, maar ik weet zeker dat er Venetianen zijn die interesse hebben.'

'Venetianen?' Agnes hapt naar adem. 'Papen?'

'Mijnheer Brandt, mijn schoonvader heeft heel hard gewerkt. Het was niet zijn bedoeling om katholieke magen te vullen,' snauwt Meermans.

'Maar een gulden komt toch altijd van pas, ongeacht uit welke zak hij komt? Een echte handelsman weet dat. Venetië en Milaan gebruiken suiker zoals wij Nederlanders lucht gebruiken om te ademen...'

'Kom, Agnes,' zegt Frans. 'Ik ben moe. En ik heb genoeg gehad.' Hij ramt zijn hoed op zijn hoofd alsof hij een kurk op zijn gedachten zet. Agnes staat op en wacht af. De pijnlijke stilte zwelt aan.

'In dat geval wens ik u goedenacht,' zegt Johannes uiteindelijk. Zijn brede glimlach slaagt er niet in de vermoeidheid achter zijn ogen te verbergen.

'Moge God met u zijn,' zegt Agnes, terwijl ze haar arm door die van haar man steekt. Het echtpaar loopt weg langs de mahoniehouten lambrisering, de met rode vlekken besmeurde tafelkleden, de omgegooide zilveren kannen en de voedselresten. Ondertussen wordt Nella steeds bezorgder.

'Johannes,' zegt ze. 'Maren zei dat we hen moesten uitnodigen om...'

Hij legt zijn hand op haar schouder en ze voelt zijn gewicht zwaar op haar drukken. 'Nella,' verzucht hij, 'je moet altijd zorgen dat zulke mensen gretig blijven.'

Maar als Agnes over haar schouder kijkt en haar een laatdunkende blik toewerpt, is Nella daar nog niet zo zeker van.

Werkkamer

Op de terugweg gaat Johannes als een gestrande zeehond languit op de zijden bank in de sloep liggen.

'Je kent veel mensen, Johannes. Ze bewonderen je.'

Hij glimlacht. 'Denk je dat ze met me zouden praten als ik niet zo rijk was?'

'Zijn we rijk?' De woorden rollen uit haar mond voordat ze er erg in heeft. De bezorgdheid in haar stem klinkt te duidelijk door; het vraagteken is te luid en te beschuldigend.

Hij kijkt opzij, waarbij zijn haar door zijn wang op de bank wordt gedrukt. 'Waar maak je je zorgen over?' vraagt hij. 'Let maar niet op de opmerkingen van Maren. Ze piekert graag.'

'Het komt niet door Maren,' zegt Nella, maar bij nader inzien betwijfelt ze dat.

'Als iemand vurig iets beweert, hoeft het nog niet waar te zijn. Ik ben wel eens rijker geweest. Ook wel eens armer. Het lijkt nooit zichtbaar verschil te maken.' Hij gaat langzamer praten, rozig door het eten en de vermoeienissen van de avond. 'Mijn fortuin is nooit echt grijpbaar, Nella. Het is iets wat in de lucht opzwelt, afneemt en dan weer groeit. Je kunt er tastbare dingen mee kopen, maar verder is het als een wolk waar je je hand doorheen kunt steken.'

'Maar er is toch niets tastbaarders dan een munt?'

Als Johannes geeuwt en zijn ogen sluit, ziet Nella haar mans fortuin als vochtige nevel die onverwachts oplost of juist dichter wordt. 'Johannes, ik moet je iets vertellen.' Ze zwijgt even. 'Ik heb een opdracht gegeven aan een miniatuurmaker...'

Maar als ze opzij kijkt, ziet ze dat hij door zijn volle maag in slaap is gevallen. Ze wil hem wakker maken om hem nog meer vragen te stellen. In tegenstelling tot Maren geeft hij altijd interessante antwoorden. Ze vond hem rusteloos nadat Frans en Agnes waren weggegaan, zijn grijze ogen keken peinzend en hij sloot haar weer buiten. Waarom leek Meermans veel minder enthousiast over de handel met Johannes dan zijn vrouw? Waarom heeft

Johannes het echtpaar niet uitgenodigd?

Nella ruikt een vleugje van Agnes' bloemenpommade op haar handen. Haar maag rammelt onder haar stijve kanten onderrok en ze wenst dat ze meer had gegeten. De hangende oogleden van Johannes en de manier waarop zijn kin naar zijn borst zakt, verraden zijn leeftijd. Hij ziet er verweerd uit – op zijn negenendertigste heeft hij een gezicht uit een sprookje. Ze denkt aan de stiltes die op zijn luchtige spraakzaamheid volgen, de pauzes voordat hij zich weer in zijn sombere gedachten terugtrekt. Ze doet haar ogen dicht en legt haar hand op haar platte buik. *Net zoals Brandt jou zal verwennen.*

Ze moet weer denken aan het verstopte liefdesbriefje in Marens kamer. Waar komt het vandaan? Hoeveel dagen – of jaren – zit het al in dat boek? Nella vraagt zich af of Maren het met plezier of met minachting leest, en ze denkt ook weer aan het zachte marterbont onder Marens strenge, onopgesmukte zwarte lijfje. Het bruidsboeket van haar schoonzuster bestaat uit een vergelende schedel op haar boekenplank. Nee. Maren zou nooit door iemand verwend worden. Dat zou ze niet toestaan.

In het halfdonker tilt Nella haar hand op, en ze kijkt naar haar trouwring en haar nagels, die op zachtroze schelpen lijken. Assendelft had maar één dorpsplein, maar daar zouden de mensen tenminste naar haar luisteren. Hier is ze een marionet, een vat waarin anderen hun woorden kunnen gieten. En ze is niet met een man getrouwd, maar met een hele wereld. Zilversmeden, een schoonzuster, vreemde kennissen, een huis waarin ze zich verloren voelt, een veel kleiner huis dat haar bang maakt. Ogenschijnlijk wordt haar heel veel aangeboden, maar Nella heeft het gevoel dat haar iets wordt afgenomen.

Als ze thuiskomen, draait ze zich om en wil ze zeggen wat haar dwarszit, maar Johannes heeft alleen nog maar aandacht voor Rezeki. Ze is duidelijk zijn lievelingshond, en hij buigt zich over haar heen en strijkt met zijn vlakke hand over de hondenkop. Rezeki geniet en ontbloot zonder enige agressie haar tanden. In de gang heeft niemand kaarsen aangestoken. Het is aardedonker; er schijnt geen maanlicht door de hoge ramen.

'Heb je al eten gehad, schoonheid?' vraagt hij met zachte, liefdevolle stem. De hond slaat met haar kwispelende, gespierde staart tegen de tegels en Johannes grinnikt.

Het lachje ergert Nella. De aandacht waarnaar zij verlangt, gaat naar een dier. 'Nou, dan ga ik maar naar bed,' zegt ze.

'Ja, goed idee.' Hij gaat weer rechtop staan. 'Je zult wel moe zijn.'

'Nee, Johannes. Ik ben niet moe.'

Ze blijft hem aankijken tot hij zijn blik afwendt. 'Ik moet wat opschrijven over de mannen die ik heb gesproken.' Hij loopt naar zijn werkkamer en de hond trippelt onmiddellijk achter hem aan.

'Houdt zij je gezelschap?' roept Nella. Ik ben getrouwd en al elf dagen alleen, denkt ze. Langer dan God nodig had om de wereld te maken.

'Ze helpt me,' antwoordt hij. 'Als ik een probleem heb, lukt het me nooit om daar meteen iets op te vinden. Als ik haar aandacht geef, schiet de oplossing me vanzelf te binnen.'

'Ze heeft dus nut.'

Johannes glimlacht. 'Ja.'

'En hoeveel heb je betaald voor Otto? Heeft hij ook nut?' Haar stem klinkt koud en schril van de zenuwen.

Zijn gezicht betrekt en Nella voelt het bloed in haar gezicht kloppen. 'Wat heeft Agnes tegen je gezegd?' wil hij weten.

'Niets,' zegt ze, maar het is inderdaad zo dat de woorden van Agnes onder haar huid zijn gekropen.

'Ik heb Otto gewoon zijn loon vooruitbetaald,' zegt hij effen.

'Denkt Otto dat je hem zijn vrijheid hebt gegeven?'

Johannes klemt zijn kaken op elkaar. 'Vind je het soms vervelend om met hem onder één dak te wonen, Petronella?'

'Helemaal niet. Ik wil alleen... Ik heb nog nooit... Ik bedoel...'

'Hij is de enige bediende die ik ooit heb gehad,' zegt Johannes. 'En de enige die ik ooit zal hebben.'

Hij draait zich om. Loop nu niet weg, denkt Nella. Als je dat doet, word ik ter plekke onzichtbaar en zal niemand me ooit nog vinden. Ze wijst op de hond, die gehoorzaam naast hem zit. 'Is dat Rezeki of Dhana?' vraagt ze.

Johannes trekt zijn wenkbrauwen op en aait het dier liefdevol. 'Je hebt goed opgelet. Dit is Rezeki. Dhana heeft een vlek op haar buik.'

Ik weet het, denkt Nella. Ze ziet het hondje voor zich dat boven in het poppenhuis op haar wacht. 'Ze hebben vreemde namen.'

'Niet als je van Sumatra komt.'

'Wat betekent Rezeki?' Ze voelt zich jong en dom.

'Fortuin,' zegt hij, voordat hij zijn werkkamer in glipt en de deur dichtdoet.

Nella tuurt naar de duisternis en voelt een koude tocht langs zich heen strijken, alsof er aan de andere kant van de lange marmeren gang een andere deur is opengegaan. Haar nekhaartjes prikken. Er staat daar iemand in de schaduwen.

'Hallo?' roept ze.

Beneden, in de keuken, hoort ze zacht gepraat, een dwingende toon, af en toe de metalige klank van een pan. Het gevoel dat ze bekeken wordt neemt iets af, en de geluiden vormen een troost, ook al klinken ze ver weg. In dit huis raakt Nella al haar gevoel voor proportie kwijt, en ze legt haar hand op het massieve hout van Johannes' deur alsof ze zichzelf wil geruststellen. Dan denkt ze achter zich iemand te horen inademen, en er strijkt iets langs de zoom van haar jurk. Met beide vuisten trommelt ze op de deur van de werkkamer.

'Maren, nu niet.'

'Ik ben het. Nella!'

Het blijft stil. Nella vecht tegen haar angst en staart in de duisternis zonder haar ogen neer te slaan. 'Johannes, toe. Laat me erin.'

Als de deur opengaat, biedt de gele gloed zo'n warm welkom dat Nella bijna begint te huilen.

Wat haar opvalt, is dat de werkkamer veel meer bewoond lijkt dan de andere vertrekken in het huis. Dit is een vertrek met een functie. Het kent zichzelf, en Nella heeft zich nog nergens zo verbonden gevoeld met haar echtgenoot. Als hij de deur achter haar dichtdoet, probeert ze de angst voor de gang van zich af te zetten.

'Er is daar niemand, Nella,' zegt hij. 'Het is er alleen maar donker. Waarom ga je niet naar bed?'

Hoe weet hij dat ze bang was? Hij wist ook al dat Agnes' opmerkingen over Otto haar irriteerden. Als hij me bestudeert, is het of ik word geobserveerd door een paar scherpe uilenogen, denkt ze. Het is alsof hij me fixeert met zijn blik.

Buiten is het zachtjes gaan regenen, een vertrouwd, nachtelijk ritme. Er hangt een scherpe, papierachtige geur in het kamertje, en Nella ziet een rommelige berg perkamentrollen, een inktstel van goud en een hoge, houten tafel die met scharnieren aan de muur is vastgemaakt. Op het lage plafond zitten roetvlekken van kaarsen, en het krullenpatroon van een hoogpolig Turks tapijt is nauwelijks zichtbaar door de vele rondslingerende vellen papier met onbekende talen erop. Door de hele kamer liggen stukjes rode zegelwas, en een aantal daarvan is diep in de wol getrapt.

Overal hangen kaarten, nog meer dan in Marens kamer. Nella kijkt naar de contouren van Virginia en de rest van Amerika, de Mare Pacificum, de Molukken, Japan. Op elke kaart staan fijne lijntjes die in diamantvormige patronen uitwaaieren. Bij deze kaarten draait het om precisie; ze staan niet vol verlangende vragen. Onder het raam staat een enorme, donkere houten kist met een hangslot eraan. 'Daarin bewaar ik het geld,' zegt Johannes, die op zijn kruk gaat zitten.

Op dit moment zou Nella het fijn vinden als Johannes meer weg had van een wolf dan van een uil. Dan zou ze weer weten wat haar rol was, of hoe ze zich als echtgenote moest gedragen. 'I-ik wilde je bedanken,' hakkelt ze. 'Voor mijn kabinet. Ik heb grootse plannen...'

'Je hoeft me niet te bedanken.' Hij maakt weer een wegwerpgebaar. 'Het is het minste wat ik kan doen.'

'Maar ik wilde je mijn dankbaarheid tonen,' zegt ze.

Ze probeert de elegantie van Agnes Meermans te imiteren en streelt met een trillende hand over zijn hemdsmouw. Ze wil ook zo'n eenheid, zo'n beeld van een echt huwelijk. Hij doet niets. Haar vingers plukken aan hem alsof ze een opdringerig kind is.

'Wat is er?' vraagt hij.

Ze laat haar hand zakken en legt hem op zijn dij. Nog nooit heeft ze een man zo aangeraakt, laat staan zo'n indrukwekkende man. Dwars door zijn dikke, wollen broek heen voelt ze de omtrek van zijn harde, gespierde been. 'Je fascineert me als je die talen spreekt,' zegt ze.

Meteen weet ze dat ze iets verkeerds heeft gezegd. Hij staat op van de kruk. 'Wat?' zegt hij.

Hij ziet er zo ontzet uit dat Nella haar handen voor haar mond slaat, alsof ze de woorden wil wegvegen. 'Ik wilde alleen maar... Het was gewoon...'

'Kom eens hier,' onderbreekt hij haar. Tot Nella's verbazing streelt hij ruw over haar haar.

'Het spijt me,' zegt ze, al weet ze niet waarvoor ze haar excuses aanbiedt. Hij buigt zich voorover, pakt haar smalle armen beet en kust haar op haar mond.

De schok en de alarmerende, warme resten wijn en krab overweldigen haar, en ze moet haar uiterste best doen om niet in zijn greep te verstijven. Ze doet haar mond een stukje open, al was het alleen maar om de druk van zijn lippen te verminderen. Hij blijft haar vasthouden, en in een opwelling – voordat ze de moed verliest – besluit ze haar hand in zijn broek te steken. Als dat erbij hoort, wordt het vast aangenamer als je het vaker doet, denkt ze.

Ze kan hem nét zien, de verborgen bobbel die nog zo onbekend voor haar is. Maar het is niet de roede waarover haar moeder het had, het is meer een opgekrulde worm, een...

Het is alsof haar vingers een veermechanisme ontgrendelen, want Johannes laat haar los en springt achteruit, tegen de rand van zijn schrijftafel. 'Nella,' zegt hij. 'O god.'

'Mijn echtg...'

'Ga weg,' roept hij. 'Mijn kamer uit.'

Er klinkt één enkele, waarschuwende blaf van Rezeki als Nella struikelend de kamer uit rent, en dan gooit Johannes de deur met een klap dicht. Ze hoort dat hij zijn sleutel omdraait, en als de angst voor de donkere gang haar weer overweldigt, rent ze naar haar slaapkamer op de eerste verdieping.

Het kabinet staat in de hoek, en ze trekt de gordijnen open. Binnenin staat de wieg honend in het maanlicht te glanzen. Nella schopt tegen een poot van het poppenhuis, maar het hout en het schildpad geven niet mee. Ze hoort bot kraken en gilt het uit van de pijn, maar ze weigert te huilen. Hinkend loopt ze door de kamer om de schilderijen van haar man naar de muur te draaien. Gevangen hazen en verrotte granaatappels – ze keert ze stuk voor stuk om.

Stappen

'Waarom zijn alle schilderijen omgedraaid?' vraagt Cornelia. Ze draait het schilderij dat het dichtst bij haar hangt terug. Een geschilderde rups, afkomstig uit de granaatappel, kruipt naar de schilderijlijst. De dienstmeid huivert en werpt een blik op het kabinet. 'U kunt aan het leven hier wennen, mevrouw,' zegt ze zacht. 'U hoeft het alleen maar te willen.'

Nella doet één oog open om naar haar te kijken en beleeft de vernedering van die nacht opnieuw. De herinnering drukt haar met kracht op het bed, en ze duwt haar gezicht in het kussen. Stond Cornelia gisteravond soms in de gang te luisteren? Heeft ze het rampzalige gesprek gehoord? Bij de gedachte dat iemand haar als echtgenote heeft horen falen, kan ze wel door de grond zakken van ellende.

De afwijzing van Johannes ligt als een deken over haar stemming. Ze zou met plezier haar hoofd tegen de muur beuken als ze daarmee haar dwaze ideeën over ware liefde, het huwelijksbed, gelach en kinderen uit haar hoofd kon zetten. Als Cornelia een ander schilderij omdraait – de geopende oester op een donkere indigo achtergrond – voelt Nella de muren en alle afbeeldingen van dood wild en veel te grote bloemen op zich afkomen.

'Volgens mij heeft juffrouw Maren u de akeligste schilderijen in de maag gesplitst,' zegt Cornelia. Eindelijk weer een genadekruimel – haar glimlach, Cornelia die een kleinigheid prijsgeeft. Maren en haar doortraptheid worden verraden door iemand die nog sluwer is dan zij.

Cornelia schuift de gordijnen open, en het licht van de late oktobermorgen tekent scherpe contrasten. Ze trekt een lelijk gezicht, schudt een van haar patijnen uit en steekt een kleine voet naar voren. 'Of u het nu gelooft of niet, mevrouw, mijn voeten worden ook moe.' Ze steunt tegen de muur en begint over haar voetzool te wrijven. 'Verschrikkelijk moe. Als die van een dode man.'

Nella gaat rechtop zitten. In Assendelft hebben ze nooit een meid als Cornelia gehad. Cornelia voelt zich hier vrij om dingen te doen en te zeggen die ze elders zou laten. Ze maakt gewoon opgewekt een praatje; ze vindt het zo prettig om over haar voeten te wrijven dat ze zich geen zorgen maakt over de vraag wat haar mevrouw daarvan vindt. Misschien ligt het aan dit huis, denkt Nella, misschien hangt hier een bepaalde tolerantie die ik niet begrijp. Het is hier de omgekeerde wereld. Dat lijkt verkeerd, maar er schijnt een bepaald licht op alle bewoners. Ze ziet dat Cornelia's kousen heel vaak zijn gestopt: een netwerk van keurige steekjes, een explosie van katoenen draadjes. Kan Maren haar geen betere kousen geven? Nella denkt terug aan haar mans opmerking over zijn schimmige, ongrijpbare fortuin.

Ze herinnert zich dat ze heel vluchtig zijn verborgen, ongeïnteresseerde vlees heeft aangeraakt. Er gaat een huivering door haar heen. Terwijl ze naar Cornelia kijkt, die het schilderij van de opgehangen haas omdraait, voelt ze de weerzin op haar huid prikken. *Dacht je dat jij te klagen had? Je bent niet eens getrouwd*, wil ze zeggen.

'Cornelia,' zegt ze. 'Waarom heeft Maren zo'n haast om de suiker van Agnes te verkopen? Zijn we arm?'

Cornelia's mond valt open. 'Doe niet zo mal, mevrouw. Árm? Veel vrouwen in de stad zouden er heel wat voor overhebben om in uw schoenen te staan.'

'Je hoeft me niet de les te lezen, Cornelia. Ik vraag je iets...'

'U hebt een echtgenoot die u met respect behandelt. Hij neemt u mee naar banketten, bestelt jurken voor u en schenkt u een kabinet van drieduizend gulden. Hij onderhoudt ons, hij vraagt hoe het met ons gaat. Otto zou precies hetzelfde zeggen.'

'Otto zei dat er nare dingen zouden gebeuren.'

'Er valt heel veel te bewonderen aan mijnheer.' Cornelia's woorden klinken gejaagd en dringend. 'Hij heeft Toet als een zoon opgevoed. Kent u iemand anders die dat zou doen? Otto is een bediende die Frans en Engels spreekt. Hij kan kaartpassen en de kwaliteit van een rol Haarlemse wol beoordelen...'

'Maar wat kan hij daarmee, Cornelia? Wat kúnnen wij nu helemaal?'

Cornelia lijkt zich niet op haar gemak te voelen. 'Volgens mij is uw leven nog maar net begonnen, mevrouw. Alstublieft.' Ze steekt haar hand in de grote voorzak van haar schort en legt een flink pakket op Nella's bed. 'Dat lag buiten op de trap, geadresseerd aan u. Wat is er?'

'N-niets,' hakkelt Nella. Het ongevraagde pakket met het teken van de zon ligt op haar sprei.

'Het zal u genoegen doen dat er vandaag geen haring op tafel komt,' vervolgt Cornelia met een schuin oog op het pak. 'Gezoete boter en confituren van winterfruit. Mijnheer heeft gevraagd of we vroeg konden eten.' Ze raapt haar gevallen patijn op en schuift hem weer over haar leren schoen.

'Dat zal best,' zegt Nella. 'Hij vindt veel van zichzelf terug in eten. Ik kom zo beneden.'

Als de deur eenmaal is dichtgegaan, neemt Nella het pak voorzichtig in haar handen. Ik heb hier niet om gevraagd, denkt ze. In mijn brief heb ik de miniatuurmaker uitdrukkelijk gevraagd niets meer te sturen. Maar terwijl ze daaraan denkt, scheuren haar vingers het papier al open. Ze redeneert dat ze het pakket best mag openmaken. Haar brief staat haar nog helder voor de geest. *Als echtgenote van een hooggeplaatste VOC-koopman laat ik mij niet intimideren door een ambachtsman.*

Er valt een briefje uit, en ze leest de tekst:

Ik worstel en kom boven

'O ja, mijnheer de miniatuurmaker?' zegt Nella hardop.

Ze keert de rest van het pakket om en er tuimelen allerlei piepkleine huishoudelijke voorwerpen uit. Strijkijzers ter grootte van twee gerstkorrels, piepkleine manden, geweven zakken, een paar vaten, een stokdweil, een stoof om kleren te drogen. Er zitten potten en pannen bij, messen en vorken, een geborduurd kussen, een opgerold wandtapijt met het portret van twee vrouwen en een man erop. Nella weet zeker dat het een kopie is van het geborduurde Bijbelverhaal dat beneden aan Johannes' muur hangt: Marta en Maria die een woordenwisseling over Jezus hebben. Angst begint zich met haar verontwaardiging te vermengen.

In een kleine, vergulde lijst hangt een olieverfschilderij van een vaas met bloemen, compleet met een kruipende rups. Een afbeelding die vaker voorkomt, houdt Nella zichzelf voor. Ze probeert rustig te blijven en kijkt naar het exemplaar op ware grootte, dat Cornelia zojuist heeft omgedraaid. In het pakket zitten ook een paar prachtige gebonden boeken, sommige niet groter dan een stuiver, bedekt met een onleesbaar handschrift. Ze bladert erdoorheen en verwacht half een liefdesbriefje aan te treffen, maar dat is er niet. Er zijn twee kleine landkaarten van de Indische Archipel en een bijbel met een grote B op de voorkant.

Haar blik valt op een tweede pakje, dat door de stof heen glinstert. In de plooien vindt ze een gouden sleuteltje aan een lint. In het kille ochtendlicht zwaait ze het heen en weer. Het is prachtig, niet groter dan haar pinknagel, met een complex gegraveerd patroon langs de hals. Te klein om er een deur mee open te maken, denkt Nella. Nutteloos, maar wel sierlijk.

Verder zit er niets in het pakket – geen briefje, geen verklaring, niets anders dan het vreemde, uitdagende motto en deze regen van geschenken. Cornelia heeft me bezworen dat ze mijn brief heeft bezorgd, denkt Nella. Ik schreef dat de miniatuurmaker me niets meer mocht sturen. Waarom luistert hij dan niet?

Maar als ze naar de voorwerpen kijkt – die nooit echt in gebruik genomen kunnen worden, maar uitzonderlijk mooi zijn – vraagt ze zich af of ze werkelijk niets meer wil ontvangen. Zelf wil de miniatuurmaker duidelijk spullen blijven sturen.

Voorzichtig plaatst Nella elke aanwinst in het kabinet, met een vluchtige dankbaarheid die haar zelf verbaast.

'Waar ga je naartoe?' vraagt Maren als Nella een uur later door de gang loopt.

'Nergens,' zegt Nella. In gedachten is ze al bij het teken van de zon en de verklaring die achter de deur van de miniatuurmaker te vinden is.

'Dat vermoedde ik al,' zegt Maren. 'Dominee Pellicorne preekt in de Oude Kerk en ik dacht dat je daarbij wel aanwezig zou willen zijn.'

'Gaat Johannes ook mee?'

Johannes gaat niet mee, hij zegt dat hij naar de beurs moet om de laatste handelsprijzen te horen. Nella vraagt zich af of haar echtgenoot misschien een kerkbezoek wil ontlopen.

Omdat Nella eigenlijk dolgraag naar de Kalverstraat wil, blijft ze met opzet ver achter Maren, die loopt te stampen alsof de straten haar persoonlijk iets hebben aangedaan. Rezeki, die het nooit fijn vindt om haar baas te moeten missen, is met Johannes mee naar de beurs. Nella wilde Dhana niet alleen achterlaten en heeft de windhond meegenomen. De teef trippelt gehoorzaam naast haar en steekt haar natte, zwarte neus omhoog naar haar nieuwe bazinnetje.

'Nemen jullie de honden meestal mee naar de kerk?' vraagt Nella aan Cornelia.

De dienstmeid knikt. 'Juffrouw Maren zegt dat ze zich misdragen als ze alleen thuisblijven.'

'Ik kan Pibo ook meenemen.'

'Doe niet zo raar,' zegt Maren over haar schouder. Nella is stomverbaasd dat ze over die grote afstand kan meeluisteren.

Het is een heel heldere dag. De roodbruine daken lijken wel vermiljoen en het is zo koud dat de stank van de gracht wordt afgezwakt. Koetsen rijden kletterend voorbij, en op de grachten varen boten vol mannen, vrouwen, bundels goederen, zelfs een paar schapen. Ze lopen over de Herengracht, door de Vijzelstraat en over de brug naar de Turfmarkt en naar de Oude Kerk. Nella kijkt verlangend naar haar oorspronkelijke bestemming, maar Cornelia herinnert haar eraan dat mevrouw beter kan kijken waar ze loopt, omdat mevrouw anders over de kinderkopjes struikelt.

Vanuit de boten, vanachter de ramen en op straat wordt er naar hen gestaard. Bij elke stap van hun tocht langs de hoge, smalle zijdekoopmanshuizen aan de Warmoesstraat en de winkelruiten waarachter Italiaanse majolica, Lyonse zijde, Spaanse taf, Neurenbergs porselein en Haarlems linnen te koop worden aangeboden, trekken ze de aandacht van de Amsterdammers. Even vraagt Nella zich af wat er aan hen te zien valt, tot ze de spieren in Otto's nek ziet verstrakken. Hij roept Dhana om haar aan te lijnen. 'Het kan praten!' hoort Nella iemand zeggen, en daarop wordt er luid geschaterd.

Bijna iedereen die langsloopt, lijkt verbaasd dat Otto met deze vrouwen over straat wandelt. Sommige blikken verzuren tot achterdocht, andere tot minachting of regelrechte angst. Sommige zijn alleen maar hevig geboeid of onverschillig, maar dat maakt de andere blikken nog niet goed. Als het groepje door de Warmoesstraat naar de achterkant van de Oude Kerk loopt, ziet een man met een pokdalig gezicht Otto passeren. Vanaf zijn lage bankje bij een deur roept hij: 'Ik kan geen werk vinden, en dan geven jullie zo'n béést een baan?'

Maren weet niet goed wat ze moet doen, maar Cornelia draait zich om. Ze loopt met grote passen naar de man toe en houdt haar gebalde vuist een paar centimeter voor de kraters in zijn wangen. 'We zijn hier in Amsterdam, Gatenkop,' schreeuwt ze. 'De beste man wint.'

Nella's gesmoorde, zenuwachtige lachje besterft op haar lippen als de man zijn vuist naar Cornelia opheft. 'We zijn hier in Amsterdam, kreng. De beste man heeft de juiste vrienden.'

'Cornelia, houd je mond,' roept Maren. 'Kom.'

'Ze zouden zijn tong moeten afsnijden!'

'Cornelia! Lieve help, zijn we dan allemaal beesten?'

'Toet is hier al tien jaar, maar ze blijven zeuren,' mompelt de dienstmeid, terwijl ze terugloopt naar haar werkgeefster. 'Je zou zeggen dat ze er onderhand wel aan gewend waren.'

'Gatenkop, Cornelia. Hoe kun je dat nu zeggen?' zegt Maren, maar Nella hoort beslist een goedkeurende ondertoon in haar stem.

Otto tuurt naar een horizon ver achter de gebouwen van Amsterdam. Hij kijkt niet naar Gatenkop. 'Dhana,' roept hij. De hond staat eindelijk stil, kijkt op en trippelt naar hem toe. 'Niet te ver gaan, meisje,' zegt hij.

'Heb je het tegen mij of tegen de hond?' verzucht Cornelia met rode wangen.

De mensen blijven naar hen gapen, maar er worden geen opmerkingen meer gemaakt. Het valt Nella op dat ze ook naar Maren staren. Haar schoonzuster is een grote vrouw, en met haar lange hals en haar opgeheven hoofd lijkt ze wel een boegbeeld van een schip – een schip dat een kielzog van omkijkende mensen achter zich laat. Nella bekijkt haar door hun ogen: de perfecte, knappe, onberispelijke Nederlandse vrouw die kordaat op haar doel afgaat. Het enige wat ontbreekt, is een man.

'Wat moeten ze wel denken nu Johannes niet meegaat naar de kerk?' hoort Nella Maren tegen Otto zeggen. Als hij geen antwoord geeft, draait Maren zich om naar de twee jonge vrouwen. 'Heeft hij Frans en Agnes Meermans uitgenodigd om te komen eten?' vraagt ze aan Nella.

Nella aarzelt. Er ligt een leugen op haar lippen, maar ze antwoordt: 'Nog niet.'

Maren staat stil. Ze kan haar woede niet verbergen, en terwijl ze met een beschuldigende blik in haar grijze ogen naar Nella kijkt, vormt haar mond even een geschokte O die niet bij haar waardigheid past.

'Ik kon hem niet dwingen,' zegt Nella.

'Mijn hemel,' roept Maren, terwijl ze in een vieze plas stapt. Ze loopt met grote passen door en laat de anderen achter zich. 'Moet ik dan alles in mijn eentje doen?'

Bloei en donderpreken

Nella is nog nooit in de Oude Kerk geweest. 'Waarom moeten we er nu heen?' fluistert ze tegen Cornelia. 'Krijgen we thuis nog niet genoeg Bijbelonderricht?'

Cornelia trekt een grimas, want Maren heeft de vragen gehoord. 'We moeten ook naar de kerk, Petronella,' zegt Maren.

'Ondanks alles wat we moeten verduren?' mompelt Otto.

Maren doet net of ze hem niet heeft gehoord. 'Vandaag is Pellicorne er,' zegt ze, alsof ze het over haar favoriete acteur heeft. 'En de gemeenschap kijkt toe.'

Vergeleken met het kerkje in Assendelft is deze kerk gigantisch. Torenhoge witte zuilen van steen scheiden de bogen langs de zijbeuken en het middenschip. Op sommige ramen zijn scènes uit de Bijbel afgebeeld, en door de glas-in-loodheiligen kleurt het zonlicht de vloer waterig rood, goud, zacht indigo en groen. Nella heeft het idee dat ze erin zou kunnen duiken, maar de uitgebeitelde namen van de doden herinneren haar eraan dat ze niet naar water kijkt, maar naar steen.

Het is druk in de kerk; de levenden eigenen zich de bovengrondse ruimte toe. Nella is verrast door het toegestane kabaal, de vaders en de moeders, de roddels en de vrolijke grapjes, de onaangelijnde honden en de kleine kinderen. Geblaf en babbelende kinderstemmen weerklinken tegen de witgekalkte muren, en het geluid wordt slechts gedeeltelijk geabsorbeerd door het hout erboven. Vlakbij tilt een hond zwierig zijn poot op om tegen een zuil te plassen. Overal waar Nella kijkt, ziet ze licht, alsof God een uur lang zijn volle aandacht op deze hoge ruimte en de kloppende harten binnenin heeft gericht.

Als ze haar blik weer over de rondsjouwende mensen in de kerk laat dwalen, stuwt haar hart een hete golf bloed naar haar maag.

Op een stoel bij de zijdeur zit de vreemde vrouw uit de Kalverstraat naar haar te kijken. Het zonlicht dat door een onversierd raam naar binnen valt, beschijnt de bovenkant van haar blonde haar. Ze zit in haar eentje en houdt Nella weer nauwgezet in de gaten. Haar blik is allesbehalve neutraal – haar ogen kijken bewust, vragend en nieuwsgierig – maar ze zit zo stil dat ze in Nella's ogen een glas-in-loodheilige zou kunnen zijn die van een kerkraam is gevallen.

Nella móét wel terugstaren. Ze krijgt het gevoel dat ze wordt gewogen en niet zwaar genoeg wordt bevonden, maar deze keer glijdt de blik van de vrouw ook over Otto, Cornelia, Maren en zelfs over Dhana. Alle vijf worden ze grondig bekeken. Als Nella haar hand opsteekt om te zwaaien, klinkt opeens Marens stem. 'Ze is te oud om nog mee te gaan,' zegt ze afkeurend.

'Wat?' Nella laat haar hand zakken.

'De hond.' Maren buigt zich voorover en probeert Dhana te verschuiven, die op de grond is neergeploft. Dhana jankt zachtjes en weigert in beweging te komen. Ze kijkt naar de onbekende vrouw en zet zich schrap, waardoor haar nagels over de stenen vloer krassen. 'Wat mankeert dat beest?' Maren gaat rechtop staan en wrijft over haar onderrug. 'Daarnet was er nog niets aan de hand.'

Nella draait haar hoofd weer naar de zijdeur, maar daar staat nu een lege stoel. 'Waar is ze gebleven?' vraagt ze.

'Wie?' informeert Cornelia.

Ondanks het licht van de zon lijkt het erg koud in de kerk. Het rumoer zwelt aan, zwakt af en neemt weer toe. De mensen blijven rondlopen en de stoel van de vrouw blijft leeg. Dhana begint te blaffen.

'Niemand,' zegt Nella. 'Sst,' zegt ze tegen de hond. 'Je bent in een godshuis.'

Cornelia giechelt. 'Jullie maken allebei te veel lawaai,' zegt Maren. 'Vergeet niet dat er altijd naar je gekeken wordt.'

'Ik weet er alles van,' zegt Nella, maar Maren is al weggelopen.

Naar goede calvinistische traditie bevindt de kansel zich midden in het schip, waar de mompelende mensen zich in hun zondagse kleren in groepjes verzamelen. 'Als vliegen op een stuk vlees,' zegt Maren afkeurend als ze zich weer bij haar voegen. Ze schrijdt met een trage waardigheid door het schip. 'We gaan niet bij de rest zitten. Gods woord reikt ver. Ze hoeven niet als vierjarigen over elkaar heen te klimmen om dominee Pellicorne te zien.'

'Hoe vromer hun blik, hoe groter mijn twijfel,' zegt Otto.

Marens mondhoek gaat even omhoog, maar haar lachje sterft snel weg als ze Agnes en Frans Meermans in het oog krijgen.

In een wolk van zware bloemengeuren zweeft Agnes in haar volumineuze, zwarte rokken over de ijskoude grafstenen. 'Ze hebben die wilde meegenomen,' fluistert ze hoorbaar tegen haar man. Ze kan haar ogen niet van Otto afhouden.

'Mijnheer en mevrouw Meermans,' zegt Maren. Ze haalt haar psalmboek uit een buidel om haar middel en laat het boek tussen haar handen heen en weer gaan, alsof ze overweegt het als projectiel te gebruiken. De vrouwen maken een reverence. Frans Meermans buigt en ziet Marens slanke vingers zenuwachtig over haar afgesleten leren boek glijden.

'Waar is uw broer?' vraagt Agnes. 'De dag des oordeels...'

'Johannes is aan het werk. Hij dankt God vandaag op een andere manier,' antwoordt Maren. Meermans snuift spottend. 'Het is echt waar, mijnheer.'

'Natuurlijk,' zegt hij. 'De beurs staat bekend als een bezielende omgeving voor godvrezende mensen.'

'Hij is op die feestavond bij de zilversmeden iets vergeten.' Maren doet net of ze zijn toon niet hoort. 'Hij wilde u uitnodigen om bij ons te komen eten, maar hij heeft altijd erg veel aan zijn hoofd.' Ze zwijgt even. 'U moet echt bij ons komen dineren.'

Meermans snuift weer hoorbaar. 'We hebben geen behoefte…'

'We vinden het een eer, juffrouw Brandt,' onderbreekt Agnes hem. In haar donkere ogen weet ze heel handig haar opwinding te verbergen. 'Maar zou die uitnodiging niet van zijn echtgenote moeten komen?'

Nella voelt haar wangen rood worden. 'Kom morgen bij ons eten,' zegt Maren stijfjes.

'Morgen?' Het woord rolt al uit Nella's mond voordat ze er erg in heeft. Ze vindt het niets voor Maren om zo voortvarend en overhaast te werk te gaan. 'Maar…'

'En breng een suikerbrood mee. We zullen het proeven en een heildronk uitbrengen op uw komende rijkdom.'

'Wilt u onze Caraïbische schatten próéven?' Agnes begraaft haar kin in haar opzichtige bontkraag en haar gitzwarte ogen staren diep in de grijze van Maren.

Heel even blijft het stil. Maren glimlacht, en Nella ziet hoe mooi ze daarvan wordt, ook al is de lach niet gemeend.

'Ja,' zegt Maren. 'Heel graag.'

'Agnes,' zegt Meermans. De naam van zijn vrouw heeft een waarschuwende klank gekregen. 'Ik stel voor dat we naar onze plaatsen gaan.'

Ze lopen weg. Onderweg groeten, zwaaien en knikken ze naar bekenden.

Maren kijkt hen na. 'Ik kan hem wel wurgen,' mompelt ze. Nella vraagt zich af over wie ze het heeft. 'Caraïbische schatten, mijn neus. Waarom heeft Johannes hier ooit mee ingestemd?'

'Maar we hebben de handel toch nodig?' mompelt Cornelia. 'U hebt zelf gezegd…'

Maren kijkt abrupt om. 'Je hoeft mijn woorden niet voor me te herhalen, meisje. Luistervinkje spelen – wat weet jij er nu van?'

Cornelia krimpt geschrokken ineen, en haar gezicht is een masker van gekrenkte trots als ze zich bukt om de hond te aaien. Maren wrijft over haar slapen en sluit met een vertrokken gezicht haar ogen. 'Voel je je wel goed?' vraagt Nella, die zich geroepen voelt tussenbeide te komen.

Maren kijkt met een afwezige, zorgelijke blik naar haar. 'Ja hoor.'

'We moeten gaan zitten,' zegt Otto. 'Er is nog plaats in de koorbanken.' Bij elke stap die hij zet, wordt er net iets te luid over hem gepraat, en hij maakt een geïsoleerde indruk tussen al die kletsende mensen.

Dominee Pellicorne loopt naar de kansel. Hij is lang, gladgeschoren en tussen de vijftig en zestig jaar. Zijn grijze haar is kort en netjes, zijn kraag breed en hagelwit. Zijn uiterlijk suggereert dat hij zorgzame bedienden heeft.

Pellicorne neemt niet de moeite zijn betoog in te leiden. 'Immorele praktijken!' dondert hij boven het lawaai van de honden, de kinderen, de schuifelende voeten en de krijsende meeuwen buiten de kerk uit. Er valt een stilte en iedereen kijkt naar hem, behalve Otto, die zijn hoofd buigt en naar zijn verstrengelde handen staart. Nella richt haar blik op Agnes, die als een gefascineerd kind naar de dominee opkijkt. Wat een vreemde vrouw is ze toch, denkt Nella. Het ene moment is ze arrogant en rad van tong, het volgende moment lijkt ze wel een kind en slooft ze zich uit om een goede indruk te maken.

'Er zijn in onze stad veel gesloten deuren waar we niet doorheen kunnen kijken,' vervolgt Pellicorne luid en onverbiddelijk. 'Maar denk niet dat u uw zonden voor God kunt verbergen.' Zijn smal toelopende vingers grijpen de rand van de preekstoel beet. 'Hij komt er altijd achter,' roept hij over de hoofden van de aanwezigen. 'Alles wat verborgen is, zal worden onthuld. Zijn engelen zullen door de ramen en de sleutelgaten van uw hart kijken, en Hij zal u verantwoordelijk houden voor uw daden. Onze stad is gebouwd op een moeras, ons land heeft al eerder Gods gramschap ondervonden. Wij triomfeerden, we wisten het water aan onze kant te krijgen. Maar dat is geen reden om op uw lauweren te rusten – we hebben getriomfeerd dankzij omzichtigheid en naastenliefde.'

'Ja,' roept een man in de menigte. Een klein kind begint te huilen. Dhana jankt en probeert onder Nella's rokken te kruipen.

'Als wij de teugels van onze schaamte niet strak aantrekken, gaan wij weer ten onder in de zee,' zegt Pellicorne. 'Wees rechtschapen. Doe het voor de stad! Kijk in uw hart en bedenk op welke manier u gezondigd hebt tegen uw naaste, of op welke manier uw naaste een zondaar is!'

Hij zwijgt even om zijn woorden op de mensen te laten inwerken en heeft ademnood gekregen van zijn eigen deugdzaamheid. In gedachten ziet Nella alle aanwezigen hun ribben opentrekken, naar de pulserende, bloederige massa van hun zondige hart kijken en diep in de harten van de anderen turen voordat ze hun lijf weer dichtklappen. In een hoek van de kerk fladdert een spreeuw. Iemand moet hem naar buiten laten, denkt ze.

'Het gebeurt heel vaak dat er binnen een vogel gevangenzit,' fluistert Cornelia.

'Laten we zorgen dat Zijn toorn ons niet meer kan schaden.' Onder de kerkgangers klinkt hier en daar instemmend gebrom, en Pellicornes stem trilt inmiddels een beetje van emotie. 'Het komt allemaal door hebzucht. Hebzucht is de woekering die we moeten wegsnijden. Hebzucht is de boom, en geld de diepliggende wortel!'

'Dat geld heeft anders ook uw mooie kraag betaald,' mompelt Cornelia nauwelijks hoorbaar. Nella heeft ook last van ademnood, omdat ze probeert niet te giechelen. Ze waagt het om een blik op Frans Meermans te werpen. Zijn vrouw kijkt naar de preekstoel, maar hij kijkt naar de Brandts.

'We moeten onszelf vooral niet wijsmaken dat we de kracht van de zee hebben getemd.' Pellicornes stem zwakt af tot een aanhoudend, sussend gebrom voordat hij het mes diep naar binnen steekt. 'Ja, wij hebben kennisgemaakt met de weelde van de mammon – maar op een dag zal die ons allemaal verdrinken. En waar bent u op die rampzalige dag? Waar? Staat u tot aan uw ellebogen tussen gesuikerde zoetigheden en rijk gevulde kippenpasteien?

Wordt u bedolven door uw zijden kleren en diamanten halssnoeren?'

Nella hoort Cornelia zuchten. 'Was het maar waar,' fluistert de meid.

'Blijf waakzaam,' waarschuwt Pellicorne. 'Deze stad bloeit! Het geld van Amsterdam geeft u vleugels om te vliegen, maar het is een juk op uw schouders. Het zou verstandig zijn als u oog hield voor de beurse plekken rond uw nek.'

Maren heeft haar ogen stijf dichtgeknepen, alsof ze elk moment in tranen kan uitbarsten. Nella hoopt dat het alleen maar een soort religieuze verrukking is, een overgave aan de kracht van Pellicornes geheiligde, vermanende woorden. Meermans staart nog steeds naar hen. Als Maren haar ogen opendoet en hem ziet kijken, worden haar knokkels wit op haar psalmboek en verschuift ze op haar stoel. Haar wasbleke gezicht verraadt dat ze zich diep ellendig voelt. Nella heeft een droge keel, maar ze durft niet te hoesten. Pellicorne is bijna bij de climax en de mensen gaan dichter bij elkaar zitten – één grote massa die aandachtig luistert.

'Overspeligen. Woekeraars. Sodomieten. Dieven,' roept de dominee. 'Wees voor hen op uw hoede, kijk of u hen ziet! Waarschuw uw buurman als de wolk van het gevaar nadert. Laat het kwaad niet over de drempel komen, want als de woekering eenmaal binnen is, gaat ze moeilijk weer weg. De grond onder onze voeten zal scheuren, Gods toorn zal het land doorweken.'

'Ja,' zegt een man. 'Ja!'

Dhana begint steeds onrustiger te blaffen. 'Sst,' fluistert Cornelia.

'Wat kunt u doen om het kwaad te verdrijven?' dondert Pellicorne nu weer uit volle borst, met zijn armen gespreid alsof hij Christus zelf is. 'U kunt beminnen. Bemin uw kinderen, want zij zijn het zaad dat deze stad zal laten bloeien! Mannen, bemin uw echtgenotes, en vrouwen, wees gehoorzaam omwille van al wat geheiligd en goed is. Houd uw huis schoon, en uw ziel zal vanzelf volgen!'

Hij is klaar met zijn preek – er klinken opgeluchte zuchten, instemmend geroezemoes en geluiden van mensen die wakker worden en hun benen strekken. Nella wordt duizelig. Het licht beschijnt de grafstenen. Wees gehoorzaam. Mannen, bemin uw echtgenotes. *Mijn liefste. Je bent de zon die naar binnen schijnt, licht waaraan ik me warm.* Het kindje begint weer te huilen en Nella en Maren kijken tegelijkertijd op als de moeder het tevergeefs probeert te sussen. De vrouw staat op en glipt door de zijdeur van de kerk naar buiten.

Nella volgt Marens blik. Ze kijken allebei verlangend naar de vluchtige rechthoek van gouden zonlicht die ze door het vertrek van de vrouw even mogen zien. In deze gedreven nieuwe wereld van Amsterdam, in deze koude stadskerk, lijkt een kerkdienst van een uur wel een jaar te duren.

Die nacht beschijnt het maanlicht delen van het kabinet in Nella's kamer. Het getik van het slingeruurwerk drijft als een gedempte hartslag door de lucht en lijkt in haar oren steeds luider te worden. Ze denkt aan de vrouw in de kerk, die haar zwijgend opnam.

'Waarom heb je niets tegen me gezegd?' vraagt Nella hardop. Ze kijkt naar elk van haar negen donkere kamertjes. 'Wat wil je van me?'

Er komt natuurlijk geen antwoord. Over de voorwerpen in het kabinet lijkt een zilveren glans te liggen, die langzaam verschuift. Morgen ga ik naar de miniatuurmaker om de kwestie van die ongewenste zendingen voorgoed de wereld uit te helpen, denkt ze. Het is toch raar als je dingen krijgt waar je niet om hebt gevraagd? Het is een inbreuk, het betreden van verboden terrein.

Nella is blij dat ze uit Assendelft weg is, maar ze is nergens meer thuis – niet tussen de plattelandsvelden en niet hier aan de grachten. Ze is stuurloos, ze heeft schipbreuk geleden tussen de idee van haar huwelijk en de daadwerkelijke staat ervan. Het prachtige, maar nutteloze kabinet herinnert haar daar op een afschuwelijke manier aan.

Johannes' schroom tegenover haar begint diepe wonden achter te laten. Hij gaat vaak weg naar de beurs, de VOC, zijn pakhuis bij de taveernes op de Oostelijke Eilanden waar de aardappels het kruimigst zijn. Hij heeft geen belangstelling voor haar, hij gaat niet mee naar de kerk. Maren ziet me wél en bezorgt me tenminste nog een blauwe plek, denkt Nella. Het is toch belachelijk om dankbaar te zijn voor een kneep? Haar anker is uitgeworpen, maar het vindt geen vaste grond, en daarom loopt de ketting door haar heen, massief, onstuitbaar en gevaarlijk, steeds dieper de zee in.

Fluisterende stemmen halen haar uit haar zelfmedelijden. Als ze rechtop gaat zitten, ruikt ze nog steeds lelieolie. Inmiddels begint ze zélf een hekel aan de geur te krijgen. Ze sluipt door haar kamer, doet de deur open en spitst haar oren. Het is ijskoud op de overloop, maar ze hoort beslist twee stemmen in de gang, dringend klinkende woorden die als kaf in de lucht rondzweven. Nella weet niet of de sprekers opgewonden of angstig zijn, maar ze zijn in elk geval roekeloos, want hun gefluister reikt tot de bovenverdieping van het huis.

Ze vraagt zich af of haar fantasie haar parten speelt, maar ze heeft zich de stemmen niet verbeeld. Het gefluister verstomt, er gaan twee deuren dicht en het wordt weer rustig in huis. Ze loopt over de overloop en drukt haar voorhoofd tussen de spijlen van de balustrade. Ze doet haar best om nog iets op te vangen, maar ze hoort alleen maar stilte, alsof de eigenaars van de stemmen in de wandpanelen zijn opgelost.

Als het gekrabbel begint, voelt ze de haartjes op haar armen prikken. Ze doet het bijna in haar broek van angst en kijkt in de richting van het gekras, dat luider wordt. Het blijkt Rezeki te zijn, die naar haar omhoogkijkt voordat ze als een lage, donkere schaduw over de tegels wegsluipt. Ze beweegt zich als een gemorste vloeistof, uit eigen beweging, een schaakstuk dat van zijn plaats rolt.

De echtgenote

Tegen de middag heeft Cornelia er al uren in de kookkeuken op zitten, want ze bereidt het etentje met Frans en Agnes Meermans voor. Het moet een copieus feestmaal vol winterse gerechten worden, rijkelijk gekruid met lekkernijen die Johannes van zijn handelsreizen naar de Oost heeft meegenomen.

Als Nella beneden komt, zit Cornelia aan de keukentafel een paar grote kolen te snijden. 'Hebt u trek?' vraagt de dienstmeid. Ze kijkt op naar Nella, die met Dhana aan haar voet op de onderste traptrede blijft staan.

'Als een paard,' antwoordt Nella. Ze zoekt op Cornelia's gezicht naar sporen van een slapeloze nacht, maar de meid lijkt vooral zenuwachtig te zijn.

'Ik krijg nauwelijks genoeg tijd om alles voor te bereiden!' zegt Cornelia. 'U moet van juffrouw Maren trouwens droog brood en haring eten tot ik klaar ben met koken. Deze kool heeft nog een saus nodig.' Bij het zien van Nella's gezicht gaat ze overstag. 'Nou, goed dan. Neem een paar poffertjes. Ze komen net uit de pan.' Ze schuift een bord met een stapel besuikerde poffertjes naar Nella toe.

'Wat gaf Hanna je eigenlijk toen we in haar mans winkel waren?' vraagt Nella. Terwijl Dhana naar haar mand bij het fornuis loopt, blijft Cornelia's hand boven de kool hangen die ze nog moet snijden. Haar huid is rood en ruw, haar nagels zijn wit van alle sopjes.

'Wat u nu eet.' Cornelia buigt zich naar haar toe. Haar ogen zijn opvallend rond en blauw, met zwart omringde irissen. 'Het restant van Arnouds beste suiker. Hanna heeft gelijk. Veel koopwaar in deze stad is waardeloos. Het is zonde dat mijnheer alle suiker van Agnes in het buitenland verkoopt.'

Cornelia deelt iets met haar, en Nella voelt haar hart warm worden. Er is een pantser gekraakt. Zelfs de kool lijkt in het vriendelijke licht van de vlammen in het openstaande fornuis als een groene bol te glanzen.

Als Nella haar longen vol koude lucht zuigt, moet ze even hoesten van de vleug rioolstank die ze binnenkrijgt. In de zomer moet het hier verschrikkelijk zijn, denkt ze terwijl ze de Gouden Bocht volgt. Maar nu vindt ze het heerlijk om in haar eentje over straat te lopen – ze voelt zich niet bekeken, want vrouwen die zich zonder gezelschap op straat vertonen, zijn geen zeldzaamheid, zoals haar man al in de sloep opmerkte. Ze loopt door de Vijzelstraat en steekt de Reguliersdwarsstraat over, en nadat ze de weg heeft gevraagd, komt ze in de Kalverstraat. Al snel vindt ze het teken van de zon met het motto eronder: DE MENS SPEELT GEWOONLIJK MET AL WAT HIJ VINDT. Ze klopt op de zware deur. Het is niet druk in de straat – de mensen willen binnenblijven, waar het lekker warm is. Nella's adem vormt een witte pluim als ze nog eens klopt.

'Hallo?' roept ze. Doe nu alsjeblieft open, denkt ze. 'Hallo? Ik ben Nella Oortman. Petronella Brandt. Ik moet u spreken. U hebt een paar dingen gestuurd die ik niet heb besteld. Ik vind ze mooi, maar ik begrijp niet waarom ik ze heb gekregen.'

Nella legt haar oor tegen het massieve hout en luistert ingespannen. Het heeft geen zin, want er komen geen voetstappen naar de deur. Ze stapt achteruit en kijkt omhoog naar de ramen. Daarachter branden geen kaarsen en het blijft doodstil, maar toch voelt ze dat er iemand is.

Als er onverwachts een gezicht voor het raam verschijnt, wankelt Nella achteruit naar het midden van de Kalverstraat. Haar adem stokt, want ze weet wie het is. Het glas is dik en vervormend, maar dat haar zou ze overal herkennen. Het is de vrouw die in de kerk naar haar keek.

Haar lichtblonde lokken glanzen als een stralenkrans door de donkere schaduwen van het glas, en de vrouw legt haar handpalm op de ruit. Haar gezicht is een bleke munt en ze kijkt met een vreemde, kalme blik naar beneden.

'Ik ken jou!' zegt Nella. De vrouw blijft nog steeds roerloos staan. 'Waarom...'

'Ze komt niet naar buiten,' zegt een mannenstem. 'Al doe je nog zo je best. Ik heb eigenlijk zin om haar aan te geven.'

Nella draait zich om naar de spreker. 'Wat?'

Hij zit even verderop voor een winkel, zo te zien een wolhandel. Nella slikt. Het is de man met het pokdalige gezicht – Gatenkop – die Otto een beest noemde. De man tegen wie Cornelia op straat tekeerging. Van dichtbij lijkt zijn huid op een spons, vol rozige kraters.

Ze kijkt weer naar het raam, maar de vrouw is verdwenen. Er is niets meer achter het raam te zien en het huis lijkt opeens doods, alsof er niemand woont. Ze haast zich naar de deur en begint erop te bonken alsof ze het gebouw met geweld weer tot leven wil wekken.

'Ze doet niet open, dat zeg ik toch. Ze maakt haar eigen wetten,' merkt Gatenkop op.

Nella draait zich abrupt om en drukt haar rug tegen de deur. 'Wie is ze? Ik wil het weten.'

Hij haalt zijn schouders op. 'Ze zegt nooit veel. Raar accent. Niemand heeft enig idee.'

'Niemand? Ik geloof je niet.'

'Tja, niet iedereen wil deel uitmaken van een gemeenschap,' zegt hij. 'Ze is nogal op zichzelf.'

Nella zwijgt even om op adem te komen. 'In *De Gids van Smit* stond een advertentie van een miniatuurmaker, met dit adres erbij vermeld. Wil jij me nu vertellen dat hier niemand anders woont dan die vrouw?'

Gatenkop veegt pluisjes wol van zijn broek. 'Ja. En de hemel mag weten wat ze daarbinnen allemaal uitspookt.'

'Alles, maar tegelijkertijd niets,' zegt Nella.

'O, noemen jullie vrouwen dat zo.'

Het lijkt onmogelijk dat een vrouw in haar eentje in het hart van Amsterdam woont, nota bene onder het oog van de burgemeesters, de gilden en hypocriete puriteinen als Gatenkop. Wat gaat er om onder dat lichtblonde haar, waarom stuurt de vrouw ongevraagd zulke adembenemende voorwerpen?

Ik wil het gewoon weten, denkt Nella. Ze doet haar ogen dicht en denkt terug aan het onbeschrijflijke gevoel toen de vrouw in de kerk en hier in de Kalverstraat naar haar keek. Dit is te bizar voor woorden – een vrouw! Nella schaamt zich voor haar tweede brief: *Mijnheer. Vanaf heden doe ik geen zaken meer met u.* Het lijkt echter niet te hebben uitgemaakt. De miniatuurmaakster beleeft er kennelijk plezier aan om regels te negeren.

'Als zo'n vrouw in haar eentje woont, kan dat maar één ding betekenen,' vervolgt Gatenkop. 'Ze is een lichtekooi. En die jongen die haar pakjes rondbrengt, was ook al een buitenlander. Ze zouden zulke praktijken moeten beperken tot de Oostelijke Eilanden. Eerlijke mensen die hard willen werken en een goed leven willen hebben, zouden niet moeten...'

'Hoelang woont ze hier al?'

'Een maand of drie, vier. Waarom is ze zo belangrijk voor je?'

'Dat is ze niet,' zegt Nella. De leugen bezorgt haar een vieze smaak in haar mond. Het voelt als verraad, maar ze vermant zich. Ze heeft het gevoel dat ze de vrouw moet beschermen, al begrijpt ze zelf niet waarom. 'Ze is helemaal niet belangrijk.'

Achter een van de bovenramen denkt Nella iets te zien bewegen, maar het beeld wordt vertroebeld door de reflectie van een andere vrouw, boven de wolhandel. Zij hangt uit haar raam om boven de straat een kleed uit te kloppen en lijkt de drukte voor haar deur maar ergerlijk te vinden.

'Als je haar spreekt...' zegt Nella tegen de pokdalige man.

'Ik zeg niets tegen haar,' onderbreekt Gatenkop haar. 'Volgens mij is ze bezeten door de duivel.'

Nella zoekt in haar zak naar een gulden en legt die op zijn vuile handpalm. 'Als je haar spreekt...' Ze draait zich om en roept in de richting van het raam. '... zeg dan dat het Nella Brandt spijt en dat ze die laatste brief moet negeren. Ik wil alleen maar haar redenen weten. En zeg alsjeblieft dat ik uitkijk naar haar volgende zending.'

Terwijl ze dat naar het raam roept, vraagt ze zich af of ze het wel meent. Alleen weduwen en hoeren wonen alleen – sommige uit vrije wil, andere tegen hun zin – dus wat doet de miniatuurmaakster daarboven precies? Waarom zwerft ze in haar eentje door de stad en verstuurt ze miniaturen? Nella heeft geen idee waar de vrouw mee bezig is, maar het voelt beslist niet als een spelletje.

Ze talmt nog even in de Kalverstraat. Zo'n man als Gatenkop begrijpt niets van een bijzondere vrouw als de miniatuurmaakster, denkt ze. Ik weet nog niets van haar, maar ze móét wel bijzonder zijn – alleen die ogen al, haar starende blik, die ongelooflijke pakjes vol aanwijzingen en verhalen. Ze voelt haar nekhaartjes prikken en draait zich vlug om, omdat ze een band denkt te hebben met het huis onder het teken van de zon.

Maar de Kalverstraat is weer kalm, zich niet bewust van de persoon die zich in haar hart verschuilt.

Thuis rent Nella naar boven. Ze strijkt met haar vingers over de miniatuurvoorwerpen in het kabinet, die een andere lading lijken te hebben gekregen. Ze hebben een betekenis die ze nog niet kan doorgronden, maar hun geheimzinnigheid maakt ze alleen maar verslavender. Ze heeft mij uitverkoren, denkt ze. Die ontdekking maakt haar trots, en ze wil dolgraag meer weten.

Cornelia's stem en naderende voetstappen halen haar uit haar dagdroom. Ze schuift haastig de gordijnen voor het kabinet als de meid haar hoofd om de deur steekt. 'Mijnheer en mevrouw Meermans zijn hier al binnen een uur, en mijnheer is nog niet thuis,' zegt ze gejaagd.

Cornelia en Otto zijn doodmoe van al het boenen, vegen, dweilen, gordijnen uitslaan en kussens opkloppen alsof het huis in een slechte staat verkeert en niet meer op te knappen is. Het aardewerk en het porselein staan te glanzen in de pronkkeuken, het paarlemoer glinstert in het inlegwerk, en als Nella ziet dat alle talgkaarsen zijn vervangen door waskaarsen, grijpt ze haar kans en snuift ze de heerlijke geur ervan op.

'Karweitjes verhelpen maar een deel van de wanorde,' mompelt Otto in het voorbijgaan tegen zichzelf. Nella vraagt zich af wat hij bedoelt.

Maren heeft haar mooiste zwarte kleding aangetrokken. Ze verlaagt zich niet tot het gebruik van parfum, maar gewapend met een schild van volumineuze rokken ijsbeert ze door de ontvangkamer. Haar passen zijn even groot en regelmatig als de uitslag van de slingerklok, en haar lange vingers spelen met haar psalmboek. Haar haar wordt uit haar gezicht gehouden door een stijve, witte kanten hoofdband en op haar knappe gezicht staat een strenge uitdrukking. Nella is door Cornelia gekleed in een van de vermaakte jurken, een goudkleurige deze keer. Ze gaat zitten en vraagt: 'Waar is Johannes?'

'Hij komt wel,' zegt Maren.

Bij elke rusteloze stap die Maren op de geboende vloer zet, verlangt Nella terug naar haar kamer. Misschien kan ze op haar miniaturen wel aanwijzingen vinden wat de motto's betekenen en wat de miniatuurmaakster nog meer voor haar in petto heeft.

Tegen de tijd dat het echtpaar Meermans arriveert en de ijskoude wind vanaf de gracht mee naar binnen waait, is Johannes nog niet thuis. Otto heeft alle ramen gewassen en de ruiten weerspiegelen twintig brandende kaarsen, die in de eerste avondschemering twinkelen. De honinggeur van de kaarsen vermengt zich met de scherpere lucht van azijn en loog.

Misschien valt het Agnes Meermans op dat Maren haar bedienden hard heeft laten werken, maar ze maakt er geen opmerking over. Alle sporen van het kinderlijke meisje in de kerk zijn verdwenen, en ze schrijdt met een perfecte, kalme waardigheid naar binnen. Als ze een kniebuiging voor elkaar maken, wordt de stilte enkel verbroken door hun wijde rokken die ruisend de vloer raken. Frans loopt met een gespannen blik naar binnen. Maren tilt haar arm op en hij geeft haar een hand, waarbij het goud van zijn trouwring scherp afsteekt tegen haar bleke huid. De klok lijkt langzamer te gaan tikken, de lichtjes fonkelen overal om hen heen.

'Mijnheer,' zegt Maren.

'Juffrouw.'

'Kom binnen, alstublieft,' zegt ze, terwijl ze haar hand terugtrekt en hun gasten voorgaat naar de ontvangkamer.

'Is je zwarte hier ook?' roept Agnes, maar Maren doet of ze haar niet hoort.

Door de vele lagen van hun kleding duurt het even voordat de vrouwen zich in de stoelen rond het vuur hebben geïnstalleerd. Meermans gaat bij een van de ramen staan en kijkt naar buiten. Nella's blik glijdt naar de groene fluwelen stoelen, de kopernagels en de uitgesneden houten leeuwen, en ze denkt aan de miniatuurversies ervan, boven in het poppenhuis. Hoe wist de miniatuurmaakster in vredesnaam dat ze die stoelen moest sturen?

Ze wil het graag weten, maar tegelijkertijd is ze bang. Waarom heeft ze mij uitverkoren? Wie is die vrouw die me vanuit de verte observeert en mijn leven becommentarieert? Intuïtief draait ze haar hoofd naar de ramen. Misschien ziet ze wel iemand naar binnen turen, maar buiten is het nog donkerder geworden en Meermans' postuur zou elke pottenkijker intimideren.

'Cornelia moet de gordijnen dichtdoen,' zegt Maren.

'Nee,' zegt Nella.

Maren kijkt naar haar. 'Het is koud, Petronella. Het lijkt me echt beter.'

'Kom bij mij zitten,' komt Agnes tussenbeide.

Nella gehoorzaamt en loopt ruisend naar haar toe, maar ze voelt zich bespottelijk in haar goudkleurige jurk. 'Je lijkt wel een munt!' roept Agnes uit. Die belachelijke opmerking, die hard en fel wordt opgeworpen, valt met een doffe plof op de grond.

'Waar is Johannes?' wil Meermans weten.

'Hij is onderweg,' zegt Maren. 'Hij is onverwachts opgehouden op zijn werk.'

Agnes kijkt even opzij naar haar man. 'We zijn erg moe,' zegt ze.

'O ja?' zegt Maren. 'Hoe komt dat, mevrouw?'

'O, noem me toch Agnes. Ik weet niet waarom je dat na twaalf jaar nog niet kunt, Maren.' Agnes lacht hardop en Nella krimpt ineen onder het geluid.

'Agnes,' zegt Maren zachtjes.

'Het komt voornamelijk door alle banketten,' vervolgt Agnes op vertrouwelijke toon. 'Er worden veel huwelijken gesloten voordat de winter invalt. Wist je dat Cornelis de Boer met Annetje Dirkmans is getrouwd?'

'Die naam ken ik niet,' zegt Maren.

Agnes sputtert een beetje en trekt een pruillip. 'Altijd hetzelfde,' zegt ze tegen Nella. In haar stem klinkt zowel een plagerige berisping als een opzettelijke steek onder water door. 'Ik ben dol op bruiloften,' vervolgt ze. 'Jullie niet?'

Maren en Nella zwijgen. 'Het huwelijk is...' Agnes maakt met opzet haar zin niet af en kijkt naar haar toehoorders.

Marens handen liggen zo stil op haar schoot dat ze wel een reliëf op een graftombe lijken. Nella hoort de ondertoon in het gesprek, de onafgemaakte zinnen, en alle onuitgesproken woorden vormen een knoop in haar hoofd. De enige geluiden komen van het knappende haardvuur en de leren laarzen van Meermans, die af en toe kraken als hij zijn gewicht naar zijn andere voet verplaatst. Vanuit de kookkeuken drijven de geuren van Cornelia's inspanningen omhoog, kapoenen met foelie en rozemarijn, een duif met peterselie en gember.

'Ik móét het weten,' kondigt Agnes aan. Maren draait haar hoofd gealarmeerd in haar richting. 'Wat heeft Brandt je als huwelijksgeschenk gegeven, Nella?'

Nella's ogen vinden die van Maren. 'Een huis,' zegt ze.

Agnes zet ogen als schoteltjes op. 'Die ondeugd! Een jachthuis? Wij kopen een buitenhuis in Bloemendaal.'

'Dit huis is versierd met schildpad.' Nella begint het gesprek vermakelijk te vinden. 'Je kunt er met geen mogelijkheid in wonen.'

Agnes kijkt haar fronsend aan. 'Waarom niet?'

'Het is dit huis, ter grootte van een kabinet,' zegt Maren. Bij het raam draait Meermans zich om.

'O, een poppenhuis.' Agnes maakt een afkeurend geluid. 'Ik dacht dat je een echt huis bedoelde.'

'Heb jij er een, Agnes? Dat van Petronella is ingelegd met tin,' zegt Maren.

Het kind in Agnes laat zich weer zien, en heel even wordt haar blik uitdagend. 'Natuurlijk heb ik er een. Dat van mij is bedekt met zilver,' zegt ze.

Die opgeblazen grootspraak loopt leeg tot een pijnlijke, weinig overtuigende leugen die slapjes tussen de zwijgende vrouwen in blijft hangen. Ze staren alle drie naar de stof van hun jurk, niet in staat elkaar aan te kijken. 'Wie heb je betaald om het jouwe in te richten?' vraagt Agnes uiteindelijk.

Nella aarzelt. De gedachte dat Agnes naar de Kalverstraat kan gaan, dat ze een band met die vrouw krijgt of zelfs maar van haar bestaan weet, is ondraaglijk, alsof ze Nella's geheime kennis steelt en er met de beste stukjes vandoor gaat.

Alsof Agnes haar zwakke plek bespeurt, leunt ze naar voren. 'Nou?'

'Ik...'

'Mijn moeder heeft me wat miniaturen uit haar kindertijd nagelaten, en die heeft Petronella nu,' zegt Maren.

'Wat?'

'Ik zal de rijnwijn halen,' zegt Maren. Nella vermoedt dat haar dankbaarheid op haar gezicht te lezen staat, maar haar schoonzuster let niet op haar. 'Otto is vergeten een kan neer te zetten.' Ze loopt de kamer uit en roept zijn naam.

Agnes kijkt haar na en leunt achterover in haar stoel. 'Arme ziel,' fluistert ze. 'Arme ziel.' Met een bezorgde blik draait ze zich naar Nella. 'Ik begrijp niet waarom ze zo ongelukkig is.' Ze buigt zich nog verder naar Nella toe en neemt haar hand tussen de hare. Haar vingers zijn klam als een kikker die uit een vijver is geplukt. 'Onze echtgenoten waren vroeger goed bevriend, Nella.' Ze knijpt in Nella's hand, waardoor de stenen in haar verdraaide ringen hard in Nella's handpalm drukken. 'Ze hebben samen een paar van de ergste stormen overleefd die de Noordzee ooit hebben geteisterd.'

'Je bent te veel bezig met het verleden, lieve,' roept haar man vanaf zijn plaats bij het raam. 'Is het heden niet boeiender?'

Agnes lacht. 'Frans toch. Nella, Brandt heeft je vast wel verteld dat ze elkaar op hun tweeëntwintigste hebben ontmoet. Ze werkten destijds op de VOC-schepen. Ze passeerden de evenaar en ontliepen de Caraïbische stormen omdat de passaat hen voortstuwde.' Agnes vertelt het alsof het een sprookje is dat ze al jaren herhaalt.

'Lieve...'

'Ze waren zeer getalenteerd en werkten voor de glorie van de republiek. Zoals je weet, vond Frans uiteindelijk zijn roeping in het stadhuis, maar de muren van Amsterdam hebben Brandt nooit kunnen vasthouden.'

Als haar echtgenoot bij de deur stilstaat, volgt zijn vrouw hem met argusogen. 'Heeft Brandt je verteld over Batavia?' vraagt ze aan Nella.

'Nee.'

'Hij verkocht zijn voorraad en verviervoudigde zijn kapitaal. Hij kletste het geld als het ware zijn zak in en kwam terug met een eigen bemanning.'

De bewonderende toon van Agnes, waarin tegelijkertijd een ondefinieerbare minachting doorklinkt, is fascinerend. Meermans lijkt zich ongemakkelijk te voelen bij haar verhaal, maar Nella wil dolgraag meer horen.

'Dat was zeventien jaar geleden, Agnes.' Meermans klinkt net iets te joviaal. 'Tegenwoordig zit hij liever op de Oostelijke Eilanden aardappels te eten.'

Tot Nella's verbazing loopt hij de kamer uit alsof hij hier woont en precies weet waar hij naartoe gaat. Ze hoort dat zijn zware voetstappen ergens in de gang stoppen. In haar verbeelding gaat hij daar in een van de stoelen zitten, opgelucht dat hij even kan wegvluchten – al weet ze niet precies waarvoor.

Frans heeft in één opzicht gelijk: behalve Agnes kent Nella niemand die het graag over het verleden heeft. Haar moeder vond het onderwerp pijnlijk, haar vader moest erom huilen. De rest van Amsterdam lijkt naar de toekomst te kijken en steeds hoger te willen bouwen, ondanks het moerassige land waarin ze allemaal kunnen wegzinken.

Agnes ziet er buiten adem en een beetje verwilderd uit. Ze vouwt schouderophalend haar handen open en plukt afwezig aan een onzichtbaar stofje op haar rok. 'Alle mannen zijn hetzelfde,' merkt ze op. Nu klinkt ze weer dubbelzinnig en volwassen.

'Dat is waar,' zegt Nella, al is ze van mening dat Frans Meermans en Johannes Brandt in geen enkel opzicht op elkaar lijken.

'Ik heb je dienstmeid een van onze suikerbroden gegeven,' zegt Agnes. 'Frans zei dat we het na het eten zullen proeven. Denk je dat Maren ook een lepeltje neemt?' Ze doet haar ogen dicht. 'Al die perfecte broden. Frans was echt gewéldig. Het raffineren is probleemloos verlopen.'

'U was de enige erfgenaam, nietwaar?'

Agnes knippert met haar ogen. 'We verwerven het meest met nederigheid,' mompelt ze.

Nella voelt intuïtief weerstand tegen deze ongewenste vertrouwelijkheid. Teleurgesteld door de steeds pijnlijker wordende stilte recht Agnes haar rug. 'Het zou kunnen dat we nog meer suiker krijgen, maar het is belangrijk dat je man ons een goede winst bezorgt. Het weer kan in Suriname erg tegenzitten, en buitenlanders voeren voortdurend aanvallen uit op mijn vaders plantage – ónze plantage, bedoel ik. Deze oogst zou ons enige fortuin in vele jaren kunnen zijn.'

'Dat begrijp ik. We zijn zeer vereerd dat u ons hebt uitgekozen.'

De blik van Agnes wordt zichtbaar milder. 'Ben je wel eens in het kantoor van je man geweest?' vraagt ze.

'Nee.'

'Ik ga heel vaak naar het stadhuis. Het is plezierig voor Frans als ik hem bezoek – als ik hem op heterdaad bij zijn werk betrap, zou je kunnen zeggen. Het is heerlijk om te zien wat hij bij het besturen van deze republiek bereikt. Hij is een bijzondere man. Maar vertel eens,' vervolgt Agnes. 'Heeft Maren je al haring opgedrongen tijdens zo'n belachelijk karige maaltijd om een beter mens te worden?'

'We...'

'Effen zwarte jurken en één harinkje als maaltijd.' Agnes legt een hand op haar hart en doet haar ogen weer dicht. 'Hier, Nella, híér ziet God onze oprechtste daden.'

'Ik...'

'Vind jij ook dat Maren er slecht uitziet?' Agnes doet abrupt haar ogen open en zet weer een bezorgde blik op.

Nella zit met de mond vol tanden en vindt het doodvermoeiend dat Agnes van de hak op de tak springt. Bij vlagen straalt Agnes een intens ongenoegen uit, maar op andere momenten komt haar zelfvertrouwen verwarrend genoeg ook heel overtuigend over. Ze hongert naar iets wat Nella haar niet kan geven.

'Maren was vroeger altijd de sterkste,' zegt Agnes met een vleugje wrok.

Doordat Rezeki begint te blaffen, hoeft Nella daar geen antwoord op te geven.

'Kijk eens aan,' zegt de gaste, terwijl ze haar jurk fatsoeneert. 'Daar komt je man eindelijk.'

Uitwisselingen

Hoewel Nella flinke trek heeft en Cornelia goed kan koken, wordt de maaltijd een marteling. Agnes drinkt drie glazen rijnwijn, praat over de vroomheid en de uitstekende preken van dominee Pellicorne en zegt dat het belangrijk is om altijd dankbaar te zijn. En hadden de anderen al gehoord dat het Rasphuis kruimeldieven met afgehakte handen heeft vrijgelaten? Agnes heeft het met eigen ogen gezien.

'Wat is het Rasphuis?' vraagt Nella.

'De mannengevangenis,' antwoordt Agnes. 'Slechte vrouwen belanden in het Spinhuis, en in het Rasphuis worden barbaarse mannen getemd. Daar wonen ook de gekken.' Ze doet een waanzinnige na door haar nek naar voren te steken en haar ogen open te sperren. Het is een schokkend gezicht, en Frans Meermans wendt zijn blik af en staart naar het grote, donswitte tafelkleed. 'Hun families willen niet voor hen zorgen en betalen de gevangenis om dat te doen.' Ze wijst met een geringde vinger naar Nella. 'Maar mannen die écht barbaars zijn, worden naar de martelkamer onder in het stadhuis gestuurd, naast de schatkamers van Amsterdam.'

Maren zegt weinig en kijkt af en toe even naar haar broer, die net zoveel drinkt als Agnes en nog eens inschenkt tegen de tijd dat Cornelia de eerste gang afruimt.

Johannes bewaart zijn zelfbeheersing, maar zijn blik is glazig en er staan zilvergrijze stoppels op zijn gebruinde, ongeschoren gezicht. Hij kijkt met opvallend veel aandacht naar zijn bord en steekt zijn vork met kracht in de stukken duivenvlees, die glimmen van de gembersaus. Als Agnes zich steeds dwazer gaat gedragen, neemt Meermans de leiding en probeert hij indruk te maken met zijn koopmanspraat. Hij wil praten over rietsap, koperen apparatuur, suikerbroden en de vraag hoe streng je een slaaf moet straffen. Johannes kauwt met nauwelijks verholen agressie op zijn wortelen.

Uiteindelijk is ook de worsteling met de pruimentaart en de dikke room voorbij. De laatste happen zijn doorgeslikt, de maaltijd is achter de rug en ze kunnen niet langer om de ware reden voor dit etentje heen. Na een knik van Maren komt Cornelia binnen met het suikerbrood. Ze houdt de porseleinen schaal zo voorzichtig vast dat het lijkt of ze een pasgeboren kind draagt. Achter haar komt Otto met een dienblaadje met lepels naar binnen.

Nella bestudeert het glinsterende, kegelvormige suikerbrood, dat uit compacte kristallen bestaat en even lang is als haar onderarm.

'De helft van de oogst is tot broden geperst voordat de partij werd verscheept,' zegt Meermans. 'De andere helft is hier in Amsterdam geraffineerd.'

'Lepels?' zegt Johannes, terwijl hij ze uitdeelt. Iedereen neemt er een aan. 'Cornelia, Otto, jullie moeten ook proeven,' zegt hij. 'Waarschijnlijk zijn jullie de deskundigen.'

Agnes spreidt haar neusvleugels en tuit haar lippen. Aarzelend pakt Cornelia een lepel aan, en ze geeft er ook een door aan Otto.

Als Johannes een knipmesje tevoorschijn haalt en gaat staan om het eerste stukje af te snijden, komt Meermans van zijn stoel. Hij haalt een dolk van zijn riem, en Cornelia hapt naar adem.

'Mag ik?' vraagt hij, zwaaiend met het lemmet. Johannes glimlacht en neemt weer plaats op zijn stoel. Maren blijft kaarsrecht zitten en heeft beide handen op het damasten kleed gelegd.

Het eerste witte schaafsel belandt in een krul onder aan het brood. 'Voor jou,' zegt Meermans, terwijl hij het met een zwierig gebaar aan zijn vrouw geeft. Agnes straalt. Hij deelt nog meer krullen uit en geeft de laatste aan Johannes en Otto. '*Incroyable*,' zegt hij als hij zijn eigen krul in zijn mond stopt. 'Je vader was weliswaar niet gezegend met zoons, lieve, maar met zijn suiker had hij het getroffen.'

Nella voelt het schaafsel in haar mond smelten. De zoete, korrelige suiker is binnen een oogwenk verdwenen. Er blijft een zweempje vanille achter en haar tong plakt aan haar gehemelte. Maren houdt haar lepel vast en heeft haar ogen afgewend van de wachtende lekkernij. Agnes blijft strak naar haar kijken. Maren houdt de lepel met witte knokkels vast, doet haar mond een klein stukje open en slikt de suiker vlug door.

'Verrukkelijk,' zegt ze met een gespannen lachje. Ze legt haar lepel neer.

'Wil je nog wat?' vraagt Agnes.

'Cornelia, wat vind jij ervan?' wil Johannes weten. Maren werpt de meid een waarschuwende blik toe.

'Erg lekker, mijnheer. Heerlijk.' Nella heeft Cornelia nog nooit zo timide horen praten.

'Otto, wat vind jij?' vraagt Johannes.

'We zijn God natuurlijk dankbaar, maar jij gaat ons rijk maken, Brandt!' komt Agnes tussenbeide. Johannes glimlacht en accepteert nog een witte krul van het glinsterende brood. Nella ziet dat Otto heel kies zijn mond dept. Al zijn bewegingen zijn afgemeten en beheerst.

'Wanneer ga je naar Venetië?' vraagt Meermans. 'Al die palazzi en gondels – je voelt je er vast meteen thuis.'

Maren, die net een tweede stukje suiker heeft geproefd, legt haar lepel neer. 'Venetië?' zegt ze.

'Wat is een gondel, lieve?' vraagt Agnes aan haar man. Haar stem klinkt dommig, haar ogen glanzen van de rijnwijn en het verlangen bemind te worden.

'*C'est un bateau*,' antwoordt hij.

'Wat?' vraagt Agnes. Nella vraagt zich af waarom hij het nodig vindt om al die buitenlandse woorden te gebruiken.

'Ik ga binnen een maand,' vertelt Johannes. 'Heb je misschien zin om mee te gaan, Frans? O nee, wacht.' Hij steekt een vinger op. 'Ik was vergeten dat je niet graag vaart.'

Meermans snuift. 'De meeste mannen worden ziek van woelige baren.'

'Klopt.' Johannes drinkt zijn glas leeg. 'Maar niet iedereen.'

Maren staat op van haar stoel. 'Petronella, wil jij voor ons op de luit spelen?'

'De luit?' herhaalt Nella, niet in staat haar verbazing te verbergen. Ze herinnert zich Marens waarschuwing dat ze van haar broers instrumenten af moet blijven.

'Ja.'

Hun ogen vinden elkaar voor de derde keer die avond, en bij het zien van de vermoeidheid in Marens ogen protesteert Nella niet. 'Ja, hoor,' zegt ze. 'Natuurlijk.'

Het is fijn om muziek te maken, maar nog fijner om de gezichten van haar toehoorders te zien als ze de haastig gestemde snaren van de luit bespeelt. Voor de verandering is Nella eens het bewonderde middelpunt van alle aandacht, en midden in een hoefijzer van stoelen laat ze veertig minuten lang haar spel horen. Zelfs Otto en Cornelia komen luisteren.

Het omstreden, geslonken suikerbrood zit weer in de buidel van Agnes, en er daalt een stilte neer waarin de seconden aan elkaar worden geregen door eenvoudige klanken en een aangrijpend lied over een verloren liefde. De blik waarmee Johannes naar zijn kersverse echtgenote kijkt, lijkt zowaar op trots. Maren staart tijdens het luisteren naar het vuur, en Agnes tikt uit de maat mee terwijl haar echtgenoot op zijn stoel verschuift.

Even later gaan Frans en Agnes Meermans naar huis, maar eerst verzekeren ze Johannes dat ze zich in november op de hoogte zullen stellen van zijn vorderingen. Maren doet de deur achter hen dicht. 'Ik ben blij dat ze weg zijn,' verzucht ze. 'Ruim alles morgenochtend maar op,' zegt ze tegen Cornelia, die zichtbaar verbijsterd is dat ze niet tot diep in de nacht hoeft af te wassen.

Verheugd over haar triomf leunt Nella tegen het raam in de gang. De luit rust nog altijd in haar handen.

'Schildpad, Frans!' Agnes loopt het bordes af en neemt niet de moeite om – of is er na al die wijn niet meer toe in staat – zachtjes te praten. 'En tin!'

'Niet zo hard, Agnes.'

'Wat een raar huwelijksgeschenk! Wat zitten intelligente mensen toch vreemd in elkaar. Ik wil er ook een, Frans. We kunnen het binnenkort betalen. En het mijne moet mooier worden dan dat van haar.'

'Zo intelligent is hij nu ook weer niet...'

'En hemeltjelief, zag je Marens gezicht toen ze onze suiker at? O, Fransje, daar heb ik wéken naar uitgekeken. De Heer is ons genadig geweest...'

'Agnes, houd toch eens op met je onuitstaanbare geklets!'

Ze lopen weg en mevrouw Meermans doet haar mond niet meer open.

Het verlaten meisje

Cornelia heeft de haard al aangestoken wanneer Nella de volgende ochtend wakker wordt. Nella kleedt zichzelf aan en slaat het knellende korset over. Ze draagt liever een blouse en een lijfje dan de walvisbaleinen waaraan Cornelia haar zou onderwerpen.

'Is er nog iets voor me afgeleverd?' vraagt ze beneden aan Otto.

'Nee, mevrouw.' Hij klinkt opgelucht.

De opmerking van Agnes galmt nog door Nella's hoofd. *Het is plezierig voor Frans als ik hem bezoek.* Nella is opgeknapt van het luitspel en Marens besluit om haar van Agnes' kruisverhoor te redden, maar toch vond ze de avond op een of andere manier onbevredigend.

Ze heeft totaal geen behoefte om Agnes Meermans als rolmodel te nemen, maar misschien heeft Agnes wel meer verstand van het huwelijk dan de bewoners van Nella's huis. De mensen moeten zien dat ik achter Johannes sta en dat ik hem bij zijn werk aanmoedig, denkt Nella. Misschien kan hij mij dan binnenkort ook eens prijzen. Ze is van plan Johannes op zijn werk te verrassen, en daarna wil ze weer naar het teken van de zon. Als Gatenkop niet in de buurt rondhangt, wil de miniatuurmaakster haar misschien wél te woord staan.

De deur naar de werkkamer van Johannes staat open, en Nella ziet zijn kaarten en papieren nog verspreid over de vloer liggen. Alle andere vertrekken zien er inmiddels weer onberispelijk uit, maar in het hele huis hangt een matte sfeer, een soort uitputting na een ruzie.

Nella loopt de eetkamer in en staat stil als ze Maren ziet, die nog niet volledig gekleed is. Maren trekt haar ochtendjas dichter over haar blouse en haar rok. Haar loshangende, lichtbruine haar golft over haar schouders en ruikt vaag naar nootmuskaat. Het is alsof Nella een zachtere, verfijndere Maren ziet.

'Is Johannes al naar de Oude Hoogstraat?' vraagt Nella.

Otto komt binnen en schenkt koffie in, waarvan de bittere geur haar zintuigen aanscherpt. Er vallen een paar druppels van de tuit, die zich als maagdelijke eilanden over de landkaart van het tafelkleed verspreiden. Hij blijft strak naar de vlekken kijken.

'Waarom vraag je dat?' informeert Maren.

'Ik wilde hem vragen waar het Scandinavische Bergen ligt.'

'In Noorwegen, Petronella. Val hem niet lastig.'

'Maar...'

‘En waarom vraag je uitgerekend naar Bergen? Daar verhandelen ze alleen maar vis.’

In de gang boent Cornelia ingespannen en met gebogen hoofd de zwarte en witte tegels rond de voordeur. Otto loopt de trap af naar de keuken, met de geur uit de koffiepot achter zich aan. Het grauwe oktoberlicht schijnt zwakjes door de hoge ramen, en de talgkaarsen, die weer tevoorschijn zijn gehaald, zijn al aangestoken. Als Nella de grendels opzij schuift en de voordeur opendoet, waait de buitenlucht naar binnen. Cornelia onderbreekt haar werk en gaat rechtop zitten. ‘Mevrouw, het is pas acht uur,’ zegt ze met opgeheven hoofd. Ze klemt de borstel als een speer in haar hand. ‘Waar gaat u zo vroeg naartoe?’

‘Ik ga een paar boodschappen doen,’ zegt Nella. Cornelia’s ongelovige blik ergert haar en ze voelt zich weer gevangen. Het ontluikende gevoel van macht dat het luitspel haar had bezorgd, vervaagt razendsnel.

‘Dames doen geen boodschappen, mevrouw,’ zegt de dienstmeid. ‘Ze horen hun plaats te weten.’

Dat is als een klap in Nella’s gezicht, een brutaliteit die geen enkele dienstmeid in Assendelft zich ooit zou permitteren.

‘U kunt beter hier blijven,’ dringt Cornelia aan. Ze kijkt er zowaar ongelukkig bij. Nella draait haar gezicht naar de frisse buitenlucht, weg van de rokerige geur van de kaarsen en Cornelia’s oplettende blik. ‘Waar u ook naartoe gaat, u moet niet alleen gaan,’ mompelt de dienstmeid nu wat vriendelijker. Ze legt een hand op Nella’s arm. ‘Ik wil alleen maar...’

‘Voor mij gelden andere regels dan voor jou, Cornelia. Ik kan gaan en staan waar ik wil.’

Het lijkt haar interessant om een kijkje te nemen op haar mans werk en te zien hoe hij zijn rijkdom consolideert. Het is een manier om hem te begrijpen. Ze slaat af op de Kloveniersburgwal, waar ze de zee ruikt en in de verte de masten van de hooggetuigde zeilschepen ziet. Terwijl ze langs de gracht loopt, speelt ze zelfs met de gedachte om Johannes de miniaturen van zijn dierbare honden te laten zien. Ze weet zeker dat hij ze mooi zal vinden.

Bij de ingang van het VOC-gebouw aan de Oude Hoogstraat, vlak bij het wapenarsenaal waar schilden en borstplaten worden geslagen en op grootte worden gesorteerd, loopt ze door de hoofdpoort. Dit is het hart van de stad, volgens sommigen zelfs van de republiek. Haar vader vertelde eens dat Amsterdam meer dan de helft van de krijgskas van het land had gevuld. Hij leek de rijkdom en de macht van de stad te wantrouwen, maar in zijn stem was ook een afgunstig ontzag te horen geweest.

Nella loopt langs de rand van de eerste binnenplaats en wordt duizelig van het zich herhalende patroon van de bakstenen. In de hoek staan twee mannen te praten, en als ze hen passeert, buigen ze diep. Nella maakt een kniebuiging en ze bekijken haar nieuwsgierig.

'We zien nooit vrouwen bij de VOC,' zegt de ene man.

'Behalve 's avonds,' zegt zijn vriend. 'Geurend naar vanilleparfum.'

'Ik ben op zoek naar Johannes Brandt.' Haar stem klinkt hoog en stijfjes door hun suggestieve woorden. Het voorhoofd van de tweede man is bedekt met rode pukkels – hij is nog nauwelijks droog achter de oren. God heeft kwaadaardig met zijn verfkwast gezwaaid, denkt Nella.

De mannen kijken elkaar even aan. 'Door die boog naar het tweede plein, en dan de deur achteraan links,' zegt de eerste. 'Maar het zijn privévertrekken,' voegt hij eraan toe. 'Vrouwen mogen daar niet komen.'

Nella voelt hun ogen op haar rug als ze onder de tweede boog door loopt. Er komt geen antwoord als ze op de bewuste deur klopt, en ongeduldig duwt ze hem open. Zout is in de muren en de spaarzame meubels getrokken en maakt het vertrek bedompt. Achterin bevindt zich een wenteltrap, en als ze die opgaat, komt ze op een verdieping waar de lucht frisser is. Ze staat in een lange gang met aan het einde weer een grote eikenhouten deur.

'Johannes?' zegt ze.

Het lijkt wel of ik hem altijd moet naroepen, denkt ze. Ik sta altijd bij zijn deuren te wachten. Ze rent lichtvoetig als een kat naar zijn kantoor, en bij de gedachte aan zijn verraste gezicht wordt ze steeds opgetogener.

'Joha...?'

De klink aan het uiteinde van de gang gaat stroef en Nella duwt er uit alle macht op. De deur vliegt open en de naam van haar echtgenoot blijft in haar keel steken.

Achter in het vertrek ligt Johannes languit en met gesloten ogen op een chaise longue. Hij is naakt – schokkend naakt – en niet in staat zich te bewegen, omdat een hoofd met donkere krullen zich over zijn schaamstreek heeft gebogen.

De krullen lijken op zijn lichaam vast te zitten, maar dan ziet Nella de haardos bewegen, op en neer, op en neer. Het hoofd zit vast aan een lichaam, een slanke romp, een paar knielende benen die half achter de bank schuilgaan.

De ogen van Johannes gaan abrupt open als hij de deur hoort openvliegen. Ze worden groot van afgrijzen als hij zijn vrouw ziet staan. Zijn lichaam begint te bokken. Het hoofd met de krullen komt omhoog en Jack Philips draait zijn bleke gezicht met geschokte ogen en open mond naar Nella toe. Aan de andere kant van de bank recht hij zijn rug, en Nella staart ontzet naar zijn glimmende, naakte bovenlijf.

Johannes beweegt zich traag, alsof hij zich onder water bevindt, en hij lijkt moeite te hebben met ademen. Hij is niet in staat of niet bereid zichzelf te bedekken. Zijn ding, zijn worm, is nu een mast – een glinsterend, vochtig, rechtopstaand stuk vlees. Hij duwt Jack weg en gaat als een potige courtisane rechtop op zijn chaise longue zitten. Zijn brede borst is erg harig vergeleken met die van Jack.

Het raam is een starend gat; het grauwe daglicht werpt een vale sluier over hen drieën.

'Nella,' zegt Johannes, maar haar hoofd staat in brand en ze kan hem nauwelijks horen. 'Je hoort hier niet te komen. Je m...'

De trance wordt verbroken en Jack gooit een overhemd naar Johannes toe. Ze prutsen allebei – armen, vingers, knieën – elke beweging onhandig, in paniek. Terwijl Nella naar hun gejaagde dans kijkt, merkt ze dat haar knieën het begeven. Als ze vanaf de vloer opkijkt, ziet ze dat haar man erin geslaagd is op te staan. Hij steekt zijn armen uit – naar haar, naar Jack, naar kleren, ze weet het niet – alsof hij naar onzichtbare touwen in de lucht grijpt. En daar is Jack uit Bermondsey, nog altijd met ontbloot bovenlijf, die zijn vingers door zijn krullen haalt. Ziet ze nu een grijns op zijn gezicht, of is het een grimas? Of misschien allebei? De gedachte gaat verloren in het geraas in haar hoofd en haar handen vliegen naar haar ogen.

Het laatste wat ze ziet, is de penis van Johannes, die slap wordt en lang en donker op de bovenkant van zijn dij hangt.

De stilte brult in Nella's oren en vanuit het midden van haar hart barst de pijn los. De zwarte spore van de vernedering vermenigvuldigt zich tot het er duizenden zijn, en het leed dat onder de oppervlakte heeft gesluimerd, vindt eindelijk een stem.

Ze weet niet of hij haar kan horen, of er daadwerkelijk woorden over haar lippen rollen. 'Sukkel, sukkel, sukkel,' fluistert ze met dichtgeknepen ogen. Haar benen zijn van lood, haar huid gloeit, haar lichaam is zwaar als een molensteen. Ze voelt mannenhanden die haar optillen. Haar hoofd zakt opzij en ze ziet de vijf witte tenen van Johannes' voet. Sinds die kneep van Maren is het de eerste keer dat iemand haar aanraakt.

'Mevrouw,' zegt een vertrouwde stem.

Het is Cornelia. Cornelia is naar dit gebouw gekomen. Nella laat zich door de meid meetrekken en wordt door de eindeloze gang gesleept alsof ze samen op de loop zijn voor een vloedgolf.

Johannes roept haar naam. Nella hoort hem, maar ze kan niets zeggen. Ze weet ook niet of ze dat wel zou willen, maar haar mond wil geen woorden vormen, ze verstikken op haar tong.

Cornelia snelt met haar de laatste traptreden af en beveelt haar de ene voet voor de andere te zetten, Jezus Christus, mevrouw, gewoon doorgaan, loop nu maar gewoon mee, dan gaan we naar huis. Ze passeren de mannen, die nog steeds op de binnenplaats staan. Cornelia moet haar letterlijk meesleuren en schermt Nella's gezicht af, zodat niemand kan zien dat haar mevrouw geheel ondersteboven is.

Als ze over de Kloveniersburgwal lopen, golft Nella's verdriet naar buiten. Ze kokhalst, en Cornelia drukt ferm een hand op haar mond omdat een kreet in deze nauwe straten vol ogen en oren te veel ongewenste aandacht oplevert.

Ze bereiken het huis. De deur lijkt uit zichzelf open te zwaaien, maar dan ziet Nella Maren en Otto in de schaduwen wachten. Ze verbergt haar gezicht en staat toe dat Cornelia als buffer dient en haar de trap op helpt. Nella gaat op haar bed liggen en klauwt naar de pasgeborduurde bruidslakens. Ze probeert te ademen, maar dreigt te stikken in haar tranen.

Vanuit haar ziel komt het gejammer – een schreeuw die de lucht openrijt.

Nella voelt dat iemand over haar voorhoofd strijkt, steeds maar weer, en dat iemand haar omarmt als er een drankje in haar keel wordt gegoten. Ze hoort haar eigen gekrijs zwakker worden, en het laatste geluid sterft weg als Otto, Maren en Cornelia zich als de Wijzen uit het Oosten over de kribbe buigen. Hun gezichten zijn vollemanen van bezorgdheid.

Ik ben de verkeerde, denkt Nella. Sukkel. Ik had hier niet moeten...

Ze verdwijnen en Nella valt. Het beeld van haar naakte man zakt met haar in een zwarte poel.

2

NOVEMBER 1686

Doet soms een bron uit dezelfde ader zoet
en bitter water opwellen?
– *Jakobus 3:11*

Binnenstebuiten

Nella wordt wakker van een onweerstaanbaar zoete geur. Ze doet haar ogen open en ziet Maren diep in gedachten verzonken aan het voeteneinde van haar bed zitten. Er staat een bord met wafels op haar schoot. Als Maren niet weet dat ze bekeken wordt, ziet ze er veel zachter uit. Haar grijze ogen zijn half gesloten en haar mondhoeken wijzen mistroostig omlaag. Zeven dagen zit ze nu al aan het voeteneinde van Nella's bed, en al die tijd heeft Nella net gedaan of ze sliep.

Het beeld van Johannes en Jack Philips heeft dagenlang als een vliegende mot door haar hoofd gespookt. Met pure wilskracht heeft Nella een eind gemaakt aan het gefladder. Ze heeft de mot versuft en hem van zijn vleugels ontdaan, maar het beestje is er nog steeds.

Wat is er vóór haar komst nog meer voorgevallen tussen die twee mannen – hun bed een uitgerolde landkaart, goden boven hun papieren wereld? Ik ben niet geschikt voor dit leven in Amsterdam, denkt Nella, en ze wenst dat ze ver, ver weg was. Ik voel me jonger dan achttien, maar draag de last van een tachtigjarige. Het is alsof ze haar hele leven in één keer beleeft, en ze waadt door een zee van veronderstellingen zonder middelen om ze te verifiëren. Wat was het dwaas van mij om te denken dat Amsterdam mijn stad kon worden, dat ik ooit bij Johannes Brandt kon passen. Ik heb mijn eigen vleugels afgerukt. Ik bezit geen waardigheid.

Het onbewoonde poppenhuis tekent zich flauw af in de hoek. Iemand heeft de gordijnen opengeschoven, en de kast lijkt groter te worden als de stralen zonlicht de contouren verlichten. Marens aandacht valt er ook op – ze zet de wafels op de grond, loopt er langzaam naartoe en steekt een hand in de miniatuurontvangkamer. Ze haalt de wieg eruit en laat hem op haar handpalm heen en weer wiegen.

'Afblijven,' snauwt Nella. Het is het eerste wat ze in een week zegt. 'Die spullen zijn niet van jou.'

Maren schrikt en zet de wieg terug. 'Ik heb wafels voor je,' zegt ze. 'Met rozenwater, kaneel en gember. Cornelia heeft een nieuw wafelijzer.'

De haard is aangestoken en het vuur brandt fel en verkwikkend op de haardijzers. Buiten is de winter definitief gearriveerd, en Nella voelt een spoortje kou in de kamer.

'Ik dacht dat jij een lege maag beter voor de ziel vond,' zegt ze bits, al heeft ze de hutspot en de plakken Goudse kaas die Cornelia voor haar deur heeft gezet opgegeten. Ze voelt beschuldigingen opborrelen die met kracht tot uitbarsting willen komen.

'Eet wat,' zegt Maren. 'Alsjeblieft. En laten we daarna praten.'

Nella pakt het Delfts blauwe bord, waarop bloemen en een ingewikkeld bladerenpatroon staan. Maren klopt haar kussens op en gaat weer op het voeteneinde van het bed zitten. De wafels zijn goudbruin en perfect gebakken, en in Nella's mond vermengt het rozenwater zich met de verwarmende gember. In de hoek krijst Pibo in zijn kooi, alsof hij weet dat Nella ondanks alles van het eten geniet.

Nella vraagt zich af wat Maren zou zeggen als ze vertelde wat ze had gezien.

'Misschien wil je wel uit bed komen.' Maren klinkt als een koningin die een vriendelijk babbeltje probeert te maken met een pachtboer.

Nella wijst naar het poppenhuis. 'Ik neem aan dat je me liever daarin zou zien.'

'Wat bedoel je?'

'Mijn leven hier is voorbij.'

Bij die woorden verstijft Maren, en Nella schuift het bord met wafels in de richting van haar schoonzuster. 'Ik laat me niet meer door jou commanderen, Maren. Inmiddels begrijp ik alles.'

'Denk je?'

'Ja.' Nella haalt diep adem. 'En ik moet je iets vertellen.'

Marens bleke gezicht wordt rood. 'Wat dan?' zegt ze op dringende toon.

Even voelt Nella de macht van de informatie die ze heeft achtergehouden, en ze kruist haar handen op de sprei en kijkt diep in Marens ernstige, grijze ogen. Haar lichaam voelt zwaar aan, verankerd aan het bed.

'Er is een reden dat ik de hele week in bed ben gebleven. Johannes... Je broer... Ik krijg het nauwelijks over mijn lippen.'

'Wat?'

'Hij is een... sodomiet.'

Maren knippert, en het versteende beeld van Johannes en Jack komt weer tot leven in Nella's hoofd. Een flintertje gebak blijft in haar keel steken. Maren blijft zwijgen en bestudeert het borduurwerk op de sprei, de dikke letters B die krullerig tussen de bladeren en de bosvogels staan.

'Ik vind het heel erg dat je van streek bent, Nella,' zegt ze zacht. 'Johannes is anders dan de meeste echtgenoten, dat moet ik toegeven.'

Eerst begrijpt Nella haar niet, maar dan voelt ze een tinteling door haar lichaam gaan, die haar wangen roze kleurt en haar bloed laat kolken.

'Wát? Wist je ervan?' Ze voelt de snik aankomen – dit is haast nog erger dan de aanblik van Jack en haar naakte echtgenoot op de chaise longue in zijn kantoor. 'Mijn hemel... Jullie hebben me voor gek gezet. Ik heb vanaf de allereerste dag voor gek gestaan,' zegt ze.

'We hebben je niet uitgelachen, Petronella. Nooit. Je hebt niet voor gek gestaan.'

Nella voelt zich gewichtloos, er stromen woorden uit haar mond waarvan ze nooit gedacht had dat ze ze zou uitspreken. 'Jullie hebben me vernederd. En ik heb het nu met eigen ogen gezien. De walgelijke, afgrijselijke dingen die hij met die jongen deed.'

Maren staat op en loopt naar het raam. 'Walg je in alle opzichten van Johannes?'

'Wat? Ja. Sodomieten – *wees voor hen op je hoede*, zei Pellicorne. *Gods gramschap zal over het land komen.* Ik ben met Johannes getrouwd, Maren!'

Maren spreidt haar vingers en drukt ze tegen de ruit tot haar vingertoppen wit worden. 'Je hebt die preek verbazingwekkend goed onthouden.'

'Je wist dat Johannes nooit van me zou houden.'

Maren kijkt haar aan, en als ze haar mond opendoet, klinkt haar stem schor. 'Het leek me onmogelijk dat hij níét van je zou houden. Ik... Ik weet niet altijd hoe het werkt.' Ze zwijgt even. 'Hij mag je graag.'

'Alsof ik een huisdier ben. En hij is meer gehecht aan Rezeki. Ik kan jullie deze list, deze schande niet vergeven. Je wist hoe het voor me zou zijn. Ik heb nachtenlang gewacht...'

'We zagen het niet als een list, Nella. Het was een buitenkans. Voor iedereen.'

'We? Heeft Johannes me eigenlijk wel zelf uitgezocht?'

Maren aarzelt. 'Johannes wilde er eigenlijk niet van weten. Hij wilde niet trouwen, maar... ik had inlichtingen ingewonnen. Een van je vaders vrienden in de stad vertelde dat je vader financieel in moeilijkheden verkeerde. Je moeder was heel enthousiast. Ik dacht dat het voor iedereen een goede afspraak was.'

Nella veegt het bord op de grond, waar het in drie stukken uiteenvalt. 'En in welk opzicht was het een buitenkans voor míj, Maren?' roept ze uit. 'Tot nu toe heb jij hier de leiding. Je hebt mijn kleren besteld, je houdt het huishoudboek bij, je sleept me mee naar de kerk, je dwingt me naar gildefeesten te gaan waar iedereen naar me staart. Ik was vreselijk dankbaar dat je me op de luit liet spelen. Dat is toch ronduit meelijwekkend? Ik hoor hier de vrouw des huizes te zijn, maar je behandelt me alsof ik Cornelia ben.'

Maren bedekt haar gezicht met haar handen nu de gemoederen oplopen. Nella wordt steeds feller en ziet dat Maren vecht om zich te beheersen.

'Maren, laat die geveinsde kalmte alsjeblieft varen. Dit is een ramp.' Nella verzet zich tegen een dreigende huilbui, maar desondanks rollen de tranen over haar wangen. 'Hoe kan ik nu gelukkig zijn met een man die in de hel zal branden?' vraagt ze.

Marens gezicht verandert in een woedend masker. 'Houd op.

Houd je mond! Jouw familie bezat niets anders dan een naam; je vader heeft jullie straatarm achtergelaten. Als wij niets hadden gedaan, had je met een boer moeten trouwen.'

'Daar is niets mis mee.'

'Zou je dat over tien jaar nog zeggen, als de dijken doorbreken, je handen rood en ruw zijn en er tien kinderen om je heen rennen die allemaal gevoed moeten worden? Jij had behoefte aan financiële zekerheid en je wilde met een koopman trouwen. Petronella?' vraagt ze als Nella blijft zwijgen. 'Wat ga je nu doen?'

Omdat Maren steeds paniekeriger gaat klinken, beseft Nella dat ze eindelijk wat macht heeft. Denkt Maren soms dat ik hem bij de burgemeesters aangeef? Verwonderd staart ze naar Marens verwrongen, bleke gezicht, en ze wordt duizelig bij de gedachte dat zij, een achttienjarige uit Assendelft, naar de bestuurders van Amsterdam zou kunnen stappen om te zeggen dat de respectabele koopman met wie ze getrouwd is door de duivel bezeten is.

Je zou het kunnen doen, zegt Nella tegen zichzelf. Je zou Jack Philips ook kunnen aangeven. Wie zou je tegenhouden? Je kunt het leven van deze vrouw met één zin verwoesten en jezelf van alle vernederingen bevrijden.

Alsof Maren haar gedachten heeft gelezen, neemt ze weer het woord. 'Je hoort bij deze familie. De waarheid zal aan je blijven plakken zoals olie aan een vogel kleeft. Wat zou er met Otto en Cornelia gebeuren als je ons geheim prijsgaf?'

Ze spreidt haar armen alsof het vleugels zijn, en Nella voelt zich in haar bed kleiner worden.

'Wij vrouwen kunnen helemaal niets doen,' zegt Maren. 'Níéts.' Nog nooit heeft Nella zo'n felle gloed in haar ogen gezien. 'Als we geluk hebben, kunnen we fouten van anderen gladstrijken.'

'Agnes lijkt heel tevreden met haar leven.'

'Agnes? O, die speelt keurig haar rol, maar wat gebeurt er als ze geen tekst meer heeft? Die plantage was van haar vader, en nu heeft ze alles overgedragen aan haar man. Het verbaast me dat ze dat zo handig van zichzelf vindt. En sommigen van ons kunnen werken,' roept Maren uit. 'We kunnen zwaar werk verrichten, maar daarvoor krijgen we nog niet de helft van wat een man verdient. En we mogen geen onroerend goed bezitten en geen zaken voor de rechter brengen. Het enige waartoe we in staat worden geacht, is kinderen voortbrengen, en die worden vervolgens eigendom van onze echtgenoten.'

'Maar jij bent nooit getrouwd, jij hebt geen...'

'Er zijn vrouwen die nooit rust krijgen van hun man. Het ene kind na het andere, tot hun lijf op een gerimpelde zak lijkt.'

'Ik wil best een gerimpelde zak zijn als ik daardoor niet alleen ben! Wat zeggen ze ook alweer? *Hoe belangrijker de man, des te eenzamer zijn vrouw.*'

'En hoeveel vrouwen sterven er in het kraambed, Petronella? Hoeveel jonge echtgenotes eindigen voortijdig in een kist?'

'Schreeuw niet zo tegen me! Ik heb in Assendelft ook begrafenissen gezien, hoor. Ik ben me bewust van het gevaar.'

'Petronella...'

'Wist mijn moeder wat hij was? Was zij op de hoogte?'

Maren moet even op adem komen en kijkt door het raam. 'Ik denk het niet. Maar ze vertelde me dat je een meisje met verbeelding was, sterk en capabel, en dat je het in de stad goed naar je zin zou hebben. "Nella vindt haar weg wel," schreef ze, en ze zei dat Assendelft te klein was voor een denkwereld als de jouwe. Ik wilde het graag geloven.'

'Dat kan best zijn,' zegt Nella, 'maar het was niet aan jou om te beslissen dat ik nooit het leven van een echte vrouw zou krijgen.'

Marens hoonlach schuurt over Nella's huid. 'Wat bedoel je met een "echte" vrouw?' wil ze weten.

'Een die trouwt en kinderen krijgt.'

'En ik dan, Petronella? Ben ik soms geen echte vrouw? Volgens mij wel.'

'We zijn het geen van beiden.'

Maren zucht en wrijft over haar voorhoofd. 'Ik wilde niet uit mijn slof schieten. Af en toe word ik driftig en heb ik mezelf niet in de hand. Het spijt me.'

De oprechte verontschuldiging zorgt voor een paar tellen rust. Uitgeput leunt Nella achterover op haar bed, en Maren haalt diep adem. 'Woorden zijn als water in deze stad, Nella,' zegt ze. 'Door één druppel gerucht kunnen we verdrinken.'

'Dus Johannes en jij hebben mijn toekomst opgeofferd omdat die van jullie gevaar liep?' vraagt Nella.

Maren doet haar ogen dicht. 'Dit huwelijk heeft toch ook voordelen voor jou?'

'Nou, in Assendelft liep ik niet het gevaar te verdrinken.'

'Maar je voelde je daar alsof je onder water leefde. Verveling, een paar koeien en jullie tochtige huis. Ik dacht dat dit huwelijk een... avontuur voor je kon zijn.'

'Je zei toch dat vrouwen geen avonturen beleven?' bitst Nella, maar terwijl ze het zegt, denkt ze aan de miniatuurmaakster in de Kalverstraat. 'Lopen we gevaar, Maren? Waarom hebben we het geld van die suiker nodig? Johannes zou die partij niet verkopen als het niet hoefde.'

'Koester je vijand aan je boezem, dan kun je zien wat hij doet.'

'Ik dacht dat jij en Agnes Meermans bevriend waren.'

'De opbrengsten van de suiker zullen ons beschermen.' Maren kijkt weer uit het raam. 'In Amsterdam kent zelfs de macht van onze glorieuze God grenzen.'

'Hoe kun je dat nu zeggen? Je bent nog wel zo vroom.'

'Wat ik geloof, heeft niets te maken met wat ik in de hand kan houden. We zijn niet arm, maar de suiker vormt een dijk tegen de stijgende golven. En jij beschermt ons ook, Petronella.'

'Ik?'

'Ja, natuurlijk. En daar zijn we je dankbaar voor.'

Marens onhandige dankbetuiging bruist in Nella's bloed. Opeens voelt ze zich heel belangrijk. Ze probeert haar genoegen te verbergen door zich op het krullenpatroon van de sprei te concentreren.

'Maren, wat zou er gebeuren als Agnes en Frans de waarheid over Johannes ontdekten?'

'Ik hoop dat ze barmhartig zouden zijn.' Maren zwijgt even en loopt naar een stoel. 'Maar ik denk dat ze geen genade zouden kennen.'

In de bedrukte stilte ploft ze als een ingezakte marionet op de stoel – gebogen knieën, haar armen en nek slap, haar kin op haar borst. 'Weet je wat ze doen met mannen als mijn broer?' fluistert ze.

'Nee.'

'Die verdrinken ze. De vrome magistraten hangen gewichten aan hun nek en duwen hen het water in.' Een golf van intens verdriet lijkt Marens lichaam naar beneden te trekken. 'Maar zelfs als ze Johannes zouden opdreggen en opensnijden, zouden ze niet vinden wat ze zochten.'

'Waarom niet?'

De tranen stromen over Marens bleke gezicht, en ze drukt een hand op haar borst alsof ze haar verdriet wil stelpen. 'Omdat het iets in zijn ziel is, Petronella. Het zit in zijn ziel en het kan er nooit uit.'

Beslissingen

Een uur later doet Nella met de vogelkooi in haar hand haar deur open. De zon schijnt zwakjes door het raam op de overloop en kleurt de muur vóór haar zacht citroengeel. Ze hoort Johannes in Marens piepkleine kamertje, de zachte intonatie van hun gedempte stemmen. Ze laat Pibo's kooi boven aan de trap staan en sluipt door de gang.

'Waarom blijf je niet uit zijn buurt? Het is onverdraaglijk dat je dit misschien ooit met je leven moet bekopen.'

'Hij heeft niemand anders, Maren.'

'Je onderschat hem.' Maren klinkt afgemat. 'Hij kent geen loyaliteit.'

'Jij verdenkt iedereen van het slechtste.'

'Ik zíé toch wat hij doet, Johannes. Hij buit ons uit tot we geen cent meer overhebben. Hoeveel heb je hem nu weer gegeven?'

'Hij helpt me de suiker te bewaken. Hij heeft het eerlijk verdiend. En dan komt hij hier in elk geval geen bestellingen meer afleveren.'

Nella telt de seconden van Marens stilzwijgen. 'Je hebt oogkleppen op,' zegt ze uiteindelijk stijfjes, vechtend tegen haar woede. 'Waarom zou hij in het pakhuis minder in het oog lopen dan hier? Je moet hem zo ver mogelijk uit onze buurt houden. Wat gebeurt er als Petronella het tegen haar moeder of tegen de burgemeesters zegt?'

'Nella heeft een goed hart, Maren...'

'Waar jij je nog nauwelijks om hebt bekommerd.'

'Niet waar. Dat is niet eerlijk. Ik heb dat kabinet voor haar gekocht, die jurken, ik heb haar meegenomen naar het feest. Wat moet ik dan doen?'

'Dat weet je heel goed.'

Het blijft een hele poos stil. 'Ik denk dat zij het ontbrekende stukje in onze puzzel is,' zegt Johannes uiteindelijk.

'En jij loopt het risico dat je het kwijtraakt. Je hebt heel veel schade aangericht, je gaat slordig om met andermans behoeften...'

'Ik? Je huichelarij is schokkend, Maren. Ik heb je in augustus al gewaarschuwd dat ik niet kon...'

'En ik heb jou gewaarschuwd dat er iets vreselijks ging gebeuren als je Jack niet de bons gaf.'

Nella kan het niet meer aanhoren. Ze loopt terug naar de trap en tilt Pibo's kooi op. Als ze naar beneden loopt, beseft ze dat ze zich nog nooit zo machtig heeft gevoeld, maar ook nog nooit zo bang. In gedachten ziet ze Johannes onder water verdwijnen, zijn gezicht verwrongen, zijn haar wervelend als grijs zeewier. Zíj kan hem dat aandoen. Deze muren en die zware voordeur hebben hen jarenlang beschermd, maar ze hebben de deur geopend en Nella binnengelaten, met alle gevolgen van dien. *We houden hier niet van verraders* – Marens woorden komen weer naar boven, een herinnering aan de vreemde eendrachtigheid van het groepje mensen waartoe Nella nu behoort, een groepje dat wacht tot ze bewijst waar haar loyaliteit ligt.

Ze gaat op de laatste traptrede zitten en zet de kooi naast zich neer. Pibo klemt gehoorzaam zijn klauwtjes om zijn stok. Nella begint aan het deurtje te sjorren, dat met een zachte, metalige klik openzwaait. Haar vogeltje schrikt ervan; hij draait nieuwsgierig met zijn kop en kijkt haar knipperend met zijn kraaloogjes aan.

Hij komt aarzelend in beweging, maar dan grijpt hij zijn kans en vliegt rondjes door de enorme gang, steeds hoger en hoger. Hij duikt en fladdert door de grote ruimte en laat zijn poep overal op de vloertegels vallen. Laat maar vallen, denkt Nella. Van mij mag hij al die ellendige tegels met poep bedekken.

Ze leunt achterover om naar Pibo te kijken, die vliegend een opwaartse spiraalvorm beschrijft, en ze huivert omdat het raam aan de voorkant op een kiertje openstaat. De vogel flitst van de ene kant van de gang naar de andere. Nella voelt de lucht die hij met zijn vleugels verplaatst – het papierachtige gefladder van bot en veren, het geritsel van zijn slagpennen als hij op de dakbalken een plekje vindt dat Nella niet kan zien.

Ondanks de waarschuwingen van haar moeder – de vrouwen die veel te vroeg op het kerkhof van Assendelft begraven worden – heeft Nella altijd gedacht dat ze ooit een kind zou krijgen. Ze legt een hand op haar buik en stelt zich een bolling voor, een ballon van vlees waarin een kind verstopt zit. Het leven in dit huis is niet alleen tegennatuurlijk, het is een spel, een oefening in zwendelarij. Wie is ze nu? Wat moet ze nu doen?

'Hebt u trek?' informeert een stem.

Nella schrikt als Cornelia bleek en bezorgd onder de trap vandaan komt. Ze neemt niet de moeite om te vragen waarom de meid zich daar ophoudt. Niemand is ooit echt alleen in dit huis; er is altijd wel iemand die toekijkt of luistert. Zelf luistert ze ook – naar voetstappen, dichtgaande deuren, gejaagd gefluister.

'Nee,' liegt ze. Ze zou nu dat hele feestmaal van de zilversmeden op kunnen. Ze zou dooreten en alles tot de laatste kruimel verorberen om te voelen dat ze werkelijk bestaat.

'Laat u hem zo rondvliegen?' vraagt Cornelia, wijzend op de glimp van groene veren die even zichtbaar wordt voordat Pibo weer in de schaduwen verdwijnt.

'Ja,' zegt Nella. 'Hier wacht hij al op sinds we hier wonen.'

Ze kromt haar rug en laat het hoofd hangen. De dienstmeid knielt en legt haar handen op Nella's knieën. 'Dit is voortaan uw thuis, mevrouw.'

'Hoe kun je dit huis vol geheimen een thuis noemen?'

'Dit huis kent maar één geheim,' zegt Cornelia. 'Of hebt u er ook een?'

'Nee,' zegt Nella, maar ze denkt aan de miniatuurmaakster.

'Wat heeft Assendelft u te bieden? U hebt het er nooit over. Ik kan me niet voorstellen dat u die plaats mist.'

'Agnes is de enige die ernaar vraagt.'

'Ik heb gehoord dat er meer koeien dan mensen wonen.'

'Cornelia!'

Maar Nella ontdooit met een zenuwachtig giecheltje en bedenkt hoe ver dat huis, dat meertje, die jeugdherinneringen nu van haar af staan. Waren de mensen maar wat vergevingsgezinder, denkt ze. Ik zou terug kunnen gaan. Mama zou me uiteindelijk vergiffenis moeten schenken, zeker als ik haar de waarheid vertelde. Als ik hier blijf, gaat alles gewoon door: Johannes zoekt zijn pleziertjes buitenshuis, hij blijft de dominees en de magistraten tarten en hij laat zijn verlangens zwaarder wegen dan de dreiging van de eeuwige verdoemenis. Ik, daarentegen, sta praktisch met lege handen. Geen vooruitzicht op kinderen, geen gedeelde nachtelijke geheimen, geen huishouden waarover ik de scepter zwaai – ik ben slechts de baas over een poppenhuis waarin geen enkele levende ziel kan wonen.

Maar toch, denkt ze. *Ik worstel en kom boven*, dat was de boodschap die de miniatuurmaakster me stuurde. Assendelft is geen grote plaats, de gemeenschap is klein en vastgeroest in het verleden. Hier in Amsterdam hebben de mosterdkleurige gordijnen van het kabinet een nieuwe wereld onthuld, een vreemde wereld, een raadsel dat Nella wil ontrafelen. En het allerbelangrijkste: in

Assendelft is geen miniatuurmaakster.

De vrouw uit de Kalverstraat is ongrijpbaar, onbestendig en misschien zelfs gevaarlijk, maar op dit moment is ze het enige wat Nella voor zichzelf heeft. Als ze teruggaat naar het platteland zal ze nooit weten waarom de miniatuurmaakster haar ongevraagd voorwerpen heeft gestuurd, en ook niet welke waarheid er achter haar werk ligt. Ze wil dat de pakjes wegblijven, maar nog liever dat ze blijven komen. Heel even beeldt ze zich in dat juist die miniaturen haar in leven kunnen houden.

'Cornelia, ben je me die dag gevolgd naar mijn mans kantoor?' vraagt ze.

De dienstmeid kijkt somber. 'Ja, mevrouw.'

'Ik vind het niet prettig om te worden gevolgd. Maar ik ben heel blij dat je het hebt gedaan.'

Cornelia pakt haar hand stevig vast en knijpt erin.

Geruchten

In de kookkeuken geeft de dienstmeid Nella een beker kandeel, en voor zichzelf schenkt ze ook een beker van de warme gekruide wijn in. 'Eindelijk rust,' zegt ze.

'Ik wil geen rust, Cornelia. Ik heb liever een echtgenoot.'

'Mijn pasteitjes zijn zo klaar,' zegt Cornelia. Ze veegt haar handen net af aan haar schort als een blok hout in de keukenhaard met een regen van gloeiende vonken openbreekt. Nella zet haar beker kandeel op het geoliede hakblokje bij haar knie. *Ik zal je nooit pijn doen, Petronella,* beloofde Johannes in de sloep op weg naar het gilde van zilversmeden. Ze heeft altijd gedacht dat vriendelijkheid iets actiefs was. Maar is het misschien zo dat iets níét doen – je inhouden – ook een vorm van vriendelijkheid kan zijn?

Nella heeft geleerd dat sodomie een vergrijp tegen de natuur is. Er is maar weinig verschil tussen een dominee in Amsterdam en haar vroegere dominee in Assendelft. Maar is het wel juist om een man te doden voor iets wat in zijn ziel zit? Als Maren gelijk heeft, als dit nooit uit hem kan worden gehaald, wat is dan de zin van al dat lijden? Nella neemt een slokje van de kandeel en verdrijft met de warme specerijen het vreselijke beeld van Johannes op de bodem van een koude, zwarte zee.

'Ik heb ook gedroogde erwten meegebakken. Een nieuw idee.' De warmte vult de keuken als Cornelia het fornuisdeurtje openmaakt. Ze legt een pasteitje op een bord en bedruipt het met druivensap, schapenbouillon en boter voordat ze het aan Nella geeft.

'Cornelia, heeft Maren wel eens van iemand gehouden?'

'Een man, bedoelt u?'

'Ja.'

Cornelia grijpt het bord steviger beet. 'Juffrouw Maren zegt dat liefde beter een schim kan zijn dan werkelijkheid, dat je meer hebt aan de jacht dan aan de vangst.'

Nella ziet de dansende vlammen van het vuur oplaaien en verdwijnen. 'Dat kan ze wel zeggen, maar eh... ik heb iets gevonden. Een briefje. Een liefdesbriefje, verstopt in haar kamer.'

Cornelia wordt lijkbleek. Nella aarzelt, maar besluit het erop te wagen. 'Is het geschreven door Frans Meermans?' vraagt ze zachtjes.

'Hemeltjelief,' fluistert Cornelia. 'Hij kan onmogelijk... Ze hebben nooit...'

'Cornelia, je wilt toch dat ik hier blijf? Je wilt toch niet dat ik problemen veroorzaak?'

De dienstmeid steekt haar kin omhoog en kijkt langs haar neus naar Nella. 'Probeert u het met mij op een akkoordje te gooien, mevrouw?'

'Misschien wel.'

Cornelia weifelt, maar dan pakt ze een krukje en legt haar hand op Nella's hart.

'Zweert u dat u dit aan niemand vertelt?'

'Ja.'

'Dan zal ik het u vertellen.' Cornelia gaat nog zachter praten. 'Agnes Meermans is een kat die haar klauwen verbergt. Het is een en al mooidoenerij – maar kijkt u daar eens doorheen, mevrouw.

Ze heeft een bezorgde blik in haar ogen. Het lukt haar nooit haar mening over juffrouw Maren te verbergen, omdat juffrouw Maren haar mans hart heeft gestolen.'

'Echt waar?'

Cornelia staat op. 'Als ik dit vertel, wil ik iets omhanden hebben. Ik maak wel wat oliekoeken.' Ze pakt een kom amandelen, een handvol kruidnagelen en een potje kaneel. Terwijl ze met kracht de noten en de kruidnagelen plet, smaken haar gefluister, haar vertrouwelijkheid en haar overtuiging Nella nog beter dan het pasteitje op haar bord.

Cornelia kijkt naar de trap om er zeker van te zijn dat ze niet worden gestoord. 'Juffrouw Maren was nog veel jonger dan u toen ze hem voor het eerst ontmoette,' vertelt ze. 'Hij was bevriend met mijnheer toen ze als klerken voor Financiën werkten. Mijnheer was achttien, en juffrouw Maren moet een jaar of elf zijn geweest.'

Nella probeert zich Maren als kind voor te stellen, maar dat lukt niet. Maren kan nooit iemand anders zijn geweest. Er schiet haar iets te binnen, iets wat wringt. 'Maar Agnes zei dat Frans en Johannes elkaar op hun tweeëntwintigste bij de VOC hebben ontmoet.'

'Dat heeft ze verzonnen – of Meermans heeft tegen haar gelogen. Hij heeft nooit voor de VOC gewerkt. Hij ontmoette mijnheer op het departement van Financiën en maakt tegenwoordig wetten in het stadhuis. Niet echt indrukwekkend om op kantoor te blijven als je vriend voor het machtigste bedrijf van de republiek op zee zit. Meermans heeft last van zeeziekte. Vindt u dat niet raar, een Nederlander die zeeziek wordt?'

'Nou, ik zit liever op een paard dan op een boot,' zegt Nella.

Cornelia haalt haar schouders op. 'Ze kunnen je allebei afwerpen. Hoe dan ook, Meermans heeft juffrouw Maren voor het eerst ontmoet op sinterklaasavond. Overal in huis klonken citers, hoorns en violen, en juffrouw Maren danste meer dan eens met hem. Ze vond hem een knappe prins. Tegenwoordig eet hij te veel, maar destijds was hij ieders lieveling.'

'Hoe weet jij dat? Was jij in die tijd al geboren?'

Cornelia fronst, gooit tarwebloem en gember in het beslag en klopt het met een garde. 'Ik was destijds een klein meisje in het weeshuis,' antwoordt ze. 'Maar ik heb de puzzelstukjes van het verhaal aan elkaar gelegd. Sleutelgaten,' fluistert ze, terwijl ze Nella met haar blauwe ogen veelbetekenend aankijkt. 'Ik weet hoe ze is.' Ze trekt een kommetje appels naar zich toe, en met haar mes ontdoet ze elke appel in één keer van zijn schil. 'Juffrouw Maren heeft iets wat ons allemaal bezighoudt. Ze is een knoop die we willen ontwarren.'

Nella vraagt zich af of er vingers bestaan die daar vlug of behendig genoeg voor zijn. Met haar humeurigheid en haar momenten van aarzelende mildheid die weer door onaardige opmerkingen teniet worden gedaan, is Maren de ingewikkeldste persoon van hen allemaal.

Als Cornelia haar beslag weer begint te kloppen, lijkt Nella's hart op te zwellen. Dit meisje is naar het kantoor van Johannes gekomen om me te redden, denkt ze. En dat betekent dat ze de eerste echte vriendin is die ik ooit heb gehad. Het wordt haar bijna te veel. Ze heeft zin om haar te omhelzen, dit vreemde kind uit het weeshuis dat met haar fantastische kookkunst mensen kan troosten.

'Meermans en mijnheer waren goed bevriend,' vervolgt Cornelia. 'Daarom kwam Frans vaak langs om het verkeerspel te spelen. De liefde kwam later – wat wist juffrouw Maren als elfjarige nu van de liefde?'

'Ik ben bijna negentien, Cornelia, maar ik weet nog net zo weinig van de liefde als een kind.'

Cornelia bloost. Het verstrijken van de jaren biedt niet automatisch meer zekerheid, denkt Nella. Het biedt alleen meer aanleidingen voor twijfel.

'Hun ouders zijn gestorven toen juffrouw Maren dertien was, en mijnheer verliet Financiën om voor de VOC te gaan werken,' vervolgt Cornelia. 'Meermans ging naar het stadhuis.'

'Waaraan zijn hun ouders gestorven?'

'Hun moeder was altijd al ziekelijk, en verzwakt door haar bevallingen. Ze heeft de geboorte van juffrouw Maren ternauwernood overleefd. Ze heeft natuurlijk nog meer kinderen gekregen dan mijnheer en juffrouw Maren, maar die zijn allemaal overleden. Een jaar na de dood van hun moeder overleed hun vader aan een koortsaanval en ging mijnheer voor het eerst met een VOC-schip naar Batavia. Juffrouw Maren was toen vijftien. Frans Meermans werkte in het stadhuis, maar ze had geen chaperon en kon niet in haar eentje met hem afspreken.'

In gedachten ziet Nella haar echtgenoot onder zinderende blauwe luchten en op hete stranden vol rinkelende schelpen en vergoten bloed. Piraterij en avontuur, terwijl Frans en Maren achterbleven tussen mahoniehouten meubels en verstikkende wandtapijten, traag stromende grachten en beierende klokken die hen naar de kerk riepen.

'Mijnheer probeerde hem over te halen bij de VOC te komen. Hij zei dat hij zijn kansen moest grijpen. "Veroordeel Frans niet," zei juffrouw Maren. "Niet iedereen heeft dezelfde mogelijkheden gehad als jij, Johannes, en dat bevalt jou prima."'

Cornelia roert met haar houten lepel door een kom geweekte rozijnen. 'Het probleem was dat Meermans niet aan mijnheer kon tippen. Hij wist niet de juiste deuren te openen, wist de mannen niet te inspireren en behaalde slechts bescheiden succesjes, terwijl mijnheer steenrijk werd. En vijf jaar later, toen Maren twintig was, kwam Meermans buiten haar weten langs. Hij had gespaard en vroeg mijnheer om haar hand.'

'Heeft hij vijf jaar gewacht? Wat zei Johannes?'

'Mijnheer zei nee.'

'Werd hij na vijf jaar wachten afgewezen? Waarom? Meermans had toch geen slechte reputatie? En hij moet echt van haar gehouden hebben.'

'Als mijnheer iets doet, heeft hij daar altijd een goede reden voor,' zegt Cornelia op defensieve toon. Ze laat het eerste lint beslag in een pan met sissende olie lopen.

'Dat weet ik, maar...'

'Meermans was een knappe man, als je van dat type houdt,' zegt Cornelia, 'maar hij had niet zo'n beste reputatie.' Ze zwijgt even. 'Hij was opvliegend en was nooit tevreden met wat hij had. Na die kleinering is hij nooit meer terug geweest. Tot dit etentje.'

Ze haalt de oliekoek uit de pan en legt hem voorzichtig in een schaal waarin ze al suiker heeft gestrooid. 'Ik heb de bovenkant van Agnes' suikerbrood afgeschaafd,' zegt ze.

'Misschien wilde Johannes zijn zuster hier houden omdat hij haar nodig had,' zegt Nella. 'Een vrouw die zijn echtgenote kon spelen. En nu heeft hij er twee.' Cornelia trekt een lelijk gezicht. 'Het is toch zo? Ze is nog steeds de vrouw des huizes. Je ziet hoe streng ze is, hoezeer ze ons allemaal in toom houdt. Dat zou míjn taak moeten zijn. Maar nu ik dit zeg: is het jou ook opgevallen dat ze met haar gedachten soms elders lijkt te zijn?'

Cornelia zwijgt even. 'Ik heb niets gemerkt, mevrouw,' zegt ze uiteindelijk.

'Kwam Maren erachter wat Johannes had gedaan?'

'Uiteindelijk wel, maar toen was Meermans al getrouwd met een van Marens vriendinnen. Agnes Vynke.' Cornelia spreekt haar naam stuurs en overdreven duidelijk uit. 'Haar vader werkte voor de West-Indische Compagnie en was in de Nieuwe Wereld rijk geworden. Van hem mocht ze alleen maar trouwen met een man die goed in de slappe was zat. Hij was een monster, haar vader – op zijn tachtigste probeerde hij nog zoons te verwekken om te voorkomen dat zij kon erven! Agnes' huwelijk met Meermans was haar eerste en haar laatste opstandige daad. Haar adoratie voor Frans is een ziekte. Ze heeft de andere echtgenotes van de gildeleden tegen juffrouw Maren opgezet om te zorgen dat dat hoofdstuk werd afgesloten. Ze wilde wat macht, en toen ging haar vader dood en erfde ze al die suikerrietvelden.'

Nella herinnert zich de dames over wie Cornelia het had, de vrouwen die langskwamen en zangvogeltjes in Otto's haar zetten. Was Agnes Vynke een van hen en heeft Maren haar destijds voorgoed de deur gewezen?

'Het was een gigantische bruiloft,' vervolgt Cornelia, 'ongetwijfeld betaald met al het geld dat Frans had geleend. Hij had altijd schulden. Het feest duurde drie dagen, maar u weet wat ze over grote bruiloften zeggen. Die verhullen dat echtelieden geen trek in elkaar hebben.'

Nella bloost. Als het omgekeerde waar was, zouden zij en Johannes na hun armzalige plechtigheid niet meer uit bed zijn gekomen.

'Frans en Agnes zijn twaalf jaar getrouwd, maar ze hebben nog steeds geen kinderen,' zegt Cornelia. 'En toen kreeg hij zomaar haar suikerplantage in de schoot geworpen. Voor hem is dat beter dan een erfgenaam. Hij rekent erop dat die suiker hem rijk maakt, maar dat verandert niets aan zijn liefde voor juffrouw Maren.'

Ze geeft Nella de eerste oliekoek. Die is nog warm, en de gefrituurde korst breekt tussen Nella's tanden en laat haar de perfecte mengeling van amandel, gember, kruidnagel en appel proeven. 'Houdt Maren ook nog van hem?' vraagt Nella.

'O ja, dat weet ik zeker. Hij stuurt haar elk jaar een geschenk. Varkens en patrijzen, en één keer een hertenlende. Juffrouw Maren stuurt ze nooit terug. Het is een oud, stilzwijgend gesprek dat ze willen blijven voeren. En natuurlijk ben ik degene die ermee aan de slag moet. Plukken, hakken, vullen, braden, koken. Een halssnoer zou makkelijker zijn.' Cornelia veegt de beslagkom met een vochtige doek schoon. 'Zo is juffrouw Maren erachter gekomen dat mijnheer het aanzoek van Frans had geweigerd. Kort na de bruiloft van Frans en Agnes kwam het eerste geschenk.'

'Wat was dat?'

'Ik werkte hier net. Ik zie juffrouw Maren nog staan. Ze hield in de gang een gezouten big omhoog en zag er diep ongelukkig uit. "Waarom stuurt hij me een geschenk, Johannes?" vroeg ze, en mijnheer nam haar mee naar zijn werkkamer. Ik denk dat hij het toen heeft uitgelegd.'

'Mijn hemel.'

Cornelia's blik is hard. 'Sindsdien stuurt Meermans elk jaar wat. Hij zet nooit zijn naam erop, maar we weten allemaal dat hij de afzender is.' Ze wrijft over haar voorhoofd. 'Maar een liefdesbriefje is iets anders,' zegt ze. 'Dat is gevaarlijk. Sluit uw ogen ervoor, mevrouw, en doe net of u het nooit hebt gezien.'

Nella loopt weer naar boven om Pibo de kruimeltjes van de oliekoek te geven. Haar hoofd zit vol beelden van een jonge Maren, die blozende blikken op de knappe prins Frans Meermans werpt. Het is alsof ze zich haar ouders als jonge, verliefde mensen probeert voor te stellen. Ik zou het liefst door de liefde willen opstijgen, denkt Nella, omhoog naar de wolken, zonder val naar de aarde. In gedachten ziet ze zichzelf gewichtloos en bemind, uitzinnig van verrukking.

De dakbalken zijn leeg. Ze loopt door de kamers op de begane grond en roept Pibo's naam. Ze steekt haar arm uit en verwacht dat het vertrouwde beestje met de kraaloogjes er elk moment fladderend op kan neerstrijken. Ze loopt naar de eerste verdieping en kijkt zelfs of hij misschien in het kabinet een schuilplaatsje heeft gezocht. 'Pibo?' roept ze. Marens deur is dicht; ze probeert te slapen. Opeens krijgt Nella een vreselijk beeld van een kaalgeplukt vogellijkje en hangende veren.

De spaarzaam ingerichte kamer van Johannes is ook leeg. 'Pibo?' roept Nella weer. Dhana komt aantrippelen, omdat ze voelt dat er een probleem moet worden verjaagd. Zou de parkiet verscheurd zijn door hondentanden die op goed geluk in de lucht hebben gehapt? Zou Moeder Natuur zo wreed zijn? Haar maag verkrampt van angst en ze rent de trap af. 'Cornelia,' roept ze. 'Weet jij waar Pibo is?'

En dan ziet ze het. Het raam in de gang staat niet meer op een kiertje, maar is opengezwaaid, waardoor er kou naar binnen stroomt.

Acht poppen

De hele middag en tot in de avond zijn Nella en Cornelia buiten geweest om de vogel te roepen, maar het heeft niet mogen baten. Binnen blijven de dakbalken leeg; er zijn nergens roffelende vleugeltjes te horen. De temperatuur is die nacht sterk gedaald. Als Pibo het ijskoud heeft en gedesoriënteerd is, kan hij buiten onmogelijk lang overleven. Er ligt een dun laagje ijs op de Herengracht, en de laatste draad van Nella's oude leven is nu in de lucht uitgerafeld. 'Het spijt me,' fluistert ze. 'Het spijt me vreselijk.'

Na een rusteloze nacht, waarin ze wakker heeft gelegen van Pibo's verdwijning, vindt ze voor haar deur een boeketje felrode en blauwe bloemen met een briefje erbij. Ze hoopt vurig dat het van de miniatuurmaakster is, maar tot haar verbazing begint het briefje met een grote hoofdletter N, de eerste letter van haar naam. Het gejaagde handschrift leunt naar voren en helt gretig in de richting van de punt.

Nella,
Blauwe maagdenpalm voor oude vrienden, rode duizendknoop als troost –
ik wil wel een nieuwe vogel voor je kopen, maar die kan nooit tippen aan de oude.
Johannes

In het schemerdonker van haar kamer ruikt Nella aan de bloemen. Hun aangename geur vecht met haar verdriet en het terugkerende gevoel van vernedering.

Hoe zal het zijn om de rest van haar leven met deze gecompliceerde levensgenieter getrouwd te zijn – zonder huwelijksbed? Johannes zal haar meenemen naar gezellige avonden, zijn gildefeesten en zijn banketten. Hij wil zelfs bevriend met haar zijn, maar er komen ook vele eindeloze eenzame nachten, dagen die gevuld worden met het verlangen naar een liefde die nooit zal komen. Ze hoopt dat de miniatuurmaakster haar snel weer een pakje stuurt. Ze heeft de angst voor de inhoud er graag voor over, omdat angst tenminste afleidt.

Nella vlecht twee van de maagdenpalmbloemetjes achter haar oor. Ze heeft zich nooit een voorstelling gemaakt van een leven waarin ze niet wordt aangeraakt, maar in haar achterhoofd steekt een fluisterend stemmetje de kop op. *Je bent opgelucht dat hij van je afblijft.* Ze herinnert zich haar schok toen ze Johannes naakt zag. Sinds haar aankomst in Amsterdam heeft ze de drang gevoeld – en zelfs een poging gedaan – om te veranderen in een goede echtgenote, een volwassen vrouw. Naar die gedaanteverwisseling, die in haar hoofd vorm had gekregen, maar ambigue kanten bezat die ze nooit goed had doordacht, heeft ze zo lang gehunkerd dat de transformatie haar betekenis heeft verloren. Nu valt haar hevige verlangen uiteen en wordt het een mist in haar hoofd. Wat wil de term 'een goede echtgenote' eigenlijk zeggen?

Een klop op de deur haalt haar uit haar malende gedachten. Cornelia steekt haar hoofd om de deur. 'Ik heb het aan Otto gevraagd,' zegt ze. Ze aarzelt als ze Nella's gezwollen ogen ziet. 'Hij heeft het raam niet open laten staan, en ik heb ook niet...'

'Ik geef niemand de schuld, Cornelia.'

'Misschien komt hij wel terug.'

'Nee. Het was erg dom van me.'

'Er lag buiten een pakje voor u,' zegt Cornelia zachtjes. Ze reikt Nella een pakketje aan waarop het teken van de zon is aangebracht.

Nella's bloed gonst in haar hoofd. Het is alsof ze me hoort, denkt ze, zelfs als ik niets heb gezegd. Wat probeert ze me te vertellen?

'Is het pakje afgeleverd door... Jack?' vraagt ze.

Cornelia's gezicht betrekt bij die naam en ze kijkt naar Nella's trillende hand. 'Het lag er toen ik de trap ging dweilen,' zegt ze. 'Maar ik denk dat die Engelsman zich hier niet meer vertoont. Wat zit er toch in die pakketjes, mevrouw?'

Nella wil de vrouw in de Kalverstraat nog met niemand delen. Ze heeft tegen Johannes gezegd dat ze helemaal niet met rust gelaten wil worden, maar nu heeft ze daar juist wél behoefte aan. Ze wil dolgraag alleen zijn met de spullen die de miniatuurmaakster haar heeft gestuurd.

'O, niets,' zegt ze. 'Spulletjes die ik voor mijn kabinet heb besteld.'

'Spulletjes?'

'Je kunt gaan.'

Cornelia loopt de kamer uit, maar kijkt nog één keer over haar schouder. Als ze weg is, schudt Nella het pakje leeg op haar bed. Haar mond valt open.

Op een strook blauw fluweel liggen acht popjes, die er heel breekbaar en levensecht uitzien. Het zijn voorwerpen van een onmogelijke perfectie. Nella voelt zich een reus en pakt een pop op alsof die kan breken. Johannes ligt op haar handpalm, met een donkere indigo mantel over zijn brede schouders en één hand tot vuist gebald. De andere hand is verwelkomend opengevouwen, met de handpalm naar voren. Zijn haar valt net over zijn schouders en is langer dan Nella het ooit heeft gezien. Zijn ogen zijn donker, en door de donkere wallen eronder lijkt hij zwakker dan hij is. Om zijn middel hangt een zware buidel met munten, bijna even lang als zijn been, en hij is magerder dan in het echt. De buidel vormt een zware last voor zijn heupgewrichten en trekt hem naar één kant.

Het haar van Nella's eigen pop ontsnapt aan haar mutsje, wat in het echt ook vaak gebeurt. De miniatuur-Nella draagt een keurige grijze jurk en kijkt recht vooruit, met een enigszins verbaasde blik op haar roerloze gezicht. In haar ene hand houdt ze een lege vogelkooi waarvan het deurtje wijd openstaat. Ze krijgt een heel raar gevoel, alsof er spelden aan de binnenkant van haar huid prikken.

In haar andere hand heeft de pop een minuscuul papiertje, waarop in keurige zwarte hoofdletters staat geschreven:

HET KAN VERKEREN

Omdat ze niet meer naar de miniatuurversie van zichzelf kan kijken, verlegt ze haar aandacht naar Cornelia. Bewonderend bestudeert ze de blauwe ogen van de dienstmeid, die haar met een vrolijke twinkeling opnemen. Cornelia heeft haar hand naar haar gezicht gebracht, en als Nella beter kijkt, blijkt het popje haar vinger op haar lippen te hebben gelegd.

Dan komt Otto, wiens haar is gemaakt van geverfde lamswol. Hij ziet er leniger uit dan Johannes, maar hij is ook magerder dan in het echt. Nella raakt zijn armen aan en voelt dat er stevige spieren onder zijn eenvoudige bediendenkleding zitten. Vlug laat ze hem los. 'Otto?' zegt ze hardop, en ze voelt zich dwaas als de pop niets terugzegt.

Dan komt Maren, wier grijze ogen naar een onzichtbare horizon staren. Het lijdt geen twijfel dat het haar schoonzuster is: het smalle gezicht, de ernstige mond die een gedachte vasthoudt die dolgraag naar buiten zou komen. Haar kleding is net zo somber als in werkelijkheid: zwart fluweel, een grote, eenvoudige kanten kraag. Als betoverd strijkt Nella met haar vingers over Marens dunne polsen, haar slanke armen, haar hoge voorhoofd en haar kaarsrechte nek. Als ze zich herinnert wat Cornelia heeft gezegd over de geheime, zachte voering van Marens sobere kleren, voelt ze met haar vinger onder het lijfje. Haar vingertop stuit op een dun laagje marterbont.

Lieve help, denkt ze. Wat gebeurt hier? Zo ver is de miniatuurmaakster nog nooit gegaan. Een gouden sleuteltje, een schommelende wieg, twee honden – die zouden allemaal de plezierige kanten van het leven in een koopmanshuis kunnen vertegenwoordigen. Maar dit is heel wat anders. Hoe weet de miniatuurmaakster dat Maren bont onder haar kleren draagt en dat Pibo is verdwenen?

Je dacht dat je een afgesloten kist in een afgesloten kist was, denkt Nella. Maar de miniatuurmaakster ziet je. Ze ziet óns. Trillend strijkt ze met haar vinger over Marens rok, zo te zien de mooiste zwarte wol die er te krijgen is. Ze verbergt het popje in de verste uithoek van de miniatuurontvangkamer, achter een stoel waar niemand haar kan zien.

De volgende pop is een mannenfiguur, iets kleiner dan Johannes, uitgerust met een zwaard en een breedgerande hoed en gekleed in het uniform van de schutterij van Sint-Joris. Hij heeft een groot, rond gezicht, en al is hij minder dik dan in werkelijkheid, het is overduidelijk Frans Meermans. Daarna volgt Agnes, met haar wespentaille en ringen die van piepkleine glasscherfjes zijn gemaakt. Haar gezicht is smaller dan in Nella's herinnering, maar de bekende zaadparels vormen witte stipjes op haar zwarte hoofdband. Om haar hals hangt een grote crucifix, en in haar ene hand houdt ze een suikerbrood, niet groter dan een mier.

Als het achtste en laatste popje uit de fluwelen lap valt, slaakt ze een kreet. Ze raapt het van de vloer. Het is Jack Philips, met zijn leren jas en het witte overhemd met de loshangende manchetten. Zijn benen zijn in een paar leren laarzen gestoken. Zijn haar is wild, zijn mond kersenrood. Waarom wil de miniatuurmaakster haar aan die vreselijke jongen herinneren? Wat doet hij in haar huis?

Er komt geen antwoord van de starende, goed gelijkende poppen. Nella doet haar best om kalm naar de figuurtjes op het fluweel te kijken. Ze zijn met zorg en met een opmerkzame blik gemaakt, en ze zet ze stuk voor stuk op verborgen plaatsen in het poppenhuis.

Ze zullen toch niet kwaadaardig bedoeld zijn? Ze probeert zichzelf van hun onschuld te overtuigen, maar ze hebben beslist iets ongewoons. Het zijn niet zomaar kopieën, ze bevatten een commentaar waar ze niet direct haar vinger op kan leggen.

Er is nog één pakje over, kleiner dan de rest. Nella durft de zwarte stof bijna niet open te slaan, maar de drang is te groot. Als ze het voorwerp uitpakt, denkt ze even dat ze moet overgeven. Op de stof ligt een groen miniatuurvogeltje dat haar met heldere zwarte ogen aankijkt. Zijn veren lijken echt te zijn, gestolen van een ander, minder fortuinlijk beestje. Zijn kleine klauwen, gemaakt van ijzerdraad en bedekt met was, kunnen worden gebogen om de vogel ergens op te zetten.

Mijn wereld wordt steeds kleiner, denkt Nella, maar desondanks steeds moeilijker te hanteren.

Ze draait zich razendsnel om – verbergt de miniatuurmaakster zich soms onder haar bed? Ze hurkt om een blik onder het ledikant te werpen en trekt vlug de gordijnen naar voren om erachter te kijken. Het is alsof ze de vrouw wil betrappen, en ze tuurt zelfs achter de gordijnen van het kabinet. Het enige wat ze ziet, zijn lege ruimtes die de spot lijken te drijven met haar geloof in haar eigen fantasie. Je bent weer de oude Nella, denkt ze, Nella de droomster die zich laat meeslepen door haar verbeelding. Het was de bedoeling dat je haar in Assendelft achterliet.

Door het raam ziet ze mensen lopen. Er zijn vandaag veel voetgangers op straat, want door het ijs is het water niet makkelijk te bevaren. De haringverkoopster stampt op de hoek met haar voeten om warm te blijven, dames en heren wandelen met hun bedienden, allemaal goed ingepakt tegen de bittere kou. Een paar van hen kijken in het voorbijgaan omhoog naar Nella, gezichten die zich als sneeuwklokjes naar de winterse hemel draaien.

Nella kijkt opzij naar de brug. Een flits van lichtblond haar, ze weet het zeker. Haar huid begint weer te prikken en ze dreigt de controle over haar darmen te verliezen. Is het de miniatuurmaakster? Het is aan deze kant van de Herengracht druk op de brug. Nella leunt verder uit het raam. Ze heeft zich niet vergist – het is de vrouw van de miniaturen, die stevig doorloopt in de kou. Haar glanzende haar is bijna niet meer te zien tussen de andere gestalten, die donkerder zijn.

'Wacht!' schreeuwt Nella vanuit het raam. 'Waarom doe je me dit aan?'

Op straat begint iemand zachtjes te giechelen. 'Is dat mens gek?' vraagt een vrouw. Nella voelt de onverdiende kritische opmerking op haar gezicht gloeien.

Maar het lichtblonde haar is verdwenen en laat de beide vragen onbeantwoord in de lucht hangen.

Op het water geschreven

Nella rent de trap af, met de miniatuur-Pibo diep in haar zak. Met haar patijnen nog aan holt ze naar de voordeur, maar ze staat abrupt stil als ze in de eetkamer de geagiteerde stemmen van Maren en Johannes hoort. Ze aarzelt, heen en weer geslingerd tussen het verlangen achter de miniatuurmaakster aan te gaan en te luisteren waarover Johannes en zijn zuster onenigheid hebben.

'Je zei dat je zou gaan, en ik wil dat je vertrekt.' Marens stem klinkt zacht en vreemd genoeg gepijnigd. 'Ik heb een sloep besteld om je naar de haven te brengen. Cornelia heeft een hutkoffer voor je ingepakt.'

'Wát? Ik ga over een paar weken,' zegt Johannes. 'We hebben nog meer dan genoeg tijd.'

'Het is november, Johannes! Denk aan al het gebak en alle feesten waarvoor de mensen dit seizoen suiker nodig hebben. Als je in december gaat, is het te laat, en door het vocht in het pakhuis kan de suiker er alleen maar op achteruitgaan...'

'En wat denk je dat het vocht met mijn botten doet als ik met dit weer van de ene boot op de andere moet stappen? Je hebt geen idee hoe eentonig het wordt om mensen te moeten omkopen, en hoe uitputtend het is om Italiaans te spreken en te dineren met kardinalen die het alleen maar over de afmetingen van hun Toscaanse paleizen hebben.'

Maren snuift. 'Dat klopt. Daar heb ik geen idee van. Maar al met al is het... verstandig als je nu een poosje weggaat.'

'Waarom?' Johannes' stem wordt warmer als hij haar plaagt. 'Wat voer jij allemaal in je schild als ik er niet ben?'

'Ik voer niets in mijn schild. Ik ga al mijn gedachten eens op een rijtje zetten. Petronella ook.'

'Ik ben moe, Maren. Ik ben bijna veertig.'

'Het was jouw idee om de suiker in het buitenland te verkopen. En als je de moeite nam om met haar te slapen, zou je dit over vijftien, zestien jaar allemaal aan je zoon kunnen overdragen. Voor mijn part zou je je oude dag in een taveerne mogen slijten.'

'Wat zeg je nu? Mijn zóón?'

Nella kan de daaropvolgende stilte bijna proeven. Die daalt neer tussen de eetkamer en haar plekje in de gang, als een dichte deken van sneeuw waarin iemand kan verdwijnen als hij erin valt. Ze legt haar wang tegen het hout en wacht af. Hoorde ze nu verlangen in zijn stem, of was het verbazing? Wat was er waar van de opmerking die Agnes op die avond bij de zilversmeden maakte? 'Je weet nooit wat je krijgt,' scheen Johannes over erfgenamen te hebben gezegd. Maar het motto van de miniatuurmaakster schiet haar ook te binnen: het kan verkeren. Als omstandigheden kunnen veranderen, kunnen mensen het misschien ook, denkt Nella, terwijl ze met haar vingers over het miniatuurvogeltje in haar zak strijkt.

'Maren,' verzucht Johannes. Het woord doorbreekt Nella's gedachten, en de sneeuw van haar mijmering smelt door zijn toon. 'Wat wil je ons toch graag perfecte levens laten leiden, uitgestippeld op kaarten die ons nergens brengen. Over vijftien jaar ben ik waarschijnlijk al dood.'

'Ik heb een helder beeld van ons lot, Johannes, geloof me. Dat zit me dwars.'

'Als ik ga, moet ik Otto meenemen,' zegt hij.

'We hebben Otto hier nodig,' zegt Maren. 'We zijn met drie vrouwen. Wat moeten we zonder een man om het haardhout te sjouwen? De vrieskou staat voor de deur.'

'Dus je wilt mijn zaken regelen, maar je kunt geen houtblok tillen?' Als Maren niet antwoordt, snuift Johannes hoorbaar. 'In dat geval kan ik maar één andere helper meenemen.'

'Haal het niet in je hoofd om...'

Nella doet abrupt de deur open. Het is de eerste confrontatie met haar man sinds het voorval in zijn kantoor. Als hij haar ziet, verschijnt er even een verdrietige blik op zijn gezicht. Hij komt wat onhandig van zijn stoel, waarbij de poten over de grond schrapen. 'Nella,' zegt hij. 'Was je...'

'Wat is dat?' onderbreekt Nella hem, wijzend op de kaart waarover Maren zich heeft gebogen.

'De' Barbari's kaart van Venetië,' zegt Maren. Ze kijkt naar de maagdenpalm achter Nella's oor.

'Is je parkiet teruggekomen?' vraagt Johannes.

Nella steekt haar hand diep in haar zak. 'Nee.'

'Hm.' Hij wrijft peinzend over zijn kin en kijkt haar even aandachtig aan. Dan draait hij zijn hoofd naar Maren. 'Ik heb besloten dat ik naar Venetië ga om over de suiker van Agnes te onderhandelen.'

'Venetië?' herhaalt Nella. 'Ben je met Kerstmis thuis?'

'Dat kan ik niet garanderen.'

'O.' Tot haar verbazing hoort Nella een zweem van teleurstelling in haar stem. Maren kijkt op.

'Het leek ons het beste,' zegt hij.

'Voor wie?'

'Voor de suiker,' antwoordt hij.

'Voor ons allemaal,' zegt Maren.

Maren krijgt haar zin en Johannes stapt voor hun huis in de VOC-sloep. De boot brengt hem naar de haven, waar hij aan boord van zijn schip zal gaan. In de deuropening van het huis staat Nella te huiveren als hij aarzelend zijn hand opsteekt. Ze volgt zijn voorbeeld en draait haar handpalm naar de koude buitenlucht. Ze zwaait niet, maar neemt afscheid met haar opgestoken hand.

'Je hebt de bloemen in je haar gestoken,' zegt hij.

'Ja.' Ze kijkt naar zijn gebronsde huid, de grauwe lijntjes rond zijn ogen, de zilvergrijze stoppels op zijn kaak. 'Als troost.'

Johannes lijkt niet te weten wat hij daarop moet zeggen, en in die seconden dat ze naar elkaar kijken, krijgt Nella het gevoel dat ze is gegroeid, dat haar waardigheid eindelijk tastbaar wordt.

Rezeki rent naar buiten en blaft van ongenoegen omdat ze wordt achtergelaten.

'Heb je de suikermonsters bij je?' vraagt Maren.

'Mijn woord is voldoende, Maren.' Hij klinkt zo geëmotioneerd dat er klanken wegvallen. Wie is deze man, denkt Nella, dat hij zo ontroerd raakt door mijn afscheid?

‘Waarom neem je haar niet mee?’ vraagt Maren.

‘Ze loopt alleen maar in de weg,’ zegt Johannes. ‘Zorg goed voor haar.’

Nella hoopt dat ze het over de hond hebben. Maren doet zo ijzig tegen haar broer dat ze het niet zeker weet. Misschien krijg ik binnenkort iets van de miniatuurmaakster waardoor ik deze vreemde vrouw beter ga begrijpen, denkt ze, want het popje van Maren lijkt haar niets te vertellen. Vanavond, neemt ze zich voor. Vanavond ga ik naar het teken van de zon.

Maren loopt heel langzaam naar binnen, alsof de kou op haar gewrichten is geslagen. Cornelia slaat haar moeizame tred nauwlettend gade. Nella staat naast Otto en ziet haar man steeds kleiner worden als zijn sloep door de Gouden Bocht glijdt. ‘Wilde jij niet mee naar Venetië?’ vraagt ze aan Otto.

‘Daar ben ik al eens geweest, mevrouw.’ Otto kijkt naar het kielzog van zijn werkgevers sloep. ‘Eén keer is voldoende om het paleis van de doge te zien.’

‘Ik zou het best willen zien,’ zegt Nella. ‘Hij had mij mee kunnen nemen.’

Ze ziet dat Cornelia en Otto elkaar even aankijken. Als ze zich omdraaien om naar binnen te gaan, zien ze Jack Philips aan de overkant van de bocht staan. Nella krijgt maagpijn. Jacks handen steken in zijn zakken, zijn haar is natuurlijk weer warrig en hij kijkt de verdwijnende sloep met een stuurse blik na. Otto neemt Nella mee de trap op. Ze leunt tegen hem aan, ze laat zich leiden en hoort een zachte klik als Cornelia de deur achter haar dichtdoet.

Buiten is de winternacht donker geworden. De hemel is een diepe rivier van indigo, de sterren branden als lichtjes in de golvende stroom. Nella zit met de miniatuur-Pibo op haar schoot voor het raam. Jack staat allang niet meer bij de bocht. Waar is Johannes nu? Maakt hij gebruik van een van die gondels, gaat hij terug naar het paleis van de doge? Natuurlijk, denkt Nella. Zo is hij. Ze draait zich naar haar kabinet en legt Pibo voorzichtig op een van de fluwelen stoelen. *Het kan verkeren.* Ze probeert niet te denken aan haar echte parkiet, die op zo'n avond buiten is, een prooi voor de haviken en de uilen. Misschien heeft de miniatuurmaakster een veilig plekje voor hem gevonden – maar waar komen die ingekorte veertjes dan vandaan? De gedachte dat de vrouw hem zou plukken en kwaad zou doen, is te afschuwelijk voor woorden.

Het wordt tijd dat ze erachter komt. Het is op dit tijdstip ijskoud in de Kalverstraat, denkt ze, terwijl ze haar reismantel aantrekt. En ik weet niet hoeveel tijd ik nodig heb om de miniatuurmaakster over te halen naar buiten te komen.

Ze hangt het gouden sleuteltje van de miniatuurmaakster om de hals van het Nella-popje en zet het netjes op haar grote bedsprei. Als ze omkijkt, ziet ze het sleuteltje op haar minisleutelbeen oplichten. 'Ik ben niet bang,' zegt ze hardop, maar toch houdt ze het gevoel dat dit gebaar noodzakelijk is om een veilige thuiskomst te garanderen.

Nella is nog nooit alleen in het donker naar buiten geweest. In Assendelft zou ze hooguit stuiten op een dolende vos die kippen stal, maar ze vermoedt dat de vossen in Amsterdam heel andere gedaanten aannemen. Als ze zachtjes haar deur opendoet, ruikt het in de gang heerlijk naar lavendel. De geur drijft op een wolk van stoom naar haar toe. Het is stil in huis, op het geluid van klotsend water aan het einde van de gang na. Maren, die haar geheimen als wapens bij zich draagt, die marterbont in haar jurken laat naaien maar oude haring eet, neemt kennelijk een middernachtelijk bad.

Een bad is op elk moment van de dag een luxe, en Nella is verbaasd over deze nachtelijke uitspatting. Ze kan de verleiding niet weerstaan en loopt stilletjes door de gang om door het sleutelgat te kijken.

Maren staat met haar rug naar haar toe en blokkeert het uitzicht op het bad, dat bijna alle resterende ruimte in haar kamertje inneemt. Wie heeft het daar voor haar neergezet en tot de rand met heet water gevuld? Dat zal Maren toch niet zelf hebben gedaan? Haar schoonzuster is niet zo slank als Nella dacht. Van achteren zien de dijen en billen die doorgaans onder rokken verborgen blijven er vlezig uit. Marens kleren gaan vóór Maren uit; zij vertellen de wereld wie Maren wil zijn.

Maar Maren zonder kleren is een totaal ander wezen. Haar huid is bleek, haar benen zijn lang, en als ze vooroverbuigt om de temperatuur van het badwater te voelen, ziet Nella dat ze flinke borsten heeft. Maren snoert ze duidelijk met strenge korsetten in. Ze zijn voller en ronder dan Nella had verwacht, alsof ze van iemand anders zouden moeten zijn. Gek genoeg is het verwarrend dat dit Marens lichaam is.

Maren zet eerst het ene been in het koperen bad, daarna het andere, en ze laat zich langzaam zakken, alsof ze pijn heeft. Haar hoofd leunt achterover, ze doet haar ogen dicht en het water bedekt haar. Ze blijft een paar tellen onder water en lijkt met haar been tegen de zijkant van het bad te schoppen voordat ze bovenkomt om adem te halen. Terwijl de gedroogde lavendelknopjes op het wateroppervlak hun geur afgeven, wrijft Maren over haar huid tot die roze wordt.

De vochtige krulletjes in haar nek zien er meisjesachtig en ondraaglijk kwetsbaar uit. Vóór haar, op de plank naast alle boeken en dierenschedels, ziet Nella een kommetje met gesuikerde walnoten, die in het kaarslicht glinsteren als edelstenen. Ze kan zich niet herinneren dat ze Maren ooit in het openbaar een oliekoek, een wafel of een zoet broodje heeft zien eten – nooit snoeperij, met uitzondering van de suiker van Agnes, die ze nauwelijks door haar keel kreeg. Heeft Maren ze stiekem uit de keuken gehaald, of weet Cornelia van de heimelijke trek van haar werkgeefster?

Echt iets voor jou, Maren, denkt Nella, om gesuikerde walnoten in je kamer te verbergen en mij te bekritiseren omdat ik van marsepein houd. Suiker en haring – Marens voorkeuren geven prachtig haar razendmakende tegenstrijdigheden weer.

'Wat heb je gedaan?' vraagt Maren plotseling aan de lucht. 'Wat heb je in godsnaam gedaan?'

Maren lijkt te wachten en staart in de verte, waaruit geen antwoord komt. Nella houdt haar oog voor het sleutelgat, doodsbang dat de plooien van haar reismantel te hard ruisen. Na een poosje komt Maren enigszins moeizaam uit bad, en ze droogt haar armen en haar benen langzaam af. Ze ziet er weldoorvoed uit voor iemand die als een vogeltje eet en verkondigt dat ze zichzelf het genoegen van zoete lekkernijen ontzegt. Ze trekt een lang linnen hemd aan, gaat links van het bad op haar bed zitten en laat haar blik over de ruggen van haar boeken glijden.

Nella kan haar blik niet losscheuren. Nergens is nu een spoor te bekennen van Marens perfecte rokken, haar zwarte lijfjes en de witte banden die ze als halve stralenkransen om haar hoofd draagt. Nu weet Nella wat daaronder zit; ze ziet de ware Maren. Haar schoonzuster steekt haar hand uit en haalt een papiertje uit een van de boeken. Nella is ervan overtuigd dat het het liefdesbriefje is. Maren verscheurt het, tot het papier veranderd is in witte bloemblaadjes op het badwater. Dan legt ze haar hoofd in haar handen en begint te huilen.

Ik zou me machtig moeten voelen nu ik haar zo zie, denkt Nella, maar zelfs nu ontglipt ze me. Je kunt Maren beter zien tijdens de jacht, net als de liefde in haar definitie – na de vangst is ze nog ongrijpbaarder dan anders. Hoe zou het zijn om Marens vertrouwen te genieten, haar te troosten en dit verdriet weg te nemen?

Dat gevoel zal ze nooit kennen. Ze wordt opeens neerslachtig en draait haar hoofd weg van het sleutelgat. De naakte intimiteit van dit moment beheerst haar en remt het verlangen om de duisternis en de kou in te gaan. Ze wil slapen. Morgen, houdt ze zichzelf voor. Nu zal ze de miniatuur-Nella – getooid met de gouden sleutel – van de sprei pakken en weer in het poppenhuis zetten.

Als Nella haar mantel dicht om zich heen slaat en naar haar eigen kamer loopt, verschuift er boven aan de trap een schaduw. De achterkant van een voet, een opgeheven hiel, weer opgaand in het donker.

De jongen op het ijs

Er is een lijk naar de oppervlakte van de Herengracht gedreven, een man zonder armen of benen, alleen een romp en een hoofd. Verscholen achter de voordeur kijkt Maren toe als het lichaam uit het ijs wordt gehakt. De gracht wordt het hele jaar door als stortplaats gebruikt, en als ze bevriest, krijgt de stad daden uit het verleden onder ogen. Johannes is al bijna twee weken weg. Naarmate het ijs dikker wordt, komen er ook andere weinig verheven zaken bovendrijven: kapotte meubels, nachtspiegels, tien aan elkaar gebonden, zielige jonge katjes. In haar fantasie warmt Nella ze op en komen ze weer tot leven, de marteling die ze hebben ondergaan slechts nog een nare droom. Als het lijk als een lendenstuk wordt weggedragen, voorspelt Maren dat de moord op de man niet zal worden opgelost.

'Zulke daden worden niet voor niets in het duister gepleegd,' merkt ze op. 'Ze moeten duister blijven.' Nella kan de geur van Marens bad weer bijna ruiken. Maren lijkt afwezig; ze kijkt uit het raam en loopt door de kamers.

Alleen in haar kamer, met twee omslagdoeken om zich heen, houdt Nella het popje van Jack Philips in haar handen. Dat kost haar minder moeite nu Johannes weg is. Het lijf van het popje is veerkrachtig en de leren jas is prachtig gemaakt. Nella trekt zachtjes aan zijn haar en vraagt zich af of de echte Jack nu pijn op zijn hoofd voelt. Het lijkt mogelijk, en Nella hoopt dat het zo is. Er stroomt een machtig gevoel door haar heen, een drang om te vernietigen. Daar verzet ze zich tegen, maar ze knapt ervan op en zet hem boven in het poppenhuis, waar hij naar één kant zakt.

Buiten schaatsen stoutmoedige straatschoffies op de bevroren gracht. Ze zijn zo licht dat ze geen bedreiging vormen voor de verse ijslaag, en met hun gejoel, geglibber en geglij doen ze Nella aan Carel denken. Ze doet de voordeur open en hoort hen naar elkaar roepen: 'Christoffel!' 'Daniël!' 'Pieter!' Ze loopt naar buiten en zoekt aan de hemel intuïtief naar een geliefde flits groen, maar die is er niet.

Een van de schaatsers is het blinde jongetje dat op Nella's eerste dag in Amsterdam een visje van de haringverkoopster stal. De anderen noemen hem Bert. Bert ziet er ondervoed uit, maar hij vliegt met zijn vriendjes over het ijs en lijkt nu in elk geval te genieten. Nella ziet met bewondering dat hij net zo hard schaatst als de anderen, met één arm uitgestoken, voorbereid op een val. In die gladde omgeving is opeens iedereen gelijk. Hij schaatst weg over de oneindige lichtstraal van ijs.

Telkens wanneer Nella naar de Kalverstraat wil gaan, heeft Maren wel een klusje voor haar. Sinds de poppen en de kleine Pibo heeft Nella niets meer ontvangen, en ze begint ongeduldig te worden. Johannes is twee weken weg als de maand december aanbreekt, en ze kondigt aan dat ze naar de stad moet om kerstgeschenken voor haar familie uit te zoeken. Ze doet ook daadwerkelijk een paar aankopen: een Milanese rijzweep voor Carel en een porseleinen tulpenvaas voor haar moeder. Het zijn geschenken die onderstrepen dat ze met een succesvolle koopman is getrouwd. Maar in de Bakkersstraat, waar ze de allerlekkerste gemberkoek voor haar zusje wil kopen, zoekt ze voortdurend naar lichtblond haar en die koele, oplettende ogen. Nella wenst bijna dat ze bespioneerd wordt, want dan voelt ze dat ze leeft.

Ze wil naar de Kalverstraat, maar Cornelia krijgt haar mee naar Arnoud Maakvrede met de opmerking dat Arabella het beste gebak van Amsterdam verdient.

'We mogen geen gemberkoek meer verkopen,' zegt Hanna moedeloos. 'In elk geval geen menselijke figuren. Arnoud liep paars aan van woede. We moesten hele families aan stukken slaan en als brokken verkopen.'

'Wat? Waarom?'

'De burgemeesters,' luidt het antwoord, alsof dat alles verklaart. Cornelia huivert.

Arnoud bevestigt dat er inderdaad geen menselijke figuren meer mogen worden gemaakt. De poppenmakerskramen aan de Vijzeldam zijn ook opgedoekt. Het heeft iets te maken met de katholieken, zegt hij. Valse idolen, het belang van het onzichtbare boven het tastbare. 'Poppen hebben iets vreemds,' zegt Cornelia. Ze snuift.

'Dat wil nog niet zeggen dat de kerk gelijk heeft,' zegt Arnoud. 'Weet je wat dat allemaal kost? We hebben hele families moeten vernielen.'

'We moeten gewoon gemberkoekhondjes gaan bakken,' zegt zijn ondernemende, praktische vrouw.

In plaats van gemberkoek koopt Nella een boek met platen van insecten. Ze vermoedt dat haar zusje liever Arnouds lekkerste koeken had willen hebben, maar het lijkt haar beter als Arabella een boek krijgt en iets leert. Dat zou je in augustus nooit hebben gezegd, denkt ze. Ze merkt dat ze is veranderd, alsof ze beïnvloed wordt door iets waarvoor ze zich bewust openstelt.

Thuis bekijkt Maren de rijzweep. 'Hoe duur was die? Je broer is nog maar een kind.'

'Ik doe wat Johannes deed met mijn poppenhuis,' merkt Nella op. Ze is in de wolken met haar aankopen en voelt zich machtig en rijk. 'Ik volg alleen maar zijn voorbeeld.'

Als de derde week zonder Johannes ingaat, hangen er aan alle deurposten en vensterbanken ijspegels. Zelfs aan de spinnenwebben in de tuin hangen piepkleine kristallen naaldjes. Ze worden alle vier kleumend wakker en gaan allemaal rillend naar bed. Nella hunkert naar de lente, naar bloesem, de geur van omgewoelde aarde, jonge dieren, de scherpe, olieachtige geur van schapensmeer. Ze wacht bij de deur of er een pakje van de miniatuurmaakster arriveert, maar er komt niets. Als ze zich Hanna's opmerking over de burgemeesters en de verboden popjes voor Kerstmis herinnert, vraagt ze zich af of de miniatuurmaakster haar ooit nog iets zal sturen.

Als ze terug naar haar kamer loopt, ziet ze dat Maren haar handen in het poppenhuis heeft gestoken. Het is een schok om haar daar te zien staan, en Nella haast zich naar haar toe en probeert het gordijn dicht te trekken.

'Je hebt niet gevraagd of je binnen mocht komen!'

'Nee, dat klopt,' zegt Maren. 'Hoe voelt dat?' Ze heeft iets in haar hand en lijkt geagiteerd te zijn. 'Petronella, heb je met anderen over ons gepraat?'

O nee, denkt Nella. Ik hoop niet dat ze haar eigen popje heeft gevonden. Maren vouwt haar vingers open. Op haar handpalm ligt Jack Philips, net zo knap als de jongen van vlees en bloed. 'Wat probeer je ons aan te doen?'

'Maren...'

'Al vind ik er zelf niet veel aan, de aantrekkingskracht van meubels en honden kan ik me nog net voorstellen. Maar een pop van Jack Philips?'

Tot Nella's verbazing rukt Maren het raam open, en ze gooit Jack naar buiten. Nella rent naar het venster en ziet hem met maaiende armen vallen. Hij belandt op de bevroren gracht en blijft stil en eenzaam op de witte massa liggen. Er gaat een angstige huivering door haar heen. 'Dat had je niet moeten doen, Maren,' zegt ze. 'Dat meen ik.'

'Speel niet met vuur, Petronella,' snauwt Maren.

Dat kan ik ook tegen jou zeggen, denkt Nella met een ongelukkige blik op de weggegooide pop. 'Het is *míjn* poppenhuis,' roept ze tegen de deur die Maren achter zich dichtdoet.

Jack blijft op de bevroren gracht liggen. Nella probeert Rezeki over te halen de pop te apporteren, maar de hond gromt ernaar, zet haar haren op en rent weg. Nella wil zelf het ijs op gaan, maar ze is niet zo licht als Bert en de andere straatjochies. In haar verbeelding ziet ze zichzelf door het ijs zakken en verdrinken, en dat allemaal om een pop te redden. Ze voelt de drang om hem te beschermen, al begrijpt ze zelf niet waarom. Het lijkt gewoon het veiligst om Jack dicht bij het poppenhuis te houden, waar ze hem in de gaten kan houden. Met tegenzin gaat ze naar binnen, terwijl ze Maren in gedachten verwenst.

Die nacht heeft ze een rusteloze droom waarin de woorden van

Marens verscheurde liefdesbriefje door haar hoofd dwarrelen. Jack spreekt de tekst uit, en zijn Engelse accent stuitert over de woorden als een bootje over een ruwe zee. *Je bent de zon die naar binnen schijnt, licht waaraan ik me warm. Elke vezel van jou is me dierbaar. Duizend uren.* Jack rent door de gangen van Nella's brein, nat van het ijs, met een van Marens dierenschedels boven op zijn krullen. Nella schrikt wakker. Haar droom is zo levensecht dat ze ervan overtuigd is dat Jack in de hoek van de kamer staat.

De volgende ochtend is het Sinterklaas, 6 december. Als Nella de gordijnen openschuift en naar beneden kijkt, houdt ze haar adem in. Jacks pop zit tegen de deurpost naar het ijzige licht te kijken.

De rebel

Als Nella naar buiten sluipt om de steenkoude pop van de stoep te halen, is de straat nog leeg en doen de kringels mist boven het ijs aan adempluimen denken.

'Waarom zijn er geen mensen buiten?' vraagt ze tijdens het ontbijt, met Jack verstopt in haar zak. Maren zegt niets en fileert voorzichtig een haring.

'De burgemeesters hebben weer hun zin,' zegt Otto somber. Hij draagt een plank naar binnen met herenbrood en een ronde, Goudse kaas voor Nella. Zijn verzuchting over de bureaucratie klinkt bijna als genegenheid – bijna zoals Johannes het zou zeggen.

Maren laat haar haring liggen en roert in een kom compote. Op de steel van de lepel lijken haar vingertoppen wel blauw. Ze roert lange tijd en staart naar de glinsterende pruimenmoes. 'Er is bekendgemaakt dat poppen en marionetten verboden zijn,' zegt ze. Nella voelt de ijskoude Jack tegen haar been, en het verboden voorwerp maakt een donkere, vochtige kring in de wol. 'Papisme,' vervolgt Maren. 'Idolatrie. Een afschuwelijke poging om de menselijke ziel te vangen.'

'Je klinkt alsof je bang voor poppen bent,' zegt Nella. 'Alsof je denkt dat ze tot leven komen.'

'Je weet maar nooit,' merkt Cornelia op. Net als de andere vrouwen draagt ze vele lagen kleding en heeft ze haar omslagdoek van Haarlemse wol dicht om zich heen geslagen.

'Doe niet zo mal,' bitst Maren. In haar hoofd ziet Nella Maren weer in een bad zitten huilen, met witte suikerkruimeltjes als sneeuwvlokjes in de hoek van haar sombere mond. Omdat Maren heimelijk bont draagt, stiekem gesuikerde walnoten eet en haar zondige broer beschermt, leeft ze in twee werelden. Vertegenwoordigt haar onwrikbare, uiterlijke fatsoen werkelijk vrees voor God, of is ze bang voor zichzelf? Wat leeft er in dat zorgvuldig afgeschermde hart?

IJzige lucht fluit door de kieren in de eetkamermuren. Het huis lijkt kouder, alsof de nachtlucht naar binnen is gesijpeld en is blijven hangen. 'De haarden branden, maar dat maakt geen enkel verschil,' zegt Nella. 'Hebben jullie dat ook gemerkt?'

'Onze houtvoorraad slinkt,' zegt Otto.

'Het kan helemaal geen kwaad om het koud te hebben,' merkt Maren op.

'Moet elke ervaring dan louterend zijn, Maren?' vraagt Nella.

Iedereen kijkt naar Maren. 'Als we lijden, ontdekken we onze ware aard,' luidt haar antwoord.

Nella volgt Cornelia naar de warmte van de kookkeuken, met Jack nog altijd in haar zak. Cornelia zet met veel kabaal de pot pruimencompote neer en haalt een deegrol tevoorschijn om deeg voor een pastei uit te rollen. Otto komt ook binnen en pakt een doek om alle voorjaarslaarzen van Johannes te poetsen, die in een lange rij voor de keukendeur staan. 'Otto, wil jij stiekem wat turf van de zolder halen? Juffrouw Maren merkt het toch niet.' Hij knikt afwezig. 'Ze koestert haar ontberingen, maar wij zijn levensgenieters,' merkt Cornelia op. 'Ik durf er al mijn pannen onder te verwedden dat vrouwen achter gesloten deuren nog steeds gemberkoekmannetjes eten, wat de burgemeesters ook mogen zeggen.'

'Of dat mannen aan beeltenissen van hun vrouw knabbelen,' voegt Nella eraan toe. Haar grap is allesbehalve luchtig en valt niet zo goed tijdens dit gesprek over echtgenotes en mannetjes die je vanuit je hand kunt eten. Nella weet dat er aan háár nooit geknabbeld zal worden en bloost beschaamd. Ter afleiding denkt ze aan vrolijker taferelen achter andere voordeuren, feesten die in besloten kring worden gevierd. In gedachten ziet ze versierde huizen met papieren slingers en dennentakken, broodjes die net uit de oven komen, lachende mensen en bekers warme kandeel. Dergelijke taferelen zullen zich vandaag in de hele stad afspelen, want het is Sinterklaas, de dag van de beschermheilige van kinderen en zeelieden. Zijn naamdag wordt uitbundig gevierd door mensen die de regels heimelijk aan hun laars lappen. Sinterklaas is van hén, evenals hun gulzigheid en hun schuldgevoelens.

Ze kan zich nu moeilijk een voorstelling maken van de Wijzen uit het Oosten, die door de bloedhete woestijn reizen om de Christus te aanbidden die binnenkort ter wereld komt. Nella wil de ramen en deuren openen om het gevoel van openbaring binnen te laten. Met een openstaand raam zouden de mensen misschien een open geest kunnen houden. 'Het is bijna Kerstmis,' zegt Cornelia, 'en daarna Driekoningen.' Haar stem klinkt alsof ze zich daar al op verheugt.

'Wat is er zo bijzonder aan Driekoningen?'

'Dan mogen Toet en ik van mijnheer onze mooiste kleren aantrekken en met hem aan tafel eten. De hele dag hoeven we geen huishoudelijk werk te doen. Al moet ik natuurlijk wel het eten klaarmaken,' vertelt Cornelia. 'Het gaat juffrouw Maren te ver om die taak te schrappen.'

'Dat verbaast me niets.'

'En ik maak een driekoningenkoek,' zegt Cornelia. 'Ik verberg een munt in het beslag en degene die daarop bijt, is de rest van de dag de baas.'

Otto lacht, een geluid met een bittere ondertoon. Nella kijkt om, want dit vindt ze niets voor hem. Otto ontwijkt haar blik.

'Dit is voor jou afgegeven.' Maren komt de trap af.

Nella's hart springt op omdat ze denkt dat de miniatuurmaakster haar iets nieuws heeft gestuurd, maar het handschrift op de enveloppe maakt haar al melancholiek voordat ze de brief openmaakt. Het is haar moeders puntige handschrift en ze nodigt haar dochter en schoonzoon uit om een deel van de feestdagen in Assendelft door te brengen. *Carel mist je.* De lussen en de lijnen zijn een pijnlijke herinnering aan het leven dat definitief achter Nella ligt.

'Ga je naar Assendelft?' vraagt Maren.

Haar smekende toon komt als een verrassing. Er is de afgelopen drie weken iets aan Maren veranderd, en tussen haar opvliegende buien door lijkt ze opeens kwetsbaar. Volgens mij wil ze echt dat ik bij haar blijf, denkt Nella. En kan ik het zelf wel verdragen om terug te gaan, zonder een groeiend kind waarover ik kan opscheppen? Onder mijn jurk van Bengaalse zijde blijft mijn buik plat, en mijn huwelijk is een nietszeggende triomf. Johannes zou de rol van liefhebbende echtgenoot moeiteloos kunnen spelen. Hij zou onmiddellijk bereid zijn de schijn op te houden, maar ik zou bezwijken, ik zou breken zodra ik mijn moeders hoopvolle gezicht zag.

'Nee,' zegt ze. 'Het lijkt mij het beste als ik hier blijf. Ik stuur mijn geschenken op. We gaan volgend jaar wel.'

'We kunnen de maaltijd feestelijk maken,' biedt Maren aan.

'Zonder haring?'

'Zonder haring.'

De beloftes van de twee vrouwen flitsen als motten over en weer en zorgen voor een heel andere stemming.

Nella zet Jack met gemengde gevoelens terug in het poppenhuis. Al lijkt het haar nog zo verstandig om hem niet uit het oog te verliezen, zijn aanwezigheid blijft verontrustend. Ondanks alle verboden wagen een paar muzikanten zich later die avond op straat om voor geld een deuntje ten gehore brengen. Nella hangt uit het raam in de gang om hen zachtjes te horen zingen. Otto en Cornelia blijven op de achtergrond. Ze popelen om naar de muzikanten te gaan kijken, maar lijken bang te zijn dat Maren hen berispt. 'Misschien komen de schutters van Sint-Joris wel langs,' zegt Cornelia. 'U zou hun zwaarden eens moeten zien. Ze patrouilleren om de rust te bewaren, maar er kan bloed vloeien.'

'Kapotgeslagen violen? Ik kijk ernaar uit,' zegt Nella droog.

Cornelia lacht. 'Nu klinkt u net als mijnheer.'

Maren zegt dat Nella het raam moet sluiten en de gordijnen dicht moet doen. 'Anders zien de mensen je uit het raam hangen als een wasvrouw – of nog erger,' sist ze. Cornelia haast zich weg. In het donker ijsbeert Maren achter Nella door de onverlichte gang, maar Nella is niet de enige die naar de muzikanten blijft luisteren. Een stukje verderop is Otto ook blijven staan.

Terwijl de fluitist steeds sneller op zijn blokfluit gaat spelen, slaat de trommelaar op de gespannen varkensblaas een gestaag, opzwepend ritme dat gelijke tred houdt met de klop van Nella's hart. Otto heeft gezegd dat ze niet tegen een bijenkorf moet schoppen, maar ze bedenkt dat ze op een bepaalde manier altijd een plattelandsmeisje zal blijven. Haar gedachten dwalen af naar Jack, boven in het kabinet, en naar de andere popjes die ingeklemd in de miniatuurkamers ergens op lijken te wachten. Nee, besluit ze. Ik ben niet bang voor scherpe angels.

Een koortsachtige vos

Opgemonterd door de rebellie van de muzikanten en haar besluit om met Kerstmis in Amsterdam te blijven, neemt Nella zich de volgende ochtend voor om naar de Kalverstraat te gaan, met de langste brief die ze tot nu toe aan de miniatuurmaakster heeft geschreven.

Geachte mevrouw (ik weet dat u een vrouw bent – u hebt buren die bereid zijn te praten),
Dank u wel voor de acht popjes en de miniatuurversie van mijn parkiet. Ik weet dat u vanaf de brug op de Herengracht getuige

bent geweest van mijn wanhoop toen ik besefte dat de laatste band met mijn kindertijd was doorgesneden. Is de kopie van mijn vogeltje een poging me te troosten of een vermanende les?
Weet u wat uw loopjongen heeft gedaan, hoeveel ellende hij heeft veroorzaakt? Ik neem aan dat u de pop van de Engelsman weer bij ons op de stoep hebt gezet – al weet ik niet of u dat gedaan hebt omdat u trots op uw handwerk bent of omdat u ons wilt kwellen. Het spijt me dat uw prachtige werk op het ijs was gesmeten, maar uw intenties blijven onduidelijk en daar worden sommige mensen zenuwachtig van.
Ik hoorde dat de burgemeesters hun best hebben gedaan alle menselijke afbeeldingen te verbieden. Ik vraag me af of u hun toorn vreest – u schept andere werelden, u maakt kleine idolen die in mijn hoofd zijn gekropen en daar willen blijven. U hebt me al een poosje niets meer gestuurd. Ik geef toe dat ik bang ben voor uw zendingen, maar ik ben nog banger dat u me niets meer stuurt.
Ik kan nog steeds bestellingen plaatsen, neem ik aan. Daarom wil ik u vriendelijk verzoeken een verkeerspel voor me te maken, mijn favoriete strategie- en kansspel. Ik ga met Kerstmis niet naar mijn ouderlijk huis en mijn leven kent maar weinig van dat soort verstrooiingen. Daarom hoop ik dat u me blij maakt met een miniatuurversie van het spel.
Er komt een dag dat wij elkaar ontmoeten. Daar sta ik op. Ik heb het gevoel dat u me leidt, heldere ster, maar tegelijkertijd heb ik het angstige vermoeden dat uw licht niet goedgunstig is. Ik zal niet rusten tot ik meer over u weet, maar tot die tijd moet ik het stellen met geschreven boodschappen in plaats van met een beter inzicht.
Bijgesloten vindt u nog een promesse, voor vijfhonderd gulden deze keer. Laat dat geld de olie op uw stroeve voordeurscharnieren zijn.
Bij voorbaat dank.

Nella ondertekent de brief met *Petronella Brandt.*

Ze kijkt uit haar raam om te genieten van de witte ijsvlakte. De stad ziet er met dit rijplaagje prachtig uit; de lucht is ijl, de bakstenen zijn feller rood en de geschilderde kozijnen lijken smetteloze ogen. Tot haar verbazing ziet ze Otto haastig over straat lopen. Dat wekt haar nieuwsgierigheid, dus ze slaat het ontbijt over en glipt ongezien en zonder jas naar buiten om hem te volgen.

Otto steekt de Dam over en loopt langs het nieuwe, torenhoge stadhuis, waar Frans Meermans een baan heeft en misschien nu al aan het werk is. *Verkoop de suiker van zijn vrouw, Johannes,* denkt Nella, terwijl ze lichtvoetig over het strooizand op de kinderkopjes hupt. Ze herinnert zich dat Maren in bad de vraag stelde: 'Wat heb je gedaan?' Het zou beter zijn als ze niets meer met het echtpaar Meermans te maken hadden.

Na de gedwongen versoberingen met Sinterklaas lijken de Amsterdammers de schade in te halen. De zon staat hoog aan de hemel en de klokken van de Oude Kerk weerklinken tegen de glinsterende daken. Het geluid is ronduit indrukwekkend. Vier hoge klokken beieren naar de hemel en kondigen de aanstaande geboorte van het Heilige Kind aan, en één lagere klok – Gods stem, diep en waar en galmend – slaat dwars door hun luide tonen heen. In naam van de gemeenschappelijke gehoorzaamheid schijnen sommige muzieksoorten wél hard te mogen klinken.

Het ruikt buiten naar gebraden vlees, en Otto loopt langs een kraampje met gekruide wijn dat brutaal tegenover de hoofdingang van de kerk is gezet. Dominee Pellicorne stuurt de wijnhandelaren weg en de Amsterdammers kijken verlangend naar de kraam, die doorbuigt onder het gewicht van de wijnkannen.

'Nog stijver dan een korset, die man,' mompelt een omstander. 'Het gilde heeft het geregeld, de burgemeesters hebben toestemming gegeven.'

'God gaat vóór de gilden,' zegt zijn vriend op deftige toon.

'Dat zegt Pellicorne, ja.'

'Maak je maar niet druk. Kijk,' zegt de ander, die hem twee dampende kannetjes wijn onder zijn jas laat zien. 'Er zit zelfs een stukje sinaasappel in.'

Ze haasten zich naar een wat minder heilzame plek en Nella is blij voor hen dat ze met hun buit zijn ontsnapt, maar nog blijer dat ze niet stilstaan om met open mond naar Otto te staren. Pellicornes blik blijft op haar rusten, maar ze doet net of ze het niet ziet.

Otto gaat met gebogen hoofd de Oude Kerk binnen. Nella huivert als ze hem volgt, want in de kerk lijkt het kouder dan buiten. Ook al wil ze weten wat Otto gaat doen, ze kijkt automatisch of ze lichtblond haar ziet, een goudkleurig baken tussen het eenvoudige bruin en wit van het kerkinterieur. Ze tikt op de brief in haar zak. Het zou toch best kunnen dat de miniatuurmaakster in deze adventstijd weer een bezoekje aan de kerk brengt om aan haar familie in Noorwegen te denken en te bidden voor clementie van de burgemeesters? De draden van Nella's verbeelding worden op een spoel gewonden en borduren gesprekken waarvan sommige stukjes losjes aan elkaar zijn genaaid. Wie ben je, waarom, wat wil je? Het probleem is dat de miniatuurmaakster telkens lijkt te verdwijnen als Nella haar nadert. Tegelijkertijd is ze heel vaak aanwezig, wachtend en observerend. Nella vraagt zich af wie van hen nu de jager is en wie de prooi.

Ze houdt haar blik op Otto gericht. Op de zitplaatsen rond de kansel zit bijna niemand, op een enkeling na die waarschijnlijk nergens anders hoeft te zijn. Doorgaans gaan de mensen allemaal tegelijk naar de kerk om te zorgen dat de anderen hen zien bidden, alsof dat hun gebeden zuiverder maakt. Otto gaat zitten, en zonder dat hij het in de gaten heeft, loopt Nella om hem heen en houdt ze hem vanachter een pilaar in de gaten.

Zijn lippen bewegen koortsachtig. Zijn gebed is niet sereen, maar vurig, bijna radeloos. Het is verbazend dat Otto hier in zijn eentje is. Waardoor heeft een man als hij, iemand die wéét wat er kan gebeuren, opeens behoefte om in het huis van God gezien te worden? Nella ziet hem handenwringen, ze ziet zijn paniek. Iets houdt haar tegen om naar hem toe te gaan. Het hoort niet om iemand in die staat te storen.

Huiverend laat Nella haar blik over de stoelen, de witte muren en het plafond vol oude katholieke afbeeldingen dwalen. Ze wenst vurig dat de miniatuurmaakster zich bekendmaakt. Misschien is ze hier wel aanwezig en kijkt ze heimelijk naar hen beiden.

Achter haar begint het orgel te spelen, een luid gebulder waarvan Nella hevig overstuur raakt. Ze heeft een hekel aan donderende orgels en geeft de voorkeur aan licht luitgetokkel, de ijle ongedwongenheid van een blokfluit. Een kat die voor de winterkou is gevlucht, sluipt met opgezette haren over de graven. Otto kijkt op als hij het dier voorbij ziet lopen en Nella duikt weg achter de pilaar. Ze bedekt haar oren tegen het gedreun van het orgel en doet haar ogen dicht omdat ze duizelig wordt.

Iemand legt een hand op haar mouw. Nella knijpt haar ogen nog stijver dicht en durft niet te kijken. Dit is het moment – de vrouw is er.

'Nella,' zegt een stem.

Nella doet haar ogen open en ziet Agnes Meermans staan, magerder dan de vorige keer. Haar alledaagse gezicht, dat smaller is geworden en warm is ingepakt in konijnen- en vossenbont, lijkt wit op te lichten. Ze houdt Nella's mouw vast. 'Nella?' herhaalt ze. 'Voel je je wel goed? Je draagt niet eens handschoenen. Ik dacht even dat de Heilige Geest over je was gekomen!'

'Mevrouw Meermans. Ik kom hier... bidden.'

Agnes steekt haar arm door die van Nella en plukt aan een van haar sjaals. 'Of moest je soms je wilde in de gaten houden?' fluistert ze, gebarend naar de pilaar waarachter Otto zit. 'Heel verstandig. Je kunt niet voorzichtig genoeg zijn. Wat is er met hem aan de hand? Hij maakt een verwarde indruk.' Agnes laat haar droge lachje horen. 'Kom,' zegt ze, terwijl ze een van haar vossenbontjes om Nella heen slaat en het te strak aantrekt. Nella ruikt weer die fruitige pommade. Het bont is vochtig en koud.

'We hebben Maren de laatste tijd niet vaak in de kerk gezien,' merkt Agnes op, terwijl ze het bont rond Nella's hals drapeert. Ze lijkt haar handen niet stil te kunnen houden, en het valt Nella op dat ze er kaal uitzien. Agnes draagt geen enkele ring, en het is alsof ze daardoor halfnaakt is. Het orgel houdt opeens op met spelen en Agnes maakt een zenuwachtige indruk, alsof er een diepe barst in haar opgepoetste vernislaag zit. 'Brandt trouwens ook niet,' vervolgt ze. 'En jou evenmin.'

'Mijn man is op reis.'

Agnes spreidt haar neusvleugels. 'Op reis? Daar heeft Frans niets van gezegd.'

'Misschien wist hij het niet. Volgens mij is Johannes voor u aan het werk. Hij is in Venetië.' Ze probeert zich los te trekken. 'Ik moet weer gaan, mevrouw Meermans. Maren voelt zich niet goed.'

Ook al wil Nella nog zo graag ontsnappen, ze heeft meteen spijt van die uitvlucht. Agnes zet grote ogen op. 'Wat is er dan met haar?' vraagt ze.

'Een winterkwaaltje.'

'Maar Maren is nooit ziek,' zegt Agnes. 'Ik kan mijn dokter naar jullie toe sturen, maar Maren vertrouwt die mensen nooit.'

Het orgel begint weer te spelen, tonen die over elkaar heen tuimelen en in Nella's oren vreselijk disharmonisch klinken. 'Het komt wel weer goed met haar. Het is het jaargetijde voor verkoudheden.'

Agnes legt haar hand weer op Nella's mouw. 'Zeg maar tegen Maren dat mijn hele erfenis nog in het pakhuis op de Oostelijke Eilanden ligt.' Haar stem klinkt venijnig. 'Op de oogst van die suikerrietvelden kun je niet bouwen, en jouw echtgenoot heeft nog geen brood verkocht van de suiker die we hebben kunnen raffineren. En nu is hij dus met lege handen naar Venetië. We hebben het geld nodig!'

'Ik weet zeker dat hij de suiker verscheept. Zijn woord is voldoende...'

'Frans is naar het pakhuis geweest en heeft het met eigen ogen gezien. Ik kon mijn oren niet geloven toen hij het vertelde. Opgestapeld tot aan het plafond! "Het duurt niet lang voordat het begint te kristalliseren, Agnes," zei hij, "en dan begint ons geld te rotten voordat we het zelfs maar in handen hebben gehad."'

De orgeltonen vibreren in Nella's ribbenkast, en ze merkt dat Agnes steeds geagiteerder raakt. Ze kijkt om de pilaar heen of ze

Otto ziet, maar hij is nergens te bekennen. 'Mevrouw, u kunt er zeker van zijn...'

'Mijn echtgenoot wordt niet graag voor de gek gehouden,' grauwt Agnes. 'Hij betwijfelde of Johannes Brandt wel de aangewezen man voor deze taak was, maar ik stond erop dat we met hem in zee gingen. De Brandts denken dat ze de wereld naar hun hand kunnen zetten, maar dat is niet zo. Onderschat mijn man niet, Nella. En mij ook niet.' Agnes' hand verdwijnt even abrupt als hij gekomen is en Nella ziet haar met vlugge passen door de kerk lopen. Haar schouders zijn gebogen, haar gebruikelijke elegantie is ver te zoeken en ze glipt door het zijdeurtje naar buiten.

Het lijkt Nella het beste om naar huis te gaan en Maren over dit verontrustende gesprek te vertellen. Wederom moet de miniatuurmaakster het zonder bezoekje stellen. Ik zal Cornelia opdragen mijn brief weg te brengen, denkt ze. Haar hoofd tolt nog van Agnes' woede en ze loopt de kerk uit, terug naar de Herengracht.

Ze rent naar huis om Maren het verhaal te vertellen, maar bij thuiskomst voelt ze dat er iets mis is. De voordeur staat wagenwijd open, een gapende muil naar de onverlichte gang. Ze hoort de honden blaffen, maar er klinken geen menselijke stemmen. Ze staat stil en loopt dan geluidloos de trap op naar de voordeur.

Het eerste wat ze ziet, zijn zijn laarzen. Boterzacht kalfsleer, inmiddels een beetje vaal. Haar maag knijpt samen en tot haar afschuw ziet ze Jack Philips met een koortsachtige, kwaadaardige blik over de tegels in de gang lopen.

Barsten

Ze staan tegenover elkaar. Jack is ongeschoren, ondervoed, en zijn eens zo glanzende huid is dof. Hij heeft donkerpaarse kringen onder zijn starende ogen, maar hij is nog steeds een indrukwekkende verschijning in zijn leren jas en met die inmiddels ingelopen laarzen. De laatste keer dat Nella Jack van zo dichtbij heeft gezien, was zijn bovenlichaam naakt en glom hij van het zweet van haar echtgenoot. Bij de herinnering krijgt ze het benauwd.

Cornelia rent vanuit de keuken naar boven en probeert hem de voordeur uit te duwen.

'Wacht! Ik heb iets voor u, mevrouw,' roept Jack. Hij steekt zijn handen op en hangt de vermoorde onschuld uit. Nella herinnert zich zijn vreemde Engelse accent, zijn moeite met het ritme van het Nederlands. Hij steekt zijn hand onder zijn jas en Cornelia zet zich schrap. 'Ik lever weer pakjes af,' zegt hij.

'Wat? Je hoort onze suiker te bewaken,' zegt Nella. 'Johannes zei...'

'U piept als een muis.'

Hij heeft zijn hand uitgestoken, alsof het pakketje op zijn handpalm zijn belediging goedmaakt. Het is kleiner dan het vorige, maar er staat onmiskenbaar in zwart een zon op getekend. Nella grist het uit zijn hand, omdat ze zijn vingers uit de buurt van haar spullen wil houden.

Bleek van angst haast Cornelia zich naar boven. 'Ik moet hem spreken,' zegt Jack. 'Is hij al terug? Johannes, ben je thuis?' roept hij in de richting van de werkkamer.

Boven klikt een deur open, en Nella hoort Cornelia dringend fluisteren.

'Klopt het dat hij naar Venetië is?' vraagt Jack. 'Echt weer iets voor hem.'

Nella bloost en proeft een ander soort intimiteit tussen de twee mannen – alweer een aspect dat haar is onthouden. 'Hij verruilt onze Dam voor de Rialto,' zegt Jack grijnzend. 'Meer verse vis.' Hij loopt naar haar toe en er klinkt een bijna bezwerende vasthoudendheid in zijn stem door. 'Geloofde u dat hij erheen ging om te werken?'

'Hoe durf je hier te komen...'

'U zult hem nooit zo goed leren kennen als ik. In Venetië werkt niemand. In Milaan misschien nog wel, maar Venetië bestaat uit donkere kanalen, courtisanes en jongens die als motten op de helderste vlam afkomen.'

Nella's lichaam lijkt bijna gewichtloos, betoverd door Jacks stem. In zijn eigen taal had hij misschien een goede acteur kunnen worden. Haar hart lijkt het formaat van een erwt te hebben en in haar ribbenkast rond te stuiteren.

'Wat is hier aan de hand?' Marens stem galmt gezaghebbend vanaf de overloop naar beneden. 'Waarom staat de voordeur nog open?'

Als Jack haar hoort, stapt hij in de lichtcirkel en spreidt zijn armen. Wat is hij toch mooi, denkt Nella. En wild. Ze kan haar ogen niet van hem afhouden. 'Petronella, doe de deur dicht,' beveelt Maren.

'Ik wil niet worden opgesloten met...'

'Doe wat ik zeg, Petronella. Nú.'

Met een trillende hand duwt Nella de voordeur dicht. De gang wordt een halfverlichte arena, al wil ze er niet aan denken wat zich daarin zou kunnen afspelen. Zou Johannes blij zijn dat hij ver weg is van deze jonge woesteling, of mist hij die betoverende aanwezigheid en die dansende stem? Ze draait zich om als er achter haar een geluid klinkt alsof er iets wordt ontweid.

Jack heeft een lange, smalle dolk door het doek van een stilleven gestoken. De overdaad aan bloemen en insecten klapt open als een wond, waardoor de bloemblaadjes onbeholpen naar beneden hangen. Cornelia, die achter Maren op de trap staat, kreunt alsof ze misselijk is.

'Houd op!' gilt Nella. Houd je stem onder controle, denkt ze. Hij heeft gelijk, je bent een muis. Je bent toch de vrouw des huizes? Haar maag kolkt, haar mond wordt droog. 'Otto,' probeert ze te roepen, maar ze kan alleen maar gefluister uitbrengen.

'Mijnheer Philips!'

De kille klank in Marens stem, daarentegen, schuift als een laag sneeuw van de trap af en bedelft Jack, die verstijft. Hij is duidelijk niet de enige acteur in het gezelschap. Maren lijkt een heel nieuwe gedaante aan te nemen en heeft alleen maar aandacht voor de donkerharige jongen die haar rijk binnendringt.

'Hoe vaak heb ik al gezegd dat u uit onze buurt moet blijven?' vraagt ze. Haar woorden weerkaatsen, waardoor de dreiging van haar aanwezigheid wordt verveelvoudigd.

Jack loopt achteruit naar het midden van de vloer. Maren staat onder aan de trap en kijkt niet eens naar het schilderij. Hij laat de dolk losjes in zijn hand hangen en spuugt op de grond.

'Ruim op,' zegt Maren.

Jack zwaait de dolk voor haar lichaam heen en weer. 'Voor de juiste prijs zou jouw broer nog een hond naaien.'

'Mijnheer Philips...'

'Ze zeggen dat hij het ook met jou doet. Dat hij de enige man is die daar trek in heeft.'

Maren steekt haar hand op. 'Die belediging schokt me allang niet meer,' zegt ze. Ze brengt haar handpalm steeds dichter bij de punt van de dolk, en Jack zet een paar passen achteruit. Er zit nauwelijks meer dan een paar centimeter ruimte tussen de scherpe punt en Marens vlees. 'Hoe dapper ben je nu werkelijk, Jack?' vraagt ze poeslief. 'Durf je mij te verwonden? Is dat je bedoeling?'

Jack grijpt de dolk steviger beet, en als Maren haar hand tegen de punt houdt, trekt hij het lemmet terug. 'Kreng,' zegt hij. 'Hij zei dat ik niet meer voor hem kon werken. En rara, wie zou dat nu hebben beslist?'

'Kom, Jack.' Maren klinkt kalm en redelijk. 'Zoiets hebben we al eerder aan de hand gehad. Doe niet zo kinderachtig en vertel me wat het kost om van je af te komen.'

'Ik wil je geld niet. Ik kom laten zien wat er gebeurt als je je neus in andermans zaken steekt.' Met een kreet richt Jack de dolk op zichzelf, en voordat Nella goed en wel beseft wat er gebeurt, geeft Maren hem een klap in zijn gezicht. Hij laat zijn armen zakken en staart haar opgewonden aan.

'Zwakkeling,' sist Maren, al kan Nella zien dat ze trilt. 'Je bent voor geen cent te vertrouwen.'

Jack wrijft over zijn gezicht en vermant zich. 'Jij hebt gezegd dat hij mij moest laten vallen.'

'Welnee,' zegt Maren. 'Johannes is vrij om te doen wat hij wil, en jij koos ervoor hem te geloven. Die was van mijn vader,' voegt ze eraan toe, wijzend op de dolk.

'Johannes heeft hem aan mij gegeven.'

Uit haar zak haalt Maren een gekreukeld stapeltje bankbiljetten. Ze geeft ze aan hem, waarbij haar vingers over zijn handpalm strijken. 'Je hebt hier niets te zoeken,' zegt ze.

Jack strijkt even peinzend over de bankbiljetten, en dan trekt hij Maren zonder enige waarschuwing naar zich toe om haar hard op de mond te kussen.

'O god,' fluistert Nella.

Zij en Cornelia lopen naar Maren toe, vastbesloten hen uit elkaar te trekken, maar Maren steekt haar hand op, alsof ze wil zeggen: niet doen – dit moet gebeuren.

Cornelia kan haar ogen nauwelijks geloven en staat vol afschuw stil. Maren lijkt wel verstijfd. Ze slaat haar armen niet om de jongen heen, maar de kus lijkt eeuwig te duren. Nella vraagt zich af waarom Jack dit doet en waarom Maren het toestaat. Toch vraagt ze zich ook stiekem af hoe het voor Maren is om zo'n mooie mond op haar lippen te voelen.

De voordeur zwaait open. Otto is terug uit de kerk, en hij staart even verbijsterd naar de kussende gestalten. Dan lijkt er iets in hem te knappen, en hij rent naar Jack en Maren toe. 'Hij heeft een mes!' schreeuwt Nella, maar Otto remt niet af.

Bij het horen van Nella's kreet laat Jack Maren los, die onvast achteruitloopt naar de trap. 'Die ouwe feeks smaakt naar vis,' sneert hij tegen Otto.

'Wegwezen,' sist Otto. 'Of ik maak je af.'

Jack springt lichtvoetig naar de voordeur. 'Je kunt je wel kleden als een heer, maar je blijft een wilde,' zegt hij.

'Smeerlap.' Otto's stem dondert als die van dominee Pellicorne.

Jack verstart. 'Wat zeg je daar, slaaf? Hoe noem je me?'

Otto loopt naar Jack. 'Otto,' roept Maren.

'Hij is van plan je weg te doen, wilde,' zegt Jack. 'Hij weet dat je iets hebt uitgevreten en hij...'

'Toet! Blijf uit zijn buurt. Wees verstandig.'

'... zegt dat je een zwarte niet kunt vertrouwen.'

Otto tilt zijn vuist op. 'Néé!' gilt Cornelia, en Jack krimpt ineen.

Maar het enige wat Otto doet, is zijn handpalm zachtjes op Jacks borstkas leggen. Zijn hand, een ijzeren veer die de Engelsman op zijn plaats houdt, rijst en daalt met het ritme van diens ademhaling. 'Je betekent niets voor hem, jongen,' zegt Otto zachtjes. 'Ga weg.'

Op het moment dat Otto zijn hand weghaalt, rent Rezeki weer de gang in. Een streep van het flauwe licht dat door het raam valt, geeft haar de kleur van een vale paddenstoel. Ze gromt naar Jack en legt haar oren plat tegen haar kop. Ze maakt zich klein op de tegels en probeert hem te verjagen.

'Rezeki!' roept Otto. 'Weg daar!'

Nella doet haar mond open als ze de opvlammende paniek in Jacks ogen ziet. 'Jack,' zegt ze op dringende toon. 'Jack, ik beloof je dat ik tegen Johannes zal zeggen dat je...'

Maar Jack heeft zijn dolk al in Rezeki's schedel gestoken.

Het is alsof ze zich allemaal onder water bevinden en geen adem kunnen halen. Het lemmet rijt met een misselijkmakende piep door vacht en vlees heen, en Rezeki zakt ineen.

Er klinkt een zachte jammerkreet die steeds scheller en luider wordt. Nella beseft dat het Cornelia is, die struikelend naar Rezeki's lichaam loopt.

Rezeki begint te stikken. Jack heeft de dolk zo hard in de kop gestoken dat Cornelia hem er niet uit kan trekken. Op de vloer spreidt het donkere bloed zich als een rode rok uit. Voorzichtig en met trillende handen legt Cornelia de hondenkop op haar schoot. Rezeki rochelt, en een bebloede tong hangt uit haar opengesperde bek. Als haar poten ophouden met schokken, trekt Cornelia haar dicht tegen zich aan in een radeloze poging haar wegebbende warmte vast te houden. 'We zijn haar kwijt,' fluistert Cornelia. 'Zijn meisje is dood.'

Otto staat tussen Jack en de buitenwereld in en spreidt zijn armen voor de gesloten voordeur. Jack wrikt zijn dolk uit Rezeki's kop, en er golft nog meer bloed over de tegels. 'Aan de kant!' schreeuwt hij. Met de dolk in zijn hand rent hij naar de voordeur, waar hij met zijn hoofd tegen Otto's borstkas ramt. Er volgt een handgemeen, een worsteling – een moment dat Nella niet begrijpt – en dan wankelt Jack achteruit. Geschokt kijkt hij naar zijn lichaam.

Hij draait zich naar Nella, en ze ziet zijn dolk uit zijn bovenlijf steken. Het lemmet zit onder het sleutelbeen, vlak bij zijn hart. Zijn handen fladderen als motten rond het gevest. 'Nee!' roept Maren ergens in de verte. 'O god, néé!'

Bij die woorden komt Jack met gespreide armen en knikkende knieën van zijn plaats, wankel als een pasgeboren veulen. Als hij in elkaar zakt, klemt hij zich vast aan Nella's rokken, en samen knielen ze op de zwart-witte tegelvloer. Op zijn hemd verschijnt een groeiende, felrode vlek, en zelfs de gronderige geur van de samenvloeiende bloedsoorten kan de stank van zijn urine niet verbergen.

'Otto,' roept Nella, maar haar stem komt als gebroken gefluister uit haar mond. 'Wat heb je gedaan?'

Jack trekt Nella tegen zich aan en ze voelt de massieve warmte van het gevest tussen hun lichamen drukken. In haar oor huilt hij van de pijn. 'Ik bloed,' zegt hij smekend. 'Ik wil niet dood.'

'Jack...'

'Sta op,' roept Maren. 'Sta op!'

'Maren, hij is stervende...'

'Mevrouw Nella,' mompelt Jack in haar oor. Hij grijpt haar nog steviger beet, alsof hij zich uit alle macht aan het leven vastklampt.

'Alles komt goed,' zegt Nella. 'We halen een dokter voor je.'

Zijn stem wordt gedempt door haar mutsje, maar hij klinkt alsof hij lacht. 'Nella toch,' fluistert hij. 'Wat ben je toch een naïef meisje. Je hebt echt meer nodig dan zo'n stomme naald om mij te vermoorden.'

Hij krabbelt overeind, en het duurt een paar tellen voordat Nella het begrijpt. Met het mes nog in zijn lijf waggelt hij als een dronkenman naar de voordeur, bedwelmd door zijn eigen toneelspel.

Ze kan het bebloede hemd, het uitstekende gevest en de smeekbede om zijn leven niet rijmen met deze arrogantie, dit ziekelijke genoegen dat hij haar kon wijsmaken dat hij bijna de geest gaf.

'Ik geloofde je,' zegt ze.

Otto stapt verbijsterd achteruit. Jack doet de deur open, loopt langzaam het bleke licht in en draait zich naar hen om. Terwijl hij een diepe buiging maakt, prutsen zijn vingers aan het gevest. Zijn gezicht vertrekt als hij de dolk uit de wond trekt, maar hij is zichtbaar tevreden als hij Nella's ontstelde blik ziet.

'Deze heb ik nog nodig,' zegt hij. Met zijn ene hand drukt hij de wond dicht en met zijn andere houdt hij het scharlakenrode metaal omhoog. 'Poging tot moord. Bewijsmateriaal.'

'Ik wou dat die dolk je in het hart had getroffen,' zegt Nella.

'Ik weet mijn hart goed te verbergen,' zegt hij met een triomfantelijke lach. Zijn woeste krullen plakken aan zijn voorhoofd en de dolk druipt in zijn hand. Hij draait zich om en rent slingerend het trapje af.

Maren, die een vage, rode afdruk van Jacks lippen op haar gezicht heeft, laat zich tegen de lambrisering zakken. 'Mijn god,' fluistert ze, met haar grijze ogen op Otto gericht. 'Moge de hemel ons allemaal bijstaan.'

3

DECEMBER 1686

Zijn verhemelte is enkel zoetheid,
en alles aan hem bekoorlijkheid.
Zó is mijn geliefde, zó is mijn vriend,
dochters van Jeruzalem.
– *Hooglied 5:16*

Vlekken

'Mijnheer had Rezeki in een zak gevonden,' vertelt Cornelia. Haar stem klinkt gesmoord van verdriet en ze kijkt toe terwijl Nella in de gang het verstijfde hondenlijf in een lege graanzak stopt. 'Achter de VOC, acht jaar geleden. Alle jonge hondjes waren dood, behalve zij.'

'We hebben een stokdweil nodig, Cornelia. En citroensap en azijn.'

Cornelia knikt. Er staan nog steeds rode vegen bloed op de marmeren tegels, maar de dienstmeid komt niet van haar plaats. De schilderijlijst waarop Jack zijn agressie heeft uitgeleefd, staat nu tegen de lambrisering. In opdracht van Maren is het doek eruit gesneden. 'Dat maakt hem niet uit, juffrouw,' zei Otto, maar ze stond erop. 'Dat doe ik niet voor hem,' zegt ze. 'Ik kan er niet tegen om het zo beschadigd te zien.' Otto heeft Jacks werk afgemaakt, en zijn hand trilde een beetje toen hij het doek van het hout lossneed.

Momenteel voeren Maren en Otto in de keuken op zachte toon een gesprek. Het is mijn schuld, denkt Nella. Ik heb Jacks pop weer naar binnen gehaald nadat Maren hem had weggegooid. De volgende ochtend zat hij op de stoep – een voorteken. Heeft de miniatuurmaakster hem daar gezet als afschuwelijke voorspelling van deze gebeurtenis? Zo ja, waarom heeft ze dat gedaan? Waarom moest dat verderfelijke wezen zo nodig in onze buurt blijven? Ze roept zichzelf tot de orde: 'Cornelia, we moeten opruimen.'

Ze probeert Rezeki's poten in de zak te duwen, maar die zijn te lang.

Als Nella en Cornelia de trap naar de keuken aflopen, steken Rezeki's poten onelegant uit de zak. Er hangt een akelige sfeer tussen de glanzende pannen. Nu de geliefde hond van de heer des huizes zo vlak voor Kerstmis is vermoord, voelt dat als de aanvang van een macaber festival. De moordenaar van het dier is ontkomen en zint op wraak, omdat de dolksteek niet de enige wond is die hij moet likken.

Otto legt zijn trillende handen op het stokoude eikenhout van de tafel. Nella's gedachten zijn vastgelopen. Ze wil hem troosten, maar hij kijkt haar niet eens aan. Dhana ligt bij het vuur en jankt naar de zak in Nella's hand.

'Kunnen we haar nu alstublieft begraven?' vraagt Cornelia.

Er valt een ongemakkelijke stilte. 'Nee,' zegt Maren.

'Maar dan gaat ze stinken...'

'Leg haar maar in de kelder.'

Nella is degene die Rezeki voorzichtig op de vochtige leem en de aardappels in de donkere kelder legt. 'Arm, arm beest,' mompelt ze met verstikte stem. 'Ik wens je Gods zegen.'

'Wat moeten we doen als Jack me aangeeft?' vraagt Otto in de keuken. 'Hij heeft de dolk, een wond om de aanval aan te tonen en een tong om de waarheid te verdraaien. Hij had het over bewijsmateriaal en een poging tot moord. Het burgerleger zal me arresteren. En stel dat ze hem vragen wat hij hier kwam doen...'

'Precies.' Maren slaat met haar vuist op tafel. 'Ik ken Jack Philips onderhand. Hij houdt van het leven. Hij is een bluffer, maar hij zou je nooit aangeven. Daarmee zou hij zijn eigen doodvonnis tekenen, en dat weet hij maar al te goed. Hij komt uit Engeland, hij is een sodomiet en hij is acteur geweest. Dat zijn de drie dingen die onze burgemeesters het meest verafschuwen.'

'Hij heeft geen geld. En een kat in het nauw maakt rare sprongen,' zegt Otto. Zijn blik wordt somber. 'Als ze vragen wat hij hier kwam doen, wordt mijnheer erbij betrokken.'

Hij schudt zijn hoofd en Cornelia haast zich naar hem toe met een mandje herenbrood, wat stronkjes Brussels lof en een stuk Goudse kaas, dat met zijn zonnige kleur helemaal niet bij deze stemming lijkt te passen. Nella snijdt de kaas terwijl de dienstmeid druk in de weer is bij het fornuis. Vanavond staan er geen aardappels of paddenstoelen op het menu, want de meid kan het niet eens opbrengen om naar de kelderdeur te kijken, laat staan de duisternis in te lopen. Nella probeert troost te putten uit Cornelia's kordate, huiselijke bezigheden – kletterende pannen, fruitende uien, spetterend spek. Hun onregelmatige, maar aanhoudende ritme is nu prettiger dan de feestelijke melodie van een straatmuzikant.

Cornelia zet het gebakken spek voor hen neer en Nella ziet dat ze bleek van bezorgdheid is.

'Mijnheer heeft me gered,' zegt Otto. 'Hij heeft me alles geleerd. En moet je nu eens zien hoe ik mijn schuld aan hem inlos. Rezeki…'

'Dat heeft Jack gedaan, niet jij. En er is nooit sprake geweest van een schuld,' zegt Maren. 'Mijn broer heeft je gekocht omdat hem dat wel aardig leek.'

Cornelia laat een zware pan in de gootsteen vallen en mompelt binnensmonds een verwensing.

'Hij heeft me in dienst genomen,' zegt Otto.

Maren veegt met een stukje brood wat spekvet op, maar ze eet niets. Nella kan haar stemming niet peilen. Ze lijkt vastbesloten zich niet door de gebeurtenissen uit het veld te laten slaan, maar desondanks wekt ze net zoveel wrevel op als anders.

'Die jongen leeft nog,' snauwt Maren. 'Je hebt niemand vermoord. Johannes zal zich drukker maken over Rezeki dan over jou.'

Die opmerking lijkt een stomp in Otto's maag te zijn. 'Ik heb u in gevaar gebracht,' zegt hij. 'Jullie allemaal.'

Maren pakt Otto's hand. Die donkere en die blanke vingers bij elkaar – het is een bijzonder gezicht en Cornelia kan haar ogen er niet van afhouden. Otto trekt zijn hand terug en loopt naar boven. Maren kijkt hem na, met afgematte ogen en een gezicht waaruit alle kleur is weggetrokken. 'Petronella, je moet iets anders aantrekken.' Ze is nauwelijks te verstaan.

'Waarom? Wat is er mis met deze kleding?'

Maren wijst in haar richting, en als Nella omlaag kijkt, ziet ze dat haar korset en hemd bedekt zijn met bruine bloedvlekken van de Engelsman.

Boven wast Cornelia Jacks bloed van Nella af, die in haar onderkleding zit te huiveren. Terwijl de dienstmeid Nella in een ochtendjas helpt, vraagt ze of ze naar beneden mag. 'Ik maak me zorgen over Otto. Hij kan met niemand anders praten.'

'Ga maar.'

Nella is blij dat ze alleen is. Haar lichaam doet pijn van de spanningen van die ochtend en van Jacks greep op haar armen. Uit het kabinet pakt ze het popje van haarzelf, dat onbeweeglijk in de miniatuurkeuken ligt, en ze duwt erop alsof ze daarmee de pijn kan wegdrukken. Haar ribben schrijnen als ze hard in het poppetje knijpt, en heel even denkt ze dat er geen verschil meer bestaat tussen haar menselijke ledematen en de versie van de miniatuurmaakster. Ik ben immers niets anders dan een product van mijn eigen verbeelding, denkt ze. Het poppengezichtje staart haar aan en zwijgt. Ondertussen blijft Nella verward en verdrietig.

Op haar bed ligt het pakje van de miniatuurmaakster, dat nog maar een paar uur geleden door Jack is gebracht. Nella had het bijna onder de stoel in de gang laten liggen, omdat ze twijfelde of ze het wel wilde openmaken. Nu ze er weer naar kijkt, voelt ze haar darmen verkrampen van angst. Maar ja, wie moet dan kijken wat erin zit? Ze zou het vreselijk vinden als een ander het deed.

De miniatuurmaakster lijkt een vreemde leermeesteres die van geen ophouden weet, en nu voelt Nella zich een leerlinge tegen wil en dank. Ze heeft de betekenis van haar lessen niet begrepen en verlangt naar een voorwerp dat uitlegt wat de vrouw van haar wil. Als ze het pakje openmaakt, ziet ze dat er maar één miniatuur in zit.

Op haar handpalm ligt een piepklein verkeerspel. De driehoeken zijn niet simpelweg op het bord geschilderd, maar ingelegd met hout. Er zit ook een minuscuul zakje met schijfjes bij. Ze zijn zwart en rood geverfd en de geur verraadt dat het gehalveerde korianderzaadjes zijn.

Nella laat het bord vallen en zoekt in de zakken van haar rok. De lange brief die ze die ochtend aan de miniatuurmaakster heeft geschreven, de brief waarin ze om een verkeerspel vroeg, zit er niet meer in. Ik weet zeker dat ik hem vanochtend nog had, denkt ze. Ik ben Otto gevolgd naar de kerk, ik voelde hem in mijn zak, ik heb Agnes gesproken en bij thuiskomst trof ik Jack in de gang aan. Daarna heb ik niet meer aan de brief gedacht.

Het is alsof de tijd is weggesmolten en betekenisloos is geworden. Nella keert het pakje om en er valt een papiertje uit:

Nella:
rapen kunnen niet gedijen
in grond die voor tulpen is bedoeld

Ze noemt me bij mijn voornaam, denkt Nella. Haar genoegen daarover verdwijnt al snel door de vreemde, abrupte boodschap. Ze voelt gêne opkomen – bedoelt de miniatuurmaakster soms dat ik een raap ben? Ze begrijpt dat rapen en tulpen totaal verschillende planten zijn: de ene is praktisch en eenvoudig van structuur, de andere decoratief en door de mens veredeld.

Intuïtief brengt ze haar handen naar haar wangen, alsof het keurige handschrift haar wangen in iets stevigs, ronds en gronderigs verandert, een saaie groente uit Assendelft. De miniatuurmaakster is veel mooier dan zij, elegant en kleurrijk, iemand die automatisch de aandacht trekt. Is dit haar manier om me te waarschuwen dat ik uit haar buurt moet blijven? Wil ze me hiermee vertellen dat ik het nooit zal begrijpen? Die gedachten dwarrelen door Nella's hoofd.

Ze steekt haar hand in haar poppenhuis, pakt de pop van Jack en trekt hem zijn leren jas uit. Nadat ze een van de piepkleine vismessen tussen haar duim en wijsvinger heeft gepakt, duwt ze het als een speld in zijn borstkas, zo dicht bij de keel dat hij kan stikken. Het glijdt met een aangenaam gemak naar binnen en steekt als een zilveren pijl uit het zachte lijf.

Nu Jacks pop beter weergeeft in welke benarde situatie ze zich bevinden, legt ze hem terug in het kabinet en pakt ze de pijnlijke herinnering aan Rezeki's dode lichaam. Johannes had je mee moeten nemen, zegt ze tegen het miniatuurhondje. Wat zal hij zeggen als hij hoort wat er met zijn favoriete huisdier is gebeurd?

Ik geef hem dit miniatuurtje als herinnering aan haar, denkt Nella, maar dan komt er een minder onschuldige gedachte bij haar op. Het hondje zal hem ook herinneren aan Jacks ware aard.

Ze aait het kopje, maar houdt haar vingers stil tussen de schouderbladen van de hond. Op het piepkleine kopje staat een onregelmatige rode vlek, die bijna de vorm van een kruisteken heeft. Nella loopt naar het raam. De vlek is onmiskenbaar en heeft de kleur van roest. Haar hart begint te bonken en haar keel wordt droog. Ze kan zich niet herinneren of de vlek er gisteren al zat, want daarvoor heeft ze niet goed genoeg gekeken.

Misschien heeft de miniatuurmaakster per ongeluk een druppeltje rood op de hondenkop laten vallen toen ze met haar penseel in de weer was. Misschien heeft ze het niet gezien en zijn de dunne lijntjes over de kromming van de schedel gelopen. Het model van Rezeki ligt slap op Nella's hand, de kop duidelijk getekend, de vlek een macaber doopsel. Het is kil in de kamer, en Rezeki's aangetaste lijf bezorgt Nella een koude rilling tot in haar stuitje.

Ze probeert haar ademhaling onder controle te krijgen en denkt diep na. De miniatuurmaakster leek niet te weten dat Otto die dolk in Jacks schouder zou steken, want Jacks popje arriveerde zonder wond. Dat verhaal heb *ík* voor haar moeten vertellen. Zijn die miniaturen nu echo's of voorspellingen – of domweg goede gokjes?

Je moet naar de Kalverstraat, zegt ze tegen zichzelf. Laat je deze keer niet afleiden en blijf staan tot de miniatuurmaakster naar buiten komt. Desnoods blijf je daar de hele dag met Gatenkop staan.

Nella legt de hond weer in het kabinet en wordt een beetje misselijk als ze terugdenkt aan de paapse idolen waarover Cornelia en Maren het hadden. Cornelia zei dat je nooit zeker wist of poppen tot leven kwamen, en op dit moment lijkt het miniatuurtje van Rezeki een kracht uit te stralen die Nella niet kan benoemen. En dan het poppenhuis zelf – het is alsof de houten kast gloeit, het schildpad nog meer glanst, de inrichting van de kamers extra luxueus is. Nella staart naar haar eigen beeltenis, het vogelkooitje in haar hand, een vergulde gevangenis zonder inhoud. In gedachten herhaalt ze de eerdere briefjes van de miniatuurmaakster: *Het kan verkeren. Elke vrouw is de architecte van haar eigen lot. Ik worstel en kom boven.*

Maar Nella vraagt zich af wie hier eigenlijk worstelt om boven te komen, en wie is de architecte – de miniatuurmaakster of zij? Wéér dringt de onbeantwoorde vraag zich op: waarom doet ze me dit aan? Deze naamloze vrouw staat buiten de samenleving en trekt zich niets aan van maatschappelijke regels – maar of je nu een tulp of een raap bent, denkt Nella, uiteindelijk moeten we allemaal aan iemand rekenschap afleggen. Rezeki is dood, Pibo is weg, Jack is ontsnapt en de suiker van Agnes bederft op de Oostelijke Eilanden. Nella voelt de chaos naderen en wil alleen maar wat greep op de situatie.

De miniatuurmaakster moet haar helpen. Zij weet meer. De bewoners van dit huis zijn te bang om iets te doen. Ze durven alleen maar poppen uit het raam te gooien, maar dat werkt niet. Nella pakt pen en papier:

Geachte mevrouw,
De raap groeit onder de grond en de tulp bloeit erboven. De bloem is een lust voor het oog en de knol voedt het lichaam, maar beide maken gebruik van de aarde. Ze hebben allebei nut en de ene plant is niet waardevoller dan de andere.

Nella aarzelt, maar dan kan ze de verleiding niet weerstaan en schrijft:

En is het niet zo dat de tulp zijn bloemblaadjes verliest? Verlept hij niet lang voordat de raap vuil, maar triomfantelijk uit de aarde tevoorschijn komt?

Ze is bang dat ze te direct, te onbeleefd is geweest. Ze voegt eraan toe:

Help me. Wat moet ik doen?

Ze legt haar pen neer en voelt zich een beetje dwaas met al haar gebabbel over groente, maar ze vindt het ook doodeng dat de miniatuurmaakster al die tijd wist wat er met de hond van Johannes ging gebeuren. Voordat die vlek op Rezeki's kop verscheen, dacht Nella dat de vrouw een toeschouwster was, een lerares, een commentatrice, maar dit lijkt eerder te wijzen op een voorspellende gave. Wat weet ze nog meer – wat kan ze voorkomen? Of erger: wat moet er volgens haar per se gebeuren?

Vlak voordat de ochtend aanbreekt, sluipt Nella haar kamer uit, met haar vierde briefje aan de miniatuurmaakster in de zak van haar reismantel. Dit briefje houd ik vast tot ik het persoonlijk in haar handpalm kan drukken, denkt ze. Ze is bevreesd voor wat ze kan ontdekken in de Kalverstraat, als ze eindelijk oog in oog staat met de vrouw die niet alleen diep in haar wereld kan kijken, maar hem ook lijkt te creëren.

Met een kaarsenstandaard in haar hand ontgrendelt Nella langzaam de voordeur. Ze doet de deur open en ziet tot haar opluchting dat het in de verte al enigszins licht begint te worden. Opeens hoort ze beneden in het huis een zacht, metalig gerammel. Ze verstijft, maar het geluid houdt aan. Ze kijkt naar de straat en dan in de richting van de keuken, heen en weer geslingerd tussen twee verlangens. Nu gebeurt het wéér, denkt ze. Telkens wanneer ik naar de miniatuurmaakster wil, trekt iets in dit huis me weer naar binnen.

Haar aangeboren nieuwsgierigheid wint – het metalige geluid is te dringend, te dichtbij om genegeerd te worden. Ik hoor al veel te lang geluiden en gefluister, denkt ze. Ze sluit de deur, loopt op haar tenen naar beneden en sluipt door de pronkkeuken in de richting van het geluid. De rijen ronde borden in de enorme buffetkast – majolica, Delfts aardewerk en porselein – glanzen als opengaande ogen als ze met haar kaars voorbijloopt.

Ze staat stil en snuffelt. Een ijzerachtige geur, vochtige aarde en gehijg. Meteen denkt ze aan Rezeki. Ze leeft! De miniatuurmaakster is hier ergens in huis en heeft de hond tot leven gewekt. Langzaam loopt ze door de smalle gang tussen de kookkeuken en de pronkkeuken naar een deurtje waarachter de vaten bier en de ingemaakte groenten worden bewaard. De geur wordt sterker en stolt achter op Nella's tong. Het is bloed, dat weet ze nu zeker, en het gehijg klinkt luider.

Met haar vingers op de klink staat ze stil, in de nachtmerrieachtige overtuiging dat Rezeki zich achter de deur bevindt. Ze denkt dat de hazewind zich met haar lange poten uit de zak heeft bevrijd en nu aan de deur krabt om eruit te worden gelaten. Nella slikt en duwt doodsbenauwd de kelderdeur open.

In het vertrek staat Maren. Haar mouwen zijn opgerold en op de tafel naast haar geeft een lantaarn zwakjes licht. Ernaast ligt een rijtje bebloede witte doeken, die ze schoon lijkt te maken.

'Wat ben je aan het doen?' vraagt Nella. Ze is hevig opgelucht, maar vraagt zich ook verward af wat dit tafereel voorstelt. 'Waar ben je in vredesnaam mee bezig?'

'Wegwezen,' sist Maren. 'Hoor je me? Wegwezen!'

Nella deinst achteruit, geschokt door de felheid in Marens stem, haar furieuze blik, de schokkende veeg bloed op haar wang. Ze gooit de kelderdeur met een klap dicht en struikelt op de trap naar de hal. In haar hoofd vermengt Rezeki's rode vlek zich met Marens bebloede doeken, en ze strompelt de voordeur uit, het bordes af, de dageraad tegemoet.

Zoete wapens

In de doorgaans bedrijvige, lawaaierige Kalverstraat is het nog betrekkelijk rustig. Hier en daar duwt een fruitverkoper zijn handkar voort, en een ondernemende rode kater zoekt iets van zijn gading tussen de dierenbotten die de avond ervoor niet in de gracht zijn beland. Zijn gele ogen beschijnen Nella en hij strekt zijn dikke lijf, dat bewijst dat hij bij het foerageren slim te werk gaat.

Nella komt bij het teken van de zon en gaat er met de brief in haar zak voor staan. Ze ademt de vochtige lucht in, het laatste restje mist, de geur van afval dat haastig met stro is bedekt. Ze klopt op de deur, een scherpe, zelfverzekerde roffel, en wacht. Er doet niemand open. Ik blijf wachten, mevrouw Tulp, denkt ze. Ik blijf hier wachten tot ik antwoord krijg.

Ze stapt achteruit en kijkt omhoog naar de vier ramen, de gouden zon en het uitgebeitelde motto eronder. DE MENS SPEELT GEWOONLIJK MET AL WAT HIJ VINDT. Het lijkt wel een pesterige uitdaging, en Nella wordt nijdig. Nou, ík niet, denkt ze. Nu in elk geval niet meer. Er is niets speels of troostends aan haar miniatuur-Pibo of aan Rezeki met haar bloedvlek.

'Ik weet dat u daar bent,' roept ze, ondanks het vroege uur. 'Wat moet ik doen?'

Meteen zwaait de deur achter haar open. Nella draait zich om en ziet een dikke man met een voorschoot staan. Zijn pens steekt wel dertig centimeter verder uit dan zijn laarzen en hij heeft zijn handen op zijn heupen gezet. In een koel, klein vertrek achter hem hangen lange strengen ongeverfde wol, en aan de muren zijn een paar schapenvachten gespijkerd.

'Ze hoeven je toch niet in Antwerpen te horen, meisje?'

'Neem me niet kwalijk. Ik kom voor de miniatuurmaakster.'

De man trekt zijn wenkbrauwen op. 'De wát?'

Nella kijkt weer omhoog naar het huis en de man stampt met zijn voeten tegen de kou. 'O. Zij doet niet open, hoor,' zegt hij een beetje vriendelijker. 'Je hoeft het niet eens te proberen.'

Nella draait zich weer naar hem om. 'Dat heb ik al eerder gehoord. Maar ik ben bereid te wachten.'

Met samengeknepen ogen tuurt hij omhoog naar het huis. 'Nou, dan vries je hier dood, want er is daar al meer dan een week niemand meer geweest.'

Nella voelt een steekje van wanhoop. 'Dat kan niet,' zegt ze. 'Gisteren stuurde ze me nog...'

'Hoe heet je?' vraagt de wolverkoper.

'Waarom vraagt u dat?'

'Het kan zijn dat ik iets voor je heb.'

'Ik ben...' Ze aarzelt. '... Petronella Brandt.'

'Wacht even.' Hij verdwijnt in het halfduister van zijn winkel. Als hij weer tevoorschijn komt, heeft hij een pakje in zijn hand waarop het teken van de zon is aangebracht. 'Dat lag hiertegenover op de stoep. Ik was bang dat een kat ermee aan de haal zou gaan. Volgens mij bezorgt haar Engelse jongen geen pakjes meer, dus ik heb het veilig opgeborgen.'

Hij legt het pakketje op Nella's uitgestrekte hand en kijkt weer naar de opgeglansde zon boven de deur. '*De mens speelt gewoonlijk met al wat hij vindt.* Wat betekent dat eigenlijk?' vraagt hij.

'Dat we minder gewichtig zijn dan we zelf denken.'

Hij trekt zijn wenkbrauwen op. 'O. Moet ik zo'n lage dunk van mezelf hebben?'

'Helemaal niet, maar schijn kan bedriegen.'

'Ik heb anders meer dan genoeg gewicht.' De wolverkoper lacht en spreidt zijn armen. 'Kijk maar.'

Nella gaat er maar niet op in en glimlacht flauwtjes. Ze houdt het pakje stevig vast en kijkt over zijn schouder zijn schemerige winkel in. 'Werkt er een man met een pokdalig gezicht voor u?'

'Niet meer. Hij heeft twee weken wol gesjouwd, maar toen is hij vertrokken.'

'Waarom?'

'Iemand had hem de stuipen op het lijf gejaagd.'

'Wat?'

'Hij was doodsbenauwd. Hij is 's nachts weggevlucht. Geen idee waar hij is gebleven.'

Verderop in de Kalverstraat klinkt de dreun van marcherende voeten. De wolverkoper gaat weer naar binnen. 'De burgerwacht van Sint-Joris,' mompelt hij, terwijl hij het luik aan de voorkant dichtdoet. 'Ga aan de kant, meisje, anders word je vertrapt.'

'Wacht!' zegt Nella hevig geïrriteerd. 'Waar is ze naartoe gegaan? Hebt u haar zien vertrekken?'

Maar de schutters van Sint-Joris doemen al op aan de horizon. De kat met de gele ogen weet nog maar net op tijd weg te komen. De mannen dragen allemaal een rode sjerp over hun brede borstkas, en de kleur weerkaatst het winterse zonlicht als een serpentine van bloed. Hun beslagen laarzen krassen op straat en hun overdreven wapenrusting rammelt tegen hun heupen: paarlemoeren pistolen en hangende donderbussen die ze aan iedereen willen tonen.

In de groep ziet Nella Frans Meermans lopen, die een hoge borst heeft opgezet en stuurs naar het teken van de zon kijkt. 'Mijnheer?' roept ze, en als hij haar ziet, wendt hij zijn blik af en trekt zijn spies nog dichter tegen zich aan. De mannen laten een grote stofwolk achter en marcheren moeizaam de Amsterdamse ochtend tegemoet.

Het wordt stil in de straat, en Nella merkt dat haar tenen door de kou gevoelloos zijn geworden. Ze scheurt het pakje open, razend om Frans Meermans' onbeleefdheid en woedend dat de miniatuurmaakster haar weer is ontglipt. Telkens wanneer ik haar zoek, blijf ik in mijn eentje achter, denkt ze.

Maar Nella's frustratie gaat over in verrukking als ze in het pakje piepkleine taarten en gebakjes ontdekt. Poffertjes, wafels met een ruitjespatroon erop, minuscule gemberkoekmannetjes en ronde oliekoeken die met wit poeder zijn bestoven en er heerlijk uitzien. Het is alsof ze van echt deeg zijn gemaakt, maar als Nella ze aanraakt, blijken ze keihard te zijn. Op het papier eronder vindt ze weer een geschreven boodschap:

Laat geen zoete wapens slingeren

Nella kijkt omhoog naar de ramen van het huis. 'Zoete wapens?' roept ze, terwijl ze haar eigen smeekschrift onder de deur van de miniatuurmaakster door schuift. Ze barst in woede uit als het ochtendlicht over de ruiten glijdt en de geheimen van de miniatuurmaakster verbergt. Ze kijkt naar de oneetbare lekkernijen en heeft zin om ze in de dichtstbijzijnde gracht te smijten. Wat bedoelt die vrouw hiermee? Geen enkele oorlog is ooit gewonnen met een arsenaal van zoetigheid, denkt ze.

Leegte

Als Nella thuiskomt, wordt ze bij de deur opgewacht door Cornelia.

'Wat is er?' vraagt Nella bij het zien van haar ontdane blik.

'Mijnheer,' fluistert Cornelia. 'Hij is teruggekomen uit Venetië en vraagt al waar Rezeki is.'

'Wat?' Het is alsof de lucht betrekt, en Nella voelt de angst in haar keel steken. In gedachten ziet ze Rezeki's bebloede lijf in de kelder – en de nietsvermoedende Johannes, die op het getrippel van haar slanke poten wacht.

'U moet het hem vertellen, mevrouw,' zegt Cornelia op smekende toon. 'Ik kan het niet.'

Nella doet zachtjes de deur dicht en speurt de tegelvloer af. Tot haar opluchting is er nergens meer bloed te zien. Cornelia heeft vele malen gedweild, de tegels zijn overgoten met azijn en citroensap en de vlekken zijn bewerkt met kokend water en loog. Boven, in het poppenhuis, bleek het onmogelijk de kruisvormige vlek van Rezeki's miniatuurkop te verwijderen.

'Waarom ik?' wil ze weten.

'U bent sterk. Het is beter als hij het van u hoort.'

Nella voelt zich helemaal niet sterk. Ze is onvoorbereid en ziet ertegen op om het nieuws te vertellen. Had ik maar wat langer de tijd om de pil te vergulden, denkt ze. Hoe begin je zo'n gesprek?

Johannes staat midden in de ontvangkamer naar het uitgeholde schilderij te kijken, dat tegen de muurschildering leunt die alle wanden van het vertrek beslaat. Hij heeft twee dikke, geweven kleden met geometrische patronen meegenomen. Ze hebben al twintig of dertig van dit soort kleden, denkt Nella. Waarom neemt hij er dan nog meer mee? Het is ijskoud in het vertrek, en hij draagt zijn reismantel nog.

Tot haar verbazing lichten Johannes' ogen op – haar echtgenoot lijkt zowaar blij te zijn dat hij haar ziet.

'Johannes,' zegt ze. 'Je bent weer veilig thuis. Heb je het naar je zin gehad in Venetië?' In haar oor hoort ze Jacks kromme Nederlands: *meer verse vis.*

Johannes snuffelt en trekt zijn neus op. De azijnlucht hangt nog in de gang en drijft naar binnen. Nella hoopt maar dat het huis snel naar Cornelia's pruttelende pannen ruikt.

'Ach ja, Venetië is altijd hetzelfde,' antwoordt hij. 'Venetianen praten veel. En er werd te veel gedanst voor mijn oude knieën.'

Tot haar verwondering omhelst hij haar hartelijk. Nella's hoofd komt maar tot zijn borstbeen, en ze voelt zijn kloppende hart als hij haar oor tegen zich aan drukt. Hij legt zijn kin op haar hoofd, en ze merkt tot haar verbazing dat ze zijn onhandige omhelzing prettig vindt. Ze heeft nog nooit zo'n intiem contact met Johannes gehad. Haar voeten komen los van de vloer, alsof ze zich vastklemt aan een vlot. Als ze haar ogen sluit, ziet ze Rezeki's zwart geworden kop, en hoe vaak ze ook knippert, het beeld wil niet verdwijnen.

'Ik ben blij dat ik je zie, Nella,' zegt hij, voordat hij haar neerzet. 'Waarom brandt hier geen haardvuur? Otto!' roept hij.

'Ik vind het ook fijn,' zegt ze. Haar brein zoekt naar woorden, maar die ontglippen haar als ze ze probeert te pakken. 'Ik... Zullen we gaan zitten?'

Hij ploft met een zucht in een stoel, maar Nella blijft staan.

'Wat is er?' vraagt hij. Bij het horen van de bezorgdheid in zijn stem is ze bang dat ze instort.

'Niets, ik... Agnes was boos op me,' flapt ze er fluisterend uit. Ze kan het niet, ze kan de woorden niet over haar lippen krijgen. Het onderwerp Agnes Meermans is makkelijker dan het nieuws over zijn dierbare hond.

Er trekt een schaduw over zijn gezicht. 'Waarom?'

'Ik kwam haar tegen in de Oude Kerk. Ze zegt dat al hun suiker nog in het pakhuis ligt. Dat de partij zou kunnen kristalliseren.'

Johannes wrijft over de zijkant van zijn gezicht. 'Ze had het recht niet om zoiets tegen jou te zeggen.'

Otto verschijnt met een mand turf in de deuropening. Hij weifelt en durft nauwelijks op te kijken.

'Ha, het vuur,' zegt Johannes. 'Kom binnen, Otto, en maak ons warm.'

'Welkom thuis, mijnheer.'

'Wat is Cornelia aan het maken?'

'Varkensleverpastei met gerst, mijnheer.'

'Mijn favoriete decembergerecht! Waaraan heb ik dat te danken?' Johannes glimlacht, snuffelt nog eens en strijkt met zijn hand over de lege schilderijlijst. 'Wat is hiermee gebeurd? Dat was een van mijn lievelingsschilderijen.'

In het schemerige licht lijkt Otto's gezicht wel grijs, en Johannes kijkt met een scherpe blik naar hem.

'Een ongelukje,' zegt Nella.

'O. Stapel snel wat aanmaakhoutjes op, Otto. Mijn voeten zijn zo koud dat ze bijna van mijn benen vallen.'

Nella draait zich om en ziet Maren in de deuropening staan. Ze maakt een afgetobde indruk en ze aarzelt voordat ze waardig naar binnen loopt. Ze zorgt dat ze in de buurt van de muur blijft.

'Hoeveel suikerbroden heb je in Venetië verkocht, Johannes?' informeert ze.

'Maak maar een flink vuur, Otto.'

'Johannes, hoeveel hebben we er verkocht?'

In zijn stoel houdt Johannes de lege schilderijlijst voor zijn bovenlichaam. Hij gebaart naar het gat en poseert als een regent, zelfvoldaan en belachelijk. 'De handel ging net zo slecht als ik je had voorspeld,' zegt hij. 'Het was beter geweest als ik in het nieuwe jaar was gegaan.'

'Misschien kun je met dat flinke haardvuur dan beter wachten tot de suiker is verkocht.' Johannes' stilzwijgen lijkt zijn zuster razend te maken. 'Ziet toe, dat gij u wacht voor alle hebzucht.'

'Je begroetingen worden steeds onaardiger, Maren. Jij was degene die mij midden in de winter op een schip naar Italië zette. Spreek me niet van hebzucht, en houd ook alsjeblieft op met die Bijbelcitaten. Dat begint vermoeiend te worden, gezien je eigen twijfelachtige vroomheid.'

Maren schiet in de lach. Het vreemde geluid snijdt door de

lucht. 'Jij bent degene die voortdurend provoceert, niet ik.' Elk woord getuigt van haar nauwelijks beheersbare woede.

Hij doet zijn reismantel af en gooit hem aan de kant. 'En praat niet over dit huishouden alsof jij de vrouw des huizes bent. Dat is Petronella.'

Deze woorden schieten als een bliksemschicht op Nella af, maar Maren staart hem ongelovig aan. 'Goed, laat haar dan maar de vrouw des huizes zijn,' zegt ze.

Nella kijkt haar aan. Zou het zo makkelijk gaan? Dat kan haast niet. Dit meent Maren vast niet.

'Ik heb mijn hele leven verspild aan het gladstrijken van jouw fouten.' Maren loopt naar haar broer. 'Wij zijn niet meer dan gevangenen van jouw verlangens.'

Johannes zucht en draait zijn handpalmen naar het vuur om zich te warmen. 'Gevangenen?' Hij wendt zich tot Otto, die aan de andere kant van de steeds hoger oplaaiende vlammen knielt. 'Otto, voel jij je gevangen?'

Otto slikt, en zijn stem is nauwelijks hoorbaar. 'Nee, mijnheer.'

'Nella, sluit ik jou op?'

'Nee,' zegt Nella, al hebben die eenzame nachten waarin ze op zijn komst heeft gewacht wel als een gevangenis aangevoeld. Het liefst zou ze op dit moment diep weggedoken in haar bed liggen.

'Dit huis is de enige plek waar wij allemaal vrij zijn.' Johannes leunt voorover en legt zijn hoofd in zijn handen. 'Maren, jij bent wel de laatste die dat kan ontkennen.'

'Doe niet zo dwaas,' bitst Maren. Nella krijgt de indruk dat ze hier al vaker ruzie over hebben gehad, en net als de haardijzers raakt het gesprek steeds verhitter. 'Je denkt alleen maar aan jezelf. Het is voor jou lekker makkelijk dat ik hier ben, maar ondertussen neem je nauwelijks de moeite je bezigheden te verbergen.'

Johannes kijkt op naar zijn zuster, en Nella ziet zijn uitputting, zijn afgematte blik, zijn sombere ogen. 'Denk je dat het voor mij makkelijk is? Is dat wat je jezelf wijsmaakt?' vraagt hij. 'Maren, ik ben met een kind getrouwd, hoewel mijn hart het me afraadde. En dat heb ik voor jou gedaan.'

Onder de last van die woorden laat Nella zich eindelijk op een stoel zakken, en ze fluistert: 'Ik ben geen kind.' Toch voelt ze zich wel zo. In een paar seconden heeft Johannes haar veranderd. Ze wil naar haar moeder, ze wil dat iemand haar verdriet ziet en dat iemand anders de dode Rezeki opruimt.

'En desondanks blijft alles hetzelfde,' roept Maren uit, doof voor haar broers verweer. 'Je gaat roekeloos om met de suiker van Meermans en met onze toekomst...'

Johannes schopt tegen de lege lijst, die versplintert en over de geboende vloer schuift op het moment dat Cornelia met opgerolde mouwen en een bezweet voorhoofd binnenkomt. Ze heeft een dienblad met brood en wijn in haar handen, maar ze blijft bij de deur staan en staart naar de gebroken lijst.

'Jij hebt nog nooit compromissen hoeven sluiten!' zegt Johannes.

'Ik doe niet anders. Je denkt dat jij abstracte begrippen kunt kopen, Johannes: stilzwijgen, loyaliteit, andermans ziel...'

'Het zou je verbazen...'

'Maar vertel eens, wat gebeurt er als je betrapt wordt? Wat gebeurt er als de burgemeesters erachter komen wat je bent?'

Bij het vuur lijkt Otto zich te verslikken.

'Ik ben te rijk voor die vervloekte burgemeesters,' zegt Johannes.

'Nee.' Marens stem is hard. 'Niet waar. Je hebt niet goed opgelet. Ik ben degene die goed naar de boekhouding kijkt, en geloof me, de boeken vertellen geen vrolijk verhaal.'

Johannes staat op en lijkt stukje bij beetje te verstenen als Marens woorden hem met het gemak van dertig jaar ervaring in een hoek drijven.

'Jij hebt altijd gedacht dat je anders was, hè? De ongetrouwde Maren die zich met mijn zaken bemoeit. Denk je nu echt dat je verstand hebt van het leven daarbuiten omdat je een paar kaarten van de Indische Archipel aan je muur hebt hangen? Omdat je een paar reisboeken bezit en een paar rotte bessen en dierenschedels hebt verzameld? Weet je wel wat ik allemaal doe om jou een makkelijk leven te bezorgen? Jíj weet niet waar je het over hebt.'

Maren staart hem strak aan. 'Ik heb slecht nieuws voor je,' zegt ze.

Nee, denkt Nella. Niet op deze manier. Otto laat een groot stuk turf vallen, en het zwarte gruis schiet alle kanten op.

'Als de burgemeesters de kans kregen, zouden ze je straffen voor het feit dat je ongetrouwd bent!' Johannes probeert haar te overtuigen. 'Het enige wat jij hoefde te doen, was trouwen. Met een rijke man, een goede partij – wat zeg ik, het maakte niet uit wie je als echtgenoot koos! Maar zelfs dat kreeg je niet voor elkaar. We hebben het geprobeerd, weet je nog? We hebben geprobeerd een man voor je te vinden, maar al het geld in Amsterdam bleek niet genoeg om...'

Er klinkt een rauw, dreigend geluid uit Marens keel. Haar mond is verwrongen en er staat een jarenlange frustratie op haar gezicht te lezen. 'Hoor je me wel, Johannes?'

'Vanaf je geboorte ben je al een nutteloos, lastig wezen zonder vrienden...'

'Je Engelsman is hier gisteren geweest. Je hoerige nachtvlinder. En weet je wat hij heeft gedaan?'

'Nee!' schreeuwt Nella.

'Hij heeft je dierbare Rezeki vermoord.'

Johannes staat doodstil. 'Wát?'

'Je hebt me wel gehoord. Rezeki is dood.'

'Wat zeg je?'

'Jack Philips heeft hier in de gang een dolk in haar kop gestoken. Ik heb je gewaarschuwd. Ik heb gezegd dat hij gevaarlijk was.'

Johannes loopt heel langzaam terug naar zijn stoel en gaat er met een vreemde behoedzaamheid op zitten, alsof hij de aanraking met het hout niet vertrouwt. 'Je liegt,' zegt hij.

'Als Otto er niet was geweest, had Philips ons misschien wel allemaal vermoord.'

'Maren!' schreeuwt Nella. 'Zo is het wel genoeg!'

Johannes kijkt naar zijn vrouw. 'Is het echt waar, Nella? Of liegt ze?'

Nella doet haar mond open om antwoord te geven, maar ze kan alleen maar knikken. Als hij dat ziet, bedekt hij zijn mond alsof hij een kreet moet onderdrukken.

Otto staat met tranen in zijn ogen op. 'Hij had een dolk, mijnheer. Ik dacht dat hij van plan was... Het is nooit mijn bedoeling geweest...'

'Jack is niet dood, Johannes. Otto had méér mededogen,' komt Maren tussenbeide. 'Je Engelse vriendje is overeind gekrabbeld en weggelopen. We hebben het lichaam van Rezeki in de kelder gelegd.'

'Otto?' Johannes spreekt de naam van zijn bediende uit als een vraag die hij nauwelijks durft te stellen. Hij haalt zijn hand van zijn gezicht, dat nu een rauw, wezenloos masker is, in afwachting van de golf van verdriet.

'Het ging allemaal heel snel,' fluistert Nella, maar Johannes is al opgestaan. Er is een vreemde energie in hem gevaren, en hij baant zich een weg langs zijn zuster en Cornelia, die nog altijd sprakeloos van schrik bij de deur staat. Ze horen hem door de gang stommelen en de keukentrap aflopen. Nella gaat achter hem aan en hoort hem de kelderdeur openmaken. Zijn verdriet weergalmt door de gang.

'Rezeki,' roept hij huilend. 'Mijn lieve meisje. Wat heeft hij gedaan?'

Nella loopt voetje voor voetje naar hem toe. Ze zou liever stil blijven staan, maar ze weet dat ze haar best moet doen om hem te troosten. Johannes zit op zijn knieën, met zijn armen om de hond heen, die stijf in haar bebloede zak ligt. Rezeki's kop rust op de arm van haar baasje. Haar tanden zijn ontbloot in een scheve grijns en in het schemerlicht ziet haar wond er vettig uit.

'Ik vind het zo erg voor je,' fluistert Nella, maar Johannes kan geen woord uitbrengen. Hij kijkt met betraande ogen naar zijn vrouw en klemt zich ongelovig aan zijn oogappel vast.

De getuige

Twee dagen lang lijkt het huis zich in een soort afwachtende stilte te hullen. Maren blijft in haar kamer en Cornelia treft voorbereidingen voor de dozen die ze met Kerstmis naar de weeshuizen zullen sturen. Er zullen dit jaar kleinere koeken en minder vleespasteien in zitten. Otto ontloopt iedereen en hangt rond in de tuin, waar hij doelloos in de bevroren grond prikt. 'Straks beschadig je de bollen nog, Toet,' zegt Cornelia, maar hij doet of hij het niet hoort. Nella ruikt dat er een stevige soep van varkenspoot op het vuur staat, en ze hoort de schalen schuiven en de schuimspanen kletteren op het ritme van Cornelia's droefenis.

Johannes gaat beide avonden uit. Niemand vraagt waar hij naartoe gaat, omdat niemand het antwoord wil weten. Op de tweede avond na de ruzie staat Nella in haar eentje voor haar poppenhuis. Ze houdt het popje van Agnes omhoog in het wegstervende licht. Ergens in huis hoort ze iemand overgeven, spetterend braaksel in een tinnen kom, gemurmel, de verfrissende geur van muntthee om de pijnlijke maag tot rust te brengen. Zelf zou ze haar bezorgdheid ook wel willen uitbraken. Ze hoopt dat Johannes in het pakhuis op de Oostelijke Eilanden bezig is met de suiker – al was Agnes' gedrag in de Oude Kerk zo verontrustend dat er volgens Nella méér aan de hand is dan woede over haar zakelijke vooruitzichten.

Als ze de miniatuur-Agnes bestudeert, loopt er een rilling over haar rug en krijgt ze opeens kippenvel. De punt van het suikerbroodje is helemaal zwart geworden. Ze slaakt een kreet en probeert de sporen weg te vegen, maar ze besmeuren de rest van het kegeltje als roet. Ze probeert de suiker los te wrikken, omdat ze de macht van het brood wil breken door het in de tuin te begraven. De kegel komt met een harde knap los en neemt het minuscule handje van Agnes mee.

Nella smijt de verminkte pop op de grond en houdt de afgerukte hand met het bedorven brood tussen haar vingers. 'Het spijt me,' mompelt ze, al weet ze niet precies aan wie ze haar verontschuldigingen aanbiedt – het popje, Agnes of de miniatuurmaakster. Het bederf in het handje van Agnes lijkt onomkeerbaar, en op de een of andere manier háár schuld.

De sporen kunnen veroorzaakt zijn door het slechte weer, maar het kabinet staat op de eerste verdieping, waar het niet zo vochtig is. Ze kunnen afkomstig zijn van vuil uit de schoorsteen, maar het poppenhuis staat niet eens in de buurt van de haard. Elke keer zijn er logische verklaringen te bedenken, maar ze lijken nooit van toepassing te zijn. Was dit minieme, nauwelijks zichtbare zwarte vlekje er al vanaf het begin, zoals Rezeki's wond? Of is het op een onverklaarbare manier verschenen en heeft het zich uitgebreid door haar paniek over Agnes? Dat kan niet, denkt Nella. Doe niet zo mal. Het was gewoon weer een waarschuwing die je over het hoofd hebt gezien. Ze kijkt naar het kabinet, naar de verzameling gebak, de wieg, de schilderijen, het bestek en de boeken, en ze wenst dat ze beter had opgelet toen de poppen en de honden werden afgeleverd. Zitten er in het huis nog meer verborgen bommetjes die elk moment kunnen ontploffen?

Maren zegt dat ze een hekel aan de poppen heeft omdat het idolen zijn, maar dit zwart geworden brood, die rode vlek op Rezeki, deze uitzonderlijke voorbeelden van vakbekwaamheid zijn méér dan idolatrie. Het zijn inbreuken die Nella nog steeds niet kan definiëren. Ze lijken Nella's verhaal te vertellen, maar Nella heeft zelf niets in te brengen. Ze stuurt mijn leven alle kanten op, denkt ze, en ik kan de gevolgen niet overzien.

Ze slaat *De Gids van Smit* weer open. De motto's van de miniatuurmaakster, die ze tussen de bladzijden bewaart, vallen als confetti uit het boek. Ze vindt de advertentie terug: *Opgeleid door Lucas Windelbreke, de beroemde klokkenmaker uit Brugge. Alles, maar tegelijkertijd niets.* Telkens wanneer ik naar haar huis ga en als een dwaas op haar dichte deur sta te bonken, moet ik onverrichter zake terug naar huis, denkt Nella. Ze moet het anders aanpakken, en terwijl ze naar de annonce staart, vraagt ze zich af waarom ze daar niet eerder aan gedacht heeft. Vanaf nu geen lange brieven meer, en ook geen geestige, half filosofische antwoorden. Ze gaat ook niet meer op een holletje naar de Kalverstraat om in de kou voor gek te staan.

Ze haast zich naar haar mahoniehouten schrijftafel en herinnert zich dat ze hier de eerste dag op de stoep heeft gewacht. Ze denkt aan de mensen die toen over de Herengracht wandelden, het jongetje met de haring en de lachende vrouwen. Wist de miniatuurmaakster toen al wie ik was? Wist ze dat ik uitkeek naar een kamer, een schrijftafel en een vel papier om mijn onbevredigende ontvangst mooier te omschrijven dan ze in werkelijkheid was?

Ze pakt een vel papier, doopt haar pen in de inkt en begint aan haar brief:

Geachte mijnheer Windelbreke,
Ik stuur u deze brief omdat ik informatie wil over een vroegere leerlinge van u.
Ik weet alleen dat ze een lange, blonde vrouw is die naar me staart alsof ze in mijn ziel wil kijken. Ze is mijn leven binnengeslopen, en de miniatuurvoorwerpen die ze me stuurt, worden steeds verontrustender. Waarom wil ze mij niet rechtstreeks te woord staan, maar maakt ze mijn leven tot het onderwerp van haar werk?
Vertel me hoe ze bij u is gekomen en waarom ze is weggegaan. Wat beweegt haar ertoe om – ongevraagd – mijn leven uit te beelden in prachtige miniatuurvoorwerpen waarvan ik de betekenis niet begrijp? Ik noem haar mijn lerares en inmiddels ook – de hemel sta mij bij – een profetes, maar als ze ooit een duivelse gluurster was die u hebt moeten wegsturen, moet u me dat schrijven.
In ongeduldige afwachting,
Petronella…

Er klinkt een klop op de deur, en Nella schuift de brief onder een boek. Ze doet de gordijnen van het poppenhuis dicht en verzamelt de motto's van de miniatuurmaakster.

'Binnen,' zegt ze.

Tot haar stomme verbazing slentert Johannes naar binnen. 'Heb je hem gevonden?' vraagt ze, terwijl ze haar ochtendjas dichter om zich heen trekt en de motto's in haar zak steekt. Ze merkt dat ze Jacks naam niet hardop kan uitspreken, maar ze vermoedt dat Johannes de afgelopen twee nachten bij hem is geweest, al durfde niemand dat te zeggen.

'Helaas niet,' zegt hij. Hij steekt zijn handen uit als een onhandige dief, alsof Jack hem door de vingers is geglipt.

'Je lijkt wel een kind dat jokt dat het geen poffertjes heeft gestolen.'

Zijn wenkbrauwen gaan omhoog. Nella is verbaasd over haar eigen directheid, maar ze vindt het bij Johannes steeds moeilijker haar gevoelens te verbergen. Hij ontkent de beschuldiging niet, maar probeert haar milder te stemmen. 'Ik weet dat je geen kind bent,' zegt hij.

Zijn vriendelijke woorden zijn bijna nog pijnlijker dan zijn wreedheid. 'Er zijn veel dingen die ik niet begrijp,' zegt ze. Ze gaat op haar sprei zitten en kijkt naar het afgesloten kabinet. 'Soms zie ik in dit huis een streep licht, alsof iemand me iets aanreikt. Op andere dagen voel ik me bedekt door een sluier van onwetendheid.'

'In dat opzicht zijn we allemaal kinderen,' zegt Johannes. 'Ik meende niet wat ik in de ontvangkamer zei. Als Maren zo... Ze haalt me...'

'Maren wil gewoon dat jou niets overkomt. Ik ook niet.'

'Er overkomt mij niets,' zegt hij.

Bij die woorden doet Nella haar ogen dicht en krijgt ze een angstig voorgevoel. Wat moet het voor Maren al die jaren moeilijk zijn geweest om van iemand te houden die denkt dat hij het hele leven naar zijn hand kan zetten! Hij is een ingezetene van Amsterdam – hij begrijpt toch ook wel dat hij hier niet in zijn eentje kan overleven?

'Dit is misschien niet het huwelijk dat je in gedachten had,' zegt hij eerlijk.

Ze staart hem aan en vangt een glimp op van feesten, financiele zekerheid, het wegstervende gelach van mollige kleine kinderen. Die glimp valt tussen hen in en vervaagt. Al die beelden horen bij een andere Nella, een vrouw die nooit zal bestaan. 'Misschien was het dom om me er een voorstelling van te maken.'

'Nee,' zegt hij. 'Wat moest je anders?' Hij lijkt haar kamer niet te willen verlaten. Nella denkt weer aan de laatste zending van de miniatuurmaakster, de broodjes en de taarten in het piepkleine mandje dat achter de mosterdkleurige gordijnen verborgen is.

'Johannes, ben je er in Venetië in geslaagd om ook maar een deel van de suiker te verkopen?'

Hij gaat op het voeteneinde van haar bed zitten. 'Het is een berg, Nella,' verzucht hij. 'Letterlijk. Figuurlijk. Het duurt een poosje voordat je in dit jaargetijde kopers vindt.'

'Maar héb je kopers gevonden?'

'Een paar, ja. Een kardinaal en een van de courtisanes van de paus. Het lijkt wel of de mensen tegenwoordig minder kunnen uitgeven.' Hij glimlacht droevig.

'Dan moet je iets bedenken voor de rest. Maren zou je het vuur na aan de schenen leggen als ze wist dat je maar twee kopers had gevonden. Wees blij dat je dit tegen mij zegt.'

Johannes glimlacht. 'Ik had niet verwacht dat je tot deze vrouw zou uitgroeien.'

'Ik ook niet.' Nella kan tegenwoordig nog maar aan twee dingen denken: een ongrijpbare Noorse vrouw die haar leven stuurt met miniatuurvoorwerpen, en zorgen dat de rijkdom van Johannes niet aan zee wegrot. Dat was niet het beeld dat haar moeder haar in Assendelft had voorgespiegeld.

'Het was een compliment,' zegt Johannes. 'Je bent heel bijzonder.' Hij zwijgt even en kijkt gegeneerd. 'In januari ga ik weer op reis, en dan zal ik zorgen dat Agnes en Frans met die suiker geld verdienen. Ik verkoop mijn voorraden altijd.' Hij spreidt zijn armen, alsof de status en de aankleding van zijn huis aan de Herengracht daarvan voldoende bewijs zijn.

'Beloof je dat, Johannes?'

'Ja.'

'Ik heb al eens eerder vertrouwd op je plechtige belofte,' zegt

Nella. 'Ik kan alleen maar hopen dat je je er deze keer aan houdt.' Op de achtergrond laat de slingerklok zijn fluwelen getik horen. 'Hier,' zegt ze. Ze staat op van het bed en schuift de gordijnen van het kabinet voorzichtig open. 'Dit is voor jou.'

Ze legt het miniatuurtje van Rezeki op zijn hand en Johannes kijkt ernaar. Hij knippert met zijn vermoeide ogen en ziet niet meteen wat het is. 'Rezeki?' zegt hij.

'Pas goed op haar.'

Even is Johannes stil, in beslag genomen door het hondje in zijn hand. Hij tilt het op en strijkt over de zijdezachte grijze vacht, de intelligente oogjes, de slanke poten. 'Ik heb veel gereisd, maar zoiets heb ik nog nooit gezien.'

Het valt Nella op dat hij niets zegt over de rode vlek, maar het lijkt haar beter als hij die niet wil zien. 'Je kerstgeschenk,' fluistert ze. 'Ik weet dat Rezeki geen mens was, maar toch... Zeg het niet tegen de burgemeesters.'

Johannes kijkt naar haar, te ontroerd om iets te zeggen, en hij klemt het geschenk als een troostende talisman in zijn hand. Nella doet de deur achter hem dicht. Ze luistert naar de zachte voetstappen die hem naar zijn kamer brengen en voelt vreemd genoeg een diepe innerlijke rust.

Maar de volgende dag wordt ze bij de dageraad ruw wakker geschud door Cornelia. De hemel is gekleurd met strepen oranje en donkerblauw – het kan niet later zijn dan zeven uur. Nella ontwaakt huiverend uit haar dromen over rood doorweekte doeken en krimpende kamers en is zich vrijwel meteen bewust van de koude ochtendlucht.

'Wat is er?'

'Wakker worden, mevrouw.'

'Ik bén wakker. Wat is er aan de hand?' Ze tuurt naar het afgetobde gezicht van Cornelia, dat boven haar hangt. Ze wordt bevangen door een hevige angst. 'Is er iets met Johannes?'

Cornelia's handen vallen als een paar dode bladeren van Nella's lichaam.

'Niet met mijnheer, met Otto,' fluistert de meid. Haar stem breekt. 'Hij is weg.'

Zielen en buidels

Cornelia danst om Johannes heen nu ze twee bedienden tegelijk moet zijn. Ze helpt hem in zijn laarzen en vult zijn zakken met pasteitjes en een appel. Ze bestrijdt haar angsten door hem te voeden. Johannes trekt iets warms aan. 'Waar is mijn brokaten jas?' vraagt hij.

'Echt iets voor jou om dat nu te vragen,' mompelt Maren, grauw van uitputting.

'Die kon ik niet vinden, mijnheer,' zegt Cornelia.

'Ik ga in de haven zoeken,' zegt Johannes. 'Waarom is hij ervandoor gegaan?'

'Neem dan ook meteen een kijkje bij de suiker,' roept Nella, die achter hem aan rent.

Johannes kijkt haar ongelovig aan. 'Toet komt op de eerste plaats,' zegt hij. 'We mogen hem niet kwijtraken.'

Maar Nella denkt automatisch aan het zwart uitgeslagen suikerbroodje van Agnes, dat boven ligt. Het is een voorteken – de miniatuurmaakster wil hen waarschuwen, net zoals bij Rezeki. Er moet een manier zijn om te voorkomen dat ze de suiker ook kwijtraken! Maar Johannes is al verdwenen, en geen enkele echtgenote kan onaangekondigd bij haar mans pakhuis verschijnen.

Otto's bed vertoont geen tekenen van een worsteling, er is geen kapot meubilair, de deur is niet opengebroken. Er is een tas met kleren verdwenen.

'Hij heeft de jas meegenomen, ik weet het zeker,' zegt Cornelia.

'Misschien verkoopt hij hem wel,' zegt Nella.

'Ik denk dat hij hem zelf wil dragen. O, waarom is hij toch vertrokken?'

Nella beseft dat ze Cornelia nog niet heeft gevraagd wat ze om vijf uur 's ochtends in Otto's slaapkamer deed, maar Cornelia is volledig van slag en een ondervraging doet nu misschien meer kwaad dan goed.

'Cornelia,' roept Maren naar boven. 'Kom eens hier.'

Gekleed in drie jassen, een omslagdoek en twee paar wollen kousen probeert Maren in de woonkamer onhandig een turfvuur aan te steken. Als ze rechtop gaat staan, lijkt ze heel massief, veel groter dan Nella en Cornelia. 'Het lukt me niet de turf aan te steken,' zegt ze. Haar woorden zijn even vlak als haar vaderland.

'Het is Toets taak om de haard aan te maken.' Er hangt turfrook in de lucht, maar dat lijkt niet de reden te zijn dat Cornelia's ogen vol tranen lopen. 'Ik ben er niet goed in.' Als ze bij de haardijzers knielt, is haar ineengedoken houding tekenend voor haar verdriet. 'Ik heb navraag gedaan op de gracht,' zegt ze snikkend. 'Er zijn geen Afrikanen naar het Rasphuis of de gevangenis in het stadhuis gebracht.'

'Cornelia...' Maren laat zich met rode ogen in de stoel zakken waarop Johannes neerplofte toen hij het nieuws over Rezeki hoorde. Ze kan niet stilzitten en prutst aan haar laagjes kleren. Cornelia heeft haar een stuk appeltaart van vorige week gebracht en Maren neemt een hapje en zet de taart dan weer neer.

In gedachten doet Nella een beroep op de miniatuurmaakster, al weet ze niet waar die zich bevindt: *Mevrouw, stuur mijn echtgenoot een paar vleugels. Laat hem sneller naar de vertrekkende schepen vliegen. Zorg dat onze geliefde Otto niet op een schip stapt.*

'Ik weet zeker dat hij ontsnapt.' Maren onderbreekt Nella's gedachten en wrijft over haar slapen alsof ze iets woeligs in haar schedel tot rust probeert te brengen. 'Hij gaat naar Londen. In de buurt van de Theems heeft hij een kans dat hij zich onopvallend tussen de mensen kan voegen.'

'Je lijkt erg zeker van je zaak,' zegt Nella.

'Ik zei tegen hem dat er niets zou gebeuren,' zegt Cornelia. 'Waarom luisterde hij niet?'

'Omdat hij bang was.' Maren gaat steeds zwaarder ademen. Ze praat min of meer tegen zichzelf en pakt de appeltaart, waar ze lusteloos in prikt. 'Het is goed dat hij weg is. Met zijn afwezigheid beschermt hij ons. En wat zou er met een man als hij gebeuren als de burgemeesters hem te pakken kregen?'

'Maren, wist jij dat hij weg zou gaan?' wil Nella weten.

De vraag lijkt Maren enigszins te verbazen. 'Hij is verstandig,' antwoordt ze, terwijl ze haar blik afwendt en haar rok gladstrijkt.

'Heb jij gezegd dat hij weg moest gaan?' dringt Nella aan. Ze wordt razend van de vage antwoorden waarachter Maren zich verschuilt.

'Het was het minste van twee kwaden,' zegt Maren. 'Ik heb het geopperd, maar ik heb niemand gedwongen.'

'Ik weet hoe jouw voorstellen werken.'

Cornelia staart haar geschokt aan. 'Hebt u hem weggestuurd? U zei dat Jack hem niet zou aangeven.'

'Jack verrast ons elke keer weer. Hij is een opportunist. Wat zou er gebeuren als hij zich op ons probeerde te wreken? Dan kreeg Otto geen proces en had zijn laatste uur geslagen.'

'Wat laat je ons toch graag naar je pijpen dansen, Maren! Proces of niet, nu kan Otto ook doodgaan.'

Cornelia staat op. 'Hij is de bediende van mijnheer.'

'En niet van mij?' Maren smijt haar stuk appeltaart tegen de muur, waarbij ze Cornelia rakelings mist. De dienstmeid maakt een sprongetje van schrik als de taart op de muurschildering van olieverf uit elkaar spat. Krenten spetteren als donkere kogels op de geschilderde schapen in het plattelandstafereel. 'Dacht je dat ik niet het beste met hem voorhad?' roept Maren. 'Johannes geeft niets om hem.'

'Hij is hem aan het zoeken!'

'Johannes houdt alleen maar van zichzelf,' sist ze. 'En daar hebben we dit aan te danken.' De krenten glijden van de muurschildering af en belanden als muizenkeutels op de vloer. Maren loopt langzaam de kamer uit, alsof het gewicht van haar kleren op haar drukt.

Kerstmis sloft voorbij, slechts een schim van de belofte die deze dag ooit inhield. Nog altijd hebben ze geen idee waar Otto is. De voedselpakketten worden naar de weeshuizen gestuurd en Johannes begraaft Rezeki in de winterse, sluimerende tuin. 'Ik heb mijnheer nog nooit zo gezien,' zegt Cornelia bleek van bezorgdheid tegen Nella. 'Hij heeft zelfs een passage uit de Bijbel gelezen. Het was alsof hij ergens anders was.'

Johannes maakt een verzwakte, teruggetrokken indruk. Hij gaat elke dag de deur uit en beweert dat hij navraag doet naar zijn vermiste bediende en aan de verkoop van Meermans' suiker werkt. Soms overweegt Nella Maren te vertellen dat de partij nog steeds in het pakhuis ligt en dat Frans woedend is, maar ze lijken allebei weinig te kunnen doen en Marens stemmingen zijn onvoorspelbaar.

De sporen op het suikerbroodje spoken door Nella's hoofd. Ze kijkt er dagelijks naar, ervan overtuigd dat ze zich hebben verbreid, maar het brood lijkt niet meer te veranderen. Daar houdt Nella zich aan vast, omdat ze inmiddels werkelijk gelooft in de profetische kracht van de miniatuurmaakster. Ik worstel en kom boven, denkt ze, al is het probleem dat ze geen idee heeft wáár ze bovenkomt. Vast in een doodlopende straat, denkt ze – in een impasse, een zwak en zwijgend bestaan.

Ze heeft geen idee waar Otto kan zijn, en zijn afwezigheid is een vraag die niemand van hen kan beantwoorden. Tot nu toe vertelt zijn pop haar nog niets, dus Nella verlaat zich op de speculaties van haar huisgenoten. Maren houdt vol dat hij naar Londen is gegaan. Johannes denkt aan Constantinopel en Cornelia is ervan overtuigd dat hij nog in Nederland is. Ze wil niet geloven dat Otto uit vrije wil ver weg zou gaan.

'Hij kan beter in een havenstad zijn,' zegt Nella. 'In Assendelft zouden de mensen hun deur voor hem sluiten.'

'In deze kou?' vraagt Cornelia.

'O, vast wel,' zegt Maren.

'Ik vind het ongelooflijk dat hij zelf met zijn vertrek heeft ingestemd.' Nella kijkt haar strak aan, maar Maren wendt haar blik af.

'Ik vind het niets voor hem.'

'Jij bent hier pas drie maanden, Petronella,' verzucht Maren. 'Een heel leven is nog niet lang genoeg om te weten hoe iemand zich zal gedragen.'

Cornelia laat haar werk versloffen: er wordt minder geveegd, geboend, gewassen, geborsteld, geklopt en schoongemaakt met azijn en citroensap. Nella stuurt haar brief naar Lucas Windelbreke en wacht op antwoord. Het kan zijn dat het winterweer de koerier vertraagt, denkt ze, maar het lijkt haar enige hoop.

Ze besluit aan Maren te vragen of Johannes heeft verteld dat de suiker nog in het pakhuis ligt. Ze treft haar aan in de gang, waar Maren de laatste tijd veel ijsbeert en naar de plek in de ontvangkamer staart waar ze ruzie heeft gehad met haar broer. De gesuikerde walnoten zijn uit haar kamer tevoorschijn gekomen en liggen in een kommetje op een wandtafel. De rondingen van de halve noten glinsteren als keverschilden. Nella kijkt er verbaasd naar, want het is niets voor Maren om openlijk gesuikerde lekkernijen te eten. Maar ja, denkt ze, als ik zo'n ruzie met Carel had gehad, zou ik mijn eigen gewicht in marsepein opeten.

'Maren, ik moet je iets vragen,' zegt ze.

Marens gezicht vertrekt en ze sjort haar omslagdoek dichter om zich heen.

'Wat is er?'

'De walnoten,' zegt Maren. 'Ik heb er te veel op.' Ze loopt naar boven, naar haar kamer, en Nella kan geen woord meer met haar wisselen.

Cornelia en Nella zitten uren in de keuken, het warmste vertrek in huis. Op een middag, als Maren ligt te slapen en Johannes weg is, wordt er op de deur gebonsd.

'Misschien is het de burgerwacht wel, die Toet komt halen. De hemel beware ons,' fluistert Cornelia.

'Nou, dan zullen ze hem hier niet vinden.' Nella zou het tegenover Maren nooit toegeven, maar ze is opgelucht dat Otto er niet is. In gedachten ziet ze Jack midden in een groep schutters staan en beschuldigend met zijn vinger wijzen.

Het geklop houdt niet op. 'Ik ga wel,' zegt Nella, omdat ze in elk geval de illusie wil wekken dat ze alles in de hand heeft. Het lijkt hier wel de omgekeerde wereld, denkt ze, als de vrouw des huizes gasten moet begroeten.

Maar door de ruit ziet ze slechts één glimmende, breedgerande hoed op een groot, dik hoofd. Het is een verademing dat het de burgerwacht niet is, maar toch is ze niet helemaal ontspannen als Frans Meermans zijn hoed afzet en de gang in loopt zodra ze de voordeur opendoet. De decemberkou waait met hem mee naar binnen en hij maakt een buiging, waarbij hij de rand van zijn hoed tussen zijn vingers door laat gaan.

'Mevrouw Brandt,' zegt hij. 'Ik wil uw man spreken.'

'Die is op de beurs,' zegt Maren.

Nella kijkt geschrokken om en ziet Maren op de trap staan. Het is alsof Maren wist dat hij zou komen, denkt ze. De sfeer is geladen, en ze wacht op een teken waaruit blijkt dat ze iets voor elkaar voelen. Dat blijft uit. Geen wonder, denkt Nella. Maren weet haar gevoelens altijd goed te verbergen.

'Ik ben op de beurs geweest,' zegt Meermans. 'En bij de VOC. En in diverse kroegen. Tot mijn verbazing was hij daar niet.'

'Ik ben mijn broeders hoeder niet, mijnheer,' zegt Maren.

Bij die opmerking trekt Meermans zijn wenkbrauwen op. 'Helaas niet, nee.'

'Wilt u op hem wachten? En wilt u dan misschien wat wijn?' vraagt Nella, want Maren weigert uit het donker te komen.

Hij draait zich naar haar toe. 'U zei in de Oude Kerk tegen mijn vrouw dat uw man naar Venetië was om onze suiker te verkopen.'

Nella voelt de ogen van Maren op haar rug branden. 'Dat klopt. Hij is inmiddels terug...'

'Dat weet ik, mevrouw. Geloof me, een man als hij wordt bij elke stap in de gaten gehouden. Brandt is terug van de Venetiaanse papen. Het is Kerstmis geweest en het nieuwe jaar breekt bijna aan. Daarom vraag ik me af waar mijn winst blijft.'

'Ik weet zeker dat die onderweg is...'

'Hij heeft me niet geschreven, dus gisteravond ben ik naar het pakhuis gegaan om te kijken hoe zijn reis naar Venetië was verlopen. Voor de verandering had ik Agnes meegenomen. Had ik dat maar niet gedaan!' Hij draait zich vlug naar Maren en zijn ogen puilen uit van woede. 'Er is nog geen korrel verplaatst. Nog geen greintje van mijn suiker is verkocht! Ik heb helemaal niets aan jullie – ons hele fortuin, onze hele toekomst ligt daar in het donker te verschimmelen. Ik heb gevoeld – een deel van de broden was pap geworden.'

Maren is zichtbaar geschokt en probeert de situatie tevergeefs onder controle te krijgen. Nella voelt zich schuldig als haar schoonzuster begint te hakkelen en zich niet tegen zijn woede weet te verweren.

'F-Frans,' stottert Maren, 'dat kan niet...'

'Dat zou op zich al reden genoeg zijn om Johannes Brandt te ruïneren, en de hemel weet dat ik daar al eerder redenen voor heb gehad. Maar toen we buitenkwamen, zagen we bij het pakhuis iets ergers. Iets véél ergers.'

Maren komt een stukje uit de schaduwen. 'Hij verkoopt die partij heus wel, Frans,' zegt ze zachtjes. 'Je kunt erop rekenen...'

'Weet je wat we daar tegen de muur zagen?'

Cornelia komt haastig uit de keuken. Nella heeft het gevoel dat haar hart uit haar lichaam probeert te ontsnappen. Ze wil Cornelia's handen beetpakken en een ring om Meermans vormen, om hem en haar hart onder de duim te houden. Ik had het tegen Maren moeten zeggen, denkt ze. De lucht om haar heen zindert onder Meermans' aanzwellende woede. Maren had er al een donkerbruin vermoeden van, maar als ik had bevestigd dat de suiker nog in het pakhuis lag en dat Frans er al eens een kijkje had genomen, had ze dit misschien kunnen voorkomen.

Maren deinst op de trap achteruit als Meermans dichterbij komt – het tegendeel van een romantisch tafereel vol tedere liefde. Terwijl hij een wedstrijd lijkt te doen wie van hen tweeën het eerst de ogen neerslaat, ziet Nella twee beelden van hun verhaal voor zich: het gezouten biggetje dat Frans had gestuurd en zijn prachtige briefje, verstopt in een boek. Laat Frans alsjeblieft genadig voor haar zijn, bidt ze in stilte.

'We zagen hem.' De stem van Meermans is zacht, maar betoverend fel. 'We zagen zijn duivelse verdorvenheid.'

'Waar heb je het over?' vraagt Maren. 'Welke verdorvenheid?'

'Volgens mij heb je het altijd geweten,' zegt hij. 'Wat hij daar tegen die wanden van het pakhuis doet. En dat beeld krijg je nooit meer uit je hoofd.'

'Nee,' zegt Maren.

'Jawel,' zegt Meermans. Hij recht zijn rug en draait zich naar Nella, die haar ogen niet van zijn triomfantelijke gezicht af kan houden. 'De wereld moet weten, mevrouw, dat uw weerzinwekkende echtgenoot zijn lusten botvierde op een jongen.'

Nella sluit haar ogen alsof ze daarmee kan voorkomen dat zijn woorden binnendringen, maar het is al te laat. Als ze weer naar Meermans kijkt, ziet hij er walgelijk tevreden uit. Je bent niet de eerste die me met deze ontdekking confronteert, denkt Nella, niet in staat hem aan te kijken. Gelukkig heeft mijn man dat in elk geval zélf gedaan.

Geen van de vrouwen lijkt iets te kunnen uitbrengen, en Meermans ergert zich aan hun stilzwijgen. 'Johannes Brandt is een perverseling,' zegt hij, alsof hij hun versteende angst wil doorbreken. 'Een worm in de appel van deze stad. En als godvrezend burger zal ik mijn plicht doen.'

'Er is vast sprake van een vergissing,' fluistert Maren.

'O nee, helemaal niet. En wat nog belangrijker is: de jongen beweert dat Johannes hem heeft overweldigd.'

'Wát?' zegt Nella.

'Je bent een vriend van Johannes.' Marens stem is nauwelijks hoorbaar en haar hand glijdt van de trapleuning. 'Laat hem niet vervolgen, want je weet wat er dan met hem gebeurt.'

'Mijn vriendschap met die man bestaat al jaren niet meer.'

'Waarom heb je hem dan gevraagd? Er zijn zoveel kooplieden. Waarom heb je mijn broer uitgekozen?'

'Agnes stond erop.' Ruw zet hij zijn hoed op zijn hoofd.

'Maar jij hebt daarmee ingestemd, Frans. Waarom heb je dat gedaan als je geen genegenheid meer voor hem voelt?'

Meermans steekt zijn hand op om haar het zwijgen op te leggen. 'Onze suiker is net zo reddeloos verloren als zijn ziel. En toen ik zag welke godslasterlijke dingen hij deed, was het alsof Beëlzebub in eigen persoon uit de lucht was komen vallen.'

'Beëlzebub overvalt ons allemaal als je zo doorgaat! Je zegt dat je je plicht tegenover God wilt doen, maar volgens mij gaat het je alleen maar om geld. Winst, rijkdom – zo was je vroeger niet.'

De jongen tegen de muur van het pakhuis moet Jack zijn geweest, denkt Nella. Ze hoopt bijna dat hij het was, want dan blijft er tenminste nog íéts hetzelfde aan de vele gedaanten waarin deze ramp zich manifesteert. Ze vraagt zich af of Johannes nog in het pakhuis is en niet weet dat Frans hem heeft ontdekt. Hij moet het weten, denkt ze. Hij moet vluchten.

'Hebt u mijn man gesproken?' vraagt ze.

Met een spottende grijns draait Meermans zich naar haar toe. 'Natuurlijk niet,' zegt hij. 'Agnes was... We moesten zo snel mogelijk weg. Ze is nog niet van de schok bekomen.'

'Triomfeer niet op deze manier over hem, Frans,' smeekt Maren. 'Je richt ons allemaal te gronde. We kunnen vast wel iets regelen...'

'Pardon? Hoe durf je dat voor te stellen! Johannes heeft in mijn leven al genoeg geregeld.'

'Frans, we verkopen je suiker, en dan zetten we een punt...'

'Nee, Maren.' Hij wrikt de deur open. 'Ik ben veranderd, en ik ben niet van plan het tij te keren.'

Vlucht

Als Frans Meermans de vrieskou in stormt, zakt Maren door haar knieën. Het is een verontrustend gezicht, alsof een uitzonderlijk mooie boom omvalt. Cornelia rent naar haar toe en probeert haar te ondersteunen. 'Ik kan het nauwelijks geloven,' zegt Maren, starend naar Nella. 'Zou het kloppen? Zou hij zo ongelooflijk dom zijn geweest?'

'Naar bed, juffrouw Maren,' zegt Cornelia, terwijl ze een wanhopige poging doet Maren op te tillen. Ze worstelt met Marens gewicht en haar werkgeefster duwt haar weg en gaat op de trap zitten.

'Frans geeft hem aan bij de burgemeesters,' zegt Maren. De woorden worden blauwe plekken op de toch al gevoelige stemming die Meermans heeft achtergelaten. Ze ziet er vreselijk uit: holle ogen, krachteloos, een stem zonder pit. 'Hij kwam hier niet om genade te betonen. Dit was leedvermaak.'

'Dan moeten we gebruikmaken van zijn dikdoenerij,' zegt Nella. 'Johannes weet niet dat ze hem hebben gezien. Hij heeft nog maar een paar uur de tijd om te ontsnappen.'

'Maar als mijnheer ook weggaat...' zegt Cornelia. 'We kunnen hier niet met ons drieën wonen.'

'Heb jij soms een beter plan?' vraagt Nella.

Het wordt ijzig stil in de gang. Nella ergert zich aan haar eigen humeurigheid en speelt met Dhana's zijdezachte oren. Ondertussen denkt ze aan het zwart uitgeslagen suikerbroodje in haar kamer, en ze vraagt zich af waar Johannes is. De suiker maakte Frans kwaad, misschien nog wel kwader dan de aanblik van Johannes die van verboden vruchten snoepte. Misschien kan geld zijn woede jegens de Brandts nog sussen. 'Ik weet niet hoe we het moeten aanpakken, maar we moeten de suiker verkopen,' zegt ze. 'De broden kunnen niet allemaal bedorven zijn.'

Maren kijkt naar haar op. 'Hoe weet je dat zo zeker?'

'Meermans wil geld zien. Misschien houdt hij zijn mond als wij de partij verkopen.'

'Er is geen enkele manier om hem tot zwijgen te brengen. Geloof me. En wat stel je voor? Ken jij alle kopers in Europa en daarbuiten, Petronella? Ken jij de Londense koks, de Milanese suikerbakkers, de hertoginnen, de markiezen en de sultans? Spreek jij vijf talen?'

'Ik zoek in al deze duisternis alleen maar naar het licht, Maren.'

Een uur later staart Nella naar de kamers van haar poppenhuis, zoekend naar een teken, een aanwijzing wat ze moet doen. De gouden slingerklok is een afschuwelijke, regelmatige herinnering aan het feit dat haar man nog steeds niet thuis is en dat de minuten wegtikken. Wat is het toch vreemd dat sommige uren als dagen voelen en andere voorbij lijken te vliegen, denkt ze. Buiten het raam is het ijskoud en ze merkt dat haar tenen gevoelloos zijn. Ze probeert zich voor te stellen dat haar lichaam helemaal niets meer kan, zoals dat van de man die in stukken gehakt onder het ijs werd gevonden. Haar ademhaling tekent tenminste nog pluimen in de lucht. Ik leef nog, denkt ze.

Een opvallend helder maanlicht sluipt door een spleet tussen de gordijnen naar binnen. Het beschijnt elke krul van het tin en verandert het in een rivier van kwik die door het hout meandert. De negen kamers worden allemaal verlicht, en de gezichten van de poppen lijken wel te gloeien. Nella's bruidsbeker is een bleke vingerhoed, het kant van haar wiegje een glanzend web. De afgebroken hand van Agnes ligt nog als een zilveren bedeltje op een stoel, en het suikerbrood is spierwit, op de bovenkant na. Nella pakt het uit het poppenhuis en probeert te ontdekken of de punt weer donkerder is geworden. Ze kan het niet zien. De zwarte sporen zijn nog onverbiddelijk aanwezig en het brood ligt verziekt en aangetast op haar handpalm.

Ik ben niet eens een metselaar van het lot, laat staan de architecte, denkt ze. De raadselachtige motto's en de prachtige voorwerpen van de miniatuurmaakster zitten nog steeds opgesloten in hun eigen wereld – tastbaar, maar tegelijkertijd onbereikbaar. Vanavond lijken ze haar te bespotten. Hoe minder Nella begrijpt van de beweegredenen van de miniatuurmaakster, hoe machtiger ze lijkt te zijn. Ze hoopt dat Lucas Windelbreke haar brief heeft ontvangen en haar kan helpen de sleutel te vinden.

Ze pakt het popje van haar man en weegt het op haar handpalm. Heeft de miniatuurmaakster ook zien aankomen dat Johannes in de haven door zijn vijand werd betrapt? Zijn rug is nog steeds naar één kant gebogen door het gewicht van zijn geldbuidel. Die lijkt niet lichter geworden te zijn. Dat probeert Nella als een bemoediging te zien, maar ze weet niet zeker of ze het wel goed begrijpt.

Ze hoort de voordeur, gevolgd door de vertrouwde klik als Johannes zijn werkkamer betreedt. Ze legt de pop terug in het kabinet, rent naar beneden en loopt de kamer in. Ze neemt niet eens de moeite te kloppen.

'Waar was je?' Ze drukt haar voeten in de zachte, wollen haren van zijn kleed, waarin voorgoed de vertrouwde geur van Rezeki is getrokken.

'Nella?'

Hij ziet er moe en oud uit, en daardoor voelt zij zich ook ouder. Hij weet niet dat hij is betrapt, denkt ze. Ze ziet het aan hem. Ze loopt gejaagd naar hem toe en pakt hem bij zijn mouwen. 'Je moet hier weg. Je kunt hier niet blijven.'

'Wat?'

'Maar eerst wil ik dit zeggen: ik ben ervan overtuigd dat je je best voor me hebt gedaan – met je kabinet, het feest van de zilversmeden, de ruikertjes en de jurken. Gesprekken die anders waren dan alle andere die ik ooit heb gevoerd. Dat moet je weten voordat je hier vertrekt.'

'Ga zitten, doe rustig. Voel je je wel goed?'

'Nee.' Nella houdt op met praten en kijkt om zich heen naar de kaarten, de papieren, het gouden inktstel – alles is beter dan de behoedzame blik in zijn grijze ogen. 'Agnes en Frans hebben je gezien. Bij het pakhuis – met een jongeman.'

Hij laat het hoofd hangen en leunt tegen zijn hoge kruk. Hij ziet eruit alsof hij langzaam tot stilstand komt nadat de tandraderen binnen in hem zijn afgebroken.

'De burgemeesters zullen je doden,' dringt Nella aan als hij blijft zwijgen. Ze hoort de woorden uit haar mond vallen, roekeloos, overlopend in elkaar. 'Was het... Jack? Hoe kon je dat nu doen? Hij heeft je verraden door Rezeki te vermoorden...'

'Jack Philips is niet degene die me heeft verraden, Nella,' zegt Johannes. Zijn stem heeft een harde toon die ze nog niet eerder heeft gehoord. 'Dat heeft deze stad gedaan. En de jaren die we allemaal doorbrengen in onzichtbare kooien met spijlen van moorddadige hypocrisie.'

'Maar hij...'

'Ieders gedrag verandert als hij voortdurend onder de loep wordt genomen en omringd wordt door kleingeestige vroomheid. Mensen houden hun buren in de gaten en draaien touwen om ons allemaal te binden.'

'Maar je zei een keer dat deze stad geen gevangenis was als je je pad zorgvuldig uitstippelde.'

Hij spreidt zijn armen. 'Amsterdam is dus wél een gevangenis. En ik ga vanavond weg voordat het onmogelijk wordt te ontsnappen.'

Hij is bruusk, hij lijdt, hij klinkt als iemand anders. Nella's botten voelen drie keer zo zwaar als anders, ze heeft het idee dat ze in het kleed van haar man zal wegglijden en nooit meer kan opstaan. 'Waar ga je naartoe?'

'Het spijt me, lieve Nella,' zegt hij. Zijn tederheid is bijna net zo moeilijk te verteren. 'Dat kan ik beter voor me houden. Ze zullen je ondervragen – en ze hebben manieren om aan antwoorden te komen.' Hij zoekt iets op zijn schrijftafel en geeft haar een velletje papier. 'Ik heb een lijstje gemaakt van mensen die misschien geïnteresseerd zijn in de suiker. Geef het maar aan Maren. Ze heeft verstand van het grootboek, dus dat zal geen problemen opleveren. Ik zal je de naam doorgeven van een tussenpersoon bij de VOC die ik vertrouw.'

'Dan moeten we nog meer provisie betalen en maken we nog minder winst.'

'Je hebt goed opgelet.' Met moeite slaagt hij erin te glimlachen. Hij maakt zijn geldkist open om er een stapel bankbiljetten uit te halen, en het valt Nella op dat er nog maar weinig in de kist zit. 'Maar ik zou niet weten hoe je de suiker zonder tussenpersoon moest verkopen.'

'Kom je bij ons terug?'

Johannes zucht. 'Er is geen enkele stad zoals deze, Nella. Amsterdam fonkelt en pocht, maar ik heb me er nooit thuis gevoeld.'

'Waar dan wel?'

Hij kijkt naar de kaarten aan de muur. 'Dat weet ik niet,' zegt hij. 'Waar ik troost kan vinden. En die moet je met een lantaarntje zoeken.'

Die avond is Nella de enige die Johannes uitzwaait. Hij duikt diep weg in zijn reismantel tegen de kou en zegt: 'Vaarwel.'

'I-ik... zal je missen.'

Hij knikt, en ze ziet tranen. 'Je bent niet alleen,' zegt hij, terwijl hij zijn ogen afveegt. 'Je hebt Cornelia.'

Als hij stilstaat om de band van zijn reistas te verstellen, vindt Nella hem er kwetsbaar uitzien, een oude man die tegen zijn zin wordt gedwongen op avontuur te gaan. 'Ik heb vrienden in vele landen,' zegt hij, alsof hij haar gedachten kan lezen. 'Het komt wel goed.' Zijn adem is als hete rook in de ijskoude lucht en ze ziet de damp vervliegen. 'Ik zal aan je denken, Nella. Pas goed op Maren. Bescherm haar. Dat heeft ze harder nodig dan je denkt. En zorg dat ze je niet alleen maar haring te eten geeft.'

Het grapje zet zich in haar vast als een pijl en veroorzaakt onverwachts een hevige pijn. Ze heeft moeite met deze vriendschap die te laat komt, het warme, wederzijdse begrip waarvan de laatste seconden wegtikken. 'Johannes,' fluistert ze, 'beloof dat je terugkomt.'

Haar echtgenoot zegt niets, want als ervaren verdwijner is hij al geluidloos vertrokken over de Herengracht, de geldbuidel bungelend aan zijn zij. Ik zie hem nooit meer, denkt Nella.

De avond wordt donkerder, de sterren zijn ijzig en de kou is een mes op haar nek, maar ze wacht tot ze geen verschil meer ziet tussen Johannes en de duisternis die hem wegvoert.

Hoefijzer

Ze wordt wakker van metaalgekletter op de Herengracht. Ze heeft de hele nacht in de werkkamer van Johannes geslapen, en de afdruk van haar mans vloerkleed staat op haar gezicht. Eerst denkt ze dat het geluid afkomstig is van de dienstmeiden in de straat, die hun stokdweilen in hun emmers dopen, de trapjes schoonmaken en het afval van de laatste dag van 1686 wegspoelen. Heel even vergeet ze alles en staart ze naar de prachtige kaarten van Johannes. Dan schieten haar de woede van Meermans en de vlucht van Johannes weer te binnen en is de weg naar rustig nadenken afgesloten. Ze kijkt naar het plafond, waar de roetvlekken van de kaarsen net zo zwart zijn als de sporen op het miniatuursuikerbrood van Agnes.

Ze wordt geroepen door een hysterisch klinkende Cornelia: 'Mevrouw Nella! Mevrouw Nella!' Nella wrijft in haar ogen. Het gerammel is opgehouden. Verdwaasd gaat ze op de geldkist staan om naar buiten te kijken. Rode sjerpen over brede borstkassen, blinkend en opgepoetst metaal, zwaarden en pistolen. De burgerwacht van Sint-Joris. Dan begint het gehamer op de voordeur. Cornelia stormt de werkkamer binnen. 'De schutters,' sist ze doodsbenauwd. 'Ze zijn er.'

Nella doet haar ogen dicht en dankt de hemel dat Johannes inmiddels ver weg op een schip is. Maren staat in de gang. Het gebons gaat door en de drie vrouwen plegen gejaagd overleg. Tussen hen in springt Dhana onrustig heen en weer.

'Is hij vertrokken?' vraagt Maren. Als Nella knikt, ziet ze heel even verdriet op Marens gezicht, dat vlug verdwijnt achter haar vertrouwde, onpersoonlijke masker. 'Ik ben bang dat ik mezelf in dat gezelschap niet in de hand heb,' zegt Maren. Ze loopt de trap op, en Nella probeert de hond in bedwang te houden.

'Maren, nee...'

'Ik krijg vast een woedeaanval, zeker als Frans Meermans erbij is.'

'Wat? Laat me niet alleen met hen...'

'Ik vertrouw je, Petronella.'

Maren verdwijnt, en Cornelia doet de voordeur open. Op het bordes staan zes schutters van de burgerwacht, gekleed in het uniform van rijke krijgslieden. Ze steken hun zilveren en tinnen borstschilden vooruit, en hun donderbussen bungelen op hun heupen. Nella zwijgt en klemt haar handen ineen. Ze krijgt kramp in haar darmen, maar tot haar opluchting is Frans Meermans niet bij het groepje.

'We komen voor Johannes Brandt,' zegt de man die het dichtst bij de deur staat. Hij heeft een Haags accent – zijn lettergrepen klinken staccato, niet Amsterdams.

'Hij is er niet, mijnheer.' Nella voelt haar kaakspieren verslappen. Ze probeert aan Marens hooghartigheid te denken en doet haar best om minstens zo koel te klinken als haar weggevluchte schoonzuster. Ik vraag niet wat hij komt doen, denkt ze. Geen koren op zijn molen, geen enkele gelegenheid ons nog verder te vernederen.

De man van de burgerwacht kijkt haar aan. Hij is lang en ongeveer net zo oud als Johannes. Hij is kaal, maar heeft een baard die sierlijker is dan die van de anderen, grijzend en met de uiteinden tot ouderwetse punten gedraaid. 'Waar is hij dan?' vraagt hij.

'Op reis,' antwoordt Nella. De leugen kost even weinig moeite als ademhalen, al voelt haar tong dik en klef en vindt ze het lastig om overtuigend te klinken. Ze voelt de zelfverzekerdheid van de groep die op haar neerkijkt en ziet alle glimmende medailles en geperste rode sjerpen, barse wimpels van broederschap. De mannen zetten een hoge borst op en hebben ronde buiken van het goede eten.

'We weten dat hij hier is,' zegt een andere man. 'Het is beter als u op de stoep geen scène maakt.'

'Tot ziens, heren.' Ze wil de deur dichtdoen, maar de schutter steekt zijn voet uit en houdt haar tegen. Terwijl de andere vijf beginnen te grinniken, duwt hij tegen het hout, en een paar tellen zijn de jonge vrouw en de grijzende soldaat in een kleine krachtmeting verwikkeld. Hij wint, en de zes mannen marcheren naar binnen, waarbij hun zware voetstappen weergalmen op de marmeren tegels. Ze zetten hun helmen af en kijken om zich heen naar de wandtapijten, de schilderijen, de prachtige geboende trap, de wandkandelaars en de glimmende ramen. Ze lijken nu niet op een burgerwacht, maar op advocaten die de inboedel van een overledene komen opnemen.

De eerste schutter krijgt Cornelia in de gaten. 'Meisje, ga je werkgever halen,' blaft hij. Als Cornelia niet van haar plaats komt, legt hij zijn hand op het gevest van zijn zwaard. 'Als je hem niet gaat halen,' zegt hij, 'nemen we jou ook mee.'

'We kunnen haar afzetten bij het Spinhuis. Daar kunnen ze haar wel wat gehoorzaamheid bijbrengen,' zegt een ander lachend.

Nella bekijkt de zes mannen en vraagt zich af of ze ooit daadwerkelijk gevochten hebben. Ze lijken hun uniformen veel te mooi te vinden. Vlucht, Johannes, denkt ze, vechtend tegen haar groeiende paniek. Vlucht en ga hier ver vandaan.

'Hij is er niet, dat zei ik al,' zegt ze. 'Mijne heren, tot ziens.'

'Weet u waarom we hem zoeken, mevrouw Brandt?' De eerste man loopt naar Nella toe. De andere vijf gaan in een soort hoefijzervorm om haar en Cornelia heen staan. 'We zijn hier op gezag van schout Slabbaert en de hoofdburgemeester in het stadhuis. De cipiers in het stadhuis kijken uit naar uw mans komst.'

'Doe de deur dicht,' zegt Nella. Cornelia haast zich om haar te gehoorzamen. Het wordt donkerder in de gang als de dienstmeid het leven op straat buitensluit. 'U kunt mijn echtgenoot spreken als u hem vindt.'

'Bent u hem kwijt dan?' vraagt een van de andere mannen.

'Ik durf te wedden dat ik weet waar hij is,' zegt een derde, en er klinkt luid gelach. Ik wou dat jullie allemaal dood waren, denkt Nella.

'Een Engelsman heeft aangifte gedaan van een aanranding op de Oostelijke Eilanden,' zegt de eerste man. 'De Engelse diplomaat spreekt zijn verontwaardiging uit namens zijn koning, en we hebben twee getuigen die het hele verhaal bevestigen.'

Jack, Frans en Agnes hebben dus onder één hoedje gespeeld, denkt Nella. De jongen wordt ongetwijfeld betaald om zijn zoveelste rol te spelen. Agnes en Frans zijn vreemde bondgenoten voor Jack Philips, maar dat kan hun waarschijnlijk niet schelen als het de gewenste wraak oplevert. In gedachten rukt Nella de hoofden van hun poppen af. Ze ziet ze alle drie voor zich, uiteengereten en van hun macht ontdaan.

Omdat ze merkt dat ze de controle over de situatie verliest, zoekt ze op alle gezichten wanhopig naar een vleugje vriendelijkheid of een teken dat de mannen zich ongemakkelijk voelen. Elke zwakheid is goed, want daar zal ze meedogenloos gebruik van maken. Een van de mannen lijkt ouder dan Johannes, maar heeft net als hij een open, gebronsd gezicht. Als hun blikken elkaar kruisen, kijkt hij weg. Nella hoopt dat hij een zweem van schaamte voelt en duikt er meteen op.

'Hoe heet u, mijnheer?' vraagt ze.

'Aalbers, mevrouw.'

'Wat doet u hier, mijnheer Aalbers? U bent hier te goed voor. Ga moordenaars en dieven vangen.' Het heeft geen effect, en ze hoort haar eigen stem, radeloos en bang. 'Mijn man heeft geholpen deze republiek groot te maken. Waar of niet?'

'Ik zal zorgen dat uw man goed wordt behandeld.'

'U gaat naar huis, naar uw vrouw. En dan vergeet u het.'

'Uw man zit in de nesten, mevrouw Brandt.' De eerste man beent door de prachtige gang van Johannes' huis. 'En hiermee kunt u hem echt niet redden.'

Nella wordt overvallen door een bijtende woede, een roekeloze razernij. 'Hoe dúrven jullie!' schreeuwt ze. Ze loopt op hen af en de groep wijkt uiteen als een school verraste vissen. 'Stelletje slappelingen, gekleed in geleende glorie!'

'Mevrouw,' smeekt Cornelia.

'Wegwezen,' sist ze. 'Allemaal. Jullie spreken me in mijn huis op beestachtige wijze aan...'

'Mevrouw,' roept de eerste man door de gang, 'het is veel beestachtiger om je bezig te houden met sodomie.'

Het woord hangt in de verstomde lucht. Nella is buiten adem en staat als verstijfd tussen de zwijgende mannen. Dit woord legt een springlading onder de gebouwen van Amsterdam, de kerken en de omringende landerijen, en versplintert het gekoesterde stadsleven. Na 'hebzucht' en 'overstroming' is het de ergste term in het Amsterdamse woordenboek. Hij betekent de dood, en de schutters weten dat. Ze zwijgen na de bravade van hun leider en durven Nella niet aan te kijken.

Boven klinkt een nauwelijks hoorbare klik van een sluitende deur, en het geluid van rennende voetstappen op straat doorbreekt het vreemde, afwachtende moment. Ze draaien zich allemaal om. Een jongetje dat volgens Nella hooguit een jaar of negen kan zijn, kijkt om de hoek van de voordeur. Zijn gezicht straalt en hij komt met open mond op adem.

'We hebben hem gevonden,' roept hij.

'Dood?' vraagt Aalbers.

Het jongetje grijnst. 'Nee. Vijftien kilometer uit de kust. We hebben hem.'

Nella voelt haar maag samenknijpen en haar knieën zakken naar de koude, harde vloer. 'Nee!' roept ze uit. 'Dat kan niet.' Iemand trekt haar omhoog: Aalbers helpt haar voorzichtig overeind. Wankelend laat ze de informatie van de jongen tot zich doordringen. Ze kan nauwelijks ademhalen en voelt zich vreselijk alleen tussen al deze mannen, die het niet kan schelen of haar echtgenoot een eerlijk proces krijgt.

'Waar was hij, Christoffel?' vraagt de eerste man.

'Op een schip in de buurt van Texel.' Christoffel loopt de gang in en zet grote ogen op bij het zien van alle luister om hem heen. 'De voorhoede heeft hem te pakken gekregen. Hij jammerde als een jonge kat.' Hij maakt een miauwend geluid.

'Is dat nu echt nodig?' mompelt Aalbers.

'Nee,' fluistert Nella. 'Dat lieg je.'

De jongen lacht spottend. 'Hij grapte dat hij nog nooit in het stadhuis was geweest. Nou, het lachen zal hem nu wel vergaan.'

Aalbers geeft hem een draai om zijn oren. 'Een beetje respect, graag,' schreeuwt hij. Het jochie gilt van de pijn.

De eerste man houdt Aalbers tegen. 'Christoffel heeft de republiek zojuist een grote dienst bewezen,' zegt hij.

'Dat heeft mijn man twintig jaar lang gedaan,' zegt Nella.

Hij kijkt naar haar. 'We zullen u niet langer ophouden.'

Ze lopen naar de deur. 'Wacht,' zegt Nella, al kost het haar moeite om woorden te vinden. 'Wat gaan jullie met hem doen?'

'Dat is niet aan mij, mevrouw. De schout zal het bewijsmateriaal bestuderen. Er komt een hoorzitting, gevolgd door een proces. Als de geruchten kloppen, zal het wel een kort proces worden.'

Ze haasten zich het trapje af naar de straat, met Christoffel als een triomfantelijke mascotte tussen hen in, en lopen over de Herengracht weg naar het stadscentrum. Aalbers kijkt nog één keer om en knikt weliswaar onverbiddelijk, maar ook gegeneerd naar Nella. De schutters lopen uit de pas, alsof de opwinding over hun geslaagde missie het heeft gewonnen van de discipline. Algauw beginnen ze te slenteren en elkaar duwtjes te geven. De lach van Christoffel weerklinkt tot ze uit het zicht zijn.

Nella huivert in de blauwige lucht van de decemberdag. Achter de ramen op de Herengracht deinzen hier en daar schaduwen terug voor haar blik. Vele ogen houden haar kennelijk in de gaten, maar niemand schiet haar te hulp.

'Hij krijgt de doodstraf,' zegt Cornelia. Ze zit voorovergebogen op de trap in de gang.

Nella hurkt bij haar en legt haar handen op Cornelia's knieën. 'Dat moet je niet zeggen. We moeten achter hem aan gaan naar het stadhuis.'

'Dat kan niet.' Maren is met haar omslagdoek om zich heen tevoorschijn gekomen. Door het kaarslicht wordt haar silhouet uitgerekt.

'Wat?'

'Dat trekt alleen maar extra aandacht.'

'Maren, we moeten weten wat er met hem gaat gebeuren!'

'Hij krijgt de doodstraf,' herhaalt Cornelia. Ze begint te beven.

'Ik weet zeker dat ze hem verdrinken.'

'Cornelia, alsjeblieft.'

Maren doet haar ogen dicht en wrijft over haar slapen. Nella wordt opeens woedend dat ze niets doet, dat ze geen zin lijkt te hebben om de situatie kordaat naar haar hand te zetten. 'Waar zit je hart, Maren? Ik zou mijn broer nooit aan zijn lot overlaten.'

'Wel waar. Je hebt jouw broer in Assendelft achtergelaten en bent zelf ontsnapt.'

'Ik noem dit niet bepaald een ontsnapping.'

'Wat weet jij nu van de burgemeesters?' vraagt Maren. 'Tot nu toe heb jij je kostje op de velden bijeengescharreld en room gedronken van plattelandskoeien.'

'Dat verdien ik niet, Maren. Wat bezielt jou?'

Maren loopt langzaam en met een vreemde behoedzaamheid de trap af naar Nella. 'Weet je wat Johannes vroeger tegen me zei?' vraagt ze. Het venijn in haar stem snijdt door de winterkou en Nella voelt de haartjes op haar armen prikken. 'Hij zei: "Vrijheid is iets geweldigs. Bevrijd jezelf, Maren. De spijlen van je kooi bestaan alleen maar in je hoofd." Tja, het is natuurlijk fijn als je jezelf bevrijdt, maar er is altijd iemand die daarvoor de prijs moet betalen.'

'Dus we doen niets omdat jij last hebt van zelfmedelijden. Jij hebt je kans gehad...'

Marens armen schieten naar voren en drukken Nella's polsen tegen de muur. 'Laat me los!' schreeuwt Nella, verslapt door de indrukwekkende kracht van Marens woede. Cornelia wankelt ontdaan achteruit.

'Ik laat mijn broer niet in de steek,' zegt Maren. 'Hij heeft *míj* in de steek gelaten. Ik heb alles geheimgehouden, wat hij zelf niet kon, en ik heb zijn schulden én de mijne afbetaald. Ik weet dat je denkt dat je ons inmiddels allemaal begrijpt, maar dat is niet zo.'

'Wel waar.'

Maren laat haar los en laat Nella onderuitzakken tegen de lambrisering. 'Nee, Petronella,' zegt ze. 'Nee. Die knoop is te ingewikkeld voor jou.'

Verborgen lichamen

Nella staat op het bordes van Johannes' huis, waar oudejaarsavond zonder enig ceremonieel voorbijgaat. Ze wil versplinterd worden door de kou, van gedaante veranderen door het licht. De Herengracht is leeg, en het ijs vormt een witzijden lint tussen de huizen. De maan is groter dan ze hem ooit heeft gezien, zelfs nog groter dan de vorige avond, een verbazingwekkende bleke cirkel van macht. Hij ziet er bijna uit alsof ze hem kan aanraken, alsof God hem vanuit de hemel naar beneden heeft geduwd opdat haar menselijke hand hem kan vasthouden.

Ze hoopt dat Johannes deze maan kan zien door de spijlen van zijn cel, ergens diep in het stadhuis. Door zijn ontsnappingspoging zal hij bij voorbaat al schuldig lijken. Waar is Otto nu – en waar is de miniatuurmaakster? Verschuilt zij zich nog steeds? Als Cornelia er niet was, sloeg ik misschien ook op de vlucht, denkt Nella. Terwijl de bewoners van het huis een voor een verdwijnen, lijkt het kabinet steeds voller te raken en steeds meer tot leven te komen.

Door de openstaande deur achter haar drijft een vreemde geur naar buiten. Als Nella naar binnen gaat, ontdekt ze dat de geur niet uit de keukens komt. Boven hoort ze iemand naar lucht happen, een stokkende adem. Ze volgt de vreemde geur en het geluid door de donkere gang tot ze boven bij Marens slaapkamer komt. Rond de deur is een dunne streep kaarslicht zichtbaar. Deze keer ruikt ze geen zoete lavendel of sandelhout, maar de stank van rottende groente, waardoor ze bijna moet kokhalzen.

Maren brandt een of andere vieze wierook, een slecht gekozen geur, denkt ze. Het happen naar lucht klinkt als gesnik. Nella luistert en bukt zich om door het sleutelgat te kijken, maar dat is afgedekt.

'Maren?' fluistert ze.

Er komt geen antwoord, alleen maar een huilende stem. Nella duwt tegen de deur, die op een kiertje staat. Het stinkt in de kamer – de indringende geur van klittend kreupelhout, wortels en bittere bladeren die geplet zijn om hun verborgen eigenschappen prijs te geven. Maren zit met een glas groene vloeistof in haar hand op het bed. De vloeistof heeft de kleur van kanaalwater, alsof het slijk onder uit de Herengracht in het glas is geschept. Haar verzameling dierenschedels is op de grond geveegd, en sommige zijn in grillige gele botscherven gevallen. Een wandkaart is in tweeën gescheurd.

'Maren, wat is er in hemelsnaam...'

Als Maren Nella hoort, kijkt ze op. Er stromen tranen over haar wangen en ze sluit opgelucht haar ogen. Haar hand wordt slapper en ze staat toe dat Nella het glas weghaalt. Nella kokhalst als ze eraan ruikt. Ze legt haar hand op de zijkant van Marens gezicht, op haar nek, haar borst, allemaal in een poging Marens trillende lichaam en eindeloze tranenstroom te sussen. 'Wat is er?' vraagt ze. 'We zullen hem redden, dat beloof ik je.'

'Ik huil niet om hem. Ik ben niet...'

Maren kan geen zin vormen. Terwijl Nella de vreemde buigzaamheid van Marens lichaam onder haar vingers voelt, ruikt ze nog steeds het weerzinwekkende mengsel in het glas. Ze wordt er onpasselijk van. Ze denkt aan Marens aanvallen van misselijkheid, haar hoofdpijn, de plotselinge trek in suiker, appeltaart en gesuikerde noten. Marens vermoeidheid, haar humeurigheid – zij is de bijenkorf waar je niet tegenaan moet schoppen als je niet gestoken wilt worden. Haar wijde kleren, haar tred die steeds moeizamer wordt. Marens zwarte jurken met een voering van bont, haar geheime liefdesbrief die ze heeft verscheurd tot er niets meer van over was. *Ik houd van je. Ik houd van je. Elke vezel van jou is me dierbaar.* 'Wat heb je gedaan?' had Maren in haar lavendelbad tegen de lucht geroepen.

Maren houdt Nella's onderzoekende handen niet tegen, en daarom gaat Nella steeds verder. Ze strijkt langzaam via de volle, stevige borsten van haar schoonzuster naar haar buik, die onder vele rokken met hoge taillebanden verborgen zit.

Als ze erop drukt, slaakt ze een kreet.

De tijd staat stil. Er zijn geen woorden. Alleen een hand op een onderbuik, verwondering en stilte. Marens verborgen baarmoeder is hard en groot, vol als de maan. 'Maren?' fluistert Nella. Ze weet niet eens zeker of ze de naam wel echt uitspreekt.

Nella ademt uit terwijl het kindje in zijn piepkleine verblijf draait, en als ze een voetje voelt schoppen, laat ze zich op haar knieën vallen. Maren zwijgt nog steeds en kijkt met opgeheven hoofd naar een onzichtbare horizon. Ze heeft wallen van vermoeidheid onder haar ogen, en de inspanning die het haar gekost heeft om het geheim te bewaren, glijdt van haar gezicht.

Dit is geen klein kindje. Dit is een kindje dat bijna ter wereld komt.

'Ik was niet van plan het op te drinken,' is het enige wat Maren uitbrengt.

De muren van de kamer lijken niets anders te zijn dan omvallende wanden van een toneeldecor, met daarachter een landschap dat nu bij hoge uitzondering zichtbaar wordt. Een kleurloos landschap, een horizon die zich naar alle kanten uitstrekt, zonder wegwijzers of herkenningstekens, alleen maar een eindeloze ruimte. Maren zit doodstil.

Nella denkt aan het wiegje in het kabinet en er loopt een rilling over haar rug. Hoe wist de miniatuurmaakster dat? Marens blik is op de brandende kaars gericht – bijenwas, geen talgvet, alleen maar de plezierige geur van honing. De vlam danst als een geest, een godje van licht dat hun verlamde gedachten bespot. Waar moeten ze beginnen, wat valt er te zeggen?

'Je houdt je mond erover,' fluistert Maren uiteindelijk.

'Geen geheimen meer, Maren. Cornelia moet het weten.'

Maren zucht. 'Misschien weet ze het allang. Ik heb mijn doeken in varkensbloed gedrenkt om geen argwaan te wekken.' Haar blik flitst naar Nella. 'En je weet maar al te goed dat dit huis sleutelgaten heeft.'

'Dus dat deed je in de kelder. Ik dacht dat je ze schoonmaakte.'

'Je zag wat je wilde zien.'

Nella doet haar ogen dicht en ziet Maren weer met opgeheven, bloederige handen in de kelder staan. Wat heeft ze veel moeite gedaan om haar geheim te bewaren. Ze wendde niet-bestaande menstruaties voor en hield de schijn op dat haar lichaam niet veranderde. Ze heeft zich vermeerderd – twee harten, twee hoofden, vier armen, vier benen – als een monster dat in een scheepsjournaal moet worden opgenomen, of moet worden aangetekend op een van de kaarten die ze van Johannes heeft gestolen. Ze heeft het heel goed verborgen gehouden.

Hoe vaak is het gebeurd, gestolen uurtjes buiten het gezichtsveld van Agnes, Johannes, de hele stad? Het is schokkend, en de wetenschap dat het om Maren gaat, is nog schokkender. Ontucht, naaktheid op naaktheid, de Bijbel uit het raam gegooid. Maar dit gaat om liefde, denkt Nella. Dit is waar de liefde je toe drijft.

Maren legt haar hoofd in haar handen. 'Frans,' zegt ze. Zijn naam maakt alles duidelijk wat ze heeft verborgen, de waarheid die haar leven kan ruïneren.

'Hij was gewoon kwaad over de suiker, Maren. Hij houdt van je.' Maren kijkt op, en er glijdt een verbaasde uitdrukking over haar afgematte gezicht. 'Vertel hem over het kind. Als hij het eenmaal weet, zal hij Johannes geen kwaad doen, want hij weet dat hij jou dan in gevaar brengt.'

'Nee, Petronella,' zegt Maren. 'Dit is niet een van Cornelia's verhalen.'

Even zitten ze zwijgend bij elkaar. Nella herinnert zich Meermans' onaangename agressie, zijn triomfantelijke blik toen hij vertelde wat Agnes en hij hadden gezien.

'De mensen hoeven hier niets van te weten, Maren. We zijn goed in geheimen bewaren.'

Maren wrijft over haar ogen. 'Dat betwijfel ik.' Ze haalt diep adem. 'Als dit kind blijft leven, is het gebrandmerkt.'

'Gebrandmerkt?'

'Met de zonde van zijn moeder, de zonde van zijn vader...'

'Het gaat om een kindje, Maren, niet om een duivel. We kunnen weggaan,' zegt Nella iets vriendelijker. 'Ik kan je meenemen naar het platteland.'

'Op het platteland is niets te doen.'

Nella bijt op haar tong en laat de stekelige opmerking over haar kant gaan. 'Precies. Daar heb je geen last van nieuwsgierige blikken.'

'Weet je wat het Franse woord voor zwanger is, Nella? *Enceinte.*'

Nella raakt geërgerd – Maren is net haar broer, die haar met buitenlandse talen afleidt en haar met wereldwijze ondertonen de wind uit de zeilen neemt.

'Weet je wat dat woord nog meer betekent?' dringt Maren aan. Nella hoort een lichte paniek in haar stem. 'Omringd. Ingesloten. Gevangen.'

Nella knielt voor haar neer. 'Hoe ver ben je?' vraagt ze, want ze wil praktisch blijven.

Maren ademt uit en legt haar armen op haar buik. 'Een maand of zeven.'

'Zeven maanden? Ik had geen idee! Ik heb bij mijn moeder vier zwangerschappen gezien, maar bij jou zag ik het echt niet.'

'Je hebt niet goed gekeken. Ik heb mijn rokken uitgelegd en mijn borsten platgedrukt,' zegt Maren.

Ongewild moet Nella glimlachen. Zelfs in deze vreemde situatie is Maren er trots op dat ze zichzelf heeft ingesnoerd en haar waarheid voor hun blikken kon verbergen. 'Maar nu wordt het steeds moeilijker om te lopen. Het is alsof ik me over een globe buig.'

'Binnenkort kun je het niet meer verbergen, hoeveel rokken en omslagdoeken je ook draagt.'

'Gelukkig ben ik lang. Ik ga er vast uitzien als een gulzigaard, de personificatie van mijn zonde.'

Nella's blik dwaalt naar het glas. Het mengsel dat Maren heeft geprepareerd, had haar makkelijk kunnen doden. Prepareren – het klinkt als een voorbereiding, een begin, terwijl dit het einde zou zijn geweest. Een meisje in Assendelft stierf nadat ze een brouwsel van helleborus en polei had gedronken. De vrienden van haar broer hadden zich aan haar opgedrongen en door een van hen was ze 'met jong geschopt', zoals de vulgaire uitdrukking luidde. Haar vader had het drankje bereid, maar hij had een fout gemaakt, want ze moesten haar de volgende ochtend begraven.

Op het platteland kunnen de meeste mensen giftige paddenstoelen en dodelijke struiken herkennen. Zeven maanden is veel te laat, denkt Nella – na al die zorgvuldige geheimhouding zou Maren zelf ook zijn overleden. Weet Maren dat, of niet? Beide mogelijkheden zijn verontrustend.

'Hoe kwam je aan het gif?'

'Uit een boek,' zegt Maren. 'De ingrediënten komen uit drie verschillende apotheken. Johannes denkt dat ik al mijn zaden en blaadjes van hem heb gestolen, maar in werkelijkheid komt de helft van kwakzalvers in Amsterdam.'

'Maar waarom vanavond? Heb je je nooit eerder afgevraagd wat je hieraan moest doen?' Maren wendt haar hoofd af en weigert antwoord te geven. 'Dit soort brouwsels is heel gevaarlijk als je ze te laat in de zwangerschap gebruikt,' dringt Nella aan, maar Maren zegt niets.

'Maren, wilde je dat dit kind zou blijven leven?'

Maren legt een hand op haar buik en blijft zwijgen, starend in oneindige verten. Nella kijkt naar de stapel boeken. Eén boek valt nu in het oog: *Kinderziekten* van Stephanus Blankaart, en ze staat er zelf van te kijken dat ze niet over die titel heeft nagedacht toen ze hier de vorige keer was.

Maren richt haar blik ook op het boek, en ze ziet er bang en opvallend jong uit. Nella pakt haar hand, waarbij een zachte hartklop van handpalm naar handpalm gaat. 'Ik weet nog dat je bij mijn aankomst mijn vingers pakte,' zegt ze.

'Nee. Dat is niet waar.'

'Ik weet het nog heel goed, Maren.'

'Je gaf me je hand alsof het een geschenk was. Je was zo... zelfverzekerd.'

'Dat was ik niet. En jij stak jouw hand uit alsof je me weer naar buiten wilde sturen. Je zei dat ik sterke botten had voor een zeventienjarige.'

'Wat een belachelijke opmerking.' Maren klinkt werkelijk verbijsterd.

'Vooral omdat ik al achttien was.'

Marens huid is zachter geworden – de verandering is nu compleet. Haar lichaam geeft zich over en leunt tegen dat van Nella. Nella kan nog nauwelijks geloven wat er vanavond in dit kamertje vol kaarten is gebeurd. Het is te veel om het allemaal te bevatten – haar brein zoemt eromheen en probeert erin door te dringen. Er branden talloze vragen op haar lippen, maar ze weet niet waar ze moet beginnen.

Terwijl ze zo in deze nieuwe situatie bij elkaar zitten, krijgt ze een idee. Dit kind zou het bewijs kunnen zijn dat Johannes de echtgenoot is die hij hoort te zijn – een man die een goed Nederlands gezin sticht. Maar als ze naar Marens bleke gezicht kijkt, slikt ze de opmerking in. Geef me je kind, Maren, en red het leven van je broer. Zulke woorden spreek je niet makkelijk uit, en het is waarschijnlijk nog moeilijker om ze te horen. Heel haar leven brengt Maren al offers, dus zo'n voorstel moet voorzichtig gedaan worden. 'We moeten een vroedvrouw zoeken,' zegt ze vriendelijk.

Maren verstijft. 'Je moet naar het pakhuis om bij de suiker te gaan kijken,' zegt ze.

'Maar Maren, wat moeten we nu met jou?'

Nella staat te kijken van Marens vermogen om de verschillende delen van haar leven gescheiden te houden en haar zwangerschap nu als een edelsteen in haar zak te laten glijden. Maren komt onvast van het bed en loopt tussen de verspreid liggende schedels door. Nu ze geen bovenrokken draagt, ziet Nella haar ronde vormen, de rijzende bolling van haar borsten. Achter de wanden van Marens verankerde lichaam buitelt een kindje, bezit en bezitter, voor wie zijn nog onbekende moeder een godheid is. Het kind is in aantocht, en ondanks Nella's hoop op openheid weet ze dat dit het grootste geheim wordt dat ze ooit zullen moeten bewaren.

Nu ze het over de suiker hebben, komt er een vrij verse herinnering naar boven. 'Johannes heeft me een lijst gegeven van mensen aan wie we de suiker kunnen verkopen,' zegt ze met tegenzin, omdat ze eigenlijk niet wil dat Maren het gesprek nu van haar ongeboren kind kan afleiden.

'Mooi zo.'

Maar voordat Nella verder kan praten, horen ze in de gang iemand zachtjes weglopen. 'Cornelia,' zegt Maren. 'Altijd met haar oor tegen de deur.'

'Ik praat wel met haar.'

Maren zucht. 'Je zult wel moeten, voordat ze weer een absurd verhaal verzint.'

'Dat hoeft ze niet.' Nella loopt naar de deur. 'Niets in dit huis is absurder dan de waarheid.'

Zonder anker

In Nella's kamer houdt Cornelia eerst koppig haar mond, maar dan breekt ze en laat ze zich op het bed zakken alsof haar botten verbrokkelen. 'Ik wist het wel,' zegt ze, maar haar verbijsterde blik weerspreekt haar strijdlustige woorden. Nella haast zich naar haar toe om haar stevig te omhelzen. Arme Cornelia, denkt ze. Je bent om de tuin geleid, je bent bedrogen waar je bij stond. Het is de beste poets die Maren ooit heeft gebakken – maar dit is geen spelletje.

'Ik wist dat er iets aan de hand was,' zegt Cornelia. 'Maar ik wilde het niet geloven. Een kindje?'

'Ze heeft dierenbloed op haar doeken gesmeerd om ons om de tuin te leiden.'

'Slim,' zegt Cornelia. Ondanks alles verandert haar frons in een bewonderende blik.

'In elk geval slimmer dan in verwachting raken als je ongetrouwd bent.'

'Mevrouw!' Cornelia kijkt geschokt, en Nella beseft dat ze Marens drankje voor deze wees zal verzwijgen. Al durf ik te wedden dat prinses Luistervink het allang heeft gehoord, denkt ze met een plotselinge vlaag van genegenheid.

Er komt een kind. Marens geheim is onthuld, en nu ziet Nella het in de opbollende gordijnen, in de rondingen van de kussens in haar slaapkamer. Ze staart langs Cornelia heen naar het midden van haar bed. Maren heeft het enige wat ik nooit zal hebben. Zonder dat ze het wil, ziet ze Meermans en Maren voor zich. Hun lichamen, de druk van zijn harde lichaam tussen haar benen, de roede die haar pijn doet – Meermans die Marens kousen naar beneden rolt, haar benen spreidt, het in zijn opwinding uitschreeuwt. Dat is niet eerlijk, denkt ze. Waarschijnlijk was het méér dan dat, want deze man beweerde dat hij een aanraking van Maren duizend uren kon voelen en dat zij het zonlicht was waaraan hij zich warmde. Hoe kan het met zulke poëtische woorden zo banaal zijn geweest?

'Wat doen we met het kind?' vraagt Cornelia.

'Misschien brengt Maren het naar een particulier weeshuis.'

Cornelia springt van het bed. 'Nee! We moeten het houden.'

'Die beslissing is niet aan jou,' zegt Nella. 'Noch aan mij,' voegt ze eraan toe, denkend aan Johannes in zijn cel.

De dienstmeid vouwt haar armen over elkaar. 'Ik zou dat kindje beschermen als een leeuwin.'

'Dat kan best zijn, Cornelia, maar je moet geen dromen koesteren die nooit werkelijkheid kunnen worden.'

Die opmerking is te scherp, dat weet Nella zelf ook wel, maar het komt door haar intense vermoeidheid. Het klinkt als iets wat Maren zou zeggen. Cornelia loopt naar het poppenhuis. De maan is achter een wolk geschoven, en het kaarslicht werpt een ongelijkmatige gloed op het schildpad.

Alsof Cornelia bezig wil blijven, schuift ze de gele fluwelen gordijnen open om naar binnen te kijken. Nella schaamt zich zo voor haar uitbarsting dat ze haar niet tegenhoudt. Cornelia pakt het wiegje en laat het op haar hand heen en weer schommelen. 'Prachtig,' fluistert ze.

Ik had het moeten opmerken, denkt Nella. Van alle voorwerpen die Maren wilde pakken, was het wiegje de eerste keuze. Hoe vaak ben ik ziende blind geweest? Te vaak, en ik blijf dingen over het hoofd zien.

Cornelia heeft Marens popje tevoorschijn gehaald. 'Juffrouw Maren.' Ongelovig staart ze naar haar werkgeefster. 'Het is alsof ik haar op mijn handpalm houd!'

De miniatuur-Maren staart omhoog naar de twee vrouwen, haar mond een ferme streep, haar grijze ogen strak. Cornelia strijkt met haar hand over de zoom van Marens wijde rok, waarvan de zachte, zwarte wol plezierig aanvoelt. Ze houdt haar omhoog in het kaarslicht. 'Pas goed op uzelf, juffrouw Maren,' fluistert ze, het popje tussen haar handen klemmend. Als ze een kus op de miniatuurbuik drukt, trekt ze abrupt haar mond terug.

'Wat is er? Cornelia, wat is er?'

'Ik voel iets.'

Met een onbehaaglijk gevoel grist Nella de pop uit haar handen. Ze tilt de rokken op, schuift de onderrok omhoog en haalt alle lagen weg tot ze bij het linnen lijf van Maren komt. Als ze met haar vingers over Cornelia's ontdekking strijkt, wordt haar misselijkmakende spanning een hoorbare hap naar adem. De miniatuurmaakster is hun weer te snel af geweest.

Marens poppenlijf vertoont onmiskenbaar de ronding van een ongeboren kind. Slechts een bultje, een walnoot, nog geen echt mens, maar wel een mens in wording. De pop lijkt een last mee te torsen, net als de vrouw verderop in de gang, ronder geworden door de tijd.

Cornelia is geschokt. 'Hebt u een pop van een zwangere juffrouw Maren besteld?' Als de korenbloem-blauwe ogen van de meid haar beschuldigend aankijken, voelt Nella zich lomp en onbeholpen. 'Hoe kon u ons zo verraden?'

'Nee,' zegt Nella smekend. De afbrokkeling is begonnen, de losse baksteen, het gat in de dam.

'U weet hoe snel geruchten zich verspreiden...'

'I-ik heb die pop niet besteld, Cornelia.'

'Wie dan wel?' Cornelia kijkt verbijsterd.

'Hij is naar me toe gestuurd. Ik had alleen maar een luit besteld en...'

'Wie bespioneert ons dan?' De meid draait zich om en kijkt de kamer rond, met de pop als een schild voor haar lichaam.

'De miniatuurmaakster is geen spion, Cornelia. Ze is veel méér...'

'Ze? Ik dacht dat al die brieven naar een ambachtsman gingen!'

'Ze is een profetes – kijk maar naar Marens buik! Ze ziet onze levens, ze probeert ons te helpen, ons te waarschuwen...'

Cornelia haalt de poppen een voor een uit het kabinet. Ze zoekt op hun lichamen naar meer aanwijzingen en gooit ze dan op de grond. 'Waarschuwen? Wie is die vrouw? Wat is dit voor een miniatuurmaakster?' roept ze. Ze klemt haar eigen pop in haar vuist en staart er vol afgrijzen naar. 'Mijn hemel, mevrouw, ik ben altijd oppassend geweest. Gehoorzaam. Maar sinds dit kabinet hier staat, zijn er heel veel deuren geopend die ik altijd gesloten kon houden.'

'Is dat zo'n slechte ontwikkeling?'

Cornelia kijkt haar aan alsof ze gek is. 'Mijnheer zit in de gevangenis, Otto is verdwenen en juffrouw Maren deelt een schandelijk geheim met de man die dit huishouden kwaad wil doen! Onze wereld is uiteengevallen. Heeft die miniatuurmaakster al die tijd toegekeken? Hoe heeft ze ons dan gewaarschuwd of geholpen?'

'Cornelia, het spijt me vreselijk. Zeg het alsjeblieft niet tegen Maren. Ik denk dat de miniatuurmaakster ons alles zou kunnen vertellen.'

'Ze is een nieuwsgierige bemoeial,' raast Cornelia. 'De enige die mijn leven stuurt, is God.'

'Maar als wij niets van Marens geheim wisten, Cornelia, hoe wist zij het dan?'

'We zouden er wel achter zijn gekomen. We hébben het tenslotte ook ontdekt. We hoefden het niet van haar te horen.'

'En moet je dit zien.' Nella laat haar het zwart uitgeslagen suikerbrood van Agnes zien. 'Het was wit toen ik het kreeg.'

'Dat is roet van de haard.'

'Je kunt het niet wegwrijven. En Rezeki had een vlek op haar kop, op de plaats waar Jack haar heeft gestoken.'

Cornelia loopt weg van het poppenhuis. 'Wie is die heks?' sist ze.

'Ze is geen heks. Ze is een vrouw uit Noorwegen.'

'Een Noorse heks die een Amsterdamse spion is geworden! Hoe durft ze u deze kwaadaardige dingen te sturen...'

'Ze zijn niet kwaadaardig.'

Cornelia's gal brandt door Nella's hart. Ze heeft het gevoel dat ze net zo wordt ontleed als haar geheime miniatuurmaakster, dat haar enige bezit wordt opengesneden en dat de ingewanden worden uitgedeeld.

'Ik had helemaal niets in deze stad, Cornelia. Níéts. En zij vatte belangstelling voor me op. Ik weet niet waarom ze mij heeft uitgekozen, ik begrijp niet alle boodschappen die ze me stuurt, maar ik doe mijn best...'

'Wat weet ze nog meer? Wat gaat ze nu doen?'

'Dat weet ik niet. Geloof me alsjeblieft. Ik heb haar gevraagd ermee op te houden, maar dat deed ze niet. Het was alsof ze doorging omdat ze begreep hoe ongelukkig ik was.'

Cornelia fronst haar wenkbrauwen. 'Ik heb mijn best gedaan het u naar de zin te maken. Ik was hier...'

'Dat weet ik. En het enige wat ik heb ontdekt, is dat ze in de leer is geweest bij een klokkenmaker in Brugge. Ik heb hem geschreven, maar hij hult zich in stilte, net als zij.' Nella hoort dat haar stem wordt samengeperst tot een snik, en haar ogen dreigen vol hete tranen te lopen. 'Maar wat zei Pellicorne ook alweer? Alles wat verborgen is, zal worden onthuld.'

'Vrouwen kunnen helemaal niet in de leer gaan,' snibt Cornelia, blind voor Nella's hevige verdriet. 'Geen enkele man wil een vrouw scholen. Geen enkel gilde zou haar willen hebben, behalve de naaisters of de stinkende turfdragers. En wat zou het nut van zo'n scholing zijn? Deze wereld wordt door mannen gemaakt.'

'Ze heeft minuten en seconden gemaakt, Cornelia. Ze heeft tijd geschapen.'

'Dat had ik ook kunnen doen, als ik niet bezig was geweest om jullie steuren te koken, pasteien te kruiden en ramen te lappen.

Dan had ik ook boosaardige poppen kunnen maken en mensen kunnen bespioneren...'

'Dat laatste doe je al. In dat opzicht lijk je op haar.'

Cornelia is verhit en buiten adem. Ze tuit haar lippen en propt haar pop weer in het kabinet. 'Ik lijk helemaal niet op haar!'

Nella raapt het bonte groepje personages uit haar leven op. 'Ik had niet zo driftig moeten worden, Cornelia,' zegt ze met een klein stemmetje.

Even blijft het stil. 'Ik ook niet, mevrouw, maar mijn wereld is de laatste dagen te veel veranderd. Hij staat op zijn kop.'

'Ik weet het.'

Nella sluit de gordijnen van het kabinet om even rust te hebben. Als onuitgesproken antwoord op dat gebaar sluit Cornelia de gordijnen van de slaapkamer, en de twee jonge vrouwen staan in de gedempte schemering.

'Ik moet voor juffrouw Maren gaan zorgen.' Resoluut draait Cornelia het poppenhuis de rug toe.

Als Nella alleen is, stelt ze zich de miniatuurmaakster voor in haar jongere jaren, toen ze een beslissing nam. Misschien heeft Cornelia wel gelijk – misschien wilden de mensen haar werk niet kopen omdat ze klokken prefereerden die door een man waren gemaakt. Ze kon haar vaardigheden nooit verfijnen, en daarom staakte ze haar pogingen de kunstmatige ritmes van de mens in het gareel te brengen en richtte ze haar blik binnenwaarts. Wanneer heeft ze gekozen voor het intiemere, onregelmatige ritme van een innerlijk leven en waarom heeft ze mij uitgekozen? Nella leunt met haar hoofd tegen de zijkant van de kast, en het koele hout is als een welkom doopsel op haar huid. Doordat de miniatuurmaakster me mijn levensverhaal laat zien, is ze de schrijfster ervan geworden, denkt Nella. Kon ik het maar terugkrijgen.

4

JANUARI 1687

Zie, heden zijt gij zo talrijk als de sterren des hemels.(...)
Hoe zou ik dan alléén uw moeite, uw last en
uw rechtsgedingen kunnen dragen?
– *Deuteronomium 1:10-12*

Sporen

Op de eerste dag van het nieuwe jaar volgen de Amsterdammers een dapper ritueel: ze gooien hun ramen open om de koude lucht binnen te laten en spinnenwebben en slechte herinneringen weg te laten waaien. Nella is gekleed als een dienstmeid, en Cornelia helpt haar haar laarzen aan te trekken. Daarna hangt ze de sleutel van Johannes' pakhuis als een medaille om haar hals.

Het is nog geen Driekoningen, de dag zonder standsverschillen, maar ze hebben geen moment te verliezen. De dienstmeid kijkt alsof ze de komst van Lucifer en zijn gevolg vreest, maar ze heeft beloofd Maren niets te vertellen over het geheim onder de rokken van haar pop, en ook niet over de zwarte punt van het suikerbroodje. 'Ze heeft rust nodig,' zegt Nella. 'Denk om het kind.'

Nella trekt de ruwe jas van de dienstmeid dicht om haar hals. Ze probeert fier overeind te blijven, maar ze heeft het gevoel dat ze razendsnel in de grond zakt, verder dan ze ooit voor mogelijk had gehouden, diep in het moeras van de stad, terug naar de tijd van de modder en de zee.

'Ik vind dat u niet in uw eentje naar de Oostelijke Eilanden moet gaan,' zegt Cornelia.

'Er zit niets anders op. Jij moet hier bij Maren blijven. Ik blijf niet lang weg.'

'Neem Dhana mee. Zij kan u beschermen.'

Nella gaat naar buiten en loopt over de Herengracht, met Dhana trippelend aan haar voet en de sleutel als een zwaar gewicht op haar borst. Eigenlijk wilde ze eerst naar Johannes in het stadhuis gaan, maar in Amsterdam regeert de gulden en ze moet verstandig zijn. Ze vraagt zich af wat ze op de Oostelijke Eilanden zal aantreffen. 'Wie moet het anders doen, Maren?' had ze die ochtend aangevoerd. 'Johannes zit in een cel. Als Agnes en Frans geen genade kennen, kunnen we Jack misschien geld bieden om in elk geval zijn verhaal aan te passen.'

Maren had met haar handen op haar buik instemmend geknikt. Nu haar zwangerschap bekend is, lijkt haar lichaam nog ronder te zijn geworden. 'Ik lijk wel een reusachtig brood,' zei Nella's moeder eens tijdens haar zwangerschap van Arabella. Nu lijkt het of Maren ook afwacht hoe ver ze kan uitdijen en hoeveel haar lichaam aankan. Maren en haar ingewikkelde knoop – wat bedoelde ze daarmee?

'Daarna ga ik naar Johannes, als ze me binnenlaten,' had Nella eraan toegevoegd. 'Kan ik misschien een boodschap van jou doorgeven?'

Marens gezicht vertrok van verdriet. Ze liet haar handen langs haar lichaam zakken, liep weg en staarde in de richting van de ontvangkamer. 'Ik heb niets te zeggen,' zei ze.

'Maren...'

'Hoop is gevaarlijk, Petronella.'

'Het is beter dan niets.'

De kou is venijnig, scherpe mesjes op Nella's gezicht. Ik hoop dat het snel lente wordt, denkt ze, en dan vraagt ze zich af of het verstandig is om Maren en Johannes deze dagen te willen ontnemen. Tegen de tijd dat het lente wordt, kan de hele republiek wel zijn ingestort. Ze probeert de somberheid van zich af te zetten en loopt een minuut of tien flink door naar het gebied ten oosten van het stadscentrum. Het vertrek van de miniatuurmaakster uit de Kalverstraat zit haar dwars. Ze heeft de hoop nog niet opgegeven – ze verlangt er nog steeds naar om op straat een glimp blond haar te zien, een klop op de deur te horen en een nieuwe zending te ontvangen. Maar het blijft nu al vele dagen stil. Ze heeft tegen Cornelia gezegd dat de miniatuurmaakster haar de weg wijst, maar ze voelt zich alleen, tastend in het donker. Ze heeft nog meer motto's en miniaturen nodig om te begrijpen wat er komen gaat en wat er is gebeurd. Kom terug, denkt ze, terwijl ze een van de bruggen naar de Oostelijke Eilanden oversteekt. Ik kan dit niet zonder u.

Overal waar ze kijkt, ziet ze water. Volmaakt gladde kustmeren lijken wel aangetaste spiegels door de zwarte plekken die verschijnen als de flauwe zon achter de wolken verdwijnt. De kruimige lievelingsaardappels van Johannes worden vlakbij geserveerd in een taveerne. Het verbaast haar niet dat dit zijn favoriete gebied is, dichter bij de zee, minder mensen, talloze plaatsen om je te verschuilen.

De pakhuizen doemen op, bakstenen gebouwen die naar de hemel reiken, veel breder dan de huizen die binnen de stadsring knus tegen elkaar aan staan. De Eilanden lijken vanochtend verlaten te zijn. Waarschijnlijk liggen de meeste mensen hun roes van de jaarwisseling uit te slapen. Als haar vader het oude jaar had uitgeluid, zagen ze hem pas de volgende avond weer, en als hij dan eindelijk wakker werd, zei hij dat alles hetzelfde was gebleven. Hier niet, denkt Nella. Hier is alles veranderd. Ze hoort haar eigen voetstappen en het zachte gehijg van Dhana terwijl ze zich voorthaast.

Ondanks de rust kan ze zien dat deze aparte eilandjes allemaal hetzelfde doel dienen: dit is de plaats waar goederen het land binnenkomen en verlaten. Er worden voorraden opgeslagen, schepen gerepareerd en kapiteins en matrozen gevoed. Nella volgt de routebeschrijving van Maren en komt uiteindelijk bij het pakhuis van Johannes, zes verdiepingen hoog en met een zwart deurtje aan de voorkant.

Het slot van het pakhuis is goed geolied en de deur gaat makkelijk open. Ze sjort aan de rok en het schort van Cornelia, die haar te groot zijn. Ze hebben een afweging gemaakt: mocht ze in het pakhuis worden betrapt, dan is het beter als de mensen haar niet herkennen als Nella Brandt, maar haar aanzien voor de dienstmeid van Johannes. De reputatie van Johannes zou nog erger worden geschaad als bekend werd dat zijn vrouw op de Eilanden rondneusde. In gedachten ziet ze Frans en Agnes aankomen en langs de achterkant van het pakhuis sluipen.

'Zit en blijf,' zegt ze tegen Dhana, terwijl ze zich op haar taak probeert te concentreren. Ze aait de kleine hazewind over haar kop. 'En je moet blaffen als er iemand aan komt.'

De binnenkant van het pakhuis beneemt haar de adem. Ze voelt zich heel klein onder aan de lange, smalle ladder die vanaf de begane grond langs vijf volle verdiepingen met haar mans voorraden loopt. Johannes heeft alles wat een mens zich maar kan wensen, maar het doet ronduit pijn om ernaar te kijken. Ondanks al dit bezit is Johannes zelden gelukkig.

Ze herinnert zich dat ze moet opschieten en beklimt de ladder, op zoek naar de suiker. Het voelt alsof ze door het leven van haar echtgenoot klautert. Ze stijgt in de spelonkachtige opslagruimte en dreigt te vallen als haar rokken achter de sporten van de ladder blijven haken. Ze klimt langs rollen zijde uit Bengalen en de Coromandel, kratten kruidnagelen, foelie en nootmuskaat met het woord MOLUKKEN erop, peper met etiketten van de Malabarkust, kaneelpijpjes uit Ceylon, kratten theeblaadjes waarop de woorden VIA BATAVIA zijn geschilderd, planken van een duur uitziende houtsoort, koperen pijpen, repen tin, stapels Haarlemse wol. Ze passeert Delfts blauwe borden, vaten wijn met ESPAÑA en JEREZ erop, dozen met vermiljoen en cochenille, kwik VOOR SPIEGELS EN TEGEN SYFILIS, Perzische sieraden van goud en zilver. Ze raakt buiten adem en wordt een beetje duizelig, maar met haar handen om de sporten van de ladder begrijpt ze opeens waarom Maren haar broers werk zo fascinerend vindt. Hier is het echte leven te vinden, denkt ze. Hier komen echte avonturen aan land.

Pas op de bovenste verdieping vindt ze de suikerbroden van Agnes. Johannes heeft ze in het midden van de vloer opgeslagen, bedekt met linnen, weg van het vocht. De tranen schieten Nella in de ogen bij het zien van zijn zorgzaamheid. Meermans gaf haar de indruk dat Johannes de suikerbroden op de begane grond tussen de reservezeilen en de ongeteerde touwen had gesmeten en daarna de grendel op de deur had geschoven. Dat is dus niet zo. Johannes heeft alles met zorg opgeslagen. Er zijn zoveel suikerbroden dat ze de dakbalken raken.

Nella klautert van de ladder, loopt naar de linnen doeken en tilt voorzichtig een hoekje op. De suikerbroden zijn als kanonnen opgestapeld. Het lijkt erop dat er eentje ontbreekt, ongetwijfeld de kegel die Agnes op de avond van het etentje bij zich had – haar dubieuze teken van vriendschap. Als deze stapel instort, denkt ze, word ik verpletterd.

Er liggen hier ruim duizend suikerkegels. Nella knielt bij de broden die het laatst lijken te zijn geraffineerd. Ze zijn nog steeds mooi en glanzend en zijn inderdaad gemerkt met de drie kruisjes van de stad Amsterdam. In de andere helft, geraffineerd in Suriname, voelen een paar broden vochtig aan, en op Nella's vingers blijft een beetje witte brij achter. Aan de achterkant van het suikerbouwwerk hebben zich over een kwart van de Surinaamse broden inderdaad piepkleine zwarte sporen verspreid. Niets kan de kostbare kristallen redden die al zijn aangetast, maar toch vindt ze dat Meermans heeft overdreven en dat hij zag wat hij wilde zien. Misschien kunnen we ze drogen, denkt ze. We kunnen van elk brood vast wel een stuk redden.

Opgemonterd likt ze aan de witte stof op haar vingers. Dominee Pellicorne zou het prachtig vinden als ik doodging aan een likje bedorven suiker en mijn lust in zoetigheid, denkt ze.

Uit haar zak haalt ze de lijst van Johannes, waarop allemaal indrukwekkende, luisterrijke namen staan. Ze ziet graven en kardinalen, een infant, een baron en mensen die hun vrije tijd in Londen, Milaan, Rome, Hamburg en zelfs op de buitenposten van de VOC iets smakelijker willen maken. Het is ongelooflijk dat het Johannes gelukt is te handelen met Spanjaarden en Engelsen, want zijn land is met hun vaderland in oorlog geweest. Het doet Nella denken aan iets wat hij op het feest van de zilversmeden tegen Meermans zei: 'In het buitenland vinden ze ons onbetrouwbaar. Ik wil dat beeld ontzenuwen.'

Er ligt hier veel meer suiker dan ze had verwacht. De wetenschap dat Johannes en Maren op dit moment helemaal niets kunnen doen, drukt zwaar op haar schouders. Toen ze tegen Johannes zei dat er te veel van hun kostbare commissie verloren zou gaan als ze iemand inhuurden om voor hen naar het buitenland te varen, had hij dat niet ontkend. Ze hebben iemand in hun buurt nodig, iemand die het begrijpt, iemand die de suiker graag wil hebben.

Nella zet haar handen op haar heupen, staart naar het fortuin van Frans en Agnes en denkt diep na. En dan schiet haar een opmerking te binnen die ze tijdens haar eerste maand in Amsterdam heeft gehoord, toen ze met grote ogen om zich heen keek en op haar schoot een oliekoek uitpakte. De opmerking kwam van een vrouw die Nella meteen graag had gemogen, een vriendelijke vrouw met vakkennis. *Karamelbrokken vandaag en vanmiddag marsepein.*

Nella verfrommelt de lijst van haar echtgenoot. Ja, roept ze zwijgend tegen de bakstenen en de balken, het gebreeuwde houten dak van haar mans domein. Ik weet wat we moeten doen.

Stadhuis

In de gevangenis van het stadhuis volgt Nella een cipier door de eerste onderaardse gang, en daarna lopen ze langs een lange zijwand van het gebouw. Ze hoort het schorre gehoest en het geweeklaag van de gevangenen. De gevangenis is groter dan ze had gedacht, en de omvang lijkt tijdens het lopen op onverklaarbare wijze toe te nemen, waardoor ze elk gevoel voor proportie verliest. De ene cel na de andere, baksteen na baksteen, ze kan het niet bevatten.

Ze hoort nu ook mensen gillen en kreunen, aan spijlen rammelen en jammeren. Ze houdt haar hoofd geheven voor het geval ze haar groeiende angst kunnen ruiken, en ze probeert niet te letten op de kakofonie van schreeuwende mannen.

Met de cipier loopt ze langs de zijkant van een open binnenplaats, en in het midden ziet ze houten apparaten met verstelbare klemmen staan. Op een ander toestel zit een rij scherpe punten. De gevangenen zijn hier letterlijk om te worden hervormd. Nella wendt haar blik af, vastbesloten om zich niet bang te laten maken. Ze raakt de sleutel van het pakhuis aan, die op haar borst verborgen ligt, en haar nieuwe idee gloeit in haar hoofd. *Laat geen zoete wapens slingeren.*

'Hier zit hij.' De cipier maakt de deur van Johannes' cel open. Hij blijft langer staan dan nodig is en doet de deur dan achter haar op slot.

'Niet te snel terugkomen,' zegt Nella. Door de spijlen heen geeft ze hem een gulden. Wat heeft deze stad me toch veel geleerd, denkt ze. De cipier stopt de gulden in zijn zak en het geluid van zijn voetstappen verwijdert zich snel. Buiten hoort Nella vliegende meeuwen krijsen, en in de verte klinkt het gekletter van handkarren op kinderkopjes.

In de schaduwen leunt Johannes tegen een tafeltje. Er is geen kruk of stoel, dus daarom blijft Nella tegen de deur staan. Het is vochtig in de cel; de muren zijn bedekt met mos, een landkaart van groene eilanden zonder geografische breedtes. Johannes lijkt zwaarmoedig gestemd, maar hij straalt wel kracht uit. Zelfs hier, beroofd van zijn rechten, is hij nog steeds indrukwekkend. 'Koop je bewakers om?' vraagt hij.

'We moeten hen te vriend houden.' Haar stem klinkt gedempt tussen de dikke stenen muren.

'Je klinkt als Maren,' zegt hij glimlachend.

Hij heeft op beide ogen een klap gehad, en de huid eromheen heeft de kleur van uitgebloeide tulpen. Zijn haar is woest als gebleekt zeewier en zijn kleren zien er smerig uit. Zijn armen trillen als hij tegen de tafel steunt. 'Ze willen me geen bijbel geven,' zegt hij. 'Ook geen andere boeken, trouwens.'

In Nella's ene zak zit de verfrommelde lijst met namen, maar uit de andere haalt ze drie in papier gewikkelde plakken gerookte ham, een half broodje met wat pluizen erop en twee kleine oliekoeken. Ze loopt met het eten op haar handpalmen door de cel en Johannes neemt het zichtbaar ontroerd van haar aan. 'Als ze dit hadden gezien, had je problemen gekregen.'

'Ja.' Ze loopt weer weg en veegt de hoek van de cel aan met haar voet.

'Ik was bijna ontsnapt.'

Nella kijkt naar de hoek van de cel, waar pasgeboren muizen in het stro ritselen en blindelings over de andere vertrouwde lijfjes in het nestje krioelen. Ze gaat met een plof op de stromatras zitten. Een intense droefenis maakt zich van haar meester en tast haar vechtlust aan. 'Wat zeiden ze?'

Johannes wijst op de blauwe plekken rond zijn ogen. 'Het zijn mannen van weinig woorden.'

Nella probeert het verdriet wanhopig te verdrijven met een gesprek. 'Toen ik je ontmoette, hield je je helemaal niet bezig met de Bijbel, God, schuldgevoelens, zonde en schaamte.'

'Waarom denk je dat?'

'Je ging niet naar de kerk en je verveelde je als Maren thuis uit de Bijbel las. En je kocht luxueuze artikelen – je at goed, je genoot van de dingen die je je kon veroorloven. Je was je eigen godheid, de architect van je eigen lot.'

Hij glimlacht en gebaart naar de muren om zich heen. 'En heb ik geen prachtig gebouw neergezet?'

'Maar je was vrij. Ja toch? Denk aan alle plekken die je hebt gezien.' Nella slikt en kan nauwelijks praten.

'Volgens mijn zuster was ik een vreselijke combinatie van onverschilligheid en vastberadenheid.'

'Ben je daarom teruggegaan naar Jack?'

Johannes doet zijn ogen dicht, alsof de naam hem te veel wordt.

'Hij heeft je verraden, Johannes. Er is geld van hand tot hand gegaan...'

'Ik heb hem geen stuiver gegeven sinds de dag dat hij zijn dolk in mijn hond stak.' De woorden van Johannes zijn als stenen. Hij zwijgt even en in het schemerige licht wordt zijn blik milder. 'Ik had hem in dienst genomen om de suiker te bewaken, maar Maren maakte zich zoveel zorgen dat ik hem heb weggestuurd. Ik begreep haar natuurlijk wel. Hij ging weer pakjes rondbrengen, en daar ging het allemaal verkeerd. Ik heb hem nog gesproken nadat hij Rezeki had vermoord. Ik heb nog nooit zo'n berouwvolle man gezien.'

Nella verbijt zich. Waarschijnlijk zat er voor Jack niets anders op dan berouwvol te lijken, en voor Johannes zat er niets anders op dan hem te geloven.

'Als je hem zoiets vergeeft, moet hij veel voor je betekenen,' zegt ze. Hij zwijgt. 'Was het liefde?' vraagt ze.

Daar denkt hij even over na, en weer treft het haar dat hij haar altijd heel serieus neemt. 'Het leek alsof iets ongrijpbaars in korte tijd heel werkelijk werd. Dat Jack me de waarheid liet zien door tegen me te liegen. Net zoals schilderijen sommige zaken beter kunnen weergeven dan de werkelijkheid. Ik kon hem bijna niet meer van liefde onderscheiden, maar hij was alleen maar het schilderij van de liefde,' verzucht Johannes. 'De idee van de liefde was beter dan de puinhoop die ze achterliet.'

De eerlijkheid van Johannes is als het zoveelste onverwachte geschenk. Het open kanaal tussen hen is voor Nella helder en zuiver, maar als ze haar ogen sluit, ziet ze alleen maar stilstaand water.

'Voel je je niet goed?' vraagt hij.

'Volgens Maren is de jacht op de liefde beter dan de vangst,' zegt ze.

Hij trekt zijn wenkbrauwen op. 'Dat verbaast me niet. Ik denk dat ze ongelijk heeft, maar de jacht is makkelijker. Je kunt je doorgaans meer verlaten op je verbeelding, maar uiteindelijk zal de jacht je altijd uitputten.'

Nella vraagt zich af wat ze allemaal najagen. Een leven zonder de onzichtbare touwen waarover Johannes in zijn werkkamer sprak, of in elk geval ondanks die touwen gelukkig zijn. 'Waar wilde je naartoe toen ze je bij Texel te pakken kregen?'

'Londen. Ik hoopte dat ik Otto kon vinden. Maren leek zeker te weten dat hij daar was. Hoe gaat het met mijn zuster?'

'Je bent een machtig man, Johannes.' Nella ziet zich genoodzaakt snel over die vraag heen te praten, omdat ze weet dat haar gezicht anders de waarheid over Maren zal verraden. 'Ik heb je meegemaakt op het feest van de zilversmeden. Je hebt het zelf gezegd: je bent onaantastbaar voor de burgemeesters.'

Hij komt naast haar op de stromatras zitten. 'Het gaat om de *crimen nefandum*, Nella. Twee mannen samen. Tegen zo'n beschuldiging heeft niemand macht, alleen God. Nietsdoen zou betekenen dat ze hun goedkeuring geven, en de burgemeesters moeten een voorbeeld stellen.'

'Dan moeten we Frans Meermans op andere gedachten brengen!'

Johannes strijkt bevend over zijn hoofd, alsof hij daar een antwoord hoopt aan te treffen. 'Jaren geleden, toen jij nog maar heel klein was, heb ik iets gedaan wat Frans Meermans zich hevig heeft aangetrokken,' zegt hij. 'En toen pleegde ik een nog zwaardere misdaad: ik werd een geslaagd zakenman. De echo daarvan blijft naklinken en achtervolgt me nu.'

Nella maakt zich een voorstelling van Frans die door een jongere Johannes wordt weggestuurd, Maren die heimelijk achter een raam toekijkt, de nare vernedering die hen nu allemaal in beslag neemt.

'Ik dacht dat het tot een *entente* kon leiden als ik hun commissie voor de suiker accepteerde,' zegt Johannes. 'Maar Frans is... verbitterd. Hij heeft lang uitgekeken naar een kans om zich op ons te wreken. Ik ben alles wat hij verfoeit – maar ook wat hij graag wil zijn. En Agnes... Tja, Agnes zal altijd het spoor van zijn giftige kruimels volgen.'

'Volgens mij bewondert Agnes jou.'

'Dat maakt het alleen maar erger.' In het schemerige licht glinsteren de ogen van Johannes als grijze kralen. 'Ik ben heel blij dat je er bent. Dit verdien ik niet,' zegt hij, en hij pakt haar hand.

Als hij niet van me kan houden, moet ik in elk geval blij zijn dat hij me waardeert, denkt Nella. Het lijkt wel of ze voortdurend substituten zoekt voor wat ze werkelijk wil – wanneer houdt dat ooit op? Tegelijkertijd wil ze nergens liever zijn dan hier bij hem.

'Als ik niet beken, komt er een proces,' zegt Johannes. 'Over een paar weken. Hoe dan ook, ik denk niet dat ik hier levend uit kom.'

'Zeg dat nu niet.'

'Ik zal maatregelen treffen. Voor jou, en voor Maren en Cornelia. En voor Otto, als hij ooit nog terugkomt.' Opeens klinkt Johannes heel kordaat, een notaris die iemands wilsbeschikking uitvoert. 'Er zullen een paar mannen van de Amsterdamse schepenbank bij de hoorzitting aanwezig zijn, maar schout Pieter Slabbaert heeft de leiding.'

'Waarom doet de schout het niet alleen?'

'Omdat het zo'n ernstige aanklacht is. Omdat het om mij gaat. Want hoe schandelijker een zaak is, hoe meer onze brave burgers erbij betrokken worden.' Hij zwijgt even. 'Maar ik denk dat het wel snel voorbij zal zijn.'

'Johannes...'

'Ernstige aanklachten leiden meestal tot de doodstraf,' vervolgt hij. Zijn stem begint te stokken. 'En de schout vindt het prettig om de verantwoordelijkheid te delen. Hoe meer mensen deelnemen aan een ritueel, hoe gerechtvaardigder het lijkt.'

'Ik ga Jack zoeken,' zegt Nella. 'Ik betaal hem meer dan Frans, om te zorgen dat hij zijn aanklacht intrekt.' In haar hoofd ziet ze de leger wordende geldkist van Johannes, de opgestapelde, zwarter wordende suiker op de bovenste verdieping van zijn pakhuis. 'En ik heb een plan bedacht...'

'Er is hier een bewaker die ze de Bloederige Herder noemen.' Johannes is met zijn gedachten ergens anders. Hij knijpt in haar hand. 'Opgeleid tot priester, maar van nature een beest.'

Dat laatste woord hangt in de klamme lucht, reusachtig, onverslaanbaar. Nella raakt haar gezicht aan, dat door de vochtige omgeving koud is geworden. Hoe heeft Johannes hier een hele dag overleefd?

'Ik heb slachtoffers van hem gezien. Ze werden hier voorbijgedragen,' vertelt Johannes. 'Al hun botten waren ontwricht – die schade kun je nooit meer herstellen. Benen waren geen benen meer, ledematen van natte katoen, ingewanden als bedorven vlees. Ze zullen me openwrikken om me bepaalde dingen te laten zeggen. Ik ben van plan te bekennen, Nella, en daarmee is de kous af.'

Johannes begraaft zijn gezicht zo diep mogelijk in haar schouder. Nella voelt zijn neus in haar vlees prikken, en ze slaat haar armen om hem heen. Ze wil hem van top tot teen wassen, opfrissen, hem naar specerijen laten ruiken, kardemom onder zijn nagels.

'Johannes,' fluistert ze. 'Je bent getrouwd. Je hebt mij. Is dat niet voldoende bewijs?'

'Dat zou nooit voldoende zijn geweest,' antwoordt hij.

En als we een kind hadden? Die vraag brandt op haar lippen. Helpt een kind? Marens geheim rolt bijna uit haar mond. Meer tijd, denkt ze. Het enige wat ik wil, is meer tijd. We hadden misschien een heel ander verhaal kunnen vertellen als we twee maanden respijt hadden gekregen.

'Johannes,' zegt ze, 'ik wou dat ik genoeg voor je was geweest.'

Johannes richt zich op en neemt haar gezicht tussen zijn handen. 'Je bent fantastisch geweest.'

Het wordt steeds donkerder in de cel en de cipier komt haar zo halen. Tijdens de vier maanden van hun huwelijk is Nella nog nooit zo lang met haar echtgenoot alleen geweest. Ze herinnert zich dat ze Johannes in zijn werkkamer heeft verteld dat hij haar fascineerde. Nu ze naar hem kijkt, weet ze dat dat echt zo is. De gesprekken met hem, zijn kennis, zijn ironische verzoening met de hypocrisie in de wereld, zijn verlangen om te zijn wat hij is. Hij steekt zijn hand uit naar het kaarslicht, en de sterke, harde lijnen van zijn vingers zijn prachtig. Ze hoopt vurig dat hij blijft leven.

Door al het gepraat over veranderingen, situaties die 'kunnen verkeren', kamers die worden bewoond en worden leeggehaald, lichamen van een broer en een zus die onder druk zulke verschillende geheimen onthullen, krijgt ze behoefte om over de miniatuurmaakster te beginnen. Het lijkt wel een heel leven geleden dat ze de trap afkwam en het kabinet op de marmeren tegels zag staan. Wat was ze beledigd geweest, en wat was Maren woedend geworden.

'Heeft Jack wel eens gezegd wie zijn opdrachtgeefster in de Kalverstraat was?' vraagt ze.

'Hij werkte voor heel veel mensen.'

'Een blonde vrouw uit Bergen. Ze is in de leer geweest bij een klokkenmaker.'

Johannes neemt een hapje van een van de gesuikerde oliekoeken en steekt een kaars op zijn tafel aan. Nella voelt zijn koele blik boven op haar hoofd. 'Nee,' zegt hij. 'Zoiets zou ik hebben onthouden.'

'Ze is de miniatuurmaakster die ik had ingehuurd om het poppenhuis in te richten. Zij heeft die miniatuurversie van Rezeki gemaakt.'

Bij die woorden lichten zijn vermoeide ogen op. 'Een vrouw?'

'Ja, volgens mij wel.'

'Ze is bijzonder goed in haar vak en ze heeft een scherp oog. Als ik de kans had gekregen, had ik haar patroon wel willen zijn.' Hij steekt zijn hand in zijn zak, en met een gefascineerde blik haalt hij het hondje voorzichtig tevoorschijn. 'Ik heb haar altijd bij me. Ze is een enorme troost voor me.'

'Echt waar?' fluistert Nella met verstikte stem. Johannes geeft haar het miniatuurtje en ze pakt het eerbiedig aan. Met een trillende vingertop strijkt ze over Rezeki's zachte kop van muizenvacht. Er zit geen spoortje rood meer op de schedel van de hond. Nella kijkt nog eens goed, maar er is niets meer te vinden van de roestkleurige plek die ze eerst zo overduidelijk dacht te zien.

'Ik begrijp er niets van,' zegt ze nauwelijks hoorbaar.

'Ik ook niet. Ik heb nog nooit zoiets gezien.'

Nella kijkt voor de laatste keer naar het piepkleine dierenscheideltje. Niets. Heb ik het wel goed gezien? De vraag spookt door haar hoofd. De twijfel bindt de strijd aan met de zekerheid – alles wat ze de afgelopen maanden heeft gezien en níét heeft gezien, tolt door haar hoofd.

'Als ik hier roerloos zit, vraag ik me soms af of ik ook al dood ben,' zegt Johannes uiteindelijk.

'Je bent niet dood, Johannes. Je lééft!'

'Een vreemde wereld,' zegt hij. 'Mensen moeten elkaar verzekeren dat ze nog leven. We weten dat dit Rezeki niet is, maar het voelt alsof ze het wél is, en op die manier schept een tastbaar voorwerp een ongevormde herinnering. Was het maar andersom. Kon ons brein maar al onze wensen grijpbaar maken.' Hij zucht en strijkt met zijn handen over zijn gezicht. 'Toen Otto wegging, herkende ik maar zo weinig van mezelf dat ik wel dood had kunnen zijn.'

Hij is even stil en stopt Rezeki weer in zijn zak. 'Deze cel wordt nu het kompas van mijn wakkere uren.' Hij spreidt zijn armen als kromme molenwieken. 'Er zijn horizons achter de stenen muren, Nella. Wacht maar af.'

Dan gaat Nella weg, omdat ze de cel niet meer kan verdragen. Het mos, de muizen, de geluiden van mannen die krijsen als kraaien – het is alsof Johannes in een vogelhuis is opgesloten, haar fantastische uil omringd door roeken. Wankelend loopt ze de winterzon in. Ze drukt zich tegen de stadsmuur en dan pas komen de stille, onstelpbare tranen.

Verkeerspel

Nella wil Maren vertellen over de suiker en Johannes, maar dat verlangen verdwijnt naar de achtergrond op het moment dat ze de voordeur openduwt.

Midden in de gang staat een levensgrote wieg, die op zijn tinnen staanders heen en weer schommelt. Hij is gemaakt van eikenhout en versierd met inlegwerk van rozen, meizoentjes, kamperfoelie en korenbloemen. Hij heeft een kap, bekleed met fluweel en afgezet met kant. In Nella's dodelijk vermoeide ogen ziet hij er prachtig uit, maar ook schokkend – het is een exacte kopie van de wieg die boven in het poppenhuis staat.

Nella doet de deur dicht, nog altijd ondersteboven van haar bezoek aan Johannes. Aanvankelijk dacht ze dat de miniatuurmaakster de spot met haar dreef – een wieg voor een echtgenote wier huwelijk een schijnvertoning was – maar nu is de visie van de vrouw onderdeel van het echte leven geworden. Cornelia komt haastig aanlopen uit de keuken.

'Wat is dit?' vraagt Nella. 'Zou hij afkomstig zijn van...'

'Nee,' zegt Cornelia scherp. 'Juffrouw Maren heeft hem in Leiden besteld. Hij is in een grote houten kist afgeleverd.'

Nella raakt het bedje aan. Het inlegwerk is zo verfijnd dat het van nature bij het hout lijkt te horen. 'Hij ziet er precies zo uit als de wieg die zij me heeft gestuurd.'

'Ik weet het,' zegt Cornelia.

Maren komt uit de ontvangkamer. Van dichtbij lijkt ze nu de omvang van een eik te hebben. 'Het vakmanschap is uitzonderlijk,' merkt ze op. 'Hij ziet er precies zo uit als in mijn hoofd.'

'Hoeveel heeft hij gekost? En hoe duur was het vervoer?' In gedachten ziet Nella Johannes' krimpende wolk van geld ten slotte in het niets oplossen. 'Maren, stel dat onze buren die kist naar binnen hebben zien gaan. Wat moeten ze dan in vredesnaam denken?'

'Hetzelfde als jij,' snauwt Maren.

'Wat?'

'Denk maar niet dat ik je hersens niet heb horen kraken.' Maren waggelt naar haar toe. 'Jij wilt mijn kind hebben.'

Nella voelt zich betrapt – hoe kan Maren steeds als eerste weten wat een ander denkt? Ik kan bluffen, denkt ze, maar dat heeft geen zin. Ik heb zelf gezegd dat we geen geheimen meer mochten hebben.

'Maren, ik wil je je kind niet afnemen...'

'Maar je denkt wel dat het van pas kan komen,' houdt Maren vol. Ze legt haar handen op haar buik alsof Nella het kind ter plekke wil loswrikken. 'Voor mijn laatste opoffering. Ik kan mijn kind afstaan voor mijn broer – en voor jou.'

'Johannes zit in het stadhuis, Maren. En zou het echt zo erg zijn als we een poosje doen alsof het mijn kind is? We kunnen het als bewijs gebruiken dat Johannes dezelfde verlangens heeft als andere mannen. Je wilt toch dat hij blijft leven?'

'Je begrijpt het niet.'

'Wat begrijp ik niet? Ik begrijp meer dan jij.'

'Petronella, dit kind zal je juist niet van pas komen. Geloof me.'

'Ja, Maren. Ik weet het. En terwijl ik ons allemaal probeer te redden, geef jij geld uit dat we domweg niet hebben.'

De klap komt uit het niets en schrijnt op Nella's gezicht.

'Het verbaast me dat hij van jou kon houden,' snauwt Nella, wrijvend over haar wang. De verhitte, wrede woorden rollen uit haar mond voordat ze er erg in heeft.

'Toch is het zo,' zegt Maren. 'Dat doet hij nog steeds.'

'We moeten een vroedvrouw inhuren.' Nu klinkt Nella kalmer. 'Ik kan de last van deze bevalling niet in mijn eentje dragen.'

Maren snuift minachtend. 'Jij draagt helemaal geen last.'

'Houd op,' smeekt Cornelia. 'Houd op!'

'Maren, we moeten van de wet...'

'Nee. Geen sprake van.' Maren duwt tegen het voeteneinde van de wieg, die heen en weer schommelt, vreemd genoeg een irritante beweging. 'Weet je wat er nog meer in de wet staat?' Haar wangen zijn rood, haar haar is onder haar mutsje vandaan gekropen. 'Een vroedvrouw moet de identiteit van de vader opschrijven. En als wij haar geen naam geven, meldt ze dat ook.' Ze houdt de wieg stil en ademt zwaar. 'Net als al die andere dingen moet ik dit dus in mijn eentje doen.'

Als ze vervolgens haar hand op haar buik legt, vertrekt haar gezicht alsof ze een gloeiend kooltje voelt.

Die middag loopt Nella langzaam door de gangen. De stille kamers geven haar het gevoel dat ze de enige in huis is. De sleutel van het pakhuis hangt nog steeds om haar nek, verwarmd door haar huid, in haar ogen waardevoller dan elk zilveren halssieraad dat Johannes voor haar had kunnen laten maken.

Cornelia zeult de wieg naar Marens kamertje, waar hij hoopvol wacht en bijna alle overgebleven ruimte tussen de schedels, de kaarten en de veren inneemt. Haar houding tegenover Marens geheim is honderdtachtig graden gedraaid: het kindje is nu een wonder, een smeltkroes waarin al hun problemen zullen verbranden en verdwijnen. Ze is vol van zijn onzichtbare aanwezigheid en zuigt die bij elke gelegenheid als frisse lucht op. Ze doet ondanks haar afkeer van winterkou ramen open en begint weer schoon te maken – bijenwas op bedstijlen, vloerplanken, kasten en vensterbanken, branders met lavendelolie, azijn op glas, druppels citroensap op schone lakens. Nou ja, denkt Nella, het is beter dan haar somberheid.

Ze hoort dat Maren en Cornelia het verkeerspel klaarzetten in de achterkamer op de begane grond, ver weg van de nieuwsgierige ogen op de Herengracht. Ze denkt aan de schijfjes van korianderzaad in haar kabinet, het prachtig gemaakte houten doosje dat als een wonderlijk toeval verscheen. Ze heeft al bijna de hoop opgegeven dat ze iets van Lucas Windelbreke zal horen, want die bevindt zich in Brugge en er ligt een beijzelde route van tweehonderdvijftig kilometer tussen hen in. Mijn brief zal wel zoek zijn geraakt, denkt ze, terwijl ze naar de deur sluipt om Maren en Cornelia te bespioneren.

'Ik lijk wel een walvis,' verzucht Maren.

'Uw kleine Jonas,' zegt de dienstmeid glimlachend. Nella is nog steeds gekrenkt door het gesprek van die ochtend. Maren hoeft helemaal niet alles in haar eentje te doen, denkt ze. Wie is er naar het pakhuis en het stadhuis gegaan? Maar goed, ze hebben geen tijd om ruzie te maken. Tijd is het recentste luxeartikel dat schaars is geworden.

Als ze Maren door de kamer ziet lopen en vriendelijk met Cornelia ziet praten, vraagt ze zich af wat Agnes zou zeggen als ze haar nu kon zien. Als Frans Meermans vaak bij Maren is geweest, onzichtbaar voor de dwingende donkere ogen van zijn vrouw, moet hij toch rekening hebben gehouden met wat er kon gebeuren. Hebben ze zich nooit zorgen gemaakt dat de natuur haar gang zou kunnen gaan?

'Ik voel hem schoppen,' zegt Maren tegen Cornelia. Ze kijkt naar haar buik. 'Als ik voor de spiegel sta, zie ik soms een voetje tegen mijn buik duwen. Dat had ik nog nooit gezien.'

Nella wel, toen haar ongeboren broertje en zusje tegen de buik van haar moeder trapten. Maar dat zegt ze niet, want ze vindt het opzienbarend om zo'n verwonderde Maren mee te maken.

Ze loopt naar binnen en zegt: 'Ik zou het heel graag willen zien.'

'Als hij het weer doet, roep ik je,' zegt Maren stijfjes. 'Soms is het zijn handje. Het lijkt wel een kattenpootje.'

'Denk je dat het een jongen is?' vraagt Nella.

'Ja,' zegt Maren. Ze geeft haar dikke buik een klopje dat geen tegenspraak lijkt te dulden. Haar vingers blijven boven de bolling hangen, alsof ze de buik wil strelen. 'Ik heb erover gelezen,' zegt ze, wijzend op *Kinderziekten* van Blankaart.

Cornelia maakt een kniebuiging en verlaat de kamer. 'Het zal niet lang meer duren,' zegt Nella.

'We moeten zorgen voor heet water, doeken en een houtje waarop ik kan bijten,' zegt Maren.

Nella voelt alleen maar medelijden, want ze herinnert zich wat Cornelia haar over Marens moeder heeft verteld. *Ze heeft de geboorte van juffrouw Maren ternauwernood overleefd.* Heeft Maren enig idee van de vreselijke angst, de hoeveelheid bloed en de geluiden die er bij een bevalling komen kijken? Weet ze hoezeer haar lichaam zich zal verzetten? Maren lijkt vastbesloten het kindje haar geduchte wil op te leggen, alsof ze – net als het hermetisch afgesloten wezen in haar – immuun is voor lijden en de streken die de buitenwereld kan leveren.

'Het leek me wel aardig om een spelletje te doen.' Maren legt de schijven van het verkeerspel als munten op een rijtje. 'Jij mag beginnen.'

Nella neemt dit zoenoffer van haar aan en doet een eerste zet op het bord. Maren kijkt er taxerend naar en schudt de twee rammelende dobbelstenen in haar vuist. Ze speelt met haar zwarte schijf en weifelt waar ze hem zal neerleggen.

'Maren,' zegt Nella, 'je hebt me niet gevraagd naar het pakhuis.'

Maren blijft naar het bord staren. Zonder dat Nella het wil, merkt ze dat ze ongeduldig wordt. 'En je hebt ook niet naar Johannes geïnformeerd.'

Maren kijkt op. 'Wat?'

'Z-ze gaan hem radbraken.'

'Houd op,' zegt Maren.

'Als wij niet...'

'Waarom kwel je me zo? Je weet dat ik niet naar hem toe kan.'

'Maar ik heb je hulp nodig. Twee respectabele getuigen, Maren.

Frans en Agnes. Denk nu even goed na wat dat betekent.'

Maren zit doodstil. 'Dat wist ik al toen Frans hier kwam.'

'Prááat dan met hem, Maren. Vertel hem over zijn kind.'

Maren legt de dobbelstenen heel voorzichtig op het bord. Het is alsof ze op adem moet komen, en ze fronst haar wenkbrauwen en perst haar lippen op elkaar. 'Je doet alsof zo'n gesprek eenvoudig is,' zegt ze. 'Je weet niet waar je het over hebt.'

'Ik weet meer dan je denkt.' Nella zwijgt even en probeert haar irritatie weg te stoppen. 'Meermans is een man,' zegt ze iets vriendelijker. 'Hij kan iets voor je doen.'

'Nee. Geloof me.'

'Hij heeft geen erfgenaam...'

'Wat? Bedoel je dat ik mijn kind als handelswaar moet gebruiken? Wat denk je dat Agnes daarop zou zeggen?' Maren komt abrupt van haar stoel en begint door het kamertje te ijsberen. 'Dan heeft ze nóg meer reden om ons te gronde te richten. Jij steekt altijd je neus in andermans zaken...'

'Niet waar. Dit gaat om overleven.'

'Jij weet helemaal niets van overleven...'

'Ik weet wat er gebeurd is,' flapt Nella eruit. 'Dat heeft Cornelia me verteld.'

'Wat bedoel je?'

'Ik weet dat Frans en jij verliefd op elkaar waren en dat Johannes een stokje voor jullie huwelijk heeft gestoken.'

Maren legt haar hand tegen de muur om steun te zoeken en vouwt haar andere arm onder haar ongeboren kind. 'Wát?' Haar stem klinkt vreemd, een woedend gesis.

'Ik weet dat Frans met Agnes is getrouwd om jou een hak te zetten, en dat Agnes daarvan op de hoogte is. Ik heb gezien hoe Frans naar je kijkt – ik weet van het gezouten biggetje, het liefdesbriefje in je boek. Jij zegt steeds dat ik niets begrijp, maar dat is wel zo.'

'Het gezouten biggetje,' herhaalt Maren. Ze zwijgt even, alsof ze een lang vergeten herinnering naar boven haalt. 'Hoe haalt Cornelia het in haar hoofd om je dat te vertellen!'

Haastig werpt Nella een blik op de deur. 'Neem het haar niet kwalijk. Ik heb haar ertoe gedwongen, ik wilde het weten. Het was belangrijk.'

Even blijft het stil. Dan slaakt Maren een zucht, en ze laat zich op haar stoel zakken. 'Frans houdt van zijn vrouw,' zegt ze. Als Nella wil protesteren, steekt ze haar hand op. 'Jij weet niet hoe de liefde eruitziet, Petronella. Twaalf jaar samen moet je nooit onderschatten.'

'Maar...'

'En de rest is een fraai verzinsel, samengesteld uit afgeluisterde flarden. Zo'n gedetailleerd verhaal had ik zelf niet kunnen bedenken. Ik had Cornelia meer taken moeten geven.'

'Het is geen verzinsel...'

'Ik kom wel goed voor de dag, moet ik zeggen. Mijn broer minder, maar de waarheid ligt iets anders.' Het valt Nella op dat Marens handen trillen. 'Johannes heeft inderdaad nee gezegd tegen het aanzoek van Frans...' vervolgt Maren ernstig.

'Zie je wel?'

'... omdat ik dat wilde.'

Nella staart naar de schijven van het verkeerspel, die voor haar ogen lijken te verschuiven. Ze begrijpt Marens opmerking niet. De onthulling weerspreekt haar vermoeden, haar zekerheid wankelt.

'Ik hield inderdaad van Frans,' zegt Maren afgemeten. 'Als meisje van dertien. Maar ik heb nooit met hem willen trouwen.'

Ze ziet er bijzonder verdrietig uit, maar op haar gezicht ziet Nella ook een andere emotie als een bleke zon opkomen. Volgens haar is het de bitterzoete opluchting van een bekentenis.

En toch begrijpt ze het niet. Het toneel en de acteurs zien er vertrouwd uit, maar ze spelen andermans rollen. *Ik heb iets gedaan wat Frans Meermans zich hevig heeft aangetrokken*, zei Johannes in zijn cel in het stadhuis. Waarom heeft hij Nella niet méér verteld? Waarom heeft hij het niet goedgemaakt, en wat loopt er voor een loyaliteitsdraadje tussen hem en Maren? Dat draadje is zo glibberig dat Nella het met geen mogelijkheid kan vastpakken.

'Tegen de tijd dat ik zestien was, wilde ik niet opgeven wie ik was en wat ik had,' zegt Maren zachtjes. 'Ik had al een huishouden, en als Johannes weg was, had ik hier thuis de leiding.'

In haar grijze ogen wellen nu tranen op. Ze spreidt haar armen alsof het vleugels zijn, een vertrouwd gebaar, en ze wijst naar de kamer waarin ze zitten. 'Geen enkele vrouw had dat, tenzij ze weduwe was. Toen kwamen Cornelia en Otto. "De spijlen van je kooi bestaan alleen maar in je hoofd," zei Johannes. Hij beloofde me vrijheid. Lange tijd heb ik hem geloofd. Ik dacht echt dat ik vrij was.' Haar handen gaan naar haar buik.

'Maren, je draagt het kind van Meermans...'

'En al is mijn broer niet perfect, hij heeft me altijd met rust gelaten. Helaas ben ik anders met hém omgegaan.'

Maren drukt haar vingers onder haar ogen alsof ze daarmee de tranen kan tegenhouden. Het heeft geen zin, want ze biggelen al over haar wangen voordat ze begint te snikken. 'Ik heb Johannes dingen afgenomen waar ik van af had moeten blijven,' zegt ze.

'Wat bedoel je?'

Maar Maren zoekt naar woorden. Ze strijkt met haar slanke handen over haar gezicht en haalt diep adem. 'Toen Frans me een aanzoek deed, wist ik niet hoe ik nee moest zeggen. Ik had me niet op die situatie voorbereid. Het leek me beter als hij te horen kreeg dat ik niet met hem mócht trouwen, beter dan ontdekken dat ik hem gewoon niet wilde. Daarom vroeg ik mijn broer de verantwoordelijkheid op zich te nemen.' Haar blik is radeloos van verdriet. 'En dat deed hij. Johannes heeft voor mij gelogen. Ik was jong – dat waren we allemaal! Ik had nooit gedacht dat dat het einde zou zijn...' Maren drukt haar hand tegen haar mond en kan niet meer ophouden met huilen. 'Het einde van alle vriendschap, al het begrip, omdat ik het niet kon verdragen een echtgenote te zijn.'

Het hoopvolle brood

Bij het pakhuis van Johannes wacht Nella met de sleutel van haar echtgenoot om haar nek op Hanna en Arnoud Maakvrede. Haar hoofd tolt van de nieuwe ontdekking over Maren en Johannes, de onderlinge verstandhouding die zowel uit licht als uit schaduw bestaat. De liefde is van vorm veranderd, een zonnestraal die soms het hart verduistert. Kennelijk zag Maren het huwelijk als een einde, terwijl veel andere vrouwen – onder wie mijn moeder, beseft Nella – het zien als de enige vorm van invloed die een vrouw ooit zal hebben. Nella is er altijd van uitgegaan dat een huwelijk de liefde aan regels bindt en een vrouw machtiger maakt, maar is dat wel zo? Maren dacht dat ze als ongetrouwde vrouw meer macht had. De liefde is hier niet aan regels gebonden en er zijn buitengewone dingen gebeurd. Een kind, een gevangeniscel, inderdaad, maar ook keuzes en het sturen van het eigen lot.

Na haar onthulling over haar verleden had Maren een bezigheid willen hebben. Ze had praktisch geëist dat Nella haar een taak gaf, en Nella had haar kans gegrepen. Dat was niet harteloos, zegt ze nu tegen zichzelf, leunend tegen de muur van het pakhuis. Het was bittere noodzaak. Daar, aan dat kleine tafeltje in de achterkamer, ver weg van de bemoeizuchtige ogen op de Herengracht, had Maren in Nella's bijzijn namens Johannes een brief aan Arnoud Maakvrede geschreven. Ze had ingestemd met Nella's idee om Maakvrede uit te nodigen de suiker te komen proeven en voor te stellen de partij volledig binnen de grenzen van de republiek te verkopen, een vluggere verkoop aan klanten die erom zitten te springen. Mijn huwelijk heeft me dus toch enige invloed gegeven, dacht Nella wrang.

Marens stem speelt door Nella's hoofd. 'We kunnen zelf bepalen hoeveel winst we willen maken. Er liggen vijftienhonderd broden, en ik schat dat we daar wel dertigduizend gulden voor kunnen krijgen. Zet in op een hogere prijs,' had ze gezegd. 'Vergeet niet dat we bij een verkoop de winst in drieën moeten delen en dat het merendeel van het geld nog altijd naar Frans gaat.'

'Wat doen we als Arnoud het verhaal over Johannes heeft gehoord en de suiker niet wil kopen?'

'Geld is hopelijk belangrijker dan godvruchtigheid. We kunnen alleen maar bidden dat Arnoud Maakvrede behalve een brave burger vooral een Amsterdammer is.'

'Misschien vraagt hij wel waarom we de partij zo vlug willen verkopen. Misschien ziet hij dat er broden zijn aangetast.'

'Houd voet bij stuk, Nella. Zet hoog in en geef hem de indruk dat je de suiker afprijst vanwege de sporen.'

Nella voelde ongewild bewondering dat Maren op zo'n belangrijk moment de brug van haar verdriet kon ophalen en zich kon terugtrekken op een plaats die onbereikbaar was voor anderen. Ze vroeg zich af of zijzelf te nietig was voor dit grote idee, of ze haar hand overspeelde en zou verdrinken in haar eigen ambities, maar Maren zei precies wat Nella wilde horen. 'Petronella.'

'Ja?'

'Je staat er niet alleen voor,' zei Maren zacht. 'Ik ben er voor je.'

Over het vergeten verkeerspelbord heen gaf Maren haar een kneepje in haar hand. Tot haar verbazing dacht Nella dat haar hart zou overlopen.

Nella ziet het echtpaar in het kille licht aankomen en vraagt zich af of ze hebben gehoord wat er in het stadhuis is gebeurd. Het schandaal van de gearresteerde rijke koopman lijkt nog niet tot de straten van de stad te zijn doorgedrongen. Cornelia heeft op de Herengracht nog niets gehoord – zou de fatsoenlijke Aalbers er dan toch in zijn geslaagd de cipiers van het stadhuis te laten zwijgen? Toch is het natuurlijk maar een kwestie van tijd voordat iedereen hoort wat er met Johannes Brandt is gebeurd. Een pocherig negenjarig schoffie als Christoffel laat zich niet zo makkelijk de mond snoeren als een cipier die een gezin moet onderhouden. De Amsterdamse samenleving gedijt op sociale controle, het verstikken van je buurmans ziel.

Buiten, in de schaduw van het pakhuis, ziet Arnoud er minder verhit uit. Zijn schort heeft plaatsgemaakt voor een keurig zwart pak en een hoed. Hij lijkt totaal niet meer op de bakker die met zijn blikken vol karamelbrokken sloeg. Het is alsof hij in de buitenlucht gekrompen is.

'Mevrouw, mijnheer,' zegt Nella, terwijl ze de sleutel in het slot steekt. 'Een voorspoedig nieuwjaar, en bedankt voor uw komst.'

'Uw man schreef niet dat we ú hier zouden treffen,' zegt Arnoud, niet in staat zijn verbazing te verbergen dat Nella hier in haar eentje is.

'Dat klopt.' Nella voelt dat de schrandere Hanna naar haar kijkt. 'Mijn man is weg.'

'En Maren Brandt?'

'Op familiebezoek.'

'Kijk aan.' Arnoud is zichtbaar verstoord nu hij te woord wordt gestaan door een jonge vrouw, alsof het een list is, een spelletje – maar wacht maar af, denkt ze, terwijl ze haar handen in de manchetten van haar jas tot vuisten balt.

'Deze kant op, mevrouw, mijnheer, en wees voorzichtig op de ladder.'

Terwijl Nella Arnoud en Hanna mee naar boven neemt, denkt ze aan het miniatuurhandje van Agnes, dat thuis ligt. Het suikerbrood in het poppenhuis is niet zwarter geworden, maar buiten de miniatuurwereld is er opnieuw een dag verstreken – wederom een nacht met slechte weersomstandigheden, weer een nacht met vocht. En net als bij Rezeki's rode vlek of Marens onthulling heeft Nella geen idee wat haar te wachten staat. Wat ooit was, is verdwenen. Haar hart begint in haar borstkas te bonken als ze Arnoud hijgend de ladder op hoort komen en Hanna's gracieuze voetstappen op de sporten hoort tikken.

'Daar liggen ze.' Op de bovenste verdieping gebaart ze naar de suikerbroden.

'Ik had niet gedacht dat het er zoveel zouden zijn,' merkt Arnoud op.

'Stelt u zich maar voor dat ze zijn omgezet in guldens,' zegt Nella. Hij trekt zijn wenkbrauwen op, en ze kan zich wel voor haar hoofd slaan om haar onbehouwen gebabbel. Denk aan Maren, houdt ze zichzelf voor. Wees net zo vriendelijk als Johannes.

Hanna loopt naar de Surinaamse kant en houdt hoorbaar haar adem in. 'Zijn ze aan het rotten?' vraagt ze.

'Er zijn er een paar aangetast,' antwoordt Nella. 'Het is slecht weer geweest.'

Arnoud knielt eerbiedig neer, als een priester voor een altaar. 'Mag ik?' vraagt hij.

'Ga uw gang.'

Arnoud pakt een brood van de Surinaamse kant, en ook een met de drie kruisjes van Amsterdam erop. Uit zijn zak haalt hij een scherp mesje, en met een vakkundig gebaar schaaft hij een stukje van elk brood. Hij breekt ze in tweeën en geeft de helft aan Hanna. Als ze de Surinaamse suiker proeven, kijken ze elkaar aan.

Wat vertellen hun ogen elkaar? Er is beslist een gesprek gaande. Ze doen hetzelfde met de Amsterdamse suiker: ze proeven en wisselen zwijgend gedachten uit. Wat het doel ook moge zijn, het huwelijk is iets bijzonders, denkt Nella. Wie zou voor de elegante Hanna nu een kogelronde man als Arnoud Maakvrede hebben uitgezocht? Was Johannes hier maar, denkt ze. Hij spreekt vele talen en zou het stilzwijgen van de winkeliers begrijpen. Het beeld van hem in die cel is zo afschuwelijk dat Nella het wegstopt en zich op de suiker probeert te concentreren.

'Er liggen hier vijftienhonderd broden,' zegt ze. 'De ene helft is geraffineerd in Suriname, de andere helft hier in Amsterdam. We willen ze allemaal verkopen.'

'Ik dacht dat Brandt zaken deed met het oosten.'

'Dat klopt, maar een Surinaamse plantage had suiker over en wilde die binnen de republiek houden. Er komen straks ook nog andere mensen naar de broden kijken,' liegt ze. 'Ze zijn heel geïnteresseerd.'

Hanna veegt heel kies haar mondhoek schoon. 'Hoeveel vraagt u voor de Amsterdamse helft?'

Nella doet net of ze nadenkt. 'Dertigduizend gulden,' zegt ze.

Hanna zet verbaasd grote ogen op. 'Onmogelijk,' zegt Arnoud.

'Dat vrees ik ook,' zegt Hanna. 'Zoveel geld hebben we niet.'

'We zitten goed in de slappe was, maar we zijn niet achterlijk,' mompelt Arnoud.

'We zijn suikerbakkers, geen suikerkooplieden,' zegt Hanna, terwijl ze fronsend naar hem kijkt. 'We worden niet belemmerd door een gilde, maar als banketbakkers zijn we overgeleverd aan de grillen van de burgemeesters en hun afkeer van paapse afgodsbeelden van gemberkoek.'

'U proeft vast wel dat het goede suiker is. De kwaliteit alleen al garandeert dat u hem kunt verkopen. De liefde voor zoetigheid lijkt niet af te nemen – marsepein, taarten, wafels,' zegt Nella. Ze kijkt naar Arnoud terwijl hij nadenkt en naar de broden staart, die bijna tot aan het dak reiken. 'Uw reputatie zou beslist nog beter worden,' voegt ze eraan toe. 'Daardoor zouden er talloze andere deuren voor u kunnen opengaan.'

Ze weet het niet zeker, maar ze denkt te zien dat Hanna een glimlach onderdrukt. De kans dat ze dertigduizend gulden kunnen missen, is klein, maar je weet het maar nooit in deze stad. Het is een belachelijke prijs – maar wat moet ze anders? Maren zei dat ze hoog moest inzetten, zodat Arnoud het gevoel zou krijgen dat hij een vorstelijke korting bedong. Zij hebben hun deel van de opbrengst hard nodig en Agnes kan háár deel goed gebruiken. Nella begint wanhopig te worden.

'We geven u negenduizend gulden,' zegt Arnoud.

'Ik kan u niet al deze suiker geven voor negenduizend gulden.'

'Prima, dan nemen we honderd Amsterdamse broden voor negenhonderd gulden. U hoort van ons of de suiker goed verkoopt. Als we winst maken, komen we terug voor meer.'

Nella probeert razendsnel na te denken, net zo vlug als Arnoud. Hij wil negen gulden betalen voor een suikerbrood, maar ze moet een bedrag krijgen dat in de buurt van de twintig gulden ligt. Hij is goed beslagen ten ijs gekomen, denkt ze. 'Dat is te weinig, mijnheer. Drieënhalfduizend,' zegt ze.

Arnoud lacht. 'Elfhonderd,' zegt hij.

'Tweeduizend.'

Hij plukt aan zijn lip. 'Vijftienhonderd.'

'Goed, mijnheer Maakvrede. Maar er komen vanmiddag nog twee belangstellenden kijken. Ik kan u drie dagen de tijd geven om over de rest te beslissen, maar als zij een hogere prijs bieden, is uw kans verkeken.'

'Afgesproken.' Hij vouwt zijn armen over elkaar en lijkt onder de indruk te zijn. Hij kijkt tevreden en ze ziet hem voor het eerst glimlachen. 'Voor honderd broden.'

Nella's hoofd tolt. Het is niet zo goed gegaan als ze had gehoopt, maar een deel van hun partij komt in elk geval in roulatie, en in Amsterdam, waar woorden als water zijn, is één schaal verrukkelijke zoete broodjes genoeg. Ze stopt een Surinaams brood in een mand, zodat Cornelia kan proberen of ze het kan drogen.

Arnoud geeft Nella vijftienhonderd gulden in knisperende bankbiljetten. Ze vindt het heerlijk om het geld tussen haar vingers te voelen – het lijkt een scala aan nieuwe mogelijkheden, een reddingsvlot van papier. Duizend gulden gaat rechtstreeks naar Agnes en Meermans aan de Prinsengracht, een zoethoudertje waarvan ze hoopt dat het een getuigenis tegen Johannes kan voorkomen. Met de overgebleven vijfhonderd gulden moet ze Jack Philips omkopen. Later kunnen ze pas gaan nadenken over de vraag of er ook iets voor hén overblijft.

Hanna laadt een mand vol suikerbroden. 'Hoe gaat het met Cornelia?' vraagt ze.

Ze is bang, wil Nella zeggen, ze komt het liefst haar keuken niet meer uit. Ze heeft de dienstmeid in een bijna manische vlaag van ijver achtergelaten. Cornelia wrikte de dichte binnenkant van een savooiekool open en sneed sjalotjes en preien fijn. 'Het gaat goed met haar, mevrouw Maakvrede.'

'Sommigen krimpen en anderen groeien,' merkt Arnoud op. Hoofdschuddend kijkt hij naar de berg broden.

Hanna geeft Nella een kneepje in haar hand. 'We verkopen deze suiker en komen terug,' zegt ze. 'Daar zorg ik wel voor.'

Als Nella zich naar huis haast, begint het te regenen. De bankbiljetten in haar zak voelen als overwinningsvanen ter ere van haar bescheiden triomf. Het is een begin, en Nella vertrouwt Hanna Maakvrede. Het zal niet prettig zijn om naar de Prinsengracht te gaan en een bezoek te brengen aan Agnes en Frans Meermans, maar ze neemt zich voor haar rol te spelen. Ze zal haar ware gevoelens verbergen, net als Maren. Misschien ontdooit het wonderlijk kille hart van Frans Meermans bij de aanblik van wat geld, of ontwaakt de grootmoedigheid van Agnes, die zo lang heeft gesluimerd. Willen ze werkelijk dat Johannes terechtgesteld wordt? Verlangen dat een ander sterft – hoe ongelukkig moet je daarvoor zijn?

Als ze de gang in loopt en de regendruppels van zich afschudt, hoort ze Cornelia in de kookkeuken zachtjes snikken. Ze laat de mand met het aangetaste Surinaamse brood vallen en rent de trap af, bijna struikelend over haar eigen rokken.

Op de vloer liggen overal groenteschillen, groene en witte flarden van een totaal mislukte maaltijd.

'Wat is er?' vraagt Nella.

Cornelia wijst op een briefje op de tafel. 'Van haar?' vraagt Nella. Haar stemming klaart op, en ze denkt: eindelijk, de miniatuurmaakster is terug. Ze haast zich naar het papier. Als ze de woorden leest, snijdt een scherpe angst haar de adem af. Arnouds guldens en de blijdschap over de suiker stellen opeens niets meer voor.

'O nee,' roept ze uit. 'Vandaag?'

'Ja,' zegt Cornelia. 'Dat had uw Noorse bemoeial niet voorspeld.'

De mens moet wilde beesten temmen

De hoorzitting in het stadhuis vindt plaats in een vierkant vertrek met hoge ramen, dat het midden houdt tussen een kapel en een verzonken gevangenis. Bovenin is rondom een galerij voor toeschouwers gebouwd. Hier is geen goud of fluweel te vinden, geen enkel teken van luxe, alleen vier hagelwitte wanden en donker, eenvoudig meubilair. De rest van het stadhuis is imponerend en ontzagwekkend. Torenhoge bogen leiden naar vergulde kroonlijsten, en uitgebeitelde marmeren wandkaarten glanzen in het licht, maar in dit vertrek, waar de wet wordt toegepast, is de sfeer sober. Nella en Cornelia nemen plaats op de galerij en kijken naar beneden.

Zeven mannen, onder wie schout Pieter Slabbaert, komen achter elkaar binnen en nemen plaats voor de hoorzitting van Johannes. 'Dat moet de schepenbank zijn,' fluistert Nella tegen Cornelia, die knikt en moeite heeft om niet te sidderen. Het valt Nella op dat de leeftijden van de zes mannen sterk uiteenlopen. De een ziet er rijker uit dan de ander, maar ze zijn geen van allen uitgerust met een mantel en een sjerp, zoals de rechtsprekende schout. Individualiteit is ongewenst in deze stad, en Nella maakt zich zorgen dat de mannen bij de aanklacht tegen Johannes zullen samenklonteren tot een zelfingenomen massa die als één stem zijn walging uitspreekt.

Nella kan het nauwelijks opbrengen om naar schout Slabbaert te kijken. Met zijn bolle gezicht, zijn brede mond en zijn glazige ogen doet hij haar sterk aan een pad denken. Om haar heen begint de galerij vol te stromen met toeschouwers, onder wie een paar vrouwen en zelfs wat kinderen. Nella denkt de kleine verrader Christoffel te herkennen, die het nieuws van de arrestatie kwam brengen.

'Kleine kinderen horen hier niet thuis,' mompelt Cornelia. Hun aanwezigheid verontrust haar. Het is alsof een school visjes komt kijken hoe een walvis wordt gevangen.

Links van haar ziet Nella Hanna en Arnoud Maakvrede tussen de toeschouwers zitten. Ze weten het dus wél, denkt ze, terwijl ze met een zwaar hart naar hen knikt. Arnoud tikt met zijn wijsvinger tegen de zijkant van zijn neus. Uit dat samenzweerderige gebaar probeert ze troost te putten. Heeft hij het al die tijd geweten? De kans dat hij meer Amsterdammer is dan een brave burger bemoedigt haar – tot ze zich afvraagt of hij, afhankelijk van de uitslag van dit proces, zal afdingen op de rest van de suiker.

Op de eerste rij aan de overkant zit Agnes Meermans, gehuld in bont. 'Wat is er met haar gezicht aan de hand?' fluistert Cornelia. De gelaatstrekken van Agnes lijken inderdaad nog scherper dan in december, toen Nella haar sprak in de Oude Kerk. Ze ziet er ziek uit, haar jukbeenderen en oogkassen lijken te geprononceerd. Ze kijkt naar de zaal onder zich en speelt met een voorwerp op haar schoot. Opeens grijpt ze de houten balustrade vóór haar vast, en Nella ziet dat haar nagels zijn afgebeten. Haar eens zo perfecte hoofdband zit scheef, de opgestikte zaadparels zijn dof en haar kleding ziet eruit alsof ze lukraak iets uit de kast heeft gepakt. Ze lijkt wel een gekooid dier, en haar ogen flitsen zoekend langs de galerij.

'Ik weet al wat er is,' zegt Cornelia. 'Ze heeft last van haar geweten.'

Daar is Nella niet van overtuigd. Waar zit Agnes als een klein meisje mee te spelen? Wat is dat minuscule voorwerp dat ze in haar manchet stopt?

Frans Meermans zit achter zijn vrouw, met zijn breedgerande hoed op. Nella vraagt zich af waarom ze niet naast elkaar zitten. Zijn brede, knappe gezicht ziet er vochtig uit van de regenachtige ochtend, en hij sjort aan zijn jasje, alsof hij het te warm heeft. Nella tikt op haar zak, waarin nog altijd de bankbiljetten van Arnoud zitten. Ze moet Meermans ervan overtuigen dat hij geld krijgt, véél geld. *Laten we deze narigheid achter ons laten, mijnheer. Laten we zeggen dat we ons hebben vergist. U ziet toch zelf wel dat Agnes momenteel niet in staat is te getuigen?* Terwijl Nella al deze argumenten doorneemt, probeert ze zijn aandacht te trekken, maar Meermans kijkt niet in haar richting en staart over het hoofd van zijn vrouw naar beneden.

Alle aanwezigen houden hun adem in als Johannes wordt binnengebracht. Nella slaat haar hand voor haar lippen, maar Cornelia kan haar mond niet houden. 'Mijnheer,' roept ze. 'Mijn mijnheer!'

Johannes duwt de ondersteunende handen van de bewakers weg, maar hij kan nauwelijks lopen. De schepenen staren gespannen naar hem. Johannes is duidelijk op het rad gelegd en ernstig verwond, maar niet genoeg om hem in levensgevaar te brengen. Hij helt over naar één kant en heeft nauwelijks genoeg kracht in zijn enkels om zich te bewegen. Eén voet sleept als een slappe doek achter hem aan. Johannes zei dat hij door de stenen muur horizons kon zien, maar wat is hij binnen zes dagen veranderd, wat zijn zijn ogen dof geworden. Zijn mantel is gerafeld, maar als hij gaat zitten, zwaait hij hem naar achteren alsof het een kledingstuk van goud is.

In één opzicht hebben de wrede klemmen en riempjes niet gewerkt. De strompelende gevangene heeft duidelijk geen geheimen prijsgegeven, want anders zaten ze hier niet in de rechtszaal. Nella vraagt zich af of hij helemaal niets heeft gezegd. Deze hoorzitting wordt een verbale vernedering om toch een bepaald resultaat te verkrijgen, en deze keer zijn er burgers bij, een ander soort wreedheid. Wat zei Johannes ook alweer in zijn cel? *Hoe meer mensen deelnemen aan een ritueel, hoe gerechtvaardigder het lijkt.*

Ze denkt aan hem op het feest van de zilversmeden, aan zijn charme, zijn vakkennis, zijn geestigheid en de manier waarop hij iedereen naar zich toe trok. Waar zijn al die mensen nu? Waarom zijn er alleen maar kinderen en klerken gekomen om hem te zien knokken?

'Hij zou een wandelstok moeten gebruiken,' fluistert Cornelia tegen haar.

'Nee, Cornelia. Hij wil ons laten zien hoe wreed ze zijn geweest.'

'En hij wil ons medeleven op de proef stellen.' Hanna Maakvrede komt bij hen zitten en pakt Nella's hand. Terwijl de drie vrouwen elkaar vasthouden, heeft Nella het gevoel dat haar hart kan breken. Al die tijd heeft ze gedacht dat Johannes Maren het leven ontzegde dat ze wilde, terwijl hij haar in werkelijkheid de vrijheid wilde geven. Het hart van Johannes is groot en indrukwekkend, maar het heeft hem weinig geluk gebracht.

Was het maar zo dat Maren hém te hulp kon schieten nu hij zo in de problemen zit. Misschien is het al te laat om Jack over te halen zijn aanklacht in te trekken of om de woede van Frans te sussen. Inmiddels is de republiek erbij betrokken, en wat kun je doen tegen de verontwaardigde machinerie die een sodomiet denkt te hebben ontmaskerd? *Mijn fortuin is nooit echt grijpbaar*, heeft Johannes eens gezegd. *Het is iets in de lucht.* Maar een kindje is van vlees en bloed. Leen ons je bijna geboren kind, Maren, denkt Nella, leen ons de schijn van een normaal huwelijk.

Ze denkt ook aan de miniatuurwieg, de dikke buik van Marens pop, het suikerbrood in de hand van Agnes en de onbeschadigde pop van Jack. In haar hart verwenst ze de miniatuurmaakster, omdat die haar niet op tijd heeft verteld wat ze moest doen of wat er voorkomen kon worden. Wat heb je aan een profetes die het onvermijdelijke verzwijgt? Anderzijds vraagt Nella zich af wat ze had kunnen doen of tegenhouden.

Hanna buigt zich naar haar toe. 'We hebben de helft van de broden die we vanochtend hebben meegenomen al aan anderen beloofd. Arnoud wil er een paar naar Den Haag laten brengen, waar hij familie heeft. Het duurt vast niet lang voordat we méér komen halen. Vergeet dat alstublieft niet als u met... die andere belangstellenden praat.' Ze kijkt Nella behoedzaam aan.

Nella probeert haar gêne te onderdrukken. Ze vindt het niet vervelend om tegenover Arnoud te bluffen – hij lijkt er bijna om te vragen – maar tegenover Hanna voelt het oneerlijk. 'Weten zijn klanten wiens suiker het is?' vraagt ze.

Nu is Hanna degene die bloost. 'Dat vertelt Arnoud niet,' zegt ze. 'Maar het is uitstekende suiker, mevrouw. Ik denk dat mijn man de broden nog zou kopen als ze van Beëlzebub zelf afkomstig waren.'

Hanna's woorden geven Nella hoop, maar hier in de rechtszaal krijgt ze het gevoel dat Johannes onherroepelijk steeds sneller de afgrond in glijdt. Het is inmiddels harder gaan regenen, een gestaag geroffel op het dak.

'Burgers van Amsterdam, wij mogen ons gelukkig prijzen,' begint schout Slabbaert. Zijn stem is laag en soepel en reikt tot aan de harde, houten banken waarop het gewone volk zit. Hij is een man in de bloei van zijn leven, op het toppunt van zijn macht als schout, en hij houdt het leven van de burgers in zijn hand. Nella vermoedt dat hij goed eet en rustig slaapt. De gruwelen van de martelkamers onder zijn voeten lijken voor hem net zo ver weg als de Molukken.

'Wij hebben deze stad groot gemaakt,' vervolgt Slabbaert. Dat wordt op de galerij met trots geroezemoes erkend, en de schepenbank knikt instemmend. 'Wij hebben ons land en onze zeeën getemd en genieten van hun rijkdommen. U bent allen deugdzame mensen. U hebt zich niet gewenteld in de overdaad van wat u ten deel is gevallen. Maar hier…'

Slabbaert zwijgt even en heft zijn vinger op voordat hij naar Johannes wijst. 'Hier ziet u een man die zelfgenoegzaam werd. Een man die zichzelf belangrijker vond dan zijn familie, de stad, de kerk, de republiek. Belangrijker dan God.' Slabbaert wacht weer even en versterkt zijn retoriek met zijn stilte. 'Johannes Brandt denkt dat hij alles kan kopen. Voor hem heeft alles een prijs. Zelfs het geweten van een jongeman op wiens lichaam hij zijn lusten botvierde en wiens stilzwijgen hij probeerde te kopen.'

Er wordt opgewonden gepraat. Zelfgenoegzaam, lust, lichaam – de mensen vinden het spannend om die verboden woorden te horen. Maar Nella voelt in haar hart alleen maar angst opbloeien, alsof het om een van Marens giftige planten gaat.

'Zo kunt u uw aanklacht niet formuleren.' De stem van Johannes klinkt schor. 'De schepenbank is nog niet tot een oordeel gekomen, en dat kunt u ook niet voor hen doen. Neem hen serieus, mijnheer. Het zijn verstandige mannen.'

Een paar schepenen glimmen van zelfingenomenheid. De rest bekijkt Johannes met een mengeling van afschuw en ontzag.

'Ze zijn goede raadslieden,' zegt Slabbaert, 'maar ík heb de doorslaggevende stem. Ontkent u de aanklacht dat u een man hebt aangerand?'

Dit is de zin waarop de galerij heeft gewacht. De woorden lijken langs de rij toeschouwers te glijden en hen uit te dagen de vreemde, verboden aard ervan te proeven.

'Ja,' zegt Johannes. Hij steekt zijn kreupele benen naar voren. 'Al hebt u nog zo uw best gedaan een bekentenis van me te krijgen.'

'Beperk u tot het antwoord op de vraag,' zegt Slabbaert, terwijl hij door zijn papieren bladert. 'Jack Philips uit Bermondsey, Londen, zegt dat u hem op zondag 29 december van het afgelopen jaar bij de pakhuizen op de Oostelijke Eilanden hebt overvallen en sodomie met hem hebt bedreven. Op de dag des Heren is hij mishandeld en toegetakeld tot hij nauwelijks meer kon lopen.'

Op de galerij barst kabaal los. 'Stilte,' buldert Slabbaert. 'Stilte daarboven!'

'Dat heb ik niet gedaan,' zegt Johannes boven het rumoer uit.

'Er zijn getuigen die op de Bijbel durven zweren dat ze u hebben gezien.'

'En hoe weten ze dat ik het was?'

'U bent een bekende persoon, mijnheer Brandt. Dit is niet het moment om nederigheid te veinzen. U bent machtig en rijk. Een voorbeeldfiguur. U bent vaak in de havens, de pakhuizen, de werven. De daad die u hebt gepleegd...'

'De daad waarvan ik beschuldigd word.'

'... druist in tegen alles wat goed en juist is. Uw gedrag tegenover uw familie, uw stad, uw land, is duivels.'

Johannes kijkt door het hoge raam naar het vierkant van witte lucht. De schepenen verschuiven onrustig op hun stoeltjes. 'Ik heb een rein geweten,' zegt hij kalm. 'Al uw beschuldigingen zijn zo vals als uw tanden.'

De kinderen op de galerij giechelen.

'Minachting van de rechtbank én sodomie...'

'Wat maakt die minachting nu nog uit? Hoe denkt u me daarvoor te straffen? Wilt u me soms twee keer verdrinken omdat ik over uw ijdelheid begin?'

Slabbaerts ogen puilen uit en zijn weldoorvoede wangen trekken strak door een woede die hij maar met moeite kan beheersen.

Pas op, Johannes, denkt Nella.

'Als ik u een vraag stel, moet u antwoorden met het respect dat elke burger de regel van de wet hoort te betonen,' zegt Slabbaert.

'Stelt u mij dan een vraag die dat respect verdient.'

De schepenen lijken met genoegen naar dit gesprek te luisteren en kijken van de een naar de ander.

'Bent u getrouwd?' vraagt Slabbaert.

'Ja.'

Nella maakt zich klein. Vanaf de andere kant van de zaal kijkt Agnes met een ondoorgrondelijke grimas om haar lippen naar haar.

'Wat voor een echtgenoot bent u?'

'Een echtgenoot uit één stuk. Dat ziet u toch?'

Een paar mannelijke toeschouwers lachen, en Johannes kijkt omhoog. Hij herkent Cornelia, die over de balustrade leunt, en slaagt erin te glimlachen.

'Dat is geen antwoord op mijn vraag.' Slabbaert verheft zijn stem enigszins. 'Bent u een goede of een slechte echtgenoot?'

Johannes haalt zijn schouders op. 'Ik denk dat ik een goede echtgenoot ben. Mijn vrouw is tevreden. Ze heeft geld en zekerheid.'

'Dat is een koopmansantwoord. Rijk zijn is niet hetzelfde als tevreden zijn.'

'Dat is waar ook, ik vergeet uw spirituele worsteling met geld, schout Slabbaert. Leg dat maar eens uit aan een ambachtsgezel – een man die het hoofd van deze republiek boven water houdt, maar nauwelijks de huur voor de huisbaas kan opbrengen. Probeer hem maar eens uit te leggen dat financiële zekerheid niet gelijkstaat aan tevredenheid.'

Onder de toeschouwers wordt hier en daar instemmend gebromd, en een van de schepenen schrijft iets op. 'Hebt u kinderen?' vraagt Slabbaert.

'Nog niet.'

'Waarom niet?'

'We zijn pas vier maanden getrouwd.' Cornelia grijpt Nella's hand. Onbewust heeft Johannes gezorgd dat ze Marens kind niet meer kunnen inzetten om hem te redden.

'Hoe vaak slaapt u met haar?'

Johannes geeft niet meteen antwoord. Als hij daarmee duidelijk wil maken dat dit een onbeschaamde vraag is, een inbreuk op zijn persoonlijke leven, mislukt zijn opzet. De schepenbank leunt geïnteresseerd naar voren, evenals Frans Meermans. Agnes grijpt met beide handen de balustrade beet en wacht als een aasetende kraai af.

'Zo vaak als ik kan,' zegt Johannes. 'Ik moet vaak op reis.'

'U bent laat getrouwd, mijnheer.'

Johannes kijkt omhoog naar de galerij. 'Mijn vrouw was het wachten waard.'

Zijn tederheid klinkt oprecht, en Nella wordt weemoedig. Achter haar zuchten twee vrouwen bewonderend.

'Door de jaren heen hebt u vele leerjongens uit diverse gilden in dienst genomen,' zegt Slabbaert.

'Dat is mijn plicht als burger van Amsterdam en vooraanstaand lid van de VOC. Ik doe het met alle plezier.'

'Met iets te veel plezier, volgens sommigen. In de loop der jaren hebt u een overmatig aantal jongemannen...'

'Met alle respect: zijn niet alle leerjongens jongemannen?'

'... in dienst genomen, meer dan welk ander vooraanstaand gildelid of welke andere vertegenwoordiger van de VOC dan ook. Ik heb de aantallen hier.'

Johannes haalt zijn schouders op, die door zijn verwondingen scheef staan. 'Ik ben rijker dan de meeste anderen,' zegt hij. 'Mensen willen van me leren. Je zou zelfs kunnen zeggen dat ik daarom hier zit.'

'Wat bedoelt u daarmee?'

'De minst begaafde jagers willen altijd het grootste hert. Ik vraag me af wie mijn bedrijf krijgt als ik verdrink. U misschien, schout Slabbaert? Wordt alles door u verdeeld en veilig in uw geldkisten in het stadhuis opgeborgen?'

'U beledigt de stad Amsterdam!' schreeuwt Slabbaert. 'Uw verdachtmakingen stuiten ons tegen de borst.' Hij kijkt om naar de schepenbank. 'U ziet de stad als een speeltje en ondermijnt alles waar wij voor werken.'

'Dat is geen feit. Dat is uw mening.'

'U hebt ook een zwarte in dienst genomen, nietwaar?'

'Hij komt uit Porto-Novo, in Dahomey.'

'U hebt hem onder uw hoede genomen en hem onze gebruiken geleerd. U hebt de wilde getemd.'

'Waar wilt u met uw betoog naartoe, schout Slabbaert?'

'Ik wil alleen maar opmerken dat u genoegen schept in ongewone dingen, mijnheer Brandt. Veel van uw collega's zullen dat bevestigen. Roep de eiser binnen,' snauwt Slabbaert. Bij die woorden spert Johannes geschokt zijn ogen open.

'De eiser?' Nella draait zich naar Cornelia. 'Ik dacht dat vandaag alleen de aanklachten werden uitgesproken.'

Maar nee, ze horen zijn voetstappen, en de twee jonge vrouwen kijken ontzet naar beneden als de bewakers de man binnenleiden die Johannes beschuldigt.

De acteur

Cornelia pakt Nella's hand vast als ze de Engelsman weer ziet. De moordenaar van Rezeki wandelt naar binnen. Zijn woeste haar glanst niet meer en hij draagt een bebloed verband om zijn schouder.

'Dat is zijn bloed niet,' mompelt Nella. 'Die wond moet allang genezen zijn.' Jack kijkt omhoog naar de galerij, en Nella ziet dat het nu de beurt van Agnes is om zich klein te maken.

De schepenbank gaat rechtop zitten bij de aanblik van een levensechte Engelse duivel. 'Bent u Jack Philips uit Bermondsey, Engeland?' vraagt Slabbaert.

Jack lijkt even onzeker te worden van de starende toeschouwers en het gefluister. Nella herinnert zich zijn perfecte toneelspel in de gang, nadat hij Rezeki had neergestoken, en ze weet niet of hij echt doodsbang is of alleen maar doet alsof.

'Jazeker,' zegt Jack. Hij gooit het woord als een handschoen voor Johannes' voeten, en zijn vreemde Nederlands weergalmt door het vertrek. Een paar toeschouwers gniffelen openlijk bij het horen van zijn accent.

'Geef hem de bijbel,' klinkt Slabbaerts stem monotoon, en een griffier komt met een klein, dik exemplaar van zijn stoel. 'Leg uw hand erop en zweer dat u de waarheid zult spreken.'

Jack legt zijn trillende vingers op de bovenkant. 'Dat zweer ik,' zegt hij.

Het gezicht van Johannes is een onpeilbaar masker en Jack ontwijkt zijn blik. 'Herkent u deze man?' Slabbaert wijst op Johannes, maar Jacks hoofd blijft gebogen. 'Ik vroeg of u deze man herkent.'

Jack kijkt nog steeds niet naar Johannes. Nella vraagt zich af of hij last heeft van schuldgevoelens of dat hij angst veinst, gewoon een van die trucjes die hij in de schouwburgen aan de Theems heeft geleerd. 'Bent u doof?' vraagt Slabbaert iets luider. 'Of begrijpt u me niet?'

'Jawel, ik begrijp u wel,' zegt Jack. Zijn blik flitst even naar Johannes en blijft rusten op diens kapotte benen, de rafelige mantel.

'Welke aanklachten dient u tegen hem in?' vraagt Slabbaert.

'Aanranding, sodomie, geweldpleging en omkoperij.'

Er klinkt opgewonden geroezemoes bij de schepenbank. 'Ik zal voor alle aanwezigen uw verklaring voorlezen.' Slabbaert schraapt zijn keel. '"*Ik, Jack Philips uit Bermondsey, Engeland, gehuisvest bij het teken van het konijn in een zijstraat van de Kloveniersburgwal, vlak bij de Bethaniënstraat, ben laat op de avond van de negenentwintigste december vastgegrepen en misbruikt door een sodomiet. Mijn aanvaller was Johannes Matteüs Brandt, koopman te Amsterdam en bewindvoerder van de* VOC. *Het gebeurde tegen mijn wil en ik werd in de schouder gestoken toen ik mij verzette.*" Hebt u daar nog iets aan toe te voegen?' vraagt Slabbaert, turend over de rand van zijn knijpbril.

'Nee.'

Cornelia draait zich naar Nella. 'Zegt hij nu dat mijnheer hem heeft gestoken? Betekent dat dat Toet vrijuit gaat?' fluistert ze, alsof ze het nauwelijks kan geloven. 'Toch nog een wondertje, mevrouw.'

Maar Nella is er minder blij mee. Door de leugen gaat de bediende misschien vrijuit, maar voor Johannes lijkt de dood alleen maar dichterbij te komen.

'En is alles wat hier staat correct?' Slabbaert doelt op de verklaring.

'Ja, mijnheer. Maar ik wil er nog aan toevoegen dat hij mijn hart rakelings miste toen hij me neerstak.'

'Ah. En waar heeft hij u vastgegrepen, mijnheer Philips?'

'Op de Oostelijke Eilanden. Af en toe werk ik als stuwer in de pakhuizen van de VOC.'

'Wat voor een indruk maakte hij op u?'

'Wat bedoelt u?'

'Nou, hoe gedroeg Johannes Brandt zich voordat hij u... greep?'

'Koortsachtig.'

Nella vraagt zich af waar Jack zo'n Nederlands woord vandaan haalt.

'Hebt u elkaar gesproken?'

Jack begint van zijn rol te genieten. Hij beheerst de acteurspauze tot in de puntjes en wacht tot de aanwezigen niets anders meer horen dan hun gedachten en de regen op het dak.

'Heeft hij iets tegen u gezegd?' vraagt Slabbaert.

'Hij noemde me zijn nichtje en vroeg waar ik woonde.'

'Zijn níchtje?' Slabbaert wendt zich tot de schepenbank. 'De levens van dit soort lieden zijn in elk opzicht tegennatuurlijk. Ze stelen zelfs familietermen en maken ze belachelijk. Heeft hij verder nog iets gezegd, mijnheer Philips?'

'Hij zei dat ik al eerder zijn aandacht had getrokken,' zegt Jack. 'Hij vroeg of hij met me mee naar huis mocht en mijn kamer mocht zien.'

'Wat zei u daarop?'

'Ik duwde hem weg en zei dat hij me met rust moest laten.'

'Wat gebeurde er toen?'

'Hij greep mijn mouwen beet en sleurde me naar zijn pakhuis.'

'En toen?' Jack zwijgt. 'Wat gebeurde er toen?' dringt Slabbaert aan. 'Misbruikte hij u?'

'Ja.'

'Op een tegennatuurlijke manier. Sodomie.'

'Ja.'

Twee schepenen krijgen een enorme hoestbui en hun stoelpoten schrapen over de vloer. De toeschouwers beginnen te mompelen. Een van de jongste kinderen, hooguit drie jaar oud, staart tussen de spijlen van de balustrade door met onthutste verbazing naar Nella.

De schout buigt zich met een vreugdevol glansje in zijn paddenogen naar Jack. 'Zei hij iets toen hij u aanviel?'

'Hij zei... dat hij me móést hebben. Dat hij zou laten zien hoe dol hij op zijn nichtje was.'

'Wat zei u?'

Jack gooit zijn schouders naar achteren, trekt een holle rug en laat zijn bebloede verband zien. 'Ik zei dat de duivel in hem was gevaren. Daarna zei ik dat hij de duivel zelf was, maar hij hield niet op. Hij noemde me een schooier en zei dat hij me wel eens zou laten zien hoe het was om door een man als hij genomen te worden. Hij zei dat hij altijd kreeg wat hij wilde, en dat hij me zou afranselen als ik bleef tegenstribbelen.'

'We hebben een geneeskundig rapport over de lichamelijke toestand van de eiser toen hij met zijn beschuldiging naar het stadhuis kwam.' Slabbaert deelt het bewuste verslag uit aan de schepenen. 'Hij heeft je neergestoken, beste jongen. Als hij iets lager had gestoken, had hij je hart doorboord.'

Beste jongen. Een vriendelijke aanspreekvorm – die arme Jack, in het donker gegrepen door Lucifer in eigen persoon. Nu Slabbaert zo duidelijk laat merken waar zijn sympathie ligt, laat Johannes zijn schouders hangen, alsof zijn botten te zwaar voor hem zijn.

'Inderdaad,' zegt Jack. Bij dat woord kijkt Johannes op. Haastig draait Jack zijn hoofd naar de schepenbank. 'En hij heeft me geslagen. Ik kon bijna niet meer lopen.'

'Je liegt,' zegt Johannes.

'Hij mag niets tegen me zeggen,' zegt Jack. 'Schout Slabbaert, vertelt u hem dat hij niets tegen me mag zeggen.'

'U moet zwijgen, mijnheer Brandt. U krijgt straks nog gelegenheid om te spreken. Mijnheer Philips, weet u heel zeker dat Johannes Brandt de man was die u die avond heeft aangevallen?'

'Heel zeker,' zegt Jack, maar zijn knieën beginnen te knikken.

'Die jongen kan elk moment flauwvallen,' zegt Johannes bij het zien van zijn wankeling.

'Neem hem mee,' zegt Slabbaert met een handgebaar naar Jack. 'We verdagen de zitting tot morgenochtend zeven uur.'

'Schout Slabbaert,' zegt Johannes. 'Vandaag zouden alleen de aanklachten worden voorgelezen, maar desondanks haalt u de eiser erbij. Wat voor spelletje speelt u? Wanneer mag ik vragen stellen? U hebt gepoogd mijn goede naam te bezoedelen en het publiek te schokken. U moet mij ook aan het woord laten.'

'U zegt nu al te veel. We hebben nog niet eens de getuigen gehoord.'

'Zo is de wet,' zegt Johannes. 'We moeten allebei ons verhaal kunnen doen.' Hij wijst op de bijbel. '*Gij zult in de rechtspraak de persoon niet aanzien; gij zult de onaanzienlijke evenzeer horen als de aanzienlijke. De zaak echter, die voor u te zwaar is, zult gij tot mij brengen, opdat ik die hore*,' zegt hij, en hij voegt er minachtend aan toe: 'Deuteronomium. Voor het geval u het wilt nazoeken.'

'U krijgt uw kans nog, mijnheer Brandt,' zegt Slabbaert. 'Maar nu wordt de zitting verdaagd. Morgenochtend zeven uur.'

Johannes en Jack worden door verschillende deuren weggeleid. Jack houdt het hoofd gebogen, maar Johannes kijkt even naar de galerij, waar Cornelia en Nella al zijn opgestaan. Ze steekt haar hand naar hem op, en hij knikt voordat hij wordt weggevoerd.

De mensen strekken hun benen en wisselen verbaasde en ontstelde blikken. Een paar harteloze toeschouwers die lekkers bij zich hadden om nog meer van het spektakel te genieten, zoeken in hun zak naar hun buideltjes noten en plakken kaas en ham. Agnes haast zich door het gangpad. Weer verbaast Nella zich over haar smalle schouders, haar broze vogelpasjes. Frans Meermans is al verdwenen.

Ze weet dat ze niet veel tijd heeft. 'Ik blijf niet lang weg,' zegt ze tegen Cornelia. 'Ga maar terug naar Maren.'

Dat tovert een nieuwsgierige blik op Hanna's gezicht, maar Nella kan alleen maar waarschuwend naar Cornelia kijken. Zelfs Hanna mag het niet weten. Cornelia kijkt haar aan en knikt nauwelijks zichtbaar.

Als Nella naar de trap loopt waarlangs Agnes is verdwenen, ziet ze dat er bij haar zitplaats iets op de stoffige vloerplanken is gevallen. Tussen de verse sinaasappelschillen piepen twee minuscule voetjes onder de bank vandaan. Ze dragen patijnen, en terwijl Nella in het stof knielt, denkt ze: die voeten ken ik.

Ze zijn van een popje met een goudkleurige jurk. Het gezicht is dat van Nella, en er ontsnappen lokjes haar aan haar saffraankleurige hoofdband. 'Mijn hemel,' fluistert ze. Deze miniatuur-Nella kijkt minder verbaasd dan het popje thuis in het kabinet. Haar blik is kalm, en intuïtief onderzoekt Nella het lijfje. Ze maakt zichzelf wijs dat ze naar eventuele wonden speurt om voorbereid te zijn op dreigend gevaar, maar in haar achterhoofd weet ze dat ze zoekt naar tekenen van een zwangerschap. Die zijn er niet – er is geen verborgen bolling. Nella stopt het verdriet weg. Je hebt in elk geval geen sneeën en breuken, zegt ze tegen zichzelf. Je bent nog niet aan de beurt.

Het geld en de pop

Agnes kan de pop al maanden in haar bezit hebben gehad. Ze was jaloers op mijn poppenhuis, denkt Nella – ze deed of ze er ook een had, maar verraadde zichzelf toen ze na het proeven van het suikerbrood buiten op de trap stond. *Het mijne moet mooier worden dan dat van haar*, zei ze tegen Frans. En er kan toch maar één plek zijn waar ze die pop van mij heeft gekocht? Dit popje lijkt zo goed en is zo toepasselijk dat Nella maar moeilijk kan accepteren dat het voor iemand anders is gemaakt.

Ze stopt haar uitmuntende gelijkenis in haar zak bij Arnouds guldens en haast zich de trap af, op zoek naar Meermans. Het regent niet zo hard meer en het is nevelig buiten. In de smalle straat houden zich toeschouwers op, die om de plassen heen lopen. Nella ziet de ouderwetse witte plooikraag en het lange, zwarte gewaad van dominee Pellicorne. Zijn onberispelijke gezicht, zijn krans van grijs haar en die fanatieke predikantenogen. De mensen hangen om hem heen als klissen aan een dot wol. 'Dit is zonde,' verklaart hij tussen de vallende regendruppels. 'Je kunt het ruiken. Johannes Brandt heeft een zondig leven geleid.'

'Dat krijg je van al die weelde,' merkt de vrouw naast hem op.

'Maar hij heeft geld verdiend voor de stad,' zegt een man. 'Hij heeft ons rijk gemaakt.'

'Wie heeft hij precies rijk gemaakt? En moet je zien wat het gevolg was voor zijn ziel,' zegt Pellicorne. Hij fluistert het laatste woord, alsof hij zich met een laatste ademtocht van de walgelijke Johannes Brandt ontdoet.

Nella krijgt geen lucht. Geuren van rottend voedsel stijgen op als een zware, rokerige vleesgeur uit de taveernes langs de muren walmt. Pellicorne bekijkt haar van top tot teen.

'Voel je je wel goed, meisje?' vraagt een van de vrouwen bij Pellicorne, maar Nella geeft geen antwoord.

'Dat is zijn vrouw,' fluistert iemand, en er draaien meer hoofden haar kant op.

Ja, kijk maar naar me, denkt Nella. Kijk maar goed. 'Ja,' roept ze. 'Ik ben zijn vrouw.'

'God kijkt door alle deuren heen, mevrouw,' zegt de eerste vrouw. 'Hij ziet alles.'

Nella loopt weg en knijpt in het popje in haar zak. Ze probeert zich het huis zonder Johannes voor te stellen, want ze voelt het leven van haar man door haar vingers glippen. Nee, denkt ze. Je mag hem niet laten doodgaan.

'Mevrouw Brandt,' zegt een stem.

Ze draait zich om. Frans Meermans staat voor haar neus. Rustig blijven, Nella Elisabeth. 'Mijnheer,' zegt ze. 'Ik zocht u. Waar is uw vrouw?'

Meermans drukt zijn hoed op zijn hoofd. 'Naar huis,' zegt hij. 'Morgen komt ze terug. Ze voelt zich niet lekker sinds ze getuige was van die weerzinwekkende…'

'U moet zorgen dat dit ophoudt, mijnheer. Wilt u uw vriend nu werkelijk doden om géld?' Ze aarzelt even. 'Of Maren zo ongelukkig maken?'

Meermans lijkt zich niet op zijn gemak te voelen. 'Johannes Brandt is mijn vriend niet, mevrouw. En Agnes getuigt tegenover God. Het spijt me voor juffrouw Maren, maar wat uw man met die jongen deed, mag niet onbestraft blijven.'

'Dit gaat niet om Johannes en Jack, hè?' fluistert Nella. 'Het gaat om wat er twaalf jaar geleden is gebeurd. U denkt dat mijn man uw leven heeft verwoest, maar u vergist u.'

Meermans zuigt zijn longen vol lucht. 'Mevrouw…'

'Ik weet wat er destijds is voorgevallen,' zegt ze radeloos. 'Tussen u en Maren. Ik heb begrip voor de jaloezie van Agnes, maar…'

'Zwijg,' sist hij. 'Ik wil niets horen over uw boosaardige fantasie.'

'Twaalf jaar geleden heeft Johannes voor u een beslissing genomen,' zegt ze. 'Maar dat deed hij niet…'

'Ik wil hier niet over praten.' Meermans kijkt haastig naar links en naar rechts en knijpt zijn ogen half dicht tegen de regen, die op de kleddernatte rand van zijn hoed blijft vallen. 'Ik ben getrouwd met Agnes.'

'Maar die geschiedenis is nog niet afgerond, mijnheer Meermans. En ik moet u nog iets vertellen.' Nella haalt de duizend gulden tevoorschijn, met het popje van haarzelf eronder. 'Dit is een deel van uw geld,' zegt ze. 'Johannes heeft een flink aantal suikerbroden aan Arnoud Maakvrede verkocht.'

'Duizend gulden – denken jullie nu nog steeds dat ik gek ben?' De gelaatsuitdrukking van Meermans verandert en hij lijkt te verstijven van angst. 'En wat is dát?'

Het dringt tot Nella door dat hij vol afgrijzen naar het popje kijkt. Ze herinnert zich dat hij met de burgerwacht van Sint-Joris door de Kalverstraat marcheerde en naar het teken van de zon staarde. 'Hoe komt u daaraan?' sist hij.

'D-dat ben ik.'

'Berg het op. Nú.'

Nella haalt diep adem. Ik moet hem vertellen over Maren, denkt ze. Misschien is dat de enige manier om een einde aan deze waanzin te maken. 'Mijnheer,' begint ze, 'Maren is...'

'Laat dat ding nooit aan iemand zien. Begrepen?' Meermans strijkt over de rand van zijn hoed en spettert water op Nella's jurk.

Nella stopt het popje weer in haar zak. 'Waarom niet?' vraagt ze, maar hij weigert antwoord te geven. 'Mijnheer, heeft Agnes een miniatuurversie van uw huis besteld?'

'Een kanonskogel zou mijn huwelijk nog minder schade berokkenen dan die ellendige miniaturen,' grauwt hij, terwijl hij het geld uit haar hand grist. 'Ik tel dit geld na en dan neem ik afscheid van u.'

'U krijgt nog meer. Misschien herziet u dan uw plannen met mijn man.'

'Ik heb geen plan. Het is Gods wil.'

'Wat voor miniaturen hebt u gekregen?'

Meermans houdt de bespetterde bankbiljetten omhoog. 'U kunt u beter bezighouden met de vraag waar u meer geld vandaan haalt.'

Het gaat weer harder regenen. De toeschouwers haasten zich langs hen heen, terug naar de beschutting van de galerij. Nella pakt Meermans bij de arm om te verhinderen dat hij wegloopt.

'Hebt u voorspellingen ontvangen? Of illustreerden de voorwerpen gebeurtenissen die al hadden plaatsgevonden?'

'Kwaadaardige toespelingen en verachtelijke spot – het is een schande als Nederlanders zoiets moeten slikken.' Hij aarzelt, maar dan grijpt hij zijn kans om erover te praten. Het is een opluchting voor hem dat misschien één persoon hem gelooft. 'Ik heb de pakjes en de berichten verstopt, maar Agnes vond ze elke keer, of ze vonden hun weg naar Agnes. Ze is niet jaloers, ze is van streek door dat poppenhuis. Als ze nooit over het uwe had gehoord, was dit allemaal niet gebeurd.'

'Dit allemaal? Wat bedoelt u? Gaat het wel goed met Agnes?'

'"Het is de waarheid," zegt ze elke keer. "Hij vertelt me de waarheid." Daarom ben ik naar de Kalverstraat gegaan om die miniatuurmaker te arresteren.'

'Wát?'

'Uw poppenhuis komt nooit af, mevrouw, en dat van Agnes is aan stukken geslagen. Mijn mededeling dat er hier iemand zonder toezicht van een gilde werkte, kreeg meteen de aandacht van de burgemeesters. Een miniatuurmaker,' zegt hij minachtend. 'Het is niet eens een echt ambacht.'

De angst lijkt Nella in tweeën te splijten. Ze voelt haar eigen lichaam niet meer, ze ziet alleen nog maar het grote gezicht van Meermans, zijn varkensoogjes en zijn brede kaak. 'Mijnheer, wat hebt u gedaan?'

'Hij was al vertrokken, die glurende schurk. Maar ik heb gezorgd dat hij niet meer terugkomt. Marcus Smit heeft een flinke boete gekregen omdat hij iemand van buiten de stad gelegenheid had gegeven zijn diensten in de Gids aan te bieden, en dat huis aan de Kalverstraat wordt verhuurd aan iemand die in Amsterdam thuishoort.' Meermans houdt de bankbiljetten onder haar neus. 'Beseft u wel wat een belediging dit is? Ik had honderdduizenden guldens kunnen verdienen. Door de nalatigheid van Brandt ben ik mijn bron van inkomsten kwijt.'

Wat is die man bezeten van geld, en wat interesseert de rest hem weinig. Haar bloed begint te koken en haar zelfbeheersing knapt. 'Ik heb de suikerbroden van Agnes gezien,' zegt ze. 'Jullie trots, al hebben jullie er zelf niets voor hoeven te doen. Ze zijn niet allemaal verrot, maar u wel, en uw vrouw ook. Het is maar goed dat Maren destijds heeft besloten uw aanzoek af te wijzen.'

Hij wankelt achteruit.

'En zelfs als Johannes al die suikerbroden voor u had verkocht, had u het vermoedelijk fijn gevonden als hij de doodstraf kreeg.

Wat zeg ik: ik weet het zeker.'

'Hoe durft u, u bent niets anders dan een kleine…'

'Houdt u dat geld maar,' zegt ze. Ze draait zich om en roept luid: 'Ik hoop dat die miniaturen u beiden opjagen tot aan de hel.'

Een nieuw leven

Van het stadhuis loopt ze vlug in de richting van de Kalverstraat, maar ze staat stil als ze hollende voetstappen en een kreet van Cornelia hoort. 'Mevrouw, mevrouw!'

'Cornelia, waarom schreeuw je zo? Ik heb Meermans gevonden…'

'Hebt u hem verteld over juffrouw Maren?' Cornelia kijkt vertwijfeld naar links en naar rechts. In het regenachtige, grauwe licht lijkt ze wel groen, en ze heeft haar handen samengeklemd alsof ze een toefje onzichtbare bloemen vasthoudt.

'Nee.' Opeens is Nella doodmoe. 'Ik heb met hem gehandeld. Geld in ruil voor een leven.'

Cornelia's gezicht betrekt. 'Kon u hem overhalen niet te getuigen?'

'Ik heb hem duizend gulden gegeven als aanbetaling voor zijn dierbare suiker. Ik kan je niet garanderen dat dat iets verandert, Cornelia. Ik heb mijn best gedaan. Hij heeft de miniatuurmaakster iets aangedaan, hij heeft de burgemeesters op haar afgestuurd. Ik weet niet of ze…'

'U moet mee naar huis.'

'Maar…'

'Er is iets met juffrouw Marens hart.'

'Voel eens.' Maren waggelt uit de schaduwen tevoorschijn zodra de twee vrouwen binnenkomen en de zware deur dichtduwen. 'Mijn hart klopt veel te snel.'

Nella drukt haar vingers tegen Marens hals en voelt haar snelle, krachtige hartslag. Maren hapt naar adem en strekt haar hand naar haar uit.

‘Wat is er?’

‘Pijn,’ brengt Maren hijgend uit. ‘Ik lijk wel in tweeën te breken.’

‘Pijn, mevrouw?’ zegt Cornelia geschokt. ‘Daar had u niets over gezegd.’

Maren kreunt. Er verschijnt een natte plek op de donkere wol van haar rokken, die steeds groter wordt en in de richting van de zoom zakt.

‘Naar boven.’ Nella probeert kalm te klinken, maar haar hart gaat ook paniekerig tekeer. ‘We gaan naar mijn kamer. Dat is makkelijker als we in de keuken water moeten halen.’

‘Wordt het kind geboren?’ vraagt Maren bang.

‘Het zou kunnen. We moeten echt een vroedvrouw halen.’

‘Nee!’

‘We kunnen haar stilzwijgen kopen.’

‘Waarmee, Petronella? Jij bent niet de enige die in de geldkist van Johannes kijkt.’

‘Maren, toe! Dat kunnen we nog wel opbrengen. Blijf rustig.’

‘Ik wil alleen maar jou en Cornelia om me heen.’ Maren grijpt Nella’s hand beet alsof ze daarmee kan zorgen dat alles goed komt. ‘Ik ben echt niet de eerste vrouw die een kind moet krijgen. Jullie zijn de enigen die erbij mogen zijn.’

‘Ik ga heet water halen.’ Cornelia rent naar de kookkeuken. Nella ziet dat het boek van Blankaart open op een stoel ligt.

‘Weet jij wat we moeten doen, Petronella?’

‘Ik ga mijn best doen,’ zegt Nella. Ze was vier toen Carel werd geboren, negen toen Arabella uit haar moeder werd getrokken. Ze herinnert zich dat haar moeder schreeuwde, hijgde en loeide als een koe. De bebloede lakens werden na afloop in de tuin op een hoop gegooid om verbrand te worden. Zwak licht op haar moeders klamme gezicht, de verwondering op het gelaat van haar vader. Er waren natuurlijk nog meer verlossingen geweest, kinderen die het niet hadden gered. Toen was ze al wat ouder geweest. Nella doet haar ogen dicht en probeert zich te herinneren wat de vroedvrouwen deden. De herinnering aan de kleine lijkjes probeert ze van zich af te zetten.

'Mooi zo,' zegt Maren, maar ze ziet bleek.

'Als de pijn heel erg was,' zegt Nella, 'ging mijn moeder altijd ijsberen.'

Maren blijft boven twee uur lang ijsberen en kreunt telkens als de donder in haar binnenste komt aanrollen. Nella loopt naar het raam en denkt aan Johannes op zijn stromatras, aan Jack, die zich met zijn toneelspel uit een cel heeft gekletst, aan Meermans met zijn bespetterde trots en geld, en aan Agnes, die op een boodschap uit de Kalverstraat wacht. Waar zou de miniatuurmaakster nu zijn? Vanuit haar ooghoek ziet Nella het poppenhuis met de gesloten gele gordijnen, gevuld met poppen die gevangen zijn in de tijd. *Uw poppenhuis komt nooit af, mevrouw.*

Buiten regent het inmiddels pijpenstelen, een kille, aanhoudende januariregen. Ze ziet twee vechtende honden, een geelbruine streep van een wegschietende kat. Opeens hangt er een scherpe stank in de kamer, en als Nella zich omdraait, ziet ze de afschuw van Maren, die naar een hoopje warme, bebloede uitwerpselen bij haar voeten kijkt.

'Mijn hemel.' Maren slaat haar handen voor haar gezicht. Nella leidt haar terug naar het bed. 'Ik heb niets meer te zeggen over mijn lichaam. Ik ben...'

'Sta er maar niet bij stil. Dit is een goed teken.'

'Maar wat gebeurt er? Ik word uiteengereten. Er blijft niets meer van me over als het kind er eenmaal is.'

Nella ruimt de rommel op en stopt de vuile handdoek in een emmer met een deksel. Als ze zich omdraait, ligt Maren met opgetrokken knieën op haar zij. 'Ik had het me heel anders voorgesteld,' zegt ze met haar hoofd in de kussens.

'Dat begrijp ik.' Nella geeft haar een schone, vochtige handdoek. 'Dat is altijd zo.'

Maren verkruimelt lavendel in haar vuist en ademt de geur diep in. 'Ik ben zo moe,' zegt ze. 'Zo verschrikkelijk moe.'

'Het komt allemaal goed,' zegt Nella, maar ze weet dat dat maar woorden zijn. In de gang ademt ze de koele lucht in, blij dat ze even kan ontsnappen aan de sombere sfeer in de slaapkamer, de futloze hartslag van de angst. Cornelia komt naar boven en pakt glimlachend Nella's hand. 'Het is een zegen, mevrouw,' zegt ze. 'Het is een zegen dat u hier bent gekomen.'

Die avond houdt de regen aan en volgen de weeën elkaar snel op. Maren weet niet meer waar ze het zoeken moet en zegt dat ze martelende pijngolven voelt. 'Ik ben een wolk vol bloed,' mompelt ze, 'een enorme blauwe plek, mijn huid gaat steeds weer kapot.' Om te zorgen dat ze prettiger ligt, hebben ze haar bovenste rokken uitgetrokken. Ze draagt niets anders dan een katoenen hemd en haar onderrokken.

Maren omhult de pijn en is de pijn zelf. Ze is volledig onherkenbaar. Terwijl Cornelia en Nella haar voorhoofd deppen en geurige oliën in haar slapen masseren om haar te kalmeren, ziet Nella Maren als een berg, enorm en verankerd, niet van haar plaats te krijgen. Het kind in haar is een pelgrim die haar beklimt, een wezen in beweging, terwijl Maren zelf verlamd lijkt. Bij elke stap die hij zet, bij elke schop en elke prik van zijn wandelstaf in haar zij krijgt hij meer macht.

Maren schreeuwt het uit. Haar haar plakt aan haar voorhoofd, haar doorgaans zo gladde gezicht is rood en opgeblazen. Ze leunt over de rand van het bed en braakt op het kleed.

'We moeten hulp halen,' fluistert Nella. 'Kijk nou. Ze zou het niet eens in de gaten hebben.'

Cornelia bijt op haar lip en kijkt naar Marens hevig bezwete, vertrokken gezicht. 'Jawel,' fluistert ze terug. Haar ogen glanzen van angst en uitputting. 'We kunnen geen hulp halen. Juffrouw Maren wil niet dat iemand het weet.' Ze gooit de handdoek over het dunne braaksel van Maren en kijkt toe als de doek het opneemt. 'En wie zouden we trouwens moeten halen?'

'Er staat vast wel iemand in *De Gids van Smit*. We hebben geen flauw idee waar we mee bezig zijn,' sist Nella. 'Is het normaal dat ze zo moet overgeven?'

'Waar is hij?' mompelt Maren. Ze veegt haar mond af aan een

van de kussens. Nella geeft haar de hoek van een vochtig waslapje om het vocht eruit te zuigen.

Ze loopt terug naar Cornelia en zegt zacht: 'We moeten onder haar onderrokken kijken.'

Cornelia wordt wit om haar neus. 'Ze zou me wurgen. Ik mag niet eens haar blote rug zien.'

'We zullen wel moeten. Ik weet niet of deze pijn normaal is.'

'Dan moet u het doen, mevrouw,' zegt Cornelia. 'Ik kan het niet.'

Marens oogleden trillen en er ontsnapt een laag geluid uit haar keel. Het wordt steeds hoger en luider, tot het als trompetgeschal klinkt. Als ze weer zo'n doordringende kreet slaakt, aarzelt Nella niet meer. Ze gaat op haar knieën zitten en tilt de zoom van Marens onderrok op. Het gaat bijna te ver om tussen haar benen te kijken. Het is een soort heiligschennis.

Nella steekt haar hoofd in de warme, bedompte lucht onder de onderrok en tuurt met samengeknepen ogen of ze iets kan ontdekken. Ze heeft nog nooit zoiets vreemds gezien. Het is geen vlees en geen vis, niet goddelijk en niet menselijk, maar tegelijkertijd al die dingen tezamen. Op dat moment lijkt het wel iets uit een andere wereld. Iets kleins dat enorm is opgerekt, een gigantische mond waarin het hoofdje van een kind een soort stop vormt.

Nella ziet een heel klein kruintje. Ze kokhalst van de warmte in het bed en komt onder de rok vandaan. 'Ik zie hem,' zegt ze opgetogen.

'Echt?' vraagt Maren zwakjes.

'Je moet gaan persen,' zegt Nella. 'Als het hoofdje zichtbaar is, moet je gaan persen.'

'Ik ben te moe. Hij moet zelf maar naar buiten zien te komen.'

Nella duikt weer onder de rok en steekt haar hand uit om aan het kindje te voelen. 'Zijn neus is nog niet naar buiten, Maren. Zo kan hij niet ademhalen.'

'Persen, juffrouw Maren, u moet persen,' roept Cornelia.

Maren brult het uit en Nella plaatst een twijgje tussen haar tanden. 'En nu nog een keer!' zegt ze.

Maren drukt haar kiezen in het hout, maakt gorgelende geluiden achter het stokje en begint te persen. 'Ik scheur in,' brengt ze hijgend uit. 'Ik voel het.'

Nella schuift de onderrok naar boven en Cornelia bedekt haar ogen. 'Nee, niet waar,' zegt ze, maar ze ziet een rode barst tussen al die paarse harigheid, en nog meer bloed. Dat zegt ze niet hardop. 'Hij komt eraan,' roept ze. 'Blijf persen, Maren, blijf persen.'

Cornelia prevelt bij het raam koortsachtig een gebed. 'Onze vader die in de hemel z...' Maar Maren begint op hoge toon te jammeren, een kreunende, gestage kreet van foltering en goddelijke openbaring. Het geluid is scherp als een gesel, maar opeens, zonder waarschuwing, breekt het hele hoofdje van het kind naar buiten. Het ligt met het gezicht naar beneden, met de neus naar de lakens, en het heeft nat, donker haar.

'Zijn hoofdje is eruit! Hou vol, Maren, persen!'

Maren krijst zo hard dat het pijn doet aan hun oren. Het bed raakt doorweekt van het vele warme bloed dat naar buiten gutst. Nella is misselijk en vraagt zich af of zo'n grote golf wel normaal is. Maren trekt bijna Cornelia's hand van haar arm bij haar inspanningen het kind naar buiten te persen. Het hoofdje draait een kwartslag, en Nella kijkt verwonderd toe. Het lijkt wel of het wezentje zichzelf los probeert te wriemelen.

Er komt een schouder tevoorschijn, en weer brult Maren het uit. Het kindje draait zijn hoofd terug naar het bed.

'Persen, juffrouw Maren, persen,' spoort Cornelia haar aan.

Maren perst nog harder en geeft zich over aan de marteling. Ze verzet zich er niet meer tegen en accepteert dat ze alleen nog maar uit pijn bestaat. Dan houdt ze uitgeput op, niet meer in staat zich te verroeren, en ze snakt naar lucht. 'Ik kan het niet,' zegt ze. 'Mijn hart.'

Cornelia legt aarzelend een hand op Marens borstkas. 'Het gaat weer zo tekeer, mevrouw,' zegt ze. 'Het hamert tegen haar ribben.'

Het wordt stil in de kamer. Nella zit op haar knieën, Cornelia zit bij het kussen, Maren ligt met gespreide armen en opgetrokken knieën op het bed. Het vuur in de haard is bijna uit, de laatste blokken moeten worden opgepord. Buiten klinkt alleen maar de roffelende regen. Dhana krabt aan de deur omdat ze naar binnen wil.

De vrouwen wachten. Het andere schoudertje, klein als dat van een pop, komt tevoorschijn uit Marens uitgerekte moeras. Maren begint weer te kokhalzen, en als Nella haar handen uitsteekt naar de schouders en het hoofd, dat glad als een theekopje is, glibbert het lijfje met een laatste guts bloed in haar verbaasde handen. Tussen haar kletsnatte vingers voelt ze het compacte gewicht. De ogen zijn dicht, als die van een filosoof, de ledematen zijn nat en blauwig en bedekt met vlekjes witte smeer. Ze bestudeert het kind, dat nu opgekruld op haar trillende handpalmen ligt. Marens pelgrim van pijn is een meisje.

'Maren,' zegt ze, terwijl ze het kind omhooghoudt, 'Maren, kijk!'

Cornelia slaakt een vreugdekreet. 'Een meisje!' zegt ze. 'U hebt een dochter!' De metaalachtige, gespierde streng waaraan het kind vastzit, is lang en hangt kronkelend uit Marens lichaam. 'Pak een mes,' zegt Nella tegen Cornelia. 'We moeten de streng doorsnijden.'

Cornelia rent weg. Maren ademt zwaar en probeert zich op haar ellebogen op te richten om te kijken. Ze valt weer achterover en kan nauwelijks een woord uitbrengen. 'Mijn dochter,' zegt ze. Haar stem klinkt hol en verdwaasd. 'Is ze gezond?'

Nella kijkt naar het kind, dat bedekt is met een korst opdrogende vloeistof en de bloederige handafdrukken van haar tante. Haar haar is samengeklit en donker, haar ogen zijn nog dicht, alsof ze dit niet het moment vindt om zichzelf bekend te maken.

'Ze maakt geen geluid,' zegt Maren. 'Waarom maakt ze geen geluid?'

Nella pakt een warm, vochtig waslapje uit de emmer water en begint over de slappe armen, de benen en de borstkas van het kindje te wrijven. 'Hoort dat zo?' vraagt Maren.

'Ja,' zegt Nella, maar ze heeft geen idee. Word wakker, kindje, denkt ze. Word wakker.

Cornelia komt terug met een vleesmes. Het kind maakt nog altijd geen geluid en het is ook dodelijk stil in de kamer – iedereen wacht en bidt uit alle macht om een geluidje, een levensteken.

Nella geeft het kind aan Cornelia en probeert de navelstreng door te snijden. Al is die van menselijk weefsel, hij lijkt sterker dan een eik. Ze moet hem doorzagen en er spettert bloed op de lakens en de grond. Dhana, die naar binnen is geslopen, komt aantrippelen om te kijken of er misschien een maaltijd in zit.

Misschien komt het door de komst van de hazewind of door het onhandige gepruts aan de navelstreng, maar het kindje begint te huilen.

'Goddank.' Cornelia barst in tranen uit.

Maren ademt uit, een lange, beverige zucht die in een snik eindigt.

Het kind ligt nu in Nella's handen en Cornelia bindt vlak bij de buik een donkerblauw lint om het restje van de navelstreng. De stomp ligt slap op het buikje en het meisje heeft eindelijk de strijd gewonnen.

Nella wrijft nog harder met een nat lapje over het kind en kijkt gefascineerd toe als het bloed door het onderhuidse kantwerk van aderen begint te pompen. Cornelia, die vlak bij haar staat, buigt zich naar haar toe. 'Ziet u dat?' fluistert ze.

'Wat?' vraagt Nella.

'Kijk.' Cornelia wijst. 'Kíjk dan.'

'Thea.' Ze schrikken allebei van Marens stem, die loodzwaar is. 'Ze heet Thea.' Maren verschuift rusteloos op het bed. Haar uiteinde van de streng zit nog altijd in haar vast en er vloeit nog steeds bloed. Ze probeert haar armen op te tillen, maar ze heeft er de kracht niet meer voor.

'Thea,' herhaalt Cornelia. Ze staart naar het meisje als Nella haar op Marens borst legt. Het kind beweegt mee op haar moeders afgematte ademhaling, op en neer. Maren legt haar trillende vingers op Thea's rug en voelt aan het rompje, de gekromde ruggengraat die aan een jong katje doet denken. Haar ogen lopen vol tranen en ze begint weer te huilen. Cornelia troost haar en strijkt over haar voorhoofd. Maren klemt haar kind tegen zich aan, dat zich met haar hoofdje tegen haar moeders hals nestelt. Op Marens gezicht staat een verbaasde blik, een mengeling van triomf en pijn. 'Nella?' zegt ze.

'Ja?'

'Dank je wel. Jullie allebei.'

Ze kijken elkaar aan terwijl Cornelia het beddengoed bij elkaar raapt, dat eruitziet alsof er een slachting op heeft plaatsgevonden. Maren rochelt een beetje, een geluid waarvan Nella's huid samentrekt en prikt. Ze draait haar hoofd naar het raam om naar de duisternis op de Herengracht te kijken. Het is eindelijk droog geworden. Boven de dicht op elkaar gebouwde daken, de weervaantjes en de gevelspitsen staat de maan hoog aan de met sterren bezaaide hemel, een onvolkomen halve cirkel van glanzend licht.

Als Nella naar de gesloten fluwelen gordijnen van het poppenhuis kijkt, beseft ze dat Johannes iets over het hoofd heeft gezien toen hij de maten voor de kast doorgaf. Want waar is Marens kamer – haar kleine ruimte vol zaadpeulen en kaarten, schelpen en monsters? In het kabinet zitten twee keukens, de werkkamer, de ontvangkamer, de slaapkamers, zelfs de zolder. Misschien wilde hij zijn zuster beschermen, of anders heeft hij er misschien niet aan gedacht om het vertrek te laten namaken. Geen enkel voorwerp van de miniatuurmaakster had betrekking op Marens kamertje. Haar geheime domein is nergens vastgelegd.

De leugenaar

Nella en Cornelia proberen wat te slapen in twee van de rozenhouten stoelen die ze vanuit de ontvangkamer naar boven hebben gezeuld. Tevergeefs proberen ze een prettige houding te vinden terwijl Maren in het bed zucht en kreunt.

Als Nella wakker wordt, hoort ze de kerkklokken acht uur slaan. Er hangt nog steeds een verontrustende lucht in het vertrek, de geur van blootliggende organen, uitwerpselen, bloed en kwetsbaar vlees. Het vuur is uit, en verspreid eromheen liggen wat nutteloze, slappe lavendelbloemetjes. Tijdens haar gewoel heeft Maren de zilveren lampetkan omgegooid. Het dringt tot Nella door dat ze een uur geleden al bij haar man had moeten zijn.

Paniekerig schuift ze de gordijnen open. Cornelia wordt wakker en snelt naar het bed. 'Ik moet naar Johannes. Nu meteen,' zegt Nella.

'Niet weggaan,' smeekt Cornelia. 'Ik weet niet wat ik moet doen.'

Want Marens kussen is doorweekt van het zweet en Thea ligt in een deken op haar borst te slapen. De kraamvrouw doet haar ogen open als ze hen hoort praten. Onder de zoute zweetglans op haar huid ruikt ze nog steeds vaag naar nootmuskaat, en Nella ademt de geur in. Ze moet naar het stadhuis, maar ze laat Maren niet graag zo achter.

'Nella, ga naar het stadhuis en vertel me wat ze met hem doen,' zegt Maren. Haar stem klinkt zwakker dan de avond ervoor. 'Toe. Cornelia, jij blijft bij mij.'

Cornelia pakt Marens hand en kust die met de innige liefde van een kind. 'Natuurlijk blijf ik bij u.'

Nella loopt naar het voeteneinde van het bed en ziet dat de navelstreng nog steeds in Maren zit. Het uiteinde ligt omgekruld op de matras. Ze probeert eraan te trekken, alsof ze daarmee iets kan ontstoppen en deze vreselijke angst kan doorbreken, maar het koord zit vast en Maren kreunt van de pijn.

'Ze moet slapen,' zegt Cornelia. 'We moeten haar met rust laten.'

'Ik weet dat je er iemand bij wilt halen, Nella,' brengt Maren krakerig uit. 'Maar niemand mag het weten.'

Marens buik is een beetje platter nu Thea er niet meer opgesloten zit, maar er bevindt zich nog steeds een bult binnenin. Als Nella erop drukt, vertrekt Marens gezicht. Dit is niet goed, denkt Nella, dit hoort niet. De bult is hard en geeft niet mee, en heel even vraagt Nella zich af of er misschien nog een kind in de buik zit, een rustiger broertje of zusje dat zich liever nog niet in de chaos vertoont. Had ze er maar meer verstand van. Was haar moeder maar hier! Nog nooit heeft ze zich zo machteloos gevoeld.

Marens adem stokt. Cornelia tilt Thea op als het schrapende geluid tot in Marens longen zakt. 'Gaat het?' vraagt Cornelia, maar Maren maakt een wegwerpgebaar, alweer een echo van haar broer.

Thea, die haar moeders gerasp hoort, begint zelf ook geluiden te produceren. Het zijn jammerende, prikkelende, moederzoekende kreetjes van een pasgeboren stem. Tijdens het gehuil wenkt Nella Cornelia naar een hoek van de kamer. 'Kijk nou toch, mevrouw,' fluistert de dienstmeid, terwijl ze ongelukkig naar Thea staart. 'Wat moeten we hier nu mee?'

'Wat bedoel je?'

'Ik vind het onvoorstelbaar. Ik kan het niet geloven.'

'Zoek *De Gids van Smit*,' sist Nella. Ze hoort niet eens wat Cornelia zegt. 'En haal een min, een vroedvrouw – iemand die begrijpt wat er met haar aan de hand is.'

Cornelia kijkt doodsbang naar het kind. 'Juffrouw Maren vermoordt me.'

'Doe wat ik zeg. Johannes bewaart geld in zijn werkkamer. Het kan me niet schelen wat je die vrouw moet betalen om haar stilzwijgen te kopen. En als er niet genoeg geld in de kist zit, verkoop je het zilver maar.'

'Maar mevrouw...'

Nella vlucht de kamer uit, te wanhopig om nog langer te blijven staan.

Als ze buiten adem en met een rood hoofd in het stadhuis aankomt, zit de galerij al vol. De zitting is begonnen en ze moet ergens achterin plaatsnemen. Ze heeft hoofdpijn en tolt op haar benen. Haar ogen zijn moe en droog, en op haar nagels zit een roestbruine rest van Marens bloed. Ze wil naar Johannes schreeuwen dat Maren een kind heeft gebaard, dat er thuis een wonder op hem ligt te wachten, maar ze weet dat dat niet kan. Wat leven we toch in een rare wereld, denkt ze, als ik Thea kan schaden door te vertellen dat ze geboren is.

Over de hoofden van de andere toeschouwers heen kijkt ze naar beneden. Johannes zit met zijn gebroken lichaam doodstil op een stoel en heeft zijn kin opgeheven. Slabbaert zit achter zijn tafel, geflankeerd door de schepenbank. Jack zit nu tussen de toeschouwers beneden en kijkt naar Frans Meermans, die op een stoel midden op de leistenen zit.

Waarom is Agnes niet bij hem? Heeft Nella al iets gemist? Ze ziet het achterhoofd van dominee Pellicorne, die zich opgetogen en verwachtingsvol naar voren buigt. 'Heeft Agnes Meermans al getuigd?' vraagt ze aan de vrouw naast haar.

'Om zeven uur. Ze trilde en gedroeg zich heel vreemd. Ik dacht dat ze die bijbel nooit meer zou loslaten.' De vrouw schudt haar hoofd en Nella luistert naar Slabbaert, die midden in zijn betoog zit.

'Uw echtgenote heeft ons alleen maar verteld wat ze op de avond van de negenentwintigste december heeft gezien, mijnheer Meermans,' zegt hij. 'Ik zou het niet in mijn hoofd halen het tere gestel van een vrouw te belasten, maar nu ú uw verhaal kunt doen, wil ik graag wat dieper op de zaak ingaan. Vertel ons waarvan u getuige bent geweest.'

Meermans knikt. Hij ziet bleek en lijkt op zijn stoel nog forser dan anders. 'We liepen om het pakhuis heen en hoorden stemmen. Mijnheer Brandt duwde een jongeman tegen de zijkant van het pakhuis. Het gezicht van de jongeman was naar de muur gedraaid. Beiden hadden hun broek op hun enkels, en hun hoeden waren op de grond gevallen.'

Sommige mensen houden hoorbaar hun adem in bij dat beeld, die mengeling van passie en schande. 'Jack Philips – zijn naam is mij inmiddels bekend – smeekte om vrijgelaten te worden. Hij zag ons en riep om hulp. U zult begrijpen dat mijn vrouw hevig van streek was. Deze man was te gast aan haar tafel geweest.'

De trillende stem van Meermans vult het vertrek, en Nella heeft het gevoel dat de muren van het stadhuis steeds verder naar binnen schuiven.

'Ga door,' zegt Slabbaert.

'We hoorden de kreet van Brandts weerzinwekkende ontlading,' zegt Meermans. 'Ik liet Agnes op een afstandje staan en liep naar Brandt toe. Ik zag de lust in zijn ogen. Toen ik naderde, trok hij zijn broek omhoog en begon hij mijnheer Philips af te ranselen. Hij had een dolk en ik zag dat hij Jack in de schouder stak. Het wapen raakte hem bijna in het hart, dat is echt zo. Geen enkele vrouw zou van zoiets getuige moeten zijn. Een man ook niet.'

Alle aanwezigen hangen aan zijn lippen. Johannes heeft het hoofd gebogen en dwingt zijn lichaam met overduidelijke pijn in een houding waaruit verzet spreekt.

'Frans Meermans,' zegt Slabbaert, 'u kent Johannes Brandt al vele jaren. Ondanks het tafereel dat u hebt aanschouwd – ondanks de getuigenis die uw echtgenote onder ede heeft afgelegd – is dit het moment om te bevestigen dat er ook nog iets goeds in deze man zou kunnen huizen.'

'Dat begrijp ik.'

'Brandt zei dat u elkaar goed kende.'

'Toen we jong waren, hebben we samengewerkt.'

'Wat was hij voor een man?'

Meermans lijkt met zichzelf te worstelen. Hij kan het niet eens opbrengen om naar de gebogen rug van Johannes te kijken en staart liever in de puntige zwarte kegel van zijn eigen hoed. 'Schrander,' zegt hij. 'Met heel eigenzinnige ideeën.'

'Johannes Brandt verkocht een voorraad van u, nietwaar?'

Nella krijgt het gevoel dat haar polsslag vertraagt, alsof haar laatste kracht uit haar hart weglekt. Johannes krijgt nóg een beschuldiging voor de voeten geworpen – laks zakendoen, een zwaar vergrijp in Amsterdam.

'Dat klopt,' zegt Meermans.

'U had dus een overeenkomst. Deed Brandt zijn werk? Was de suiker goed opgeslagen?'

Meermans aarzelt. 'Ja,' zegt hij. 'Hij deed zijn werk.'

Nella gaat rechtop zitten. Waarom zegt Meermans dat? Volgens hem is er dus niets op de staat van de suiker aan te merken. Terwijl een paar schepenen iets opschrijven, dringt het tot haar door dat Meermans van plan is zijn haat jegens Johannes te verbergen. Als Meermans de problemen rond de niet-verkochte suiker verzwijgt, ontneemt hij Johannes de kans om aan te voeren dat Meermans een motief had om wraak te nemen. Hij bouwt dammen in de kanalen van Johannes' verdediging. Meermans wil dat de aanklacht beperkt blijft tot overduidelijk verdorven gedrag tegenover God en de republiek. En Nella kan zich niet voorstellen dat Johannes uit zichzelf zal toegeven dat hij de verkoop heeft getraineerd. Als hij dat doet, blijft er nog minder van zijn reputatie over.

Nella had niet gedacht dat Meermans zo berekenend zou zijn. Zijn aanpak verraadt hoe vastbesloten hij is zijn oude vriend te gronde te richten. Tegelijkertijd heeft Frans Meermans de Brandts misschien een dienst bewezen met zijn openlijke verzekering dat de hele voorraad in goede staat is. Misschien kunnen we de suiker nu beter verkopen, denkt ze, terwijl ze naar Arnoud Maakvrede kijkt. Ze voelt zich schuldig dat ze daar eventjes blij om is en concentreert zich weer op de zitting.

'Dus u zou hem een goede koopman noemen?' vraagt Slabbaert. Meermans haalt diep adem. 'U staat onder ede,' helpt Slabbaert hem herinneren. 'Wat is uw antwoord?'

'Onder ede aarzel ik om die woorden te gebruiken.'

'Vindt u hem een slechte koopman?'

'Ik denk dat zijn reputatie door de jaren heen een bepaald egoïsme heeft gemaskeerd.'

'Maar desondanks huurde u hem in om uw voorraad te verkopen.'

'Mijn vrouw...' Meermans maakt zijn zin niet af.

'Wat heeft uw echtgenote hiermee te maken?'

Bij die vraag laat Meermans zijn hoed op de vloer vallen. Hij schraapt zijn keel en raapt hem op. Johannes kijkt op en houdt zijn blik op zijn oude vriend gericht.

'Brandt heeft altijd met een tergende hardnekkigheid zijn zin doorgedrukt.' Meermans kijkt naar Johannes. 'Maar ik besefte niet hoe ver je daarin ging. Het smeergeld dat je hebt betaald, de schulden die je opbouwde – niet alleen bij mij, maar ook bij gilden, klerken en vrienden.'

'Bij wie dan?' vraagt Johannes. 'Noem me hun namen.'

'Ik ben hier vandaag voor je ziel...'

'Ik heb geen schulden bij jou, Frans. Bij niemand.'

'Maar God heeft tegen me gesproken, Johannes.'

'Gód?'

'Hij zei dat ik mijn mond niet meer mocht houden.'

Terwijl Meermans de woorden uitspreekt, klinkt zijn stem verbaasd, alsof hij zichzelf verrast met zijn optreden. Het is alsof hij achteroverslaat van de harde, rechtstreekse aanval waartoe zijn instinct hem aanzet en alsof hij op een bittere manier van zijn eigen toneelspel geniet.

'Je hebt nog nooit gezwegen als je de kans kreeg mij zwart te maken, Frans...'

'Mijn oude vriend moet het licht zien, schout Slabbaert. Hij is geknakt en leeft in de schaduw van de duivel. Ik kon niet zwijgen na wat ik die avond had gezien. Dat zou geen enkele burger van Amsterdam kunnen.'

Na dit betoog kijkt Meermans op alsof hij denkt dat hem een steen van het hart zal vallen. Dat gebeurt niet – hij ziet alleen maar Johannes voor zich, die hem vol walging aankijkt. Langzaam en met hevige pijn recht Johannes zijn rug. Zelfs boven in de zaal hoort Nella zijn botten kraken.

'We zijn allemaal zwak, Frans,' zegt Johannes. 'Maar sommigen zijn zwakker dan anderen.'

Meermans buigt het hoofd en de hoed glipt uit zijn handen. Bij het zien van zijn schokkende schouders kijken de mensen zwijgend en gespannen toe. Johannes heeft Frans een spiegel voorgehouden, en Frans heeft een donker gat gezien in plaats van zijn eigen gezicht. Niemand raakt Meermans aan, niemand komt naar voren om hem te troosten of te feliciteren met wat hij heeft gedaan.

'Frans?' zegt Johannes. 'Je hebt toch een sodomiet verstrikt, een roofzuchtige man die zich alles toe-eigent waar hij zin in heeft? Je hebt toch geholpen de grachten en de straten van deze stad te zuiveren? Waarom kun je dan alleen nog maar huilen?'

Overal om hem heen beginnen de mensen te schreeuwen en te fluiten. Slabbaert maant iedereen tot stilte, zodat hij en de schepenbank tot een oordeel kunnen komen.

'Nee,' roept Johannes luid. Hij draait zijn hoofd van Meermans naar de schout. 'Dat is niet rechtvaardig.'

Het wordt weer stil in de zaal, en op de galerij proberen de mensen goed zicht te krijgen op de man die met zijn schone schijn en zijn gevaarlijke aard een scheur in hun geordende gemeenschap heeft veroorzaakt. Johannes komt uiterst moeizaam overeind en leunt op de stoel. 'Het is gebruikelijk dat de verdachte het woord mag nemen.'

Slabbaert schraapt zijn keel en kijkt hem met onverholen afkeer aan. 'Wilt u iets zeggen?'

Als een vogel met gebroken vleugels tilt Johannes zijn armen zo ver mogelijk op. Jack slaakt een kreet als de plooien van Johannes' donkere mantel scheef op de vloer vallen.

'U trekt elke ochtend die uitmonstering aan, schout Slabbaert,' zegt Johannes. 'Jij ook, Frans Meermans – en jullie verbergen beiden je zonden en zwakheden in een kist onder je bed en hopen dat wij ze door de pracht van jullie ambtsgewaden vergeten.'

'Spreek over uzelf, Johannes Brandt, niet over mij,' zegt Slabbaert.

Johannes kijkt naar hem. 'Ben ik de enige zondaar in deze zaal?' vraagt hij. Hij draait zich om en kijkt naar de rijen van de galerij. 'Nou?'

Er komt geen antwoord. Er ligt een deken van stilte over de zaal. 'Ik heb voor deze stad gewerkt vanaf het moment dat ik daar oud genoeg voor was,' zegt Johannes. 'Ik ben naar landen gevaren die ik niet kende, landen waarvan ik nooit had kunnen dromen. Op hete stranden en ruige zeeën heb ik mannen zien vechten, sterven en werken voor deze republiek. Ik heb gezien dat ze alles riskeerden voor een glorie die belangrijker was dan hun eigen leven. Zij zetten zich in, bouwden iets op en waren nooit zelfingenomen.

Schout Slabbaert geeft af op mijn Afrikaanse bediende, een man uit Dahomey. Weet mijnheer eigenlijk wel waar Dahomey lígt als hij zijn gesuikerde thee drinkt of zoete broodjes eet? Frans Meermans uit kritiek op mijn vrijheden, maar geniet zonder schuldgevoel van de zijne. Zoek een kaart, mijne heren, en onderricht uzelf.

Wij hebben een weesmeisje in huis genomen. Ik heb leerjongens financieel ondersteund en onvermoeibaar gevochten tegen de golven die ons dreigden te overspoelen. En ze zúllen ons allen overspoelen. Ik heb de grootboeken bekeken, ik heb gezien dat de VOC in het water afbrokkelt – maar ik heb nooit iemands zwakten misbruikt, nooit iemands ziel bezoedeld met smeergeld. Ik heb mijn best gedaan mijn vrouw gelukkig te maken, want tijdens ons huwelijk heeft zij mij gelukkig gemaakt. Maar het probleem, mijne heren – en dames – is dat mensen zonder horizon ons geen horizon gunnen. Zij hebben alleen maar bakstenen en balken, geen greintje van Gods grote vreugde.' Hij kijkt naar Jack. 'Ik heb medelijden met hen, geloof me. Zij zullen de republiek nooit zien in de glorie die ik heb aanschouwd.'

Als een oude man loopt Johannes naar Meermans toe. Als hij zijn hand optilt, duikt Meermans in elkaar, omdat hij een klap verwacht. Johannes raakt zijn bevende schouder aan.

'Frans,' zegt Johannes, 'ik vergeef je.' Meermans lijkt in te zakken onder de vreemde kracht van zijn aanraking. 'En jij, Jack Philips?'

Jack kijkt op en staart hem aan. 'Ik?'

'Je lijkt in mijn ogen zo hard als een steen die in een meer wordt gegooid. Maar door de rimpelingen die je veroorzaakt, zul je nooit rust kennen.'

'Voer hem af!' schreeuwt Slabbaert, wijzend naar Johannes.

De schepenen staren verward naar de gevangene, alsof die zo bijzonder is dat zijn aanraking mensen kan verzengen. Er ontstaat een kakofonie van gemompel en afkeurende geluiden, en Pellicorne ploft bijna van de opwinding. De dood hangt in de lucht en herinnert hen allemaal aan het paradijs of de gruwelen die erop volgen. De mensen willen Johannes niet zien gaan, ze willen hem houden. Het is eerder gebeurd dat rijken hun het zwijgen wilden opleggen, maar niet een van hen heeft ooit zo luchtig gedaan over zijn macht, of op de valse tanden van een magistraat gewezen en de zaal laten lachen.

Maar Johannes wordt weggeleid, en de schepenbank vormt een halve cirkel om Slabbaert heen terwijl Meermans bleek en ontdaan naar een zitplaats achterin strompelt. Aanstonds zal de macht van de republiek zich laten gelden, en de mensen zijn gespannen. Nella ook. Ze voelt druk tussen haar benen, alsof ze haar plas bijna laat lopen van angst.

De minuten tikken voorbij. Tien, dan twintig, dertig. Het is afschuwelijk om naar een discussie over het lot van Johannes te kijken. Er bestaat altijd een kans dat hij gratie krijgt, denkt Nella, maar Slabbaert, die ineengedoken vóór de halve cirkel zit, blíjft de anderen maar zachtjes toespreken.

Uiteindelijk valt de halve cirkel uiteen en gaan de schepenen weer op hun plaatsen zitten. De schout loopt met dreunende passen naar het grote vierkant van leisteen en roept luid dat Johannes Brandt weer moet worden voorgeleid. Zonder begeleiding komt de gevangene langzaam terug, slepend met zijn gewonde voet. Johannes gaat voor de schout staan en kijkt hem recht in de ogen. Nella komt in de schaduwen van haar plaats en tilt haar arm op. 'Ik ben hier,' fluistert ze, maar Johannes heeft alleen maar aandacht voor Slabbaerts gezicht en Nella heeft geen luidere stem om haar verlammende angst te verdrijven.

'U bent op heterdaad betrapt,' zegt Slabbaert. 'De misdaad van de sodomie wil de eerbiedwaardigheid en de integriteit van onze maatschappij ondermijnen. U bent zo verwaand geworden door uw rijkdom en uw eigendunk dat u uw God vergeten bent. Uw lust is gehoord en gezien, maar uw zonde ook.'

Slabbaert loopt een rondje op de open plek in het midden van de zaal. Johannes houdt zijn handen achter zijn rug. Nella proeft gal in haar mond en heeft de grootste moeite om niet over te geven.

'De dood wacht ons allen,' dreunt Slabbaert. 'Het is het enige in het leven waarvan wij zeker zijn.'

Nee, denkt Nella. Nee, nee, nee.

'Wegens de immorele misdaad die u hebt gepleegd, verklaar ik dat u, Johannes Matteüs Brandt, heden, de negende januari van het jaar onzes Heren 1687, door mij, Pieter Slabbaert, schout van Amsterdam, en de zes leden van de schepenbank van deze stad, schuldig wordt bevonden aan de aanklachten sodomie, seksuele aanranding, geweldpleging en een daaropvolgende omkoping. Op grond daarvan zult u aanstaande zondag bij zonsondergang gewichten om uw nek krijgen en verdronken worden in zee. Laat de herdoop van Johannes Brandt een waarschuwing zijn voor u allen. En moge God zijn zondige ziel genadig zijn.'

Er is een moment, een fractie van een seconde, dat de zaal onder Nella's voeten vandaan valt. Ze heeft geen lichaam, geen brein, ze graait in de lucht en probeert te voorkomen dat haar wereld instort. Maar dan zakt Johannes in elkaar en stroomt de pijn waartegen Nella heeft gevochten door haar heen. De zaal schettert van het kabaal, dat haar overstelpt en onder water trekt. Ze probeert zich te verzetten, ze elleboogt zich langs de mensen in haar rij en weet alleen nog maar dat ze hier weg moet voordat ze flauwvalt. Ze sleuren Johannes al overeind en slepen hem mee. Zijn voeten komen los van de leistenen.

'Johannes,' roept ze. 'Ik kom je halen!'

'Nee,' zegt een stem. Nella weet zeker dat ze haar hoort – een vrouwenstem, boven aan de trap van de galerij. Ze draait zich om en zoekt blindweg naar de spreekster. Dan ziet ze haar – een plotse beweging, lichtblond haar dat onmiskenbaar wegduikt en even oplicht.

Dochters

Als Nella het stadhuis uit rent, zingt het bloed door haar aderen in toonhoogtes die ze zelf voor onmogelijk had gehouden. Ze loopt harder dan ze ooit in haar leven heeft gelopen, harder dan toen ze een klein meisje was en door de bossen en de velden achter Carel of Arabella aan holde. Mensen kijken om naar die waanzinnige jonge vrouw met haar openhangende mond en die tranende ogen – van de wind, zullen ze wel denken. Waar is ze, denkt Nella, waar is ze gebleven? De burgemeesters hebben haar nog niet te pakken gekregen. Ze was nergens te zien toen Nella struikelend de trap naar de galerij afkwam, dus ze moet de Heiligeweg door zijn gerend en in de Kalverstraat zijn aangekomen. Nella is altijd al lichtvoetig geweest, maar nu lijkt ze wel te vliegen.

Bij de deur van de miniatuurmaakster staat ze echter abrupt stil.

De deur is er nog, maar het teken van de zon is weg. De stralen van het hemellichaam zijn ruw uit de bakstenen gehakt en het motto is voor de helft verdwenen. Er staat nu alleen nog maar SPEELT GEWOONLIJK. Er liggen bergjes steengruis op de drempel en de deur staat op een kiertje.

Eindelijk – uitgerekend vandaag – kan Nella naar binnen. Ze kijkt naar links en naar rechts. De wolverkoper van de overkant is nergens te bekennen. Het kan me niet schelen als ze me in het Spinhuis stoppen omdat ik verboden terrein betreed, denkt ze. Voor mijn part verdrinken ze mij ook.

Ze doet de deur open en komt in een kamertje dat schokkend leeg is. De vloerplanken zijn vuil en zitten vol krassen; er staat niets op de planken aan de kale muren. Cornelia zou dit vertrek dolgraag te lijf gaan met azijn en bijenwas. Het ziet eruit alsof het nooit bewoond is geweest.

Achter in het gebouw ligt nog een kamer, maar die lijkt ook onbewoond. Nella loopt zwijgend een houten trap op en heeft het gevoel dat haar hijgende longen uit haar ribbenkast barsten.

Boven houdt ze haar adem in. Langs alle wanden van de kamer

is een brede, doorlopende werkbank gebouwd. Het is een doodgewone vierkante kamer met stoffige vloerplanken en regenstrepen op de ruiten, maar op de werkbank bevindt zich een compleet andere wereld.

Op een deel van de werkbank liggen her en der piepkleine, onafgemaakte meubels. Eiken-, essen-, mahonie- en beukenhouten stoelen en tafels, bedden en ledikantjes, zelfs een doodskist, ladekasten, schilderijlijsten – allemaal onvoltooid achtergelaten. Er liggen hier genoeg meubels om tien of twintig poppenhuizen in te richten, een voorraad voor een leven lang. In een met roet bedekte haard liggen minuscule koperen pannen en minder goed gelukte tinnen schotels als buitenlands geld uitgestrooid, en de armen van een miniatuurkandelaar strekken zich uit als krullende ranken.

En dan de poppen. Burgers van de stad, rijen dik: oude mannen, jongedames, priesters, schutters, een haringverkoopster, een jongen met een doek over zijn ogen – en is dat Arnoud Maakvrede, met zijn schort en zijn rode, ronde gezicht? Sommige poppen hebben geen hoofd, andere geen benen, sommige hebben nog geen gelaatstrekken, andere hebben kunstig gekruld haar en hoedjes zo groot als mottenkopjes.

Met trillende vingers zoekt Nella in de stad Amsterdam naar een nieuwe Johannes, gedreven door een laatste, radeloze hoop dat hij blijft leven. *Zondag bij zonsondergang* – de drie woorden krioelen als een oneindige vloek door haar hoofd. Ze ziet een kindje, niet groter dan haar duimnagel, opgekruld, met gesloten ogen en een glimlach om haar lippen.

Dan slaakt ze een kreet. Vóór haar staat een poppenhuis, klein genoeg om op haar handpalm te passen. Het is háár huis – negen kamers en vijf uitgesneden menselijke figuren erin. Het houtwerk is gedetailleerd en met zorg gemaakt. In elke kamer staat een miniatuurtje van de miniatuur die zij heeft ontvangen: de groene stoelen, de luit, de wieg. Stomverbaasd vouwt ze haar vingers om haar eigen leven heen.

Ze stopt het huis en het kindje in haar zak, en na enige aarzeling propt ze Arnoud erbij. Een zweem van Cornelia's angst voor idolen blijft haar plagen, maar ze houdt de voorwerpjes stevig vast, wanhopig op zoek naar troost nu ze geen miniatuur-Johannes kan vinden.

Links van haar ligt een keurige stapel brieven die met een knijper bijeengehouden wordt. Haar handen trillen nog steeds als ze ze oppakt en doorbladert. In een van de brieven leest ze: *Toe – ik ben een paar keer bij u geweest, maar u doet nooit open.* In een andere: *Ik heb uw miniatuur ontvangen. Bedoelt u dat ik niet met hem moet trouwen?* Een derde: *Mijn man dreigt hier een punt achter te zetten, maar dan zou ik het leven ondraaglijk vinden.* Een vierde: *U hebt mijn twaalfjarige kind een kat gestuurd. Zoiets mag u niet meer doen.* Een vijfde: *Hoe wist u dat? Ik heb het gevoel dat ik gek begin te worden.* Sommige brieven bestaan uit lijstjes: *Twee jonge honden, zwart met wit, één ervan moet ondermaats zijn. Een spiegel met een beeldschoon gezicht erin.*

Nella zoekt haar eigen brieven, en die vindt ze. Daar is de eerste, geschreven in oktober, toen ze nog maar net in Amsterdam was. Maren maakte het haar destijds moeilijk en ze kon nog niet op de vriendschap van Cornelia rekenen. *Uit uw advertentie concludeer ik namelijk dat u bent opgeleid in de kunst van het miniaturen maken,* had ze geschreven. Wat lijkt dat inmiddels lang geleden.

Al die tijd ben ik geobserveerd en beschermd, onderwezen en gekweld, denkt ze. Nog nooit heeft ze zich zo kwetsbaar gevoeld. Ze zit verborgen tussen al die Amsterdamse vrouwen, hun geheime angsten en verwachtingen. Ze is net als de rest. Ze is Agnes Meermans. Ze is de twaalfjarige. Ze is de vrouw die haar echtgenoot elke dag zal missen. We zijn met velen, slaven van de miniatuurmaakster. Ik dacht dat ze mijn leven stal, maar in werkelijkheid heeft ze de compartimenten van dat leven geopend en me naar binnen laten kijken.

Ze veegt haar ogen af en vindt al haar andere brieven, ook de lange brief waarin ze om het verkeerspel vroeg – de brief die ze kwijtraakte op de dag dat Jack de gang binnendrong. Er zit nog steeds een promesse van vijfhonderd gulden aan vast. *Laat dat de olie op uw stroeve voordeurscharnieren zijn*, had ze geschreven, maar de miniatuurmaakster heeft de promesse niet ingewisseld. Ze heeft het geld zelfs aan de brief vast laten zitten.

Ze moet me die dag in de Oude Kerk in de gaten hebben gehouden, denkt Nella, toen Otto ging bidden en Agnes me bij de mouw greep. Hoe weet ze anders dat ik een verkeerspel wilde? Ze moet naar me toe zijn geslopen om de brief uit mijn zak te halen. Ze zeggen dat kijkers in Amsterdam altijd bekeken worden, zelfs diegenen die niets kunnen zien.

Toch heeft dit allemaal te veel weg van Cornelia's spion en te weinig van Nella's profetes. Ze snuffelt aan de brieven, alsof ze de geur van de miniatuurmaakster hoopt te ruiken – een Noorse naaldboom, misschien, of het verkoelende luchtje van een muntplant op een oever – maar het droge papier ruikt alleen maar vaag naar haar eigen kamer. De brief was bedoeld voor de miniatuurmaakster, en op de een of andere manier heeft ze hem gekregen.

In de kantlijnen van haar brieven zijn aantekeningen gemaakt. *Parkiet – groen. Echtgenoot – ja, Johannes Brandt. Ze worstelt om boven te komen. Vele deuren zonder sleutel, en meer dan één ontdekkingsreiziger. De hond. De zuster, de bediende. Kaarten die hun wereld niet kunnen omspannen. Voortdurend op zoek, een tulp die in mijn grond is geplant en geen ruimte krijgt om te groeien. Ga niet terug. Eenzaamheid. Praat met de Engelse jongen, probeer het hem duidelijk te maken.*

'Een tulp die in mijn grond is geplant,' herhaalt Nella.

En dan hoort ze dat iemand beneden de voordeur dichtdoet en met zware laarzen rondklost. Nella zoekt vertwijfeld naar een plek waar ze zich kan verschuilen. Ze haast zich naar de achterkamer, waarin niets anders staat dan een smal, onopgemaakt bed. Ze kruipt eronder en wacht af.

'Ben je boven?' roept iemand. Het is een mannenstem, zacht en een beetje knorrig. Het accent klinkt Nella vreemd in de oren, hij komt niet uit deze stad. 'Ik moest naar je toe,' zegt hij. 'Ik heb te veel brieven gekregen. Ik heb je al zo vaak gewaarschuwd dat je dit niet moest doen.'

Hij wacht, en Nella ook. Het stof van de vloer kruipt in haar neus en ze moet niezen. Het geluid van de laarzen wordt steeds luider. Hij komt de houten trap op en loopt rond in de werkplaats. Mopperend pakt hij voorwerpen op, en hij legt ze terug en doorzoekt mompelend het werk van de miniatuurmaakster. 'Zoveel talent,' hoort Nella hem zeggen. 'Wat een verspilling.'

Hij staat stil. Nella verstijft en durft nauwelijks adem te halen.

'Petronella, waarom verstop je je onder het bed?' roept hij vanuit de andere kamer. Nella verroert zich niet. Er kruipt een kille huivering door haar heen en het bloed bonst in haar hoofd. Haar keel wordt dichtgeknepen, haar ogen branden. Hoe weet hij hoe ik heet?

'Ik zie je voeten,' zegt hij. 'Kom, kind. Hier hebben we geen tijd voor.' Om die laatste opmerking moet hij zelf grinniken. Nella moet bijna overgeven van angst.

'Kom, Petronella. Dan kunnen we je vreemde gebeurtenissen bespreken.'

Zijn stem klinkt niet onvriendelijk. Nella zou het liefst de hele wereld ontlopen en de rest van deze afschuwelijke dag onder het slonzige bed van de miniatuurmaakster blijven liggen, maar zijn zachte stem klinkt uitnodigend en overtuigend, en daarom komt ze uit haar schuilplaats.

Als ze een kleine, oude man ziet staan, slaakt ze een kreet van verbazing. Ze heeft het gevoel dat ze twee keer zo groot is als hij. 'Wie bent u?' vraagt ze.

Hij spert zijn waterige ogen open en deinst achteruit. Een laatste toefje wit haar rust als een postscriptum op zijn kale hoofd. 'Jij bent Petronella niet,' zegt hij verbijsterd.

'Wel waar.' Nella begint in paniek te raken. Je heet wél Petronella, zegt ze tegen zichzelf. Dat weet je toch? 'Wie bent u?' vraagt ze nogmaals. Ze probeert gezaghebbend te klinken.

De oude man kijkt haar achterdochtig aan. 'Ik ben Lucas Windelbreke.' Nella laat zich op het bed zakken. 'Ze is vertrokken,' zegt hij treurig, de kamer rondkijkend. 'Ik weet het zeker.'

'De miniatuurmaakster?'

'Petronella.'

Nella schudt haar hoofd, alsof ze haar eigen naam uit haar oren probeert te verwijderen. 'Petronella? Mijnheer, heette de vrouw die hier woonde Petronella?'

'Jazeker. Dat is in onze taal toch een heel gewone naam?'

Dat is waar – Nella deelt haar naam met haar moeder, en Agnes zei tijdens het feest van de zilversmeden ook zoiets. 'Maar ze komt uit Noorwegen,' zegt Nella, terwijl ze haar verwarring probeert te verbergen. 'Uit Bergen.'

Er trekt een schaduw over Lucas Windelbrekes gezicht. 'Haar moeder kwam uit Bergen. Petronella is opgegroeid bij mij, in Brugge.'

'Waarom?'

'Waarom?' Windelbreke kijkt nogmaals verloren rond. 'Ze is mijn dochter.'

'Uw dóchter?'

Nella heeft hem wel verstaan, maar het lijkt zo raar om de miniatuurmaakster een dochter te noemen – het woord roept beelden op van Assendelft, een moeder, een vreemde veiligheid, menselijke gebreken. 'Ik geloof u niet,' zegt ze. 'Ze is de miniatuurmaakster, ze heeft geen...'

'We komen allemaal ergens vandaan, mevrouw,' zegt Windelbreke. 'Haar moeders familie wilde haar niet hebben...'

'Waarom niet?'

'Denkt u soms dat ze uit een ei is gekropen?'

De woorden blijven hinderlijk in Nella's hoofd hangen. Waar heeft ze die vraag eerder gehoord? 'Ik heb u geschreven, mijnheer,' zegt ze. Ze is duizelig en gaat weer op het bed zitten.

'Dan was uw brief er een van vele.'

Nella's ogen flitsen naar de stapel brieven die ze in de andere kamer op de werkbank ziet liggen. 'Ik begon bang te worden voor uw dochter,' zegt ze. 'Maar ze schreef nooit terug, en u ook niet. Ik wilde weten waarom ze me die voorwerpen stuurde.'

'Eerlijk gezegd heb ik haar al jaren niet meer gezien.' Hij schraapt zijn keel, speelt met zijn plukje haar en tikt zachtjes op zijn hoofd, alsof hij het opborrelende verdriet onder zijn schedeldak wil houden. 'Ik kreeg voortdurend brieven, en toen ontdekte ik dat ze een annonce in *De Gids van Smit* had geplaatst. *Alles, maar tegelijkertijd niets.*'

'Maar...'

'Ik weet het niet zeker, maar ik denk eigenlijk niet dat Petronella u bang wilde maken.'

'Volgens mij heeft ze veel mensen bang gemaakt.'

'Mijn dochter kijkt met verwondering naar de wereld, maar is het vaak niet eens met de manier waarop die zich aan haar presenteert. Ze zei altijd dat er iets bestond waar ze niet bij kon. Iets wat ze "het vluchtige voorgoed" noemde.' Hij gaat op het voeteneinde van het bed zitten. Zijn voeten bungelen boven de grond. 'Hadden klokken haar maar blij kunnen maken!' roept hij uit. 'Maar Petronella wilde al jaren buiten de beperkingen van de afgemeten tijd leven. Altijd eigenzinnig, altijd nieuwsgierig. Ze dreef de spot met de manier waarop mensen zich vastklampten aan hun uurwerken, aan de gedachte dat alles ordelijk moest zijn. Mijn werk beperkte haar te veel, maar de creaties die ze in mijn werkplaats maakte, werden nauwelijks verkocht. Ik geef toe dat ze heel bijzonder waren, maar ik wilde ze niet onder mijn naam of als mijn ontwerpen verkopen.'

'Waarom niet?'

Hij glimlacht. 'Omdat ze de tijd niet weergaven! Ze hielden andere dingen bij – dingen waar de mensen niet aan herinnerd wilden worden. Sterfelijkheid, een gebroken hart. Onwetendheid en dwaasheid. Op de wijzerplaten schilderde ze geen cijfers, maar gezichten van klanten. Ze zond hun berichten die uit de klok sprongen als de wijzer op de twaalf kwam. Ik moest haar smeken ermee op te houden. Ze zei dat ze het deed omdat ze in hun ziel kon kijken, hun innerlijke tijd waarin uren en minuten onbelangrijk waren. Het was alsof ik een kat probeerde te temmen.'

'Geloofde u dat ze in zielen kon kijken?' vraagt Nella. 'Ze leek veel gebeurtenissen in mijn leven te voorspellen.'

Windelbreke wrijft over zijn kin. 'Meent u dat?' Hij kijkt naar zijn dochters werkplaats. 'U klinkt al net zo overtuigd als al die andere vrouwen die me schreven, en al net zo bereid de zeggenschap over uw leven af te staan.'

'Nee! Ik heb juist het gevoel dat ze me geholpen heeft de zeggenschap terug te krijgen.'

Nella zwijgt als het tot haar doordringt dat ze dat werkelijk meent. Windelbreke spreidt zijn handen. 'Zij heeft u uw zeggenschap teruggegeven.' Hij glimlacht verlegen, maar haar woorden doen hem duidelijk genoegen. 'Het enige wat ik u kan vertellen, is dat ik mijn best heb gedaan mijn dochter bij te brengen dat haar observatievermogen alleen maar nuttig was als mensen verkozen te zien wat zij zag. Als ze uw brieven niet heeft beantwoord, dacht ze wellicht dat u haar boodschap begreep.'

Nella voelt tranen opwellen. 'Maar dat is niet zo.'

'Weet u het zeker?'

Nella staart naar de lijnen op haar handpalmen, die lijken door te lopen naar onzichtbare plaatsen buiten haar lichaam. Ze balt haar vuisten. 'Misschien begrijp ik het wel,' zegt ze. Windelbreke brengt haar van haar stuk met zijn indringende vragen. Ze wil snel terug naar de Herengracht, naar Maren en Cornelia en Thea, en ze wil bij Dhana zitten en haar over haar oren aaien. Maar thuis zullen ze naar Johannes vragen, en dan zal ze antwoord moeten geven. Zondag bij zonsondergang. Ze weet niet of ze er de kracht voor heeft.

'Ik weet niet wat ze al die jaren heeft gedaan – welke vreemde vaardigheden ze heeft geleerd of met wie ze is omgegaan,' zegt Lucas Windelbreke. 'Ze is de slimste persoon die ik ooit heb ontmoet, maar als u mijn dochter ziet, mevrouw, zeg dan alstublieft dat ze naar huis moet komen.'

Nella neemt afscheid van Windelbreke, die geen idee heeft waar zijn dochter is en langzaam haar mooie handwerk in dozen pakt. 'De spulletjes kunnen hier niet blijven,' zegt hij. 'Maar ik gooi ze niet weg. Misschien komt ze naar Brugge om ze te halen.' Hij klinkt niet erg overtuigd.

Nella denkt aan alle vrouwen in Amsterdam die op een volgend pakje wachten – sommige met angst en beven, vele met hoop, weer andere met de glazige blik van mensen die niet kunnen leven zonder hulp van buitenaf, zonder de miniatuurmaakster en haar ongrijpbare talent. Ze zullen wachten tot ze gelukkig worden. En als dat niet gebeurt – als ze niets meer ontvangen, net als Nella, wat moeten ze dan doen? De miniatuurmaakster heeft voor hen valuta ingewisseld: in ruil voor hun brieven hebben ze zichzelf gekregen. Het is aan hen om te beslissen wat ze met dat vermogen doen: onderhandelen, sparen of uitgeven.

Nella loopt weg door de Kalverstraat, doof voor winkeliers die luidkeels hun waren aanprijzen. Ze denkt: wat moet ik nu tegen de anderen zeggen? Hoe moet ik vertellen dat ze Johannes een steen om zijn nek hangen voordat ze hem in zee gooien?

Als verdoofd loopt ze door de straten terug naar de Gouden Bocht. Cornelia staat bij de deur te wachten, en als Nella haar ziet, besterven het nieuws over Johannes en het geheim van de miniatuurmaakster op haar lippen. De dienstmeid is bleek en somber. Ze ziet er opeens veel ouder uit.

'We hebben iets niet goed gedaan,' is het enige wat Cornelia zegt.

Een deur die dichtgaat

Op dergelijke momenten laat de tijd zich moeilijk meten. Nella ploegt door haar recente herinneringen – ze heeft Maren wakker achtergelaten, ze is naar het stadhuis gerend en heeft daarna in de Kalverstraat gezocht naar een redding die nooit zou komen. En dat allemaal op dezelfde dag, maar Slabbaerts vonnis en Windelbrekes geheimen lijken wel gebeurtenissen van een jaar geleden. Maren heeft de tijd ingeslikt, en op de kaart van haar bleke huid kan Nella geen aanwijzingen vinden wanneer ze is weggezonken en hoe ze is verdwenen.

Maren is tot op het laatst uiterst slim gebleven en daardoor ongezien weggeglipt. Haar geest is als zand tussen hun vingers door gelopen. Zelfs bij haar laatste ademtocht liet ze zich niet kennen: ze heeft het moment van haar dood voor zichzelf gehouden.

'Nee,' brengt Nella gesmoord uit. 'Nee. Maren, hoor je me?'

Maar ze weet dat haar schoonzuster er niet meer is. Cornelia en zij staan naast het bed en raken Marens gezicht aan. Ze is bedekt met glanzende druppeltjes, alsof ze in de regen heeft gelegen.

Bevend tilt Cornelia Marens enige erfenis van haar levenloze borst. Met haar hele hand ondersteunt ze het hoofdje van het kind. Ze heeft Thea in zoveel lagen katoen gewikkeld dat alleen haar gezicht, dat nauwelijks groter dan een notendopje lijkt, nog naar buiten piept. Nella en Cornelia blijven bij het bed staan, zo geschokt dat ze Maren nog steeds onderhorig zijn.

'Dit kan niet waar zijn,' fluistert Nella.

'Ik kon niets meer voor haar doen,' klinkt een stem in de deuropening. Nella schrikt. Ze draait zich om en ziet tot haar afgrijzen een grote vrouw op hen afkomen. De onbekende heeft haar mouwen opgerold en is gebouwd als een Assendelftse koe.

'Wie...'

'Lysbeth Timmers,' onderbreekt de vrouw haar. 'Uw dienstmeid heeft me in *De Gids van Smit* gevonden. Dat kind moet hier ogenblikkelijk vandaan.'

'Zij woonde het dichtst in de buurt,' mompelt Cornelia schor tegen Nella. Ze houdt Thea dicht tegen zich aan. 'U zei dat ik iemand moest zoeken.'

Nella staart naar Lysbeth Timmers en schermt Marens uitgestrekte lichaam af voor de uitgeslapen blik van deze onbekende. In de vreemde, aanhoudende kalmte vraagt ze zich af hoe ze zo roekeloos heeft kunnen zijn om Cornelia te vragen hun deuren open te gooien en hun geheimen bloot te geven. Lysbeth heeft haar handen op haar heupen gezet, een vos in het kippenhok.

'Ze is een min,' fluistert Cornelia. 'Maar ze is gezakt voor het vroedvrouwenexamen.'

Lysbeth hoort de opmerking en zegt effen: 'Ik heb zelf vier kinderen gebaard.' Ze loopt op hen af en plukt Thea uit Cornelia's armen.

'Nee!' roept Cornelia. Lysbeth neemt het kind mee naar de deuropening, waar ze een stoel pakt. De min bestudeert het kind aan de voor- en achterkant, alsof Thea een verdacht uitziende raap op de markt is. Nadat ze met haar rode vingers over Thea's strakke mutsje heeft gestreken, trekt ze zonder omhaal haar losgemaakte korset en hemd omlaag. Ze tilt Thea naar haar donkerroze tepel en laat het kind drinken. 'Jullie hebben er een rommeltje van gemaakt,' merkt ze op.

'Waarvan?' vraagt Cornelia. Nella hoort een paniekerige ondertoon die ze niet begrijpt.

Lysbeth kijkt op. 'Van het inbakeren.'

Nella is zo verschrikkelijk moe dat ze nijdig wordt. 'We betalen u niet om kritiek te leveren, mevrouw Timmers,' zegt ze.

'Luister nou,' zegt Lysbeth onverstoorbaar. 'Hun ledematen lijken wel van was als ze zo klein zijn. Als je haar verkeerd inwikkelt, heeft ze tegen haar eerste verjaardag een vergroeide rug en kromme benen.'

Lysbeth haalt Thea van haar borst en begint haar uit te pakken. Binnen een paar tellen heeft ze het mutsje van het kind afgedaan.

Cornelia stapt naar voren – gespannen, alert.

'Wat is er aan de hand?' vraagt Nella. Ze had zo'n haast om naar het stadhuis te gaan dat ze die ochtend nauwelijks naar het kind heeft gekeken. Maar nu herinnert ze zich Cornelia's agitatie – *Ik vind het onvoorstelbaar. Ik kan het niet geloven* – en ziet ze met eigen ogen wat de stomverbaasde dienstmeid haar probeerde te vertellen.

Thea heeft zwart haar, érg donker voor een Nederlands kind, en haar schoongewassen huid heeft de kleur van een gesuikerde walnoot. De ogen van het meisje zijn opengegaan en haar irissen zijn gitzwarte meren. Nella komt dichterbij en kan haar ogen niet van haar afhouden.

'Thea,' fluistert Cornelia. 'O, Toet.'

Alsof Otto's dochter dat hoort, draait ze haar hoofdje naar de dienstmeid. Ze toont haar de blik van een pasgeborene, een wereld die volledig uit haarzelf bestaat.

Lysbeth kijkt op naar Nella en wacht tot ze iets zegt. Als de stilte in het vertrek steeds pijnlijker wordt, beginnen Marens woorden door Nella's hoofd te tollen. Dit kind zal je juist niet van pas komen. Als dit kind het overleeft, is het gebrandmerkt. Lysbeth moet haar hamerende hart bijna kunnen horen. Naast haar staat Cornelia als aan de grond genageld.

'We zullen u vorstelijk betalen – voor al uw hulp. Een gulden per dag,' weet Nella uit te brengen, maar een trilling in haar stem verraadt dat ze geschokt is door wat ze ziet, een gezicht in een gezicht, een geheim dat naar buiten komt. *Elke vezel van jou is me dierbaar.*

Lysbeth blaast haar wangen op terwijl ze nadenkt, en ondertussen aait ze zachtjes met haar ruwe hand over Thea's zwarte haar. De niet-gediplomeerde min laat haar ogen over de schilderijen, de slingerklok en de zilveren lampetkan dwalen. Haar blik richt zich op het enorme kabinet met hun miniatuurlevens, zo'n overbodige en luxueuze aanschaf dat Nella zich schaamt.

'Ik had niet anders verwacht, mevrouw,' merkt Lysbeth uiteindelijk op. 'Ik vraag vier gulden per dag.'

Nella is nog steeds te verbijsterd om veel te zeggen, maar ze woont inmiddels lang genoeg in Amsterdam om te weten dat onderhandelen net zo gewoon is als ademhalen. Uiteindelijk is ze natuurlijk wel opgelucht dat de vrouw meer belangstelling heeft voor hun geld dan voor hun geheimen, maar misschien geniet de min wel wat te veel van haar meevallertje. Ik ben niets aan haar verplicht, houdt Nella zichzelf voor. De vrouw lijkt te weten welke chaos er onder de oppervlakte kolkt, maar helaas lijkt ze ook te weten wat ze waard is. Misschien had Johannes wel gelijk – zelfs over abstracte zaken als stilzwijgen kan worden onderhandeld, net zoals over een hertenlende, een koppel fazanten, een mooi stuk kaas. Ze denkt aan de bijna lege geldkist van Johannes. Je moet naar Hanna, zegt ze tegen zichzelf. Je moet al die suiker verkopen. Maar wanneer? Er gebeuren al nare dingen, net zoals Otto had voorspeld.

'Twee gulden per dag, mevrouw.'

Lysbeth Timmers trekt haar neus op. 'Gezien de ongewone omstandigheden hebt u vast begrip voor me. Drie.'

Ik had bijna tegen Frans Meermans gezegd dat Maren was bevallen van zijn kind, denkt Nella. Stel dat hij dat geheim ook te weten was gekomen... Ze moet er niet aan denken wat er dan had kunnen gebeuren. 'Goed dan, mevrouw Timmers,' zegt ze. 'Drie gulden per dag. Voor ál uw hulp.'

Lysbeth knikt tevreden. 'U kunt op me rekenen,' zegt ze. 'Ik hoef niet zo nodig naar de burgemeesters.'

'Ik heb geen idee wat u bedoelt, mevrouw Timmers.'

Lysbeth grijnst. 'O, wilt u het zo spelen. Nou, in mijn wereld is een vader een vader. Het maakt me niet uit. En het is een mooi kindje, zeker weten.'

'Zeker weten,' herhaalt Nella. Ze probeert uit haar verdoving te ontwaken en vraagt zich af of Otto het eigenlijk weet. Heeft Maren het hem verteld – is hij daarom weggelopen? Cornelia ziet eruit alsof ze elk moment kan flauwvallen, en Nella vraagt zich af of de dienstmeid deze wonderlijke waarheid al vermoedde. Heeft ze soms bewust het onjuiste verhaal over Maren en Frans Meermans verteld? Otto was Cornelia's vriend, haar gelijkwaardige in dit huis.

'Ze vinden het prettig, wist u dat?' zegt Lysbeth.

'Wat?' snauwt Cornelia.

'Om strak ingebakerd te worden,' merkt Lysbeth droog op. Ze trekt zich niets aan van Cornelia's agressieve toon. 'Het herinnert hen aan de baarmoeder.'

Nella ziet het verdriet en de verwarring over Cornelia's gezicht glijden. Bij de gedachte aan het vonnis en Johannes in het stadhuis weet ze dat het een vreselijke opgave wordt om Cornelia met de volgende waarheid te confronteren.

Tussen de zaden en de veren in Marens kamer laat Lysbeth de correcte manier zien om een kind in te bakeren. Thea slaapt half en laat het allemaal over zich heen komen. Daarna legt Lysbeth het meisje weer aan de borst, en Thea wordt wakker en houdt zich zo resoluut vast dat ze Nella aan Maren doet denken als zij zich over het grootboek boog of naar een van de kaarten van Johannes staarde. Ze kijkt lange tijd naar het prachtige, raadselachtige kind, de glanzende karameltint van Thea's huid. Thea snuift zachtjes en knijpt haar vingertjes tot een vuist. Op haar pasgeboren gezicht zijn duidelijk trekken van haar vader te zien, maar het is nog te vroeg om te zeggen op wie ze uiteindelijk gaat lijken.

Cornelia loopt als een slaapwandelaar rond en begint overal in huis de oliebranders aan te steken om de geur van de dood te verdrijven. Ze draait alle spiegels naar de muur om te zorgen dat de geest van haar werkgeefster de weg naar de hemel kan vinden. Ze willen niet dat Maren vast komt te zitten in de schoorstenen, ze willen dat haar ziel opstijgt door de wolken boven de Amsterdamse daken.

Lysbeth zegt dat ze Marens lichaam niet lang mogen laten liggen. De kwalijke lucht is slecht voor Thea. 'Leg een lakentje over haar heen, mevrouw.'

'Een lakentje?' zegt Nella. 'Maren verdient het mooiste damast.'

'Ik denk dat ze de voorkeur zou geven aan een simpel laken,' komt Cornelia met een klein stemmetje tussenbeide.

Als het kind eenmaal slaapt, neemt Lysbeth haar drie gulden aan. Ze stopt ze in haar schortzak en zegt: 'Kom me halen als ze wakker wordt. Ik woon vlakbij.'

Nella staat erop dat ze het huis door de keuken verlaat – geen voordeur voor Lysbeth Timmers, hoeveel ze haar ook betalen. In de opening van de keukendeur draait Lysbeth zich om naar haar nieuwe werkgeefster. 'Wat is dat voor een grote kast in die slaapkamer?' vraagt ze. 'Ik heb nog nooit zoiets gezien.'

'Niets belangrijks,' zegt Nella. 'Een speeltje.'

'Dat is me nogal een speeltje.'

'Mevrouw Timmers...'

'U moet het kind laten dopen. Doe het vlug, mevrouw. Die eerste dagen zijn gevaarlijk.'

Nella's ogen lopen vol tranen. Ze denkt aan de laatste woorden van Slabbaert: *Laat de herdoop een waarschuwing zijn voor u allen.*

In Lysbeths blik is een mengeling van medelijden en ongeduld te zien. 'Maar zorg dat ze haar mutsje ophoudt,' fluistert ze. 'Ze heeft prachtig haar, maar het arme kind moet wel in deze stad wonen.'

Terwijl ze het zegt, vraagt Nella zich af of dat eigenlijk wel kan. Maar Cornelia zal het kind nooit laten gaan.

Cornelia zit ineengedoken bij de wieg. Haar gezicht is krijtwit, haar blik wezenloos. Ze ziet er verschrompeld uit, en Nella denkt aan hun allereerste ontmoeting in de gang, haar brutale gedrag, de zelfverzekerde manier waarop ze de nieuwkomer van top tot teen bekeek. Het is onvoorstelbaar dat dit dezelfde jonge vrouw is.

'Ik heb mijn best gedaan, mevrouw,' zegt Cornelia.

'Je hebt gedaan wat je kon.'

Nella staat stil en luistert naar het huis. In de tuin brandt een bundel stijve, bruin geworden lakens op tot asschilfers; verkoolde katoenvezels drijven weg op de wind. Door het raam in de gang ziet Nella tussen de vlammen een vierkant, geborduurd kussen liggen, een kleurig vogelnest te midden van gebladerte. *Cornelia heeft te veel geborduurd.* Elk moment Marens stem.

'We houden Thea toch wel, hè?' fluistert Cornelia. 'Hier is ze het veiligst.'

'We kopen nu al buitenstaanders om om ons recentste geheim te bewaren,' zegt Nella. 'Wanneer houdt het op?' Als het geld op is, antwoordt de stem in haar hoofd.

'Ik zou dit kind met mijn leven beschermen.' Cornelia's ogen zijn fel.

'Cornelia, ik beloof je dat we haar niet weggeven, zelfs niet als dat betekent dat we haar naar Assendelft moeten brengen.'

Agnes zei ooit dat de Gouden Bocht voor een meisje uit Assendelft even ver weg moest lijken als Batavia. Nu voelt het alsof Assendelft zo ver van hen vandaan is. Nella hoort Maren weer, haar stem helder als een klok, met minachting in haar grijze ogen. *Op het platteland is niets te doen.*

Cornelia knikt. 'Thea kan buiten een mutsje dragen en binnen met onbedekt hoofd lopen.'

'Cornelia...'

'En we zullen dominee Pellicorne moeten vertellen over juffrouw Maren. We kunnen haar niet zomaar ergens begraven. Ik wil niet dat ze naar het Sint-Anthoniskerkhof gaat. Dat is te ver. Ik wil haar hier begraven, binnen de stadsmuren...'

'Ik zal iets te eten voor je maken,' zegt Nella, omdat ze merkt dat de dienstmeid hysterisch dreigt te worden. 'Heb je zin in kaas en brood?'

'Geen trek.' Cornelia springt overeind. 'Maar we moeten iets klaarmaken en naar mijnheer brengen.'

Nella gaat zitten, uitgeput door Cornelia's manie en niet in staat te verwoorden wat er vandaag in het stadhuis is gebeurd. Ze wil Johannes graag zien, maar morgenochtend vroeg, als ze een beetje geslapen hebben, moeten ze ook iets regelen voor Maren. Vandaag is het donderdag. Zondag bij zonsondergang belanden zij, Cornelia en Thea in een vrije val, met Lysbeth Timmers hangend aan hun rokzoom. Een leven beëindigen lijkt in deze stad net zo makkelijk als een schijf verplaatsen op een verkeerspelbord.

Misschien is er in heel Amsterdam nog nooit zo'n kindje geweest. Er zijn natuurlijk Sefardische Joden, de donkere jongens en meisjes uit Lissabon, en mulatten, die door de Portugese kooplieden zijn meegebracht. Zij wachten buiten de synagoge aan de Houtgracht en houden plaatsen bezet voor hun mevrouwen. Er zijn Armeniërs die voor de Ottomanen zijn gevlucht – en wie weet wat er allemaal in de Oost en in de West gebeurt, maar in Amsterdam blijven de bevolkingsgroepen gescheiden, er zijn geen gemengde relaties. Daarom staarde iedereen altijd naar Otto. Maar Thea is een pure combinatie van de tegenstellingen in de republiek, niet duizenden kilometers verderop geboren, maar in de verborgen plooien van het vaderland, aan het rijkste deel van de Gouden Bocht.

Elke vezel van jou is me dierbaar. Otto en Toet, de cirkel is rond, de briefjes en het kind dat hij heeft achtergelaten weerspiegelen hem. Nella herinnert zich het nachtelijke gefluister, de dichtgaande deuren, de wezenloze blik van Cornelia als Nella haar 's ochtends vroeg of ze die nacht lang was opgebleven. Maren in tranen in de Oude Kerk. Een doodsbenauwde Otto, weken later in dezelfde kerkbank. Had Maren het hem toen verteld?

Het enige wat Nella misschien ooit aan het verhaal van Otto en Maren zal begrijpen, is Thea, die zichzelf nooit zal kunnen doorgronden: haar moeder is dood en haar vader is spoorloos. Nella denkt aan een andere moeder, in Bergen, en een ander gefrustreerd kind, dat in Brugge bij haar oude vader opgroeide. Waarom moest de miniatuurmaakster verdwijnen? Ik ben doorgedraaid van slaapgebrek, denkt Nella. Ze graaft in haar geheugen naar aanwijzingen die ze over het hoofd kan hebben gezien, over Otto en Maren en over de andere Petronella. Ze weet niet of ze het de volgende dag allemaal beter zal begrijpen.

Cornelia tuurt naar Thea's gezichtje. 'Ik wou dat het mijnheer Meermans was,' zegt ze zachtjes. 'Ik heb echt gewenst dat hij het was.'

'Waarom?'

Cornelia geeft geen antwoord – dit is haar bekentenis. Ze leek alles zo zeker te weten over Marens geheime liefde, de gezouten biggetjes die werden bezorgd en de echtelijke jaloezie van Agnes. *Ik had Cornelia meer taken moeten geven*, had Maren gemopperd over Cornelia's neiging allerlei verhalen te bedenken. De blik van Meermans bleef vaak op Maren rusten, maar Maren heeft hun nooit enig bewijs gegeven. En wat zei ze toen er naar haar gevoelens werd gevraagd? Je draagt zijn kind, had Nella tegen haar gezegd. *Ik heb Johannes dingen afgenomen waar ik van af had moeten blijven*, had Maren geantwoord. Die raadselachtige Maren, altijd in de schaduw tussen leugens en waarheid.

'Was alles maar weer zoals voorheen,' zegt Cornelia.

'Cornelia,' zegt Nella zachtjes. Ze pakt haar hand. 'Ik moet je iets vertellen over Johannes.' Ze voelt het verdriet weer opbloeien, een onhandelbare roos die zijn blaadjes te snel laat vallen. Rustig en met heldere ogen gaat de dienstmeid op het bed zitten.

'Ik luister,' zegt ze, Nella's hand vasthoudend.

Nella denkt dat de muren zullen breken door de kracht van Cornelia's tranen. Natuurlijk wordt Thea wakker, en Nella tilt de huilende zuigeling uit haar wolk katoen. Het kind is betoverend, hun in wit gehulde mopperpotje, haar longen zijn blaasbalgjes die het uitschreeuwen naar de kamer.

'Waarom heeft God ons gestraft, mevrouw? Is Hij dit al die tijd van plan geweest?'

'Dat weet ik niet. Het kan zijn dat Hij de vraag heeft gesteld, maar wij zijn het antwoord. We moeten dit dragen. Omwille van Thea moeten we ons hieruit worstelen.'

'Maar hoe dan? Hoe komt ons leven eruit te zien?' Cornelia begraaft haar gezicht in Nella's schouder.

'Ga Lysbeth halen,' zegt Nella. 'Thea heeft honger.'

Cornelia stopt met snikken als het kindje steeds harder gaat huilen. Gesust door de behoefte te sussen, staat ze op. Met een vlekkerig gezicht loopt ze als verdoofd weg, Nella met de krijsende Thea in haar armen op het bed achterlatend. Als Nella met het kind op het bed gaat liggen, drukt er iets hards tussen haar schouderbladen. Ze steekt haar hand onder het kussen en stuit op een klein voorwerp.

'Otto,' fluistert ze. Ze kijkt naar zijn pop en voelt het gewicht van zijn levensechte dochter in de kromming van haar arm. Ze had helemaal niet gemerkt dat het popje uit het poppenhuis was gehaald. Heeft het hier elke nacht verstopt onder Maren gelegen – een troost die er niet in slaagde hem weer naar huis te halen?

De pop heeft jammerlijk gefaald, maar alsof Nella's woorden Otto wél terug kunnen brengen, vraagt ze: 'Waar ben je?' Het lawaaierige cherubijntje Thea, vertegenwoordigster van een heel nieuwe wereld, roept luidkeels om melk. Dit kind krijgt een begin op het moment dat het leven van Johannes en Maren voorbij is.

Terwijl Thea haar longen uit haar lijf huilt, zegt Nella zachtjes een gebed op. Carel, die diepbedroefd was na hun vaders dood, schreef destijds in Assendelft een boze brief aan God, opstandig en kinderlijk in de beste betekenis van beide woorden. Die zinnen staan in Nella's hart gegrift en komen haar nu voor de geest. Ze fluistert ze in Thea's oorschelpje, een roep om troost, een verlangen naar wederopstanding. Een nooit eindigende hoop.

Lege kamers

Lysbeth Timmers slaapt in de keuken. De volgende ochtend, vrijdag, glanst haar gezicht van het vocht in het vertrek. 'Jullie hebben hulp nodig met het lichaam van mevrouw,' zegt ze.

Nella is haar erg dankbaar. In haar hoofd hoort ze de vraag die Johannes aan zijn zuster stelde: *Maren, denk je dat dit huishouden vanzelf draait?* Nee, niet vanzelf, denkt ze, maar dankzij mensen zoals Cornelia en Lysbeth Timmers.

Cornelia, die Maren tijdens haar leven nauwelijks heeft aangeraakt, moet haar werkgeefster nu optillen en goed vasthouden. 'Ze had een hekel aan lichamelijk contact,' zegt de dienstmeid. Omdat Maren Thea heeft gekregen, vraagt Nella zich af of dat waar is.

'Deze.' Cornelia houdt een lange, zwarte rok omhoog. Ze is spraakzaam vandaag, alsof haar stem de demonen verdrijft die vanuit het stadhuis roepen. De woorden *zondag bij zonsondergang* malen nu ook door háár hoofd. De stofpanelen van het korset dat ze uitzoeken, zijn gevoerd met marter- en eekhoornbont, en over de achterkant loopt een strook fluweel. 'Deze zal juffrouw Maren perfect staan,' zegt Cornelia.

Nella heeft het gevoel dat ze op drijfzand staat waarin ze elk moment kan wegzakken. Haar oksels zijn nat van het zweet, ze heeft kramp in haar darmen. 'Ja, dat denk ik ook,' zegt ze met een flauw lachje.

Lysbeth fronst. 'Dat is allemaal prima, maar we moeten haar eerst afleggen,' zegt ze.

Dit is het moeilijkst.

Ze zetten Maren half overeind en Lysbeth gebruikt een scherp mes om de onderrokken en het katoenen hemd van haar af te snijden. Nella zet zich schrap als de kapotte kleding openvalt en probeert zich alleen maar op haar taak te richten. Het is bijna te pijnlijk om naar de lege, slappe buidel te kijken waarin Thea bijna negen maanden heeft gewoond, en onvermijdelijk dat ze Marens volle borsten zien, klaar voor haar kind. Tussen haar benen ligt nog steeds het koord, het ding dat ze niet uit haar konden krijgen.

Cornelia hapt naar lucht, al weet Nella niet of dat van verdriet of van weerzin is. De uitgang waardoor Thea op de wereld is gekomen, lijkt afgesloten, maar Nella durft niet eens in de buurt te komen, bang dat er nog meer bloed loskomt. In plaats daarvan wrijven ze de rest van Marens lichaam in met de overgebleven lavendelolie en maskeren ze haar sterker wordende geur, die vreemd zoet is.

Nella en Lysbeth wankelen als ze Maren optillen, en Cornelia trekt haar voorzichtig de rok aan en strikt die met trillende vingers. Als Nella Maren naar voren laat leunen, valt Marens hoofd met een bonk op haar borst. Cornelia steekt een arm door het korset. 'Ik heb haar in geen jaren aangekleed,' zegt ze. Haar stem klinkt ijl en vreemd hoog, alsof ze nauwelijks lucht gebruikt. 'Dat deed ze altijd zelf.'

Cornelia rolt wollen kousen over Marens benen en trekt haar konijnenleren slofjes aan waarop de initialen M en B zijn geborduurd. Nella wast Marens gezicht en dept het met schone handdoeken eerbiedig droog. Lysbeth maakt haar haar los en vlecht het opnieuw voordat ze het onder een keurig wit mutsje stopt.

'Wacht,' zegt Nella. Ze rent naar Marens kamertje, waar Thea in haar eiken wieg ligt te slapen. Ze trekt de kaart van Afrika van de muur, waarop nog steeds de onbeantwoorde vragen staan: *Weer? Voedsel? God?*

'We moeten nog meer van haar verzamelingen bij haar leggen,' zegt Cornelia als ze ziet wat Nella meebrengt. 'De veren en de specerijen – die boeken.'

'Nee,' zegt Nella. 'Die houden we.'

'Waarom?'

'Omdat ze ooit voor Thea zijn.'

Cornelia knikt en lijkt overmand te worden door dat logische, maar melancholisch stemmende idee. Nella stelt zich voor dat Cornelia de kleuter over vier jaar de grote wereld laat zien die haar moeder ooit zo ijverig en liefdevol heeft verzameld. Als de dienstmeid een afwezige blik in haar blauwe ogen krijgt, vraagt Nella zich af of Cornelia nu misschien hetzelfde ziet – Thea, die met bungelende beentjes op het bed zit, en de dienstmeid, die dol op haar moeder was en haar met deze vreemde erfenis laat kennismaken. Ze hoopt vurig dat Cornelia dat beeld vasthoudt, een toekomstige beloning die haar door de gruwelen van vandaag heen kan slepen.

'Ze ziet er vredig uit,' zegt Cornelia.

Maar Nella ziet de bekende rimpel op Marens voorhoofd, alsof ze een pittige rekensom maakt of aan haar broer denkt. Haar schoonzuster ziet er niet vredig uit. Ze ziet eruit alsof ze nog niet dood wilde. Er was nog zoveel te doen.

Als Lysbeth en Cornelia naar Marens kamer lopen om voor Thea te zorgen, loopt Nella naar beneden, naar Otto's gereedschapskast. Daar ligt al zijn gereedschap keurig geordend op een plank, klaar voor gebruik, scherp en netjes geolied. Ze vindt wat ze zoekt. De boeren in Assendelft noemden ze aksen, en als meisje zag ze hen met hun stevige armen verwoed op stervende bomen inhakken.

Boven hoort ze de vrouwen in Marens kamer zachtjes praten. Voor de allereerste keer doet Nella haar slaapkamerdeur achter zich op slot.

Ze kijkt naar het kabinet in de hoek, het mooie geschenk van Johannes. In oktober noemde hij het poppenhuis een afleiding, maar Nella, die op de drempel van een nieuw leven stond, had het een belediging van haar fragiele status gevonden. Ze wees deze onbewoonbare wereld af, maar ging geleidelijk aan geloven dat alle antwoorden erin te vinden waren en dat de miniatuurmaakster degene was die haar de weg wees. Op een bepaalde manier had Johannes gelijk, denkt ze. Alles wat met dat poppenhuis te maken had, leidde me inderdaad af. Ik was ervan overtuigd dat ik stilstond, maar in werkelijkheid ben ik enorm gegroeid.

Nu pas beseft ze wat er gedaan moet worden. Ze loopt naar het kabinet en heft haar armen op, precies zoals de Assendelftenaren die de kreunende bomen omhakten. Een diepe ademhaling, een seconde in de lucht, en dan komt de bijl hard neer. Hij hakt door het schildpad heen, hij ontwricht het versplinterende olmenhout, tinnen aderen kronkelen als plantenwortels, fluwelen gordijnen vallen op de grond. Nella beukt en breekt en dwingt het huis op de knieën. De vloeren verbrokkelen, de plafonds storten in, het vakmanschap en de uren arbeid, de vele details, macht – alles valt voor haar voeten neer.

Ze voelt het bloed door haar aderen pompen, en ze laat de bijl vallen en steekt haar handen in de ravage. Ze vernielt de Italiaanse leren wandbekleding, de wandkleden, de marmeren vloer. Ze pakt de boeken en scheurt de piepkleine bladzijden eruit. In haar vuist verfrommelt ze de bruidsbeker, zacht metaal dat bezwijkt onder de druk, een geplet echtpaar op de buitenrand. Ze verzamelt de rozenhouten stoelen, de vogelkooi, Pibo, het doosje marsepein, de luit en vertrapt ze onder haar schoen tot alles onherkenbaar is, voor altijd geruïneerd.

Met vingers als klauwen rijt ze het lichaam van Meermans open, en ze scheurt zijn breedgerande hoed aan flarden. Ze verwijdert Jacks hoofd alsof het een verwelkte bloem is. Met een stukje olmenhout slaat ze de hand van Agnes kapot, die nog steeds het aangetaste suikerbrood vasthoudt. Ze kent geen genade voor Cornelia of de twee beeltenissen van haarzelf – grijs en goud, de ene door de miniatuurmaakster gestuurd, de andere door Agnes op de vloer van de galerij in het stadhuis achtergelaten. Ze smijt ze samen met de geldbuidel van Johannes op de grote stapel. Alleen Maren en Johannes laat ze intact, en ze stopt ze bij Otto en het kindje in haar zak. Thea mag ze bekijken als ze wat groter is, denkt ze.

Ze voelt Arnoud in haar zak zitten en aarzelt. Ze weegt hem op haar handpalm en denkt: het is maar een pop van de miniatuurmaakster, haar vreemde alchemie van vakmanschap en spionage. De pop stelt niets voor, maar ze moet het merendeel van de suiker nog verkopen. Ze krijgt bijna een hekel aan zichzelf als ze de suikerbakker haastig weer in haar rok stopt, veilig uit het zicht.

Na de ontlading is ze doodop en kan ze niets meer vernielen. Haar huwelijksgeschenk is veranderd in een brandstapel. Ze laat zich ernaast op de grond zakken, leunt met haar hoofd op haar opgetrokken knieën en begint met haar armen om haar benen geluidloos te huilen.

De woekering in de boomgaard

Die avond wil Cornelia per se naar de gevangenis in het stadhuis. In een manische ijver heeft ze pasteitjes gemaakt met kip en kalfsvlees, rozenwater en gezoete pompoen, kool en rundvlees. Ze ruiken naar thuis, naar een degelijke keuken met goed gerei en een verstandige kok aan het roer.

'Ik ga naar hem toe, mevrouw,' zegt ze. De vastberadenheid heeft haar weer wat kleur op haar wangen gegeven.

'Hij mag niet weten wat hier is gebeurd.'

Cornelia houdt het warme pakketje voedsel tegen zich aan en krijgt tranen in haar ogen. 'Nee. Ik zal zijn hart niet breken. Ik ga nog liever dood.' Ze begraaft de pasteitjes diep in haar schort.

'Dat weet ik.'

'Maar als we hem nu vertellen over Thea, een kindje, een nieuw begin...'

'Dan zou het hem nog meer spijten dat hij dit leven moet verlaten. Ik denk niet dat hij het zou kunnen verdragen.'

Cornelia lijkt gepikeerd te zijn door dat antwoord. Dat komt vast doordat we zulke afschuwelijke beslissingen moeten nemen, denkt Nella. Ze kijkt de dienstmeid na, die vlug wegloopt over de Herengracht.

Lysbeth vouwt in de kookkeuken schone doeken voor Thea op. 'Ik moet even weg. Wilt u een paar uur bij Thea blijven?' vraagt Nella.

Lysbeth kijkt op. 'Met alle plezier, mevrouw.'

Nella vindt het fijn dat Lysbeth niet vraagt waar ze naartoe gaat. Ze denkt aan de puinhoop in haar kamer. Wat zal Lysbeth zeggen als ze die ziet? 'Boven ligt brandhout,' zegt ze tegen de min. 'We moeten zorgen dat Thea warm blijft.'

Nella mag binnenkomen in de kamer van de kerkmeester, achter het orgel in de Oude Kerk. Dominee Pellicorne zit aan zijn schrijftafel. Nella is naar hem toe gegaan omdat Cornelia dat wilde. Zelf wil ze liever dat Maren in stilte wordt begraven op het Sint-Anthoniskerkhof, ver weg van alle belangstelling. 'Denk je niet dat zij dat zou hebben gewild?' vroeg ze aan Cornelia.

'Nee, mevrouw. Ze zou de hoogste eer willen die een burger van deze stad ten deel kan vallen.' Zo lijkt de situatie weer normaal: Cornelia die de rimpels gladstrijkt. Zo leeft Marens erfenis voort, en Nella vindt het bitter en opbeurend tegelijk dat haar schoonzusters voornaamste zorg in haar dienstmeid voortleeft.

Pellicorne kijkt naar Nella en probeert de glans van weerzin in zijn ogen te verbergen. U weet wie ik ben, denkt ze met groeiende haat. U stond luidkeels bij het stadhuis te preken voor iedereen die het maar horen wilde. Nella is gewapend met haar rijkdom naar de kerk gekomen, maar parels en een zilverkleurige jurk voelen als een fragiel harnas nu ze Pellicornes minachting het hoofd moet bieden.

'Ik kom een sterfgeval melden.' Ze kijkt hem recht in de ogen en haar stem klinkt helder.

Pellicorne legt zijn kin op zijn enorme kraag. 'Dat gebeurt toch pas zondag?' Hij trekt zijn uitpuilende overlijdensregister naar zich toe. Het is een groot, in leer gebonden boek waarin wordt bijgehouden welke stadsbewoners naar de hemel of de hel vertrekken. Hij doopt zijn pen in de inkt.

Nella vermant zich en haalt diep adem. 'Ik kom de dood van Maren Brandt melden.'

De pen van Pellicorne blijft boven het papier hangen. Zijn harde gezicht tuurt naar Nella en hij buigt zich over het boek naar haar toe. 'Maren Brandt?'

'Gistermiddag.'

Pellicorne legt de pen neer en leunt achterover. 'God hebbe haar ziel,' zegt hij uiteindelijk. Hij knijpt zijn ogen tot spleetjes. 'Waaraan is onze zuster Maren Brandt gestorven?'

Nella ziet haar dode schoonzuster voor zich, de bebloede lakens, de pasgeboren Thea, de verstrengelde ledematen van Otto en Maren, hun geheimen diep in Marens levende lichaam begraven.

'Koorts.'

Hij kijkt geschrokken. 'De pest, denkt u?'

'Nee. Ze was al een poosje ziek.'

'Ik heb haar de afgelopen weken inderdaad niet in de kerk gezien.' Pellicorne vouwt zijn handen tegen elkaar en laat zijn kin op de topjes van zijn smal toelopende vingers rusten. 'Ik vroeg me al af of haar afwezigheid iets met haar broer te maken had.'

'De schok heeft waarschijnlijk niet geholpen. Ze was al heel zwak,' zegt Nella kalm. De haat in haar binnenste zwelt op en maakt het haar bijna onmogelijk te ademen.

'Dat kan ik me voorstellen.' Nella zegt niets – ze is niet van plan deze man munitie te geven om haar te bestoken. 'Hebt u steun gehad aan uw buren?' vraagt hij.

Ze herinnert zich haar vaders begrafenis in Assendelft. De buren waren haar verdrietige moeder komen helpen, en ze hadden haar vader afgelegd en hem een nachthemd aangetrokken. Daarna hadden ze zijn stijver wordende lichaam op een ijzeren plaat getild, waarop stro was gelegd om vocht te absorberen. De jonge, ongetrouwde meisjes van het dorp waren langsgekomen om buksboomtakjes, bloemen en laurierbladeren bij hem neer te leggen. Zo'n buurt had Maren niet; ze had alleen Cornelia en Nella, wier verdriet zich met paniek vermengde, en Lysbeth, een vrouw die ze zelfs nooit had gekend. Gelukkig heeft Cornelia in elk geval die oliebranders aangestoken.

Het doet Nella pijn dat Maren zonder enige waardigheid is gestorven. Er hadden buren voor haar klaar moeten staan, want Maren was een goed mens, ze was sterk. In een ander leven had ze een leger kunnen leiden. Maar uiteindelijk had Maren geen vrienden – ze had er maar één, en die is verdwenen.

'Ja,' zegt ze. 'De buren zijn op bezoek geweest. Maar nu moet ze snel het huis uit. We moeten haar naar de kerk brengen.'

'Ze is nooit getrouwd,' zegt Pellicorne. 'Jammer.'

Voor sommige vrouwen is het juist jammer dat ze getrouwd zijn, denkt Nella.

Het is aardedonker buiten. In het schip van de kerk hoort ze de organist spelen, en er worden toortsen aangestoken voor de avonddienst. De dominee staat op en strijkt zijn zwarte gewaad glad alsof het een voorschoot is. 'Als u bent gekomen omdat u haar hier wilt begraven, moet ik u teleurstellen,' zegt hij. 'Dat is onmogelijk.'

Er valt een korte stilte. Nella houdt haar rug kaarsrecht en haar voeten op de vloer.

'Waarom?'

Ze klinkt krachtig en redelijk. Dat doet ze met opzet; ze is niet van plan haar stem te laten trillen of emoties te laten blijken. Pellicorne slaat het overlijdensregister dicht en kijkt haar verrast aan, alsof hem nooit naar een reden wordt gevraagd. 'We kunnen haar hier niet begraven, mevrouw. Haar naam is indirect aangetast. De uwe ook.' Hij zwijgt even en staart haar met zijn kille ogen aan. 'Mijn medeleven gaat naar u uit, mevrouw.'

'Maar uw genade niet.'

'De kerk is al overvol. Als ik preek, zijn er meer geraamten dan levende zielen aanwezig. En mijn hemel, de stank,' zegt hij tegen zichzelf. 'Al had ik alle parfums in Arabië, het zou nog niet genoeg zijn om de lucht van al die rottende Nederlanders te maskeren.' Tegen Nella zegt hij alleen nog maar: 'Ik vind het erg dat ze overleden is, maar ik kan haar hier niet hebben.'

'Dominee...'

'Ga maar naar Sint-Anthonis, daar helpen ze u wel.'

'Nee, dominee. Niet achter de stadsmuren. Dit was haar kerk.'

'Voor de meeste mensen is een begrafenis binnen de stadsmuren tegenwoordig niet meer mogelijk, mevrouw.'

'En toch moet het voor Maren Brandt.'

'Ik heb geen plaats meer. Begrijpt u me niet?'

Uit haar zak haalt Nella tweehonderd gulden van Arnoud, en ze legt het geld op Pellicornes leren boek. 'Als u zorgt voor de grafsteen, de kist, de baardragers en de ruimte in de kerkvloer zal ik die som na afloop verdubbelen,' zegt ze.

Pellicorne kijkt naar het geld. Het is afkomstig van een vrouw – nota bene de echtgenote van een sodomiet. Het is de wortel van al het kwaad, maar het is wél veel geld. 'Dit kan ik niet aannemen,' snauwt hij.

'Hebzucht is de woekering die we moeten wegsnijden,' zegt Nella met een droevige blik.

'Precies.' Ze ziet dat hij verheugd is een echo van zijn preek te horen.

'U, een man van God, bent toch de aangewezen persoon om de woekering in de gaten te houden?' vervolgt Nella.

'Als die eenmaal is verwijderd, ja,' zegt Pellicorne. Zijn blik glijdt weer even naar de bankbiljetten.

'Uiteraard.'

'Voor de behoeftigen van deze stad zijn veel aalmoezen nodig,' zegt hij.

'En we moeten iets voor hen doen, want anders schrijdt de woekering voort.'

Het blijft even stil.

'Er is nog een plekje in de oostelijke zijbeuk van de kerk,' zegt Pellicorne. 'Slechts ruimte voor een bescheiden zerk, meer niet.'

Dwaas, denkt Nella. Hij is geen haar beter dan een ander, hij staat niet dichter bij God dan ik. Ze vraagt zich af hoeveel er van de vierhonderd gulden in zijn zak zal verdwijnen voordat de baardragers worden betaald en de aalmoezen worden uitgedeeld. Zou Maren een plek in de hoek prettig vinden? Ze heeft haar hele leven in een hoekje doorgebracht, dus misschien ligt ze liever in het schip. Anderzijds: in het schip lopen de mensen over haar heen. Sommige burgers willen waarschijnlijk zo'n graf om te zorgen dat ze nooit vergeten worden. Zij willen dat de herinnering aan hen levend blijft en dat er voor hen wordt gebeden, maar Nella vindt zo'n plek niet waardig genoeg voor Maren. Een graf in de hoek is beter.

'Het is de waarheid, mevrouw,' zegt dominee Pellicorne. 'We zitten vol. Die hoek is de beste plaats die ik u kan bieden.'

'Goed,' zegt ze. 'Maar ik wil het mooiste olmenhout voor de kist.'

Pellicorne pakt zijn pen en slaat het register weer open. 'Ik zal ervoor zorgen. We kunnen de begrafenis komende dinsdagavond houden, na de normale dienst.'

'Goed.'

'Het is minder erg om het 's avonds te doen. De geur die opstijgt als je de vloer openmaakt, maakt de mensen afkerig van bidden.'

'Ik begrijp het.'

'Hoeveel mensen komen er?' wil hij weten.

'Niet veel,' antwoordt Nella. 'Ze leidde een teruggetrokken bestaan.' Ze zegt het bijna als een uitdaging, om te kijken of hij haar tegenspreekt of een veelzeggende opmerking maakt over Marens verborgen leven. Hij zou iets kunnen zeggen over de boekhandels die ze bezocht, of over de mensen met wie ze omging, die zwarte met wie ze door de straten paradeerde.

Maar Pellicorne tuit slechts zijn lippen. Nella weet wat die gelaatsuitdrukking betekent: een kluizenaarsbestaan verdient geen goedkeuring. Burgerzin, toezicht houden op je buurt, elkaar goed in de gaten houden – dat is wat deze stad overeind houdt. Amsterdam heeft niets aan mensen die zich verschuilen voor nieuwsgierige blikken. 'Het wordt een korte plechtigheid,' zegt hij, terwijl hij het geld in het boek legt.

'We houden niet van pracht en praal,' zegt ze.

'Precies. Wat wilt u op haar grafsteen zetten, afgezien van haar naam en de data?'

Nella sluit haar ogen en roept het beeld op van Maren in haar lange zwarte jurk. Haar perfecte mutsje en manchetten bedekten heel wat innerlijke beroering. In het openbaar wees ze het gebruik van suiker af, maar ze at stiekem gesuikerde walnoten. Ze verborg Otto's liefdesbriefjes en maakte aantekeningen over nooit bezochte landen op de kaarten die ze van haar broer had gestolen. Ze deed neerbuigend over de miniaturen, maar sliep met Otto's pop onder haar kussen. Ze wilde geen echtgenote zijn, maar Thea's naam lag al op haar tong.

Nella gaat gebukt onder het zinloze verlies van Marens leven, de vele onbeantwoorde vragen. Frans, Johannes, Otto – kenden die drie mannen haar schoonzuster eigenlijk beter dan zij?

'Nou?' informeert Pellicorne ongeduldig.

Nella schraapt haar keel. 'Het kan verkeren,' zegt ze.

'Meer niet?'

'Nee,' zegt ze. 'Het kan verkeren.'

Gradaties van leven

Op zaterdagochtend pakt Nella een pasteitje uit de voorraadkast, waarvan ze denkt dat het gevuld is met bessen. Ze rammelt van de honger, want sinds het vonnis heeft ze nauwelijks meer gegeten.

De korst is bedrieglijk en blijkt een vulling van koude vis te herbergen, een prozaïsche bot terwijl ze had gehoopt op winterfruit. Door haar zenuwachtige stemming krijgt ze bijna het gevoel dat het eten haar bespot, en ze vraagt zich treurig af of Cornelia ooit nog iets zal zoeten. De aanblik van een gesuikerde walnoot herinnert haar misschien aan Maren en al haar verrukkelijke tegenstrijdigheden.

Met een knorrende maag loopt ze naar de winkel van Hanna en Arnoud, onder het teken van de twee suikerbroden.

'We kopen nog meer,' zegt Arnoud als hij haar ziet. 'De suiker is heel geschikt voor karamelbrokken, en u wilt de voorraad waarschijnlijk maar al te graag kwijt.'

'Noud,' zegt Hanna verwijtend. 'Het spijt me, mevrouw Brandt. Ze hebben hem in Den Haag geen goede manieren geleerd.'

Nella glimlacht. Zaken zijn zaken. Ik hoef je niet aardig te vinden, Arnoud, denkt ze, al is ze dol op Hanna, een diplomate in een besuikerd schort die heldere taal spreekt. Nella neemt zich heilig voor om Arnouds pop direct na de verkoop van de suiker ergens in de stad in een bijenkorf te proppen, waar gulzige bijen over hem heen zullen kruipen.

'Ga zitten.' Hanna gebaart naar de geboende bank voor in de winkel. Arnoud klost naar achteren en begint weer met bakblikken te slaan.

'Proef wat van de nieuwe cacaodrank waarmee ik aan het experimenteren ben,' zegt Hanna opgewekt. 'Ik heb er wat van uw suiker in gedaan, en wat vanillemerg.'

De cacaodrank smaakt heerlijk en maakt Nella warm, net zoals een gelukkige jeugdherinnering. 'Hebt u het al gehoord?' vraagt Hanna.

'Wat?'

'De burgemeesters hebben het verbod op lekkernijen in de vorm van mensen opgeheven. Onze hondjes vonden gretig aftrek, maar ik ben blij dat we weer vrijers mogen maken voor mensen die het geluk hebben jong en verliefd te zijn. Het is goed nieuws voor uw partij suiker.'

Nella klemt haar dankbare vingers om de warme aardewerken mok. 'Ja, dat is waar.' Maar toch is het niet voldoende om haar inktzwarte stemming te verlichten. 'Ik moet zo weer naar huis,' zegt ze, denkend aan haar huishouden, dat een nieuwe samenstelling heeft gekregen en voor de helft uit mensen bestaat die ze nog maar net kent.

'Dat begrijp ik.' Hanna kijkt haar oplettend aan.

Zou ze het weten? Nella vraagt zich af of Cornelia haar mond heeft kunnen houden. 'Maar ik ben je erg dankbaar,' zegt ze. 'Voor je vriendschap en voor je klandizie.'

'Ik zou alles voor haar doen,' zegt Hanna.

Nella ziet Hanna en Cornelia voor zich in het weeshuis. Welke plechtige afspraken hebben ze samen gemaakt, welke bloedeed verbindt hen voor de rest van hun leven? Hanna gaat zachter praten. 'Sinds ik getrouwd ben...' Ze houdt even op met praten en kijkt over haar schouder naar Arnoud. 'Als je een zaak hebt, gaat elk uur van de dag daarin zitten.'

'Je hebt Arnoud.'

'Precies.' Hanna glimlacht. 'Hij is geen wrede man. Ook geen egoïst. Ik heb zelf gekozen voor een bestaan tussen deeg en suiker.' Ze leunt naar voren en fluistert: 'We betalen u wat u nodig hebt. Uit kleine zaadjes groeien prachtige bloemen.'

Nella kijkt naar de keuken. 'Maar wat zegt Arnoud daarvan? Ik kan de suiker niet voor een lage prijs verkopen.'

Hanna haalt haar schouders op. 'Er zijn manieren om hem te overreden. Het is ook míjn geld. Vóór mijn huwelijk heb ik mijn salaris zo veel mogelijk opgespaard. Mijn broer heeft een gokje voor me gewaagd op de beurs, en toen ik eenmaal wat winst had gemaakt, zei ik dat hij moest stoppen. Hij luisterde naar me, in tegenstelling tot sommige andere mensen.' Ze zucht. 'Arnoud is blij met mijn kwaliteiten, maar in de loop der jaren is hij vergeten waar de helft van zijn kapitaal vandaan komt. Zijn nieuwe rol als suikerhandelaar bevalt hem wel. Het heeft hem aanzien opgeleverd binnen het gilde van suikerbakkers. Ze denken erover hem als toezichthouder te benoemen. De handelswaar is goed, dus nu denken ze dat hij dat ook is.' Hanna glimlacht met genegenheid. 'Nieuwe recepten, plannen om uit te breiden. Hij wil de volgende lading suiker in Delft, Leiden en Den Haag verkopen.' Hanna zwijgt even. 'Allemaal besluiten die ik heb toegejuicht.'

'Ga je met hem mee?'

'Iemand moet deze winkel openhouden. We nemen nog eens

driehonderd broden. Daarvoor geven we u zesduizend gulden. Dat is een redelijke prijs, vindt u niet? Ik heb meer aan suikerkristallen dan aan diamanten, mevrouw Brandt.'

Nella is opgetogen over de prijs die Hanna biedt en vraagt zich af wat Hanna nu precies koopt. Rust, een moment om van haar noeste arbeid te genieten?

'Op den duur,' zegt Hanna, 'hebben we er allemaal voordeel bij, denk ik.'

Nella loopt vlug van Hanna en Arnoud naar het stadhuis. De bewaker laat haar binnen, ze loopt door dezelfde gang en de deur van Johannes wordt opengemaakt. Het kost deze keer drie gulden om langer te mogen blijven dan het gebruikelijke kwartier. Het feit dat de dagen van Johannes geteld zijn, maakt hem duurder, maar Nella zou desnoods tien keer zoveel betalen om hem te mogen zien. Het valt haar op dat de bewaker naar rozenwater en pompoen ruikt. Hij telt het geld in zijn hand na, knikt en doet de celdeur dicht.

Iemand – misschien wel Cornelia – heeft de stoppelbaard van Johannes afgeschoren. Daardoor lijkt zijn gezicht nog magerder, alsof zijn schedel naar buiten drukt. Ik had een nieuw hemd voor hem moeten meenemen, denkt ze, terwijl ze in het schemerige licht naar haar man kijkt. Het hemd dat hij aanheeft, is dun en versleten. Het is een akelig gezicht, en ze slikt en vermant zich. Hij zit op zijn stromatras, met zijn hoofd tegen de vochtige muur en zijn lange benen in een rare hoek ten opzichte van zijn heupen.

Ze ziet nu pas hoezeer hij op Maren lijkt, waardig in zijn kalmte, zelfs nu nog bijna knap. Ze krijgt een brok in haar keel. Er liggen uitwerpselen in de hoek, slordig bedekt met stro. Ze wendt haar blik af.

Als ze hem nu alles vertelde, door wie zou hij zich dan het meest verraden voelen? Ze herinnert zich dat Jack tegen Otto schreeuwde: 'Hij weet dat je iets hebt uitgevreten.' Tijdens die ruzie in de ontvangkamer had Johannes Marens vroomheid in twijfel getrokken, en later had zij toegegeven dat ze haar broer iets had afgenomen waar ze van af had moeten blijven. Wist Johannes ervan en heeft hij de andere kant op gekeken? Ze kan het zich haast niet voorstellen. Hij en Maren waren vaak aan het touwtrekken om Otto; ze maakten allebei aanspraak op hem en ruzieden over de vraag wie hem het meest waardeerde of nodig had.

De twee overgebleven pasteitjes liggen onaangeroerd naast Johannes. 'Je moet ze opeten nu ze nog vers zijn,' zegt ze.

'Kom bij me zitten.' Zijn stem klinkt zacht.

Wat ziet hij er broos uit nu het licht in zijn ogen is gedoofd. Nella kan bijna voelen dat zijn ziel oplost en verdwijnt. Ze wil zijn geest beetgrijpen en in haar vuisten klemmen om te voorkomen dat hij kan ontsnappen.

'Ik verkoop de suiker,' zegt ze als ze naast hem gaat zitten. 'Samen met een suikerbakker.'

'Ik denk niet dat je de hele voorraad vóór morgen weg kunt hebben,' zegt hij met een flauw glimlachje om zijn lippen.

Nella onderdrukt de neiging om te snikken. Het lijkt erop dat Cornelia woord heeft gehouden en niets over Maren heeft gezegd, maar hoe kunnen ze nu verzwijgen wat er is gebeurd? Hoe kan hij het niet weten? Zijn zuster, zijn beminde tegenstandster, is dood – en ze houden het bewust voor hem verborgen.

'Meermans laat zich nu trouwens toch niet meer omkopen,' zegt Johannes. 'Kennelijk heeft toch niet alles een prijs. Maren had gelijk, je kunt niet onderhandelen over abstracte begrippen. Zeker niet over verraad.'

Nella denkt aan Lysbeth Timmers. 'Maar we zijn in Amsterdam...'

'Waar de slinger heen en weer zwaait tussen God en de gulden. Frans zegt dat hij het doet om mijn ziel te redden, maar daaronder broeit zijn woede dat ik de suiker niet heb verkocht. Hij vecht voor zijn broden door mij een sodomiet te noemen.'

'Is dat de enige reden? Wraak?'

In het halfdonker kijkt hij naar haar, en ze wil dat hij zijn kant van het verhaal vertelt over Maren en haar weigering te trouwen. Maar hij is loyaal tot het einde. 'Die suiker vertegenwoordigde heel veel voor hem,' zegt hij. 'En ik bespotte hem door er onverschillig mee om te gaan.'

'Waarom deed je dat? Vanwege Jack?'

'Nee. Omdat ik de hebzucht van Frans en Agnes kon proeven. Daar walgde ik van, net als van de suiker zelf.'

'Maar je bent koopman, geen filosoof.'

'Je hoeft niet hebzuchtig te zijn om een goede koopman te worden, Nella. Er zijn maar weinig dingen die ik voor mijzelf verlang. En je hebt gelijk, ik ben geen filosoof. Ik ben slechts een man die toevallig naar Suriname is gevaren.'

'Je zei dat de suiker heerlijk was.'

Hij kijkt grimmig zijn cel rond. 'En je ziet dat ik daar vorstelijk voor word beloond. Het geheim van zakendoen is dat je je hart erbuiten moet laten en altijd bereid moet blijven verliezen te incasseren. Ik heb er tegelijkertijd te weinig en te veel hart voor gehad.'

Het vooruitzicht van zijn allergrootste verlies doemt dreigend op. 'Ik heb de situatie verkeerd ingeschat. Oude wonden,' zegt hij. 'Dat maakt nu allemaal niet meer uit. Stil maar, we kunnen er niets aan veranderen. Cornelia heeft me al doorweekt met haar tranen, en nu doe jij het ook. Je had wel een nieuw hemd voor me mee mogen nemen. Wat ben jij een slechte echtgenote,' zegt hij bestraffend, maar hij geeft haar een kneepje in haar hand. 'Zeg alsjeblieft tegen Maren dat ze niet naar me toe moet komen.'

Nella voelt het verlies als een vloedgolf door zich heen stromen. 'Niet?' zegt ze.

'Ik wil niet dat ze me zo ziet.'

'Johannes. Waarom heeft Jack je verraden?'

Johannes haalt een hand door zijn grijzende haar. 'Ik vind het ondraaglijk om daarover na te denken. Maar het moet met geld te maken hebben gehad... een andere reden kan ik niet bedenken.' De stemming wordt bedrukter en Nella voelt zijn gevecht met zijn angst. 'Je had de getuigenis van Agnes moeten horen,' zegt hij. 'Ze heeft altijd al een broze persoonlijkheid gehad, maar op dat moment dacht ik echt dat ze knakte.'

Hij praat snel en dwingt zichzelf zijn sombere gedachten te onderdrukken. 'Agnes houdt van Frans, maar liefde kan giftig zijn. Ik weet niet of het haar tegenstond om hem deze keer te gehoorzamen. Ze gelooft in haar God, natuurlijk, en in de geheiligde wijze waarop de wereld in elkaar hoort te steken. Maar donderdagochtend was er iets vreemds met haar aan de hand. Ze leek verward, alsof ze heel goed besefte dat ze iets ging doen wat niet deugde. Waarschijnlijk heeft ze zichzelf nog nooit zo goed begrepen of verrast als op dat moment.'

Hij lacht zachtjes. Nella sluit het geluid in haar hart en zweert dat ze het nooit zal vergeten.

'Maren had gelijk over Agnes en Frans,' zegt hij. 'Zij zijn van die mensen die overal aangetaste suiker zien.'

Het lijdt geen twijfel dat de mensenkennis van Johannes hem wel eens in de steek heeft gelaten, maar bij Maren heeft hij altijd geweten wie hij tegenover zich had. Hij is mild over zijn zuster, en Nella heeft bijna het gevoel dat ze bij hen is en de donkere cel met haar aanwezigheid verlicht.

Nella is Jack niet – ze is niet van plan het beeld dat Johannes van zijn zuster heeft uit de lijst te rukken. Ze kan Johannes nooit vertellen wat hij heeft verloren, en ook niet hoe weinig ze eigenlijk allemaal van Maren wisten.

'Ik verfoei hen, Johannes,' zegt ze. 'Met heel mijn hart.'

'Dat is zonde van je tijd. Cornelia vertelde me over je afspraken met Arnoud Maakvrede. Ik ben niet verbaasd, maar vond het fijn om het te horen. Het is een prettige gedachte dat de suiker hier in de republiek blijft.'

'Maren heeft me heel goed geholpen,' zegt ze. Ze voelt de sleutel van zijn pakhuis op haar borst drukken. Er valt een stilte en ze verstrengelen hun vingers, alsof een aanraking de dageraad op afstand kan houden.

Molensteen

Aan de lange, smal toelopende steigers van de VOC ziet Nella de honderden gemeerde schepen liggen. Fluiten, galjoten, hoekers, spiegelretourschepen – allerlei vormen en doelen ten bate van de republiek. De meeste masten zijn kaal, het tuigage en de zeilen opgeborgen, beschermd tegen de elementen tot het wederom tijd wordt om ze te teren, te hijsen en over het hout te spannen.

De schepen waarvan de zeilen gehesen zijn, zien eruit alsof ze in bloei staan, klaar om de passaat te vangen en hun bemanning ver weg te voeren. De rompen kraken, gezwollen door de onstuitbare zilte damp die het leven van elke matroos vergalt. De lucht smaakt scherp op de tong – de geur van lenswater rond de kades, het afval dat de meeuwen hebben laten liggen, half opgegeten vissen. In het tanende licht stroomt afvalwater van de schepen in zee.

Doorgaans zouden de mensen onder de indruk zijn bij het zien van de enorme, zacht schommelende schepen – vaartuigen van een wereldmacht, oorlogsbodems die ieders vuile werk opknappen. Maar aan het einde van deze zondagmiddag zijn ieders ogen gericht op de man met de molensteen om zijn nek.

Of het nu om een bruiloft of om een begrafenis gaat, ceremonieel kan in Amsterdam op afkeuring rekenen – rituelen kunnen te paaps en te overvloedig zijn en dienen vermeden te worden. Maar de verdrinkingsdood van een rijke man is iets anders. Hier is sprake van een smeuïge zedenles, van symboliek die recht uit de Bijbel lijkt te zijn geplukt, dus natuurlijk zijn er veel mensen op afgekomen. Ze staan langs de steiger: veel bestuursleden van de VOC, zeekapiteins en klerken. Daar staan dominee Pellicorne en schout Slabbaert, en zelfs Agnes Meermans is gekomen, eenzaam en met haar sjofele bontkraag. Haar man is er niet. Er zijn vertegenwoordigers van de gilden, regenten van het stadhuis, hun echtgenotes, verschillende andere dominees en de drie ernstig kijkende bewakers van Johannes.

Nella staat achter in de grote groep op de kade. Pellicorne laat zijn kille blik over haar glijden en doet net of hij haar niet ziet. De baardragers van de dominee zijn gisteravond langsgekomen om haar schoonzuster in een doodskist te tillen en mee te nemen, en nu wacht Maren in de crypte van de Oude Kerk op de laatste dienst die ze ooit zal bijwonen.

Pellicorne richt zich weer op de gebeurtenis van deze middag. Wat moet hij een triomf voelen, denkt Nella. De wil van de wet en die van de kerk eisen hun bloeddorstige vordering op, en Pellicorne ziet er walgelijk tevreden uit.

Nella heeft Johannes beloofd dat ze er vanmiddag bij zal zijn, maar het is de akeligste belofte die ze ooit heeft moeten doen. In zijn donkere cel hebben ze gisteravond zwijgend een uur elkaars hand vastgehouden. Ze werden niet gestoord door de cipier, en die rust, dat uur, had meer betekenis voor Nella dan elk ander uur ooit zal hebben. Later zal ze het haar huwelijksnacht noemen, een intieme verbondenheid waarin niets gezegd hoefde te worden. Woorden verloren hun complicerende, bedrieglijke macht en maakten plaats voor een diepere, rijkere taal.

Toen Nella bij hem wegging, bleef ze in de deuropening staan, en hij glimlachte en zag er vreemd genoeg heel jong uit – en zij voelde zich stokoud, alsof de stilte op een bepaalde manier al zijn verdriet op haar had overgedragen. Zij moest het leed torsen terwijl Johannes wegvloog, leeg, hol en vrij.

Thuis is Cornelia verdoofd met een zware slaapdrank die Lysbeth Timmers met een angstaanjagend gemak heeft bereid. De min arriveerde bij zonsopgang om Thea te voeden en besloot te blijven. 'Misschien hebt u me vandaag nog voor andere dingen nodig,' zei ze. Ze keken elkaar aan, en Nella knikte zwijgend. Lysbeth wacht nu in de keuken aan de Herengracht tot ze terugkomt.

Nella heeft het gevoel dat de grond onder haar voeten wiebelt en probeert stevig te gaan staan door haar benen een stukje uit elkaar te zetten. De onstuimige januariwind is scherp als een kattenklauw en waait dwars door haar jas heen. Ze draagt een kap en een effen bruine rok van Cornelia. Ze heeft zich verkleed om deze beproeving te doorstaan, alsof de vermomming haar kan beschermen tegen de waarheid.

Johannes is ook verkleed. Ze hebben hem een pak van zilverkleurig satijn aangetrokken, dat hem niet past, en ze hebben een opzichtige veer in zijn hoed gestoken die Johannes zelf nooit zou kiezen. De kleding moet onderstrepen wat hij is. Tussen de schouders van de mensen door ziet Nella zijn zilveren mouw steeds oplichten, helder als een wapenrusting tussen al het bruin en het zwart. Ze leunt opeens op de vrouw naast haar. De vrouw schrikt van de aanraking en draait zich opzij.

'Rustig maar, meisje,' zegt ze bij het zien van de panische angst op Nella's gezicht. 'Als je het te erg vindt, kijk je gewoon de andere kant op.'

Haar vriendelijkheid wordt Nella bijna te veel. Hoe kunnen aardige, fatsoenlijke mensen hier nu naar komen kijken?

Slabbaert legt zijn hand op Johannes' schouder, en vanaf dat moment wil Nella het niet meer zien. Ze luistert alleen maar, haar ogen gesloten, de wind op haar gezicht, de zeilen klapperend als natte was. Ze hoort dat de molensteen door de twee beulen wordt versleept. Johannes, die aan de steen is vastgemaakt, zal inmiddels wel staan wankelen op de rand van de steiger. De loodzware steen maakt een galmend, schrapend geluid dat onder Nella's huid kruipt en diep in haar botten dringt.

Als de menigte de adem inhoudt, voelt Nella urine langs haar kousen stromen. De wol neemt de warme vloeistof op en schuurt over haar huid. Johannes neemt het woord. In gedachten ziet ze hem zoeken naar haar, naar Maren, naar Cornelia. Ik hoop dat hij me ziet, denkt ze. Laat hem denken dat ik voor hem bid.

Maar de wind blaast zijn laatste woorden de andere kant op en ze hoort niet wat hij zegt. 'Johannes,' fluistert ze. Ze spitst haar oren, maar om haar heen klinken gebeden, prozaïsch gemompel en allerlei nutteloze opmerkingen. Hij is te zwak om iedereen met zijn stem te bereiken, en tegen de tijd dat het gemompel wegsterft, is de molensteen van de steiger gerold. Johannes. De steen petst op het ruwe water en plonst naar beneden.

Ze doet haar ogen open. Een golf stuwt op, krult in een witte boog en verdwijnt binnen een paar seconden.

Niemand verroert zich.

'We lijken wel niet wijs,' zegt een man uiteindelijk. 'Hij was een van onze beste kooplieden.'

De mensen blazen hun ingehouden adem uit, en hun haar danst op hun voorhoofd. 'Geen lichaam om te begraven,' zegt iemand. 'Ze halen hem niet naar boven.'

Nella draait zich om. Ze leeft nog, maar tegelijkertijd ook niet. Ze ligt in de zee bij Johannes. Als ze met gebogen hoofd tegen de muur leunt, dreigt haar lichaam haar binnenstebuiten te keren. Hoelang duurt het voor de zee zijn longen vult? Ga snel dood, denkt ze. Wees snel vrij.

Opeens voelt ze iets. Haar nekhaartjes prikken, haar knieën willen doorzakken. Ze kijkt op en zoekt tussen de mensen naar een flits blond haar. Ze is er nog, denkt Nella. Ik voel het. Tussen de andere gezichten speurt ze naar die koele, taxerende blik, een moment waarop de miniatuurmaakster afscheid neemt.

Maar haar oog valt op iemand anders.

Hij is magerder geworden en is net zo gekleed als op de dag van zijn vertrek. Hij draagt die luxueuze brokaten jas. Eén kort, waanzinnig moment denkt Nella dat haar echtgenoot uit het water is herrezen, dat een engel hem weer tot leven heeft gewekt. Maar nee, hij is onmiskenbaar iemand anders. Nella steekt haar hand op om hem te begroeten, en met een mond die openhangt van verdriet zwaait Otto terug. Vijf trillende vingers, een ster die vanuit het donker naar haar glanst.

5

DIE AVOND

Zondag 12 januari 1687

Kom, laat ons zwelgen in minne tot de morgen toe,
en genieten van liefde.
Want mijn man is niet thuis, hij heeft een verre reis
ondernomen:
Een buidel geld heeft hij met zich meegenomen,
Tegen de dag der volle maan zal hij thuiskomen.
– *Spreuken 7:18-20*

Nova Hollandia

Ze vermoedt dat hij in een zenuwschok verkeert, want ze moet hem aan zijn mouw meetrekken. Hun voeten glibberen weg op het plaveisel.

'Ga mee naar huis,' zegt ze. 'Kom.' De kwelling is ondraaglijk, ze heeft moeite met ademen omdat het zo'n pijn doet. De zon is inmiddels ondergegaan en het begint te schemeren. Ze vecht tegen het beeld van het opspattende water, het geluid van Johannes die onder water wordt gesleurd. Ze verhoogt haar tempo uit angst dat het verdriet haar zal verlammen, dat ze zich op straat zo klein mogelijk maakt en nooit meer van haar plaats komt.

Otto draait zich verbijsterd naar haar toe en trekt de jas van Johannes dicht om zich heen. Hij staat stil en wijst in de richting van de haven.

'Mevrouw, wat gebeurde daar?'

'Ik kan het niet... I-ik heb er geen woorden voor, Otto. Hij is er niet meer.'

Hij schudt zijn hoofd, nog volledig overdonderd. 'Ik wist niet dat hij gearresteerd was. Ik dacht dat ik jullie allemaal kon beschermen door naar Londen te gaan. Het was nooit mijn bedoeling...'

'Ga mee.'

Op de Herengracht schiet Otto vol bij de aanblik van het huis. Hij grijpt de dolfijn op de voordeur beet alsof die hem overeind kan houden, en op zijn gezicht vechten het martelende verdriet en de zelfbeheersing om voorrang. Nella wordt misselijk bij de gedachte aan wat hij achter deze deur zal aantreffen, want het lijkt onmogelijk dat iemand zoveel pijn kan verdragen. Ze loopt struikelend achter Otto aan bij zijn nachtmerrieachtige thuiskomst, maar het vredige interieur verraadt niets over het verlies van Maren.

'Kom.' Ze neemt Otto mee naar de ontvangkamer, waar Lysbeth Timmers de haard al heeft aangestoken. In geen weken hebben ze het zo behaaglijk warm gehad, en de dansende vlammetjes lijken bijna ongepast vrolijk. Nella voelt haar bloed opleven. Achter in de vurige gloed buigen tinnen vorktanden zich in een reverence, en paneeltjes van schildpad barsten krakend doormidden.

In het midden van de kamer staat Lysbeth, met Thea dicht tegen zich aan. Haar ogen zijn op Otto gericht, die naar het kindje staart. 'Wie is dat?' vraagt ze.

Nella draait zich naar hem om. Zou hij in staat zijn zichzelf voor te stellen? En wilde hij misschien net hetzelfde vragen als Lysbeth Timmers? Als in een droom loopt Otto naar het kindje toe, en hij strekt verwachtingsvol zijn handen uit. Het dringt tot Nella door dat ze dat gebaar eerder heeft gezien: op haar eerste dag reikte hij haar met uitgestrekte handen een paar patijnen aan tegen de kou.

Lysbeth deinst achteruit.

'Lysbeth, dit is Otto. Geef het kind aan hem,' zegt Nella.

Haar toon is zo gezaghebbend dat Lysbeth onmiddellijk gehoorzaamt. 'Houd haar voorzichtig vast,' mompelt de min. Otto houdt Thea tegen zijn borst alsof ze het leven zelf is, alsof haar minuscule, kloppende hartje het zijne in leven kan houden. Zelfs Lysbeth houdt haar mond en kijkt naar een kennismaking die te midden van al dit verdriet heel vreemd lijkt, maar tegelijkertijd ook heel natuurlijk is.

'Lysbeth,' zegt Nella zacht, 'maak Cornelia wakker.'

Zodra Lysbeth de kamer heeft verlaten, weet Nella dat het tijd is voor de waarheid. 'Ze heet Thea,' zegt ze. 'Otto, ik moet je iets vertellen.'

Maar Otto wordt zo in beslag genomen door het gezichtje van zijn kleine spiegelbeeld dat hij Nella niet lijkt te horen.

'Otto...'

'Juffrouw Maren zei al dat het een jongetje zou worden,' zegt hij.

Eerst weet Nella niet wat ze moet zeggen. Wat moet ze daar nu op antwoorden? 'Dus je wist het?' vraagt ze uiteindelijk.

Hij knikt, en in het licht van het haardvuur ziet Nella zijn tranen. Hij zoekt ook naar het juiste woord – een woord dat een fractie van het gewicht kan dragen dat op zijn schouders lijkt te rusten. Hij gebaart opeens naar de ongeboende vloer, de stoffige rozenhouten stoelen. 'Ze is er niet,' zegt hij, alsof deze zielloze voorwerpen een allesomvattend bewijs van een groot verlies kunnen zijn.

'Nee,' zegt Nella. 'Ze is er niet.' Ze slikt omdat ze weet dat ze anders gaat snikken, en ze vindt dat ze inbreuk maakt op zijn verdriet als ze nu moet huilen. 'Ik vind het heel erg, Otto.'

'Mevrouw.' Otto's stem is rauw, het woord wordt in tweeën gebroken. Ze kijkt op, en hij houdt haar diep verslagen blik vast. 'U hebt het kind gered. Ik weet dat ze haar leven voor dit wezentje wilde geven.'

'Maar waarom was dat nodig?' De tranen stromen nu toch over haar wangen, ze kan er niets aan doen, en als ze ertegen probeert te vechten, gaat ze alleen maar harder huilen en wordt haar blik wazig. 'Ze ging zo snel achteruit. Ik – we konden haar niet meer terughalen. We hebben het geprobeerd, Toet, maar we wisten niet...'

'Ik begrijp het,' zegt hij, maar aan het verdriet op zijn gezicht ziet ze dat hij het helemaal niet kan bevatten. Ze voelt haar knieën knikken en zoekt steun bij een stoel. Hij blijft staan en staart naar de bovenkant van Thea's hoofdje. 'Ik heb haar nog nooit zo vastberaden gezien als op het moment dat ze vertelde dat ze een kind verwachtte. Ik was ervan overtuigd dat de wereld zou instorten. Ik vroeg: "Wat krijgt dit kind voor een leven?"'

'Wat zei ze daarop?'

Otto houdt Thea nog dichter tegen zich aan. 'Ze zei: "Zijn leven moet worden wat hij er zelf van maakt."'

'O, Maren...'

'Ik wist dat het misschien veiliger was als ik wegging. Maar ik móést terugkomen. Ik moest het kindje zien.'

Het bestaan van Thea – de daad waarmee ze verwekt is – blijft in de lucht hangen, leven dat hand in hand gaat met de dood. Misschien is het een geheim dat Otto altijd zal bewaren, denkt Nella. Ze weet zeker dat Cornelia hem zal bijvallen en zal voorwenden dat er nooit iets is gebeurd. Ze zal doen alsof Thea is voortgekomen uit een onbevlekte ontvangenis, of dat ze uit een boom is gegroeid. Misschien zal hij ooit vertellen hoe de relatie tussen hem en Maren begon, en waarom – en of ze de liefde allebei ervoeren als macht of als overgave. Hebben ze hun hart vrijelijk en ontspannen aan elkaar geschonken, of begon er na verloop van tijd een last op hen te drukken?

Thea zal naar de landkaart van haar gezicht kijken en de uitgezette punten zien die ook bij haar vader te vinden zijn. Vervolgens zal ze zich afvragen waar haar moeder is. Ik geef haar het popje, denkt Nella. Ik zal haar die grijze ogen laten zien, die smalle polsen, zelfs het keurslijfje dat met bont is gevoerd. Geen geheimen meer, heb ik tegen Maren gezegd. Dus ik zal haar dochter die opgemerkte bolling laten zien, ik zal haar tonen wat de miniatuurmaakster mij heeft geschonken. Je was er toen al bij, Thea. Petronella Windelbreke zag dat je in aantocht was en wist dat het goed was. Ze heeft je zelfs een wieg gestuurd. Ze vertelde jouw verhaal al vóór je geboorte, maar nu moet je het zelf afmaken.

Cornelia is door Lysbeth uit bed gehaald. Nog slaapdronken van de valeriaan staat ze met een vraagteken op haar gezicht in de deuropening, tot haar groeiende verbazing gulzig het antwoord voor haar ogen indrinkt. 'Je bent terug,' fluistert ze.

'Ja,' zegt Otto zenuwachtig. 'Ik ben in Londen geweest. De Engelsen noemden me een moriaan en een onnozelaar. Ik had een kamer in de Emerald Parrot. Ik had het je bijna verteld in een brief. Ik...'

Woorden tuimelen over elkaar heen, Otto bouwt een dam tegen de springvloed van verdriet voordat die over zijn oudste vriendin wordt uitgestort.

Cornelia loopt onzeker naar hem toe en voelt aan zijn ellebogen, zijn schouders, de handen waarin hij Thea draagt. Ze streelt over zijn gezicht, alles om maar te bewijzen dat hij er werkelijk is. Ze geeft hem met gespeelde woede een tikje tegen zijn achterhoofd. 'Stil,' zegt ze, terwijl ze hem omhelst en zijn aanwezigheid inademt. 'Niets meer zeggen.'

Nella laat hen in de ontvangkamer achter en loopt over de marmeren tegels naar de voordeur, die ze in hun haast op een kier hebben laten staan. Ze trekt de deur wagenwijd open. Met haar jas nog aan gaat ze op de drempel staan, waar de afkoelende buitenlucht over haar wangen strijkt. Boven de Amsterdamse daken klinkt het gebeier van de avondklokken, en hun galmende harmonieën reiken tot hoog in de lucht. Dhana komt aantrippelen om haar bazinnetje te begroeten en steekt haar kop omhoog om geaaid te worden. 'Heb je al eten gehad, schoonheid?' vraagt Nella. Ze streelt de zijdezachte, welgevormde oren.

Terwijl de klokken de avond inluiden, ziet Nella het witte sikkeltje van de maan, dat als een gebogen damesnagel aan de donkerder wordende hemel staat. Cornelia loopt met haar schort voor door de gang, op weg naar de keuken. 'Het is koud, mevrouw,' roept ze. 'Kom naar binnen.'

Maar Nella blijft naar de bevroren gracht voor hun huis kijken, waarvan de ijsranden beginnen te smelten. Warmer water knabbelt aan de winterse zoom van de Herengracht, die haar doet denken aan opengewerkt kant, de voering van een reusachtige wieg.

In de keuken laat Cornelia een pan vallen, en er klinken sussende geluiden uit de ontvangkamer als Thea opeens begint te huilen. De stemmen van Lysbeth en Otto zweven over de tegels. Nella steekt haar hand in haar zak om het miniatuurpoppenhuis te pakken dat ze uit de Kalverstraat heeft meegenomen, maar het is weg. Dat kan toch niet, denkt ze, voelend aan de stof. Het kindje is er nog wel, en het popje van Arnoud ook. Zou ze het hebben laten vallen toen ze door de stad rende? Heeft ze het in de werkplaats achtergelaten? Je hebt het met eigen ogen gezien, zegt ze tegen zichzelf. Het was er echt.

Of het nu bestond of niet, Nella heeft het niet meer – maar de vijf figuurtjes die de miniatuurmaakster erin had gestopt, bevinden zich nog in dit huis. De jonge weduwe, de min, Otto en Thea, Cornelia – zullen ze elkaars geheimen ontdekken? Ze zijn allemaal losse draadjes – maar dat is altijd zo geweest, denkt Nella. We maken een wandkleed vol hoop, en wij zijn de enigen die het kunnen weven.

De schemering is overgegaan in duisternis, en de geur van nootmuskaat bereikt haar neus. Dhana's lijfje verwarmt de zijkant van Nella's rokken. De lucht is een gigantische zee die tussen de daken door vloeit, zo groot dat het begin en het einde onzichtbaar blijven, en zo diep dat Nella oneindig veel mogelijkheden ziet. Daardoor aangetrokken loopt ze nog verder naar buiten.

'Mevrouw?' roept Cornelia.

Nella draait zich om en snuift de kruidige geur op. Ze werpt nog één blik op de hemel en gaat naar binnen.

VERKLARENDE WOORDENLIJST

BEWINDHEBBER – handelsgenoot van de VOC. Had vaak veel geld geïnvesteerd in de compagnie.

BEURS – tussen 1609 en 1611 werd aan het Rokin de eerste handelsbeurs gebouwd. In de zuilengangen rond de rechthoekige binnenplaats werd gehandeld.

DONDERBUS – een van de eerste geweren.

HERENBROOD – brood dat werd gegeten door de rijken. Het werd gebakken van gereinigde, gemalen tarwe en was duurder dan het gewone roggebrood.

KANDEEL – drank gemaakt van wijn en specerijen, soms wat dikker gemaakt met gemalen amandelen, tarwezetmeel, gedroogd fruit, honing, suiker en eierdooiers.

OLIEKOEKEN – platte, vroege versie van oliebollen.

PATIJN – klompachtige, houten schoen die zowel binnen als buiten werd gedragen om de zachtere leren schoen tegen vuil te beschermen.

SCHEPEN – stedelijk overheidspersoon in de Republiek, lid van een vroedschap, belast met rechtspraak en bestuur.

SCHOUT – bestuursambtenaar, die meestal hoofd van het gerecht en de politie in een stad of een district was en met name als openbaar aanklager aantrad.

SPINHUIS – de vrouwengevangenis in Amsterdam, opgericht in 1597. Gedetineerden moesten er spinnen en naaien.

STADHUIS – nu het Paleis op de Dam. Rechtszaken werden behandeld in de Schepenkamer, en de gevangenis en de martelkamer waren in het souterrain. De doodstraf werd in het souterrain uitgesproken door de schout, in het bijzijn van de verdachte en een geestelijke. Mensen die getuige wilden zijn van het vonnis, konden vanaf de begane grond naar beneden kijken. In het souterrain was ook de Amsterdamsche Wisselbank gevestigd, waar allerlei muntsoorten en klompjes goud en zilver werden bewaard. Bewaargevers kregen het equivalent van hun inleg in giraal geld. De Wisselbank verzorgde ook overboekingen van de ene cliëntenrekening naar de andere.

VERKEERSPEL – vroege Nederlandse versie van triktrak, vaak op schilderijen afgebeeld om mensen eraan te herinneren dat ze niet te zelfvoldaan mochten worden. De naam is afgeleid van het zinnetje 'het kan verkeren'.

WARENAR – tragikomedie uit 1617 van P.C. Hooft, over matigheid, hebzucht en obsessie. De gierigaard Warenar heeft een dochter, Claartje, die een buitenechtelijk kind verwacht van een vrijer die Warenar niet goed genoeg vindt. In de zeventiende eeuw ontwikkelde Amsterdam zich tot het middelpunt van de internationale boekenhandel, en boeken werden door de overheid niet streng gecensureerd. Boeken die in andere landen verboden waren, werden in Amsterdam uitgegeven.

Een vergelijking van Amsterdamse salarissen aan het einde van de zeventiende eeuw

Tegen 1675 was 42 procent van alle rijkdom in Amsterdam in het bezit van één tiende van de inwoners.

De Ontvanger-Generaal van de Republiek der Zeven Verenigde Nederlanden ontving in 1699 een jaarsalaris van fl 60.000.

Rijke kooplieden als Johannes verdienden ongeveer fl 40.000 per jaar. Daarnaast hadden ze vaak nog eens een aanzienlijk persoonlijk bezit – zeer succesvolle kooplieden lieten soms wel fl 350.000 na.

Een Amsterdamse schout verdiende ongeveer fl 9000 per jaar. Een arts verdiende ongeveer fl 850 per jaar.

Een ambachtsman of meesterambachtsman van een gilde (schoenmaker, kaarsenmaker, bakker) verdiende rond de fl 650 per jaar. (Arnoud en Hanna verdienen veel, maar zij hebben hun inkomens samengevoegd en hebben geluk gehad op de Beurs.)

Een gewone arbeider verdiende zo'n fl 300 per jaar, of 22 stuivers per dag.

Voorbeelden van uitgavenposten voor een rijke Amsterdammer aan het einde van de zeventiende eeuw

Mannenhemd – fl 1
Schuld aan een apotheker – fl 2 en 10 stuivers
Eenvoudige vrouwenrok – fl 2
Weduwepensioen, uitbetaald door haar mans gilde – fl 3 per week
Schilderijtje (landschap of Bijbelse voorstelling) – fl 4
Ochtendjapon – fl 10
Schuld aan een arts – fl 15
Schilderij van een zeeslag, met vergulde lijst – fl 20
Degelijke linnenkast – fl 20
Schuld aan een schoenmaker – fl 23
Italiaans jachttafereel in de stijl van Cuyp – fl 35
Een jas en een vest – fl 50
Decoratieve linnenkast van notenhout – fl 60
Damasten jurk – fl 95
Schuld aan een kleermaker – fl 110
Een paard en een slee – fl 120
Lidmaatschap van een exclusief gilde (zoals dat van de zilver- en goudsmeden, de schilders en de wijnkooplieden) – fl 400
Twaalf zilveren borden – fl 800
Een huis voor een winkelier en zijn gezin – fl 900
Wandtapijt voor een pand aan de Herengracht – fl 900
Diamanten halssnoer – fl 2000
Poppenhuis, in de loop van een paar jaar ingericht met zevenhonderd voorwerpen – ongeveer fl 10.000

WOORD VAN DANK

De eerste lezers: Jake Arnott, Lorna Beckett, Mahalia Belo, Pip Carter, Anna Davis, Emily de Peyer, Polly Findlay, Ed Griffiths, Antonia Honeywell, Susan Kulkarni, Hellie Ogden, Sophie Scott, Teasel Scott en de vrouwen van de Pageturners-boekenclub.

Bedankt voor jullie immer vriendelijke, nuttige en vindingrijke opmerkingen, en fijn dat jullie nooit hebben gezegd dat mijn werk waardeloos was. Ik heb in dit leven zo geboft met mijn vrienden dat ik in een volgend leven waarschijnlijk terugkom als mug.

De drie gratiën met pennen en uitroeptekens: mijn redacteur in het Verenigd Koninkrijk, Francesca Main, die haar uitzonderlijke commentaar met vriendelijkheid en gevoeligheid weet te combineren – en mijn redacteuren in de Verenigde Staten en Canada, Lee Boudreaux en Jennifer Lambert, wier scherpzinnigheid en enthousiasme alles uit dit boek hebben gehaald wat erin zat. Ik ben jullie heel dankbaar voor jullie geloof in mij en in mijn roman.

Bij Picador: dank aan Sandra Taylor, Jodie Mullish en Sara Lloyd voor al hun werk en hun goede humeur, aan Paul Baggaley voor de pastorale steun en aan Nicholas Blake voor zijn oog voor detail. Ik wil ook Line Lunnemann Andersen, Katie Tooke en Martin Andersen bedanken, die voor de Engelse versie zo'n prachtig omslag hebben ontworpen, compleet met een echt miniatuurhuis. Ik ben ook veel dank verschuldigd aan Greg Villepique en Ryan Willard van Harper Ecco.

Marga de Boer van uitgeverij Luitingh-Sijthoff, voor haar voortreffelijke opmerkingen over de infrastructuur van Amsterdam en het leven van de echte Petronella Oortman en haar echtgenoot Johannes, en haar adviezen met betrekking tot juridische en maatschappelijke aspecten van het leven in het laatzeventiende-eeuwse Nederland. Ik ben zelf verantwoordelijk voor alle onjuistheden en verzinsels, en het levensverhaal van mijn Nella is volledig fictief.

Voor het medisch advies: dank aan Jessica Cutler, Prasanna Puwanarajah en Victoria Scott. Nogmaals, elke anomalie is alleen maar te wijten aan mijn overactieve fantasie.

Voor haar scherpe blik: Gail Bradley.

Edward Behrens en Penny Freeman, die zo aardig waren hun huizen beschikbaar te stellen. Daar kon ik me terugtrekken zonder internet en had ik alleen maar tijd, rust en stilte. En wijn.

Sasha Raskin, voor haar fantastische werk voor dit boek in de Verenigde Staten.

En:

Mijn agent, Juliet Mushens: consigliere, voorvechter, superstar, vriendin. Bedankt dat je deze ervaring zo leuk, zo geweldig hebt gemaakt – je bent een uitzonderlijke agent en een verbazingwekkend mens.

Linda en Edward, ook wel bekend als mam en pap. Bedankt dat jullie me hebben voorgelezen toen ik klein was, me hebben meegenomen naar de bibliotheek en boeken voor me hebben gekocht. Ik ben blij dat jullie tegen me zeiden: 'Schrijf dan een verhaal!' toen ik me op mijn zesde/twaalfde/zevenentwintigste verveelde. Ik ben jullie dankbaar dat jullie er altijd voor me zijn.

Margot, bedankt dat je niets anders bent dan een nutteloze bal haar die op mijn toetsenbord stampt.

En Pip: waar moet ik beginnen? Bedankt voor zeven jaar liefde en vriendschap, gedachtewisselingen, vrolijkheid en verwondering. Je bent fantastisch. Ik ben een geluksvogel.

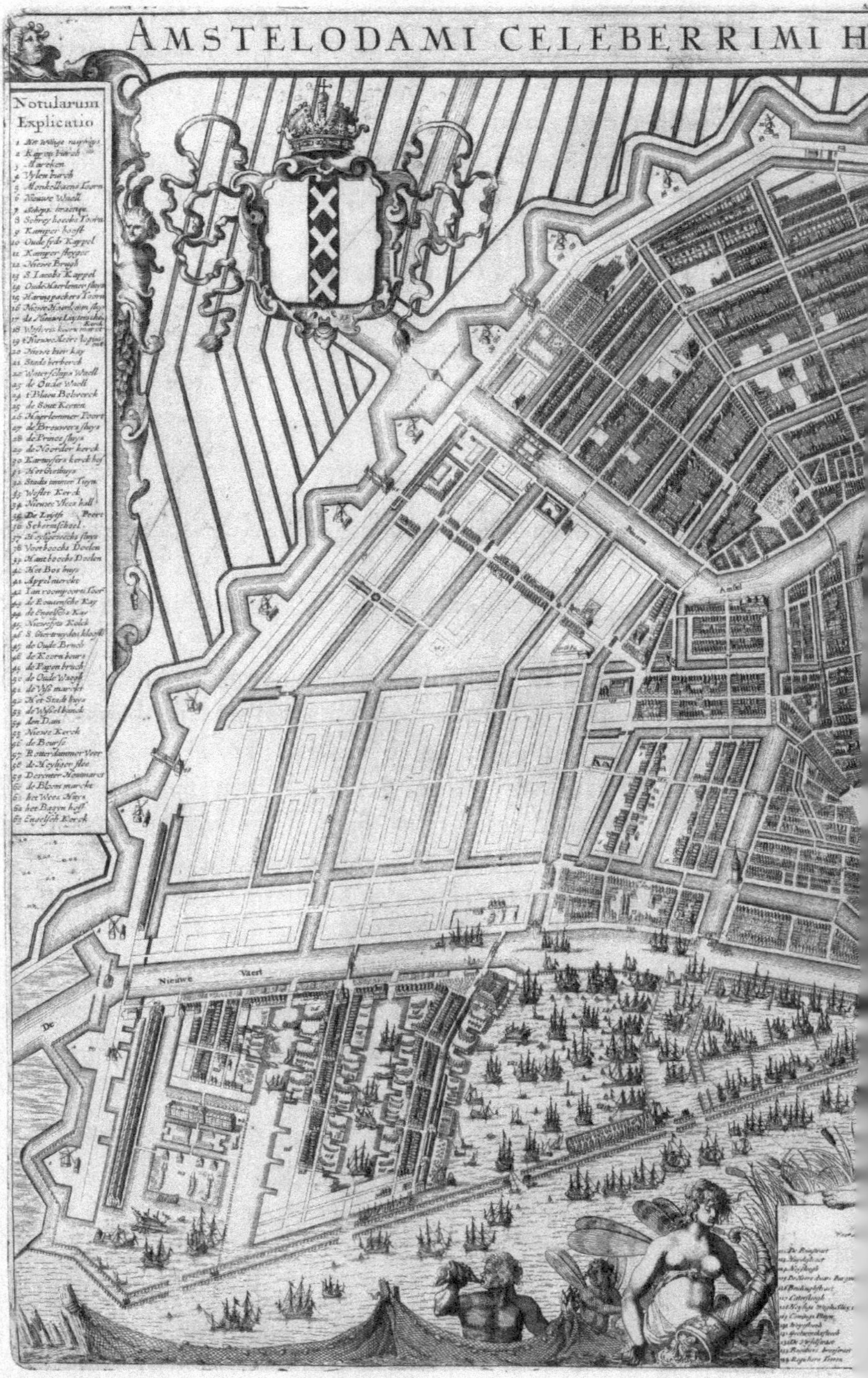
AMSTELODAMI CELEBERRIMI H
Notularum
Explicatio
4 Vylenburch
6 Nieuwe Waell
8 Schreyhoecks Toorn
9 Kamper hooft
10 Oude syds Kappel
12 Niewe Brugh
13 S. Iacobs Kappel
15 Haringpackers Toorn
20 Niewe bier kay
24 t Blaeu Bolwerck
26 Haerlemmer Poort
27 de Brouwers sluys
28 de Prince sluys
29 de Noorder kerck
33 Wester Kerck
36 Schermschoel
38 Voetboochs Doelen
40 Het Bos huys
41 Appelmerckt
45 Nieuwsyts Kolck
47 de Oude Brugh
48 de Koorn bours
50 de Oude Waegh
52 Het Stadt huys
54 den Dam
55 Niewe Kerck
56 de Beurse
57 Rotterdammer Veer
60 de Bloem marckt
61 het Wees Huys
62 het Bagyn hoff
63 Engelsch Kerck
Amstel
Nieuwe Vaert

ANDIÆ, EMPORII DELINEATIO NOVA.
Verklaringe des getals
64 de Ossen Sluys
65 het Tucht huys
67 t Loyse Veer
73 Pickeur Stall
74 Ansfele Brug
75 Muyder Poort
76 Vloyen huys
77 S. Antonis Sluys
78 de Suyder Kerck
79 Ooster marckt
80 Nieuwe Waech
81 Oude Kerck
83 de Fransse Kerck
84 Oostindisch Huys
85 het Dolhuys
86 t Princen Hoff
87 Wortel marckt
89 het Spin Huys
90 Illustre Schole
91 Oude Mannen huys
92 t Vrouwen Gasthuys
93 t Engelse Gasthuys
94 t Mannen Gasthuys
95 Verweryen
96 het Stael Hoff
97 Kloveniers Doelen
98 het Rondeel
99 Turff marckt
101 de Raemmen
102 Bleykeryen
103 de Ossen marckt
104 Varcken marckt
105 Wesoper Veer
106 Muyder en Naerder Veer
107 Lasarus Huys
108 t Weduwen hoff
114 Wesoper poort
115 Leydse poort
116 Particuliere Scheeps timmerwerven
118 Wittenburgh
120 Oostenburgh
Fluvius
Naemen der Bolwercken

Eerste druk , juni 2014
Twaalfde druk, september 2022

Oorspronkelijke titel *The Miniaturist*
Vertaling Mieke Trouw-Luyckx
Omslagontwerp Marry van Baar
Typografie binnenwerk Wim ten Brinke
Omslagbeeld gebaseerd op een ontwerp van Katie Toole
Model poppenhuis en fotografie www.andersenm.com
Illustraties figuren Dave Hopkins
Afbeelding gevel © Victoria & Albert Museum, Londen
Auteursfoto Lara Downie
Kaart op pagina 382 en 383: *Amstelodami Celeberrimi Hollandiae Emporii Delineatio Nova*, © Koninklijk Oudheidkundig Genootschap. Eerste uitgave, schaal ca. 1:7.250, uitgegeven te Amsterdam door de erven van J. Jansz. Van Waesberge, 1682. 44 x 54 cm (blad), 41 x 43 cm (kader). Oriëntatie: zuid/zuidwest boven.
De kaart op pagina 9 is een licht bewerkte uitsnede hiervan, met dank aan Raymond van Donk, DPS Design & Prepress Studio, Amsterdam

ISBN 978 90 210 3128 6
NUR 302

www.jessieburton.co.uk
www.lsamsterdam.nl
www.boekenwereld.com